U0628326

力潮文创
POWER TIME

白鲸文化

为纯粹的乐趣而读

沉默回响

几一川———著

长江出版社
CHANGJIANGPRESS

图书在版编目（CIP）数据

沉默回响/几一川著.—武汉:长江出版社，2023.1
ISBN 978-7-5492-8498-6

I.①沉.... II①几... III.①长篇小说 - 中国-当代
IV.①I247.5

中国版本图书馆CIP数据核字(2022)第169737号

沉默回响 / 几一川 著

出　　版	长江出版社	
	（武汉市解放大道1863号 邮政编码：430010）	
策　　划	力潮文创-白鲸工作室	
市场发行	长江出版社发行部	
网　　址	http://www.cjpress.com.cn	
责任编辑	李剑月　　向丽晖	
特约编辑	波　菲　　珠　珠	
封面设计	吴思龙@4666啊	
封面绘制	河野尾　　志志超	
插图绘制	客小北　　A4　　千里黄沙	
题　　字	仓鼠	
印　　刷	北京盛通印刷股份有限公司	
版　　次	2023年1月第1版	
印　　次	2023年1月第1次印刷	
开　　本	880mm×1230mm　1/32	
印　　张	10.5	
字　　数	345千字	
书　　号	ISBN 978-7-5492-8498-6	
定　　价	45.00元	

目录

第一章

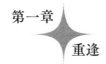

重逢

连漪决心要反"内卷"了。

下班时间一到，立马拎包打卡走人，赶上了下班高峰前的一趟车，没有座位，但人也不多，宽松得让她心情舒缓了一些。

她倚靠在角落，帽子往下压了压。

车开了几站，到了高校附近，上车的人像沙丁鱼罐头一样被压挤进来，有人奋力抓横杆，手抬起来的瞬间就把连漪的帽子打飞了。

是个中年男人，他对上她愕然的目光，脚步往旁边挪了挪，毫无歉意地示意她自己去捡。

连漪微微蹙眉，关上手机靠着门抱起了手臂，就这么一直盯着他。

正在两人僵持的时候，有人弯腰捡起了帽子。

中年男人斜瞥了一眼，若无其事地转过身去，用背侧对着连漪，低头玩手机。

"是你的帽子吗？"青年说。

本想和那个男人瞪出个结果来的连漪气势一泄，出手接过帽子，礼貌地说了声："谢谢。"

这是个二十来岁的男生，个头很高，袖子挽在手肘位置，露出结实有力的小臂，可往上看，他脸上戴着黑色防尘口罩，露出的半张脸戴着银边眼镜，斯斯文文。

她在打量他的同时，也被他打量着。

连漪和他目光对上，礼貌地微笑了一下。

地铁开了一会儿，青年却还在看着她，连漪感到有些被冒犯了，将帽子往下压了压。

青年温和有磁性的声音忽然传来："请问你是连漪老师吗？"

连漪老师。

这个称呼让连漪一刹那挺直了腰背。

她是一家考研培训机构的英语老师，上网络直播课程，学生少说也有几千人。

她不认识学生，但学生认识她，很正常。

她抬起头，语气柔和："你好。"

被她的目光一撞，青年的喉结微微滚动，握在横杆上的手也攥紧了起来。

连漪观察到他的小动作，想他是有些内向，便主动问他："九月了，复习得怎么样了？"

九月，对没有准备考研的学生来说只是一个新学期的伊始。

青年顿了一下，迟疑道："复习得还可以。"

连漪点点头，她是教英语的，便只问英语："英语基础怎么样，听课有跟不上的吗？"

青年看起来有些迷茫了，但还是很稳妥地回答她："四六级都过了，雅思7.5分，这个学期我们没有开英语课了。"

"那你英语基础很好了，怎么还报考研班呢？"她讶异道。

青年看着她，蒙了好一会儿，他才说："我不是考研班的。"

"啊？"连漪愣了一下。

"我是京海一中的，你还记得吗？"他踟蹰着问。

京海一中。

有些耳熟。

好一会儿连漪想起来了，京海一中是她大四实习的学校……现在她研究生都已经毕业几年了。

"噢，京海一中。"连漪这才发现自己适才的问话有多莫名其妙。

她忍不住扶额，立马转移了话题问他："你叫什么呀？"

连漪也就是客气一问，已经过了这么多年，她怎么可能还记得当年只教过几个月的学生的名字呢。

青年眼睛亮了亮，他摘下口罩，眼里满怀期待地说："我叫沈思晏。"

"思晏……"这两个字她有些耳熟，但不太能想得起来了，又问他，"你是高一（3）班的吧？"

沈思晏眼里的光刹那熄灭了，他笑笑，摇头道："我是高二的。"

这下连漪有些不明白了。

她实习那年带的年级是高一，高一学习压力轻。高二、高三学业很紧张了，自然不可能让实习老师带。

连漪迟疑了下说："我教过你吗？"

"你忘了吗，高中的时候还是你让我考燕湖大学的。"沈思晏的声音渐渐低了下去。

上一站就是燕湖大学。

从教这么多年，连漪劝考燕湖大学的学生没有一千也有八百了，比招生办还勤勤恳恳，但真正能回来找她报喜的不过凤毛麟角。

沈思晏。

她有带过这样一个学生吗？

确实没想起来，但为人师表总不能让学生太过寒心，连漪温和地说："噢，我想起来了，沈思晏。"她在心里算了算时间，问他，"你现在是在燕大读大三了吗？"

"是大四。"沈思晏提醒她。

是的，那年他高二的话，今年应该是大四了。

连漪忍不住感慨："时间过得真快，我在京海一中实习那年才大四，转眼你都已经大四了……"

车铃响起，车停了，旁边的人挤着要下车，聊天被打断。连漪往一侧避了避，沈思晏站在人群中间，被推搡着下车的人挤得直退。连漪见状，伸手将他往自己身边带了下，说："思晏，你到我旁边来。"

"思晏"两个字让沈思晏一怔。

沈思晏微妙的反应没有被连漪注意到，她心里头正奇怪，"思晏"两个字脱口而出，她心里没有那种黏腻感，反而觉得好像本就如此叫。

京海一中，高二，沈思晏……

这三个词连在一起使她感觉熟悉又陌生。

五年前的一次实习，她能记得最多的也不过是那个学校怎样，至于有哪些学生，和这些学生有过哪些来往，她一时半会儿还真想不起来了。

上班已经够累了，和男生也只是萍水相逢，下了这趟车以后还会不会再见都未可知。

连漪不再费心思去回想。

被连漪拉到了身边，不用被人群推来推去了，沈思晏明显松了口气。

车门合上了，连漪倚在座位旁的透明挡板上，面向沈思晏，继续刚刚的谈话，她问他："你现在实习了吗？"

沈思晏没回答，反而问她："老师现在是在哪儿上班？"

沈思晏只要上网搜她的名字就能搜到她工作公司的地址，所以也没什么不能说的。

连漪说："我啊，我在国贸中心。"她又问，"你呢，在哪儿实习了呀？"

国贸中心。

沈思晏垂下眼眸，再抬眼，他弯起了眼睛，笑了："我在琅华灯饰。"

琅华灯饰，连漪知道，这公司和她的公司在同一栋写字楼里，广告铺天盖地的。

品牌名气也很大，是灯具界龙头华明灯饰旗下的一个子品牌，主打的是针对都市青年群体做个性定制灯具，近几年的发展势头非常好，连漪这种不怎么关注经济新闻的都听说过琅华灯饰可能要独立上市的消息。

听到沈思晏在那儿上班，连漪很替他高兴地道："那很可以啊。"

"老师上班的地方和琅华在同一栋楼里吧？"沈思晏笑着问。

连漪肯定道："是的。"

"好巧啊，老师。"沈思晏笑意更浓了。

虽然被称作老师，但连漪年纪并不算大，她今年才二十六岁，不过从大四实习算起到今天，她和"教师"这个行业已经打了五年交道。

五年的职业经历让她身上有了一种成熟知性的气质。

面对沈思晏，她一路都是笑着的，语气温和。

下班高峰，每一站上下的人都多，连漪和沈思晏面对面站着，沈思晏被挤得和她越挨越近，最后只能单臂撑在她身侧，给她留出一片空间。

怕他尴尬，连漪靠在挡板上，往后仰了一点，不再开口。

她低头轻嘘一口气，按亮手机屏幕，公司群里各种消息接连不断。

公司通知群里@了她和宋苒，说有个燕湖大学的讲座，问两位老师谁有时间能去做一下。

连漪的课堂有趣，"干货"多，因为直播还红过几次，课程很受欢迎，这两年事业越发蒸蒸日上了。

但上坡不是那么好走的，公司英语组的金牌老师除了她，另一位便是宋苒，在她来之前，宋苒是英语组组长，她来之后不久，宋苒就成副组长了。

直接的利益冲突下，宋苒将她视如劲敌，一来二去矛盾也就越来越深。

见宋苒还在不太乐意地问讲座有没有补贴，连漪回复：我下个月有时间，我去吧。

她一发完，宋苒也发了一个白眼的表情。

连漪觉得这人挺逗的，不喜欢谁一点也不藏着掖着。

沈思晏看到连漪在浅浅地笑，他不知道她在给谁发消息，看了看站牌，他低声问："连漪老师，你在哪一站下？"

他一提醒，连漪才回过神看站牌，她惊了一下，站直身子道："我这一站就下了。"

她话音刚落，地铁提示音就响起来："清辉潭到了，要下车的乘客请携带好随身物品，准备下车……"

地铁门徐徐打开，人群拥挤向门口，连漪同样要走，被沈思晏的手臂挡住。

沈思晏握住扶杆的手紧了一下，又松开手给她让出位置。

"下次见。"连漪和他招呼一声后，侧身下了车。

沈思晏看着她的背影，又抬头看看站牌，他还有三个站。

迟疑了十几秒，地铁灯亮起了，沈思晏突然快走两步，跃下了车。

下地铁后连漪正准备拿耳机，肩膀忽然被人拍了一下，她回过头，看见微微喘息着的沈思晏。

她讶异地看着他："你怎么下来了？"

沈思晏摸了摸鼻子说："其实，我也是这站下。"

连漪拿耳机的手顿了顿，将耳机又放回去了，点头道："巧了，那一起走吧。你家在哪儿呀？"

沈思晏的眼神躲避了一下，说："大概……是在三泉府邸。"

"三泉府邸？"连漪没注意到他用词的不确定，"那边房子很好啊，房价也是越来越高了，什么时候买的呀？"

"不太记得了。"沈思晏揉了揉鼻子说。

连漪看了他一眼，打趣道："这都能忘，这记性可不太好。"

三泉府邸离地铁站很近，连漪还要走一段路，于是出了地铁口两人便分道扬镳了。

沈思晏往前走了几十米远才回头，连漪穿着一条黑裙和白衬衫，戴着黑色的渔夫帽，像要和黑夜融为一体了。

她还和五年前一模一样，没有任何变化。

沈思晏摸摸自己的心口，发现心脏仍在猛烈跳动。

她的身上有淡淡的香水味，沈思晏说不出那是什么香水，但一闻到那个味道他就想起了，是她身上的味道。

说住在三泉府邸是他撒的一个谎，他家的确在这儿有房产，但他并不住在这边。

连漪一问，他便想起了这儿。

三泉府邸这边几乎没人住，空置的房子只是一本房产证，不动产里的一行字，另一种财富积累的方式。

沈思晏推开门，所有家具都套上了防尘袋，没有扑面而来的灰尘。

灯光从鞋柜一路向里蔓延，像火光一样。灯一盏一盏地自动亮起。

入口处的边柜是尼斯木的，旁边还挂了一个保洁的记录表，记录每个月一次的保洁卫生。

他走上阳台，撑着栏杆看向楼外。

三泉府邸靠近江岸，江桥灯火通明，二十五万一平方米的地段，可惜无人常住浪费了一番美景。

江风吹来，吹散了一室的温热，他想起五年前，也是这样的夏夜。

京海一中是京市数一数二的重点高中，每年这里都会接收一批从燕湖大学来的实习老师。

连漪就是那年的其中一个。

京海一中教师有专门的教师制服，带有教师工牌的白衬衫，黑色半裙，小高跟鞋。

在那儿是独树一帜。

连漪到学校的第一天就引起了学生的注目。

她的头发绾成一个别致的低发髻，脖颈修长，皮肤白皙，说话温温柔柔不急不缓，教师制服穿在她身上丝毫不显得古板，一堂课下来，高一（3）班沸腾了。

学校来了一个燕湖大学美女老师的消息很快传遍了整栋楼。

很多学生为了一睹老师真颜还跑到办公室门口探头探脑，办公室老师哪不知道他们那点小心思，吼两句，把门一关，不一会儿凑热闹的学生就都散了。

沈思晏是高二数学课代表，数学老师就和那位传说中的"美女老师"在同一间办公室。他去交作业的时候，班上同学纷纷叮嘱他去看一下那个女老师好不好看。

人的欢喜并不相通，他们讨论得兴致勃勃，沈思晏只觉得无聊。

他走进办公室的时候，连漪也正在办公室批改一份作业，眉头微微皱着，握着笔的手在试卷上顿了顿，打上钩或者圈。

看累了便放下笔，拧开保温杯喝一口水。

沈思晏只在入门的时候看了一眼便移开了视线。

数学老师还在低着头仔细清点作业数量，沈思晏无所事事地站在一旁等他清点完。

鼻尖嗅到淡淡的幽香，她轻言细语和旁人说话的声音突然传进他耳朵里，好像是学生做错了什么题目，她也不恼，和颜悦色地低声给人解答。

如同香水过敏反应，他的心突然开始擂动，像是鼓槌落在Snare Drum（小鼓）上。

他拧起眉头，紧抿住了唇。

数学老师清点完作业问他："怎么只有三十六本，还有四本呢？"

沈思晏看了他一眼，回答："还有四本您课上改完了。"

"哦，回去上课吧。"老师摆摆手。

沈思晏走出办公室时，余光又瞥到了连漪，她低着头，几缕鬓发垂落，修长的手指指着课本和一旁俯身倾听的学生讲话，她在给学生念书上的英语句子："The miracle appears in bad luck..."

奇迹出现在厄运中。

她说的是纯正的英式发音，带着旧贵族的矜持。

沈思晏那时只是一个小小的别班的学生，和连漪没有任何联系，是以她也没有抬头看他一眼。

他从办公室回去，像载誉而归的英雄，班上一向不和他多说话的同学竟然都围上来了，兴奋地问他："你看到了吗？那个女老师长得怎么样？真的好看吗？"

沈思晏突生烦闷，他立定住，冷漠道："不知道，没仔细看。"

说完便回了位置。

"嘁。"班上同学一下散开了，"问他还不如自己去看呢。"

沈思晏在班上的人际关系并不算好，他一向独来独往，也不怎么与人沟通，如果有人找他帮忙，他也会直接拒绝。

冷漠、孤僻、另类，是班上最不讨喜的那种人。

这个年龄的少年多少有点"中二病"，沈思晏那时唯一想的就是要成为赫赫有名的数学家，攻克无数数学难题，为此他偏科很严重，政史地全面放弃，英语和语文也是马马虎虎，只埋头钻研数学，就是班上的一个怪人。

怪人就会受到排挤。

沈思晏不在乎被排挤。

从小到大主动接近他的人几乎都带着某种目的，有的恶意有的善意，更多的是为了利益，他过早地认清人的真面目，觉得人和人之间也不过就是这么一回事。

所以他很孤僻，习惯于拒绝别人。

但也有无法拒绝的时候。

从高一下学期开始沈思晏就被学校里的小混混盯上了，最开始是问他"借"钱，接着是问他"要"钱，日益猖獗后开始要他"交"钱。

能用钱解决的麻烦事也不算麻烦，几十块钱，给了就给了，一直到高二开学后不久——

高中老师很累，除了每天排满的课，还有晚自习，连漪作为英语老师，英语晚自习的时候是要在班上守着的，一直到九点下课。

下了课也还有学生上来问题目，连漪走出教室的时候已经近十点了，在办公室收拾了一会儿，等到教学楼里的学生都走得差不多了的时候，她才准备下楼回去。

他们实习老师都统一被安排住在学校外的公寓，从学校走过去大约十分钟，也不算远。

走过一条小巷时连漪听到了巷子里的闷哼声，她起初没注意，往前走了几步，听到有尖锐的男声在喊："把钱拿出来！"

连漪顿住了脚步。

闷哼声没有停，还有拳脚相加的声音。

深更半夜，她不过是一个手无缚鸡之力的女人，这个时候最明智的是明哲保身，走远了再报警也好。

她这样想着，脚步却没有挪动，她身上还穿着那身制服，提醒她为人师表的职责。听着巷子里的叫骂声，最终她叹了口气，还是把手机拿出来，拨打了110，随后才打开手机灯光小心翼翼地朝里走去。

灯光一照，四五个男生身上京海一中的校服显眼无比，那几个男生也看到了她身上的教师制服，多半还是有点怕老师，都停下了动作。

连漪看到他们身上那身校服，心里猛然冒起了一阵火气，拔高了声音道："你们在干什么！我报警了！"

那几个男生你看看我我看看你，大概也没想把事情闹大，骂骂咧咧了几句最后散了。

等他们跑远了，连漪才看到地上还躺着一个，她走上前去想认认人。

是个男孩子，"大"字形张开四肢躺在地上，闭着眼睛，激烈呼吸，胸腔上下起伏。

连漪生怕他有事，小心翼翼地蹲下身用手背拍了拍他的胳膊。

他猛地一抬手，抓住了连漪的手腕。

骤然睁开的眼睛里的戾气让连漪一怔，连漪扯了扯他的手指道："同学，我是老师，别害怕。"

男生微微颤抖着松开手，眼神里没有恐惧，只有冷意，连漪看到他额头青紫，嘴角还渗着血，反倒吓了一大跳，扶起他，安慰道："没事没事，别怕了。"

连漪报了警，警察很快赶了过来。

男生的腿不知道是不是被打到了，撑着地走不动路，警察在四处巡视找刚刚那帮人，连漪半搀半搂地把男生扶进警车里。

在派出所登记信息的时候，一路不答话的男生才在信息表上写下自己的名字——沈思晏。

"沈思晏。"连漪念了一遍，她问他，"你是哪个班的？班主任是谁？"

沈思晏沉默了一会儿："高二（1）班，老师梁文青。"

沈思晏被叫去录口供了，连漪先打了电话给学校政教处。

那边是漫长的拨号音，她是头一回碰到这种事，也不知道该怎么处理，急需来个人接摊子，只好不停择着自己的头发，在大厅里握着手机反复徘徊。

电话终于通了，听说了事情经过，政教处的主任叮嘱她赶紧带学生去做伤情鉴定，他们则通知班主任到医院去跟连漪会合。

沈思晏还不满十八周岁，报警要告知监护人情况，警察又打了他父母的电话，沈思晏父母虽然也着急，但都说在国外，一时半刻赶不回来。

于是接下来的事只好继续落在连漪身上。

二十分钟后，沈思晏录完口供被扶出来了，与此同时，他脸上的伤看起来更严重了。

派出所的意思也是让他们先去医院检查做鉴定，再把报告拿回来，他们去查路口监控，要是情况严重，可能就要立案了。

连漪还是第一次处理这样的事，但学生在身边，她就是心里七上八下也得摆出有条不紊的样子。

沈思晏半边脸都肿了起来，抽了几张纸擦血，看着尤为可怖，连漪叫了计程车将沈思晏带去医院做检查，又打电话给学校告知医院的位置。

一路马不停蹄，挂急诊，缴费，做全身检查。

走出派出所后沈思晏就跟在她身后，腿脚一拐一拐的也没有吭过一声，连漪问他话他也不回答，要不是听他说过话，连漪都要以为这男孩是个哑巴了。

不幸中的万幸，虽然伤势看起来惨烈，但大部分只是皮外伤，唯一麻烦的是沈思晏小腿腿骨轻微骨折，伤情鉴定是轻伤。

已经接近半夜十二点了，但医院急诊室的人仍旧不少，排队等打石膏的间隙，连漪让沈思晏在凳子上坐下，拿出医生开的治外伤的药，扭开药瓶，用棉签蘸了药水先给沈思晏涂在还不那么严重的伤口上。

沈思晏开始还躲，连漪有些恼了，摁住他的脸轻声喝道："别动。"

沈思晏僵了一下，终于保持了木头人的姿势。

先是额头的肿包，可能是疼麻了，连漪给他上药的时候沈思晏没有喊一下疼。

连漪又用棉签蘸上药膏，再给他涂在眼尾，沈思晏往后躲了一下。

"这里疼啊？"连漪用手指给他抹掉伤口旁边的污渍，小心翼翼地将药涂在他伤口上。

沈思晏双手握成拳头，垂着眼睛盯着地面。

直到连漪给他轻轻吹了两下，沈思晏蓦地抬起眼睛看向了她，连漪猛不丁地被他一盯，愣了愣，以为他疼，放缓了语气温声说："就一下，不疼了。"

她又将棉签在沈思晏嘴角下点了点，破裂的嘴唇不好涂药，她将胶状的软膏挤在手指上，轻轻地给他抹在伤口上。

沈思晏看得懂人的眼神，有些人满嘴礼义廉耻，眼里却只有贪欲，有些人看似悲天悯人，眼里却只有一片冷漠。

他去看她的眼睛，她蹙着眉，眼里只有那小小的一片伤，除此之外，什么也没有。

"身上还有其他地方有伤口吗？"连漪蹲下身问他。

沈思晏不说话。

连漪也能理解他一些了，要是女生可能就放声大哭了，但男生内敛一些，受了伤也不好意思说。

她朝沈思晏摊开手心："手给我看看。"

沈思晏拳头紧了紧，又松开，放在自己腿上。

连漪低头将他手上的伤口也一一涂上药。

她放下棉签，要将沈思晏的袖口往上卷，沈思晏往后躲了一下，低声道："我自己来。"

连漪放下手，看他自己把两边袖子卷上去。

她握起他手臂仔细看了看，确认他手臂上有衣服护着没有受伤，才让他放下袖子。

伤口都处理好了，连漪抬头看了眼科室，里面的人还没出来。

她把棉签扔进垃圾桶，将外伤药都放在一边，坐下来，问沈思晏："打架是怎么回事，能和我说说吗？"

连漪本以为他会保持一贯的沉默不予回答，沈思晏却出乎意料地开了口，他平静地说："他们想要钱，我不想给了。"

"不想给了？"连漪抓住了这句话，"你以前给过？"

沈思晏抿了下唇，点头。

连漪眉头拧了起来，问他："你和你老师说过这个事吗？"

沈思晏定定地看了她一眼，那一眼里有什么，连漪没有看出来，她只看到沈思晏摇头。

"所以以前他们要钱你就给了？"连漪声音微微扬了起来。

"是。"他回答。

和他对视片刻，他异常平淡的反应让连漪感到一阵无力，她疲惫地靠在座椅上，轻叹了口气："你这样是不对的，知道吗？"

沈思晏抿着唇没有说话。

连漪不自觉加重了语气，但并不算严厉，只是笃定地告诉他："他们是敲诈勒索，是违法的，知道吗？你给钱不是息事宁人，而是养虎为患，一开始要几十块，然后要几百块，以后可能就要几千几万块了，你能拿出那么多钱满足他们的胃口吗？"

能，只是他不想给了。

怕把她气死，沈思晏仍旧沉默。

连漪不知道他心里在想什么，见他不发一言，也就跟着沉默了下来。

之前脑子里绷着根弦，也没觉得累，现在一坐下才觉得腿疼得厉害。

她穿一天高跟鞋已经累得不行了，只好悄悄脱了鞋后跟，弯腰捏了捏小腿。

沈思晏和她靠得很近，几乎肩膀和肩膀挨着坐着，她一动，身上那幽幽的香水味又传到了他鼻尖，他微微侧了下头，视线落在她膝上又飞快抬起。

打石膏的队伍终于排到他们了，连漪将沈思晏搀进去，扶着他在床上坐下。

因为是闭合性骨折，连漪先给医生看了CT和X光片，接着是骨折的复位，见多了疼得龇牙咧嘴进来的，医生看着片笑呵呵道："小伙子很厉害啊。"

接着指挥一个护士还有连漪道："这个复位有点疼，得摁着点他。"

连漪知道的骨折复位都是电视里那种，一拉一掰就归位了的，想着应该不会太久。

一个护士摁住了沈思晏的另外一条腿，连漪负责摁住他的肩膀，她还安抚他道："只有一下，很快就好了。"

真正的骨折复位却和她想象的完全不一样，一开始医生是摸沈思晏的骨头，这时候动作还很轻，大概是摸到了骨折的地方，医生开始用力地摁着骨折处进行复位，沈思晏额头开始冒冷汗了，再接下去的……连漪已经不忍心看了。

沈思晏的痛呼声压嗓子里，连漪得用尽全身的力气才能摁住他，不是他挣扎的力气大，而是医生复位的力度大，非得要她使尽全身力气摁住，医生才能借上力。

做完这一次骨折复原，连漪这辈子都不想进骨科了。

最后沈思晏头发全湿了，连漪也出了一身的汗。

她拿过护士递来的纸巾，没有先给自己擦，而是蹲下身给沈思晏擦了流到眼睛上的汗，有些都已经分不出到底是汗还是眼泪了。

"没事了，结束了。"

在一片昏暗的视线里，他听到有人一直在低声和他说话，反反复复说了近十遍，他痛到涣散的意识缓缓集中回来，感受到了额角轻轻给他揩汗的手。

他侧过头，看到了连漪心疼的眼神。

对，就是心疼。

沈思晏虽然痛，但依然理智，身体和意识像分裂成两个部分，意识在冰冷地说：她在心疼什么？

身体却已先抬起了手，先于他的意识，微微发颤的手指抹掉了她鬓角的汗。

连漪愣了一下，这才想起来给自己擦汗。

沈思晏放下手，他的指腹因为紧紧扣着床边已经泛白麻木了，此刻知觉逐渐回到了他的身体上，他感受到了指腹那一点汗渍的湿润。

他指腹不自觉地相互摩挲了一下，随后理智回笼，紧紧一攥拳，将那柔软的感觉扼杀于虚无。

班主任姗姗来迟，到的时候连漪陪沈思晏都快打完一半石膏了。

磨了好几个小时才等来人，连漪实在是没了脾气，接了班主任电话后就在科室门口等她，结果班主任到了门口只冲她一颔首，就匆匆冲进了治疗室里，刚和沈思晏打照面她就大吃一惊地喊道："怎么回事啊？啊？你在哪儿被打的？是在学校里面吗？"

她语气里的兴师问罪太过强烈，连漪拧起了眉。

在班主任面前沈思晏终于不是锯嘴的葫芦了，他声音低哑，说："在学校外面。"

"身上的伤严重吗？"班主任这时才问到沈思晏身上的伤。

沈思晏看向连漪。

片子是连漪拿的，和医生交流的也是连漪，连漪出声道："额头、脸上、手上都是伤，腿也骨折了。"

"是别人打的吗？"班主任转过身皱着眉头问连漪。

连漪有点无语了，她半开玩笑地说："总不能是他自己打的吧。"

"沈思晏，谁先动手的？"班主任扭头问。

"他们。"沈思晏道。

"你动手了没有？"班主任继续追问。

沈思晏顿了一顿，说："没有。"

班主任"啧"了一声，有些不耐烦地说："怎么就你摊上这破事？"

沈思晏不说话了。

满室的安静，只有医生撕绷带的声音，连漪站不住了，朝他班主任道："梁老师，方便出来说话吗？"

沈思晏看着连漪带着班主任走了出去。

给他打石膏的医生听了一耳朵，见人都出去了，问他："刚刚是你班主任啊？说话这么呛。"

沈思晏"嗯"了一声。

医生又说："那个是你姐姐吧，挺护着你的。"

"不是。"沈思晏低低地说，"也是老师。"

他抬起头，视线穿过玻璃落在连漪的身影上。她的背挺得很直，哪怕已经很晚了也还是强打精神在这儿站着。

沈思晏隐约听到班主任说"辛苦你了""麻烦你了""你回去休息吧"，他垂下了眼睛。

过了会儿连漪回来了，是来告别的，沈思晏轻轻点了下头，连漪又交代了他几句"记得把药带回去，按时服药"便走了。

剩下班主任抱着手臂坐在旁边看着他。

整个病房都冷了起来。

沈思晏扭头看连漪离开的背影，大概是真的站累了，也不再强撑着，她扶着墙踢下高跟鞋，拎起高跟鞋走了。

沈思晏是被班主任送回家的。他再回到学校时，那些敲诈勒索他的学生都已被处罚。

腿麻，像有尖锐的钢针直挺挺扎过小腿，穿透筋骨，紧接着是刺骨的疼痛。

连漪是被小腿抽筋痛醒的，来不及回想刚刚可怖的梦境，她蜷缩着握紧了小腿，绷直了脚背，额头上一下冒出了密密麻麻的汗珠，好一会儿，感到小腿不那么疼了，她才撒开手，大汗淋漓地喘气。

她缓慢地屈起小腿，还有些许的酸胀，她保持着这个姿势不敢动了。

窗外天光已大亮，过了好一会儿连漪才撑起上半身，摸过床头的闹钟看时间，不早不晚，刚过七点半。

抽筋比闹钟还准时。

一晚的噩梦让她身心疲惫，连漪捶捶额角，浑浑噩噩地下床，赤脚踩在地毯上，走到卧室门口踏在冰凉的地板上才想起回头去穿上鞋。

工作五年，连漪从来没有迟到早退过，哪怕是在她父亲的弥留之际，她也是下了班以后才去医院见他最后一面。

这一面见或不见都没有太大干系，因为直到死前他也没有和她说过一次真话。

以前父亲是压在她身上沉甸甸的压力，压得她只敢埋头一刻不停地往前跑，后来父亲走了，她像深海的鱼突然被搁置到了浅水区，骤然失去压力，反而开始水土不服。

于是她买了现在这套房子，不大，七十五平方米，首付一百六十万元，月供一万四千元。只要她还活着能喘气，就得兢兢业业去上班。

她的生活又回到了正轨。

相较很多同龄人，连漪能在京市有两套房，有车，有薪资算高的收入，已经是过得很好了，不必再有什么很高的追求了，但连漪不行。

将头发扎上，连漪抬头看向镜子里的自己，镜子里的她看起来还是二十岁出头的模样，但过去清亮的眼神被疲惫覆盖，她接起一捧水扑在脸上才清醒一点，不得不承认自己状态已经大不如前了。

过去画个眉毛涂个口红就能精神奕奕地去上班，现在脸上的憔悴已经没法再用化妆品遮掩。

出门前，连漪换上高跟鞋，在手腕处喷上淡淡的香水，拎起包，忽然看到柜上倒扣着的相框，手顿了顿，她抬手将相框翻转过来。

相框上的男人眉头有一个川字，嘴角下拉，面容严肃。连漪面无表情地看了一会儿，又将相框面向墙壁。

拿上钥匙，出门上班。

京市的天很少是碧蓝如洗的，大多数时候都是雾蒙蒙的，沉沉地压在头顶上，早起的人们无精打采，麻木地顺着人流走下地铁口。

八点半是早高峰，人挨着人挤进地铁里，人很多，却没什么声音，各自沉默着低头看手机，连漪戴上耳机听今天的国际新闻。

肩膀被碰了一下，她没在意。

"连漪……老师。"男生的声音温和。

她蓦地回头，对上了一双弯起的眼睛。

是昨晚那个青年，竟然又遇到了。

连漪顿了一下，想起了他的名字，她微笑道："早上好，思晏。"

"早上好。"青年直起身，扬起笑容。

尽管已经没有旁的心思，但连漪不得不承认他的确是长得很好看，逾矩的想法只有一秒钟，连漪很快露出"职业"笑容，道："吃早餐了吗？"

"没有，你呢？"

"没有，我打算吃咖啡和面包。"

沈思晏想了想："是国贸中心下面那家吗？"

那是公司楼下的一家烤面包房，每天清晨小麦面包的味道都肆意张扬，勾引着附近CBD（中央商务区）来来往往的上班族们。

每天早上吃一口热腾腾的烤面包，是连漪研二从英国做交换生回来后保留的习惯。

她回答："是的。"

"我能和老师一起去吗？"沈思晏的声音轻而缓，他和人说话时眼睛和人对视，谦逊而又礼貌。

"当然可以。"连漪微笑。

出地铁站的时间点已经不早了，面包房外排起了队，在等待的间隙连漪问沈思晏："你现在在公司是做什么呀？"

"做一个项目研发。"沈思晏不假思索地回答，说到这个，他的眼睛又弯了起来，他好像很爱笑，说话时总挂着笑容。

他补充道："是做一款智能灯具，有投影效果，只要在后台录入人像照片就能做出人影效果。"

连漪想象了一下，问："类似于投影仪吗？"

"嗯……有相同的地方，也有不同，照明效果比投影仪好，瓦数和普通台灯是一样的，目前投影也只是模仿人影，通过后台生成，能将人影还原百分之八九十，此外人影不是一成不变的，我们利用AI（人工智能）技术，让它能捕捉和模仿人的动作进行正常的走、跑、跳、坐等基本动作。"

他说得很详细，连漪感兴趣道："听起来很有意思，已经上市了吗？"

"暂时还没有推广上市，目前还在实验研发阶段。"

听他说到这儿，连漪突然想起来问他："你现在在学什么专业呀？"

"计算机。"沈思晏说。

连漪感慨道："真厉害啊。"

公司头发最少的就是搞软件开发和维护的那群人，连漪扫了一眼他的头顶，看沈思晏的发量，应该还能熬个十来年。

沈思晏笑了笑，手插着兜很随意地自我调侃道："厉害什么呢？我以前还想当数学家，结果主线没打通，支线打通了，成了'程序猿'。"

他这样的自嘲连漪也感同身受，跟着笑道："都一样，刚上大学的时候我还想过当外交翻译官，现在却只是一个平平无奇的英语老师。"

她耸了下肩："理想和现实总有差距。"

"理想和现实……"沈思晏重复了一遍，微笑着，后半句却没有说了。

轮到他们点餐了，连漪问他："你想点什么？"

"和你一样，可以吗？"

"可以。"连漪看向服务员道，"两份croissant（牛角面包）和两杯拿铁，打包。"

连漪打开支付码扫码付款，一气呵成，她莞尔，和沈思晏道："难得见面，我请客。"

沈思晏眉微皱了一下，很快又笑起来："那我能回请一次午餐吗？"

他的语气亲和但不冒犯，连漪从人群中退出来，将袋子递给他，笑道："不用了。"

沈思晏停下脚步，认真道："那如果是以学生的身份呢？"

"嗯？"连漪诧异地看着他。

"我是说……"沈思晏努力地想一个合适的措辞,"谢师宴?"

连漪被他郑重其事的三个字逗乐了,不再拒绝,只是说:"我请你吧,你还是个学生呢,哪有学生请老师吃饭的?"

"老师。"沈思晏突然叫住她。

连漪回头看:"嗯?"

沈思晏站在人来人往的人群中心,立定说:"我不是十七岁的高中生了。"

阳光在他身上跳跃,周遭匆忙来往的人影成了他的陪衬,连漪不知道他的眼睛是否总是这样深情地看着所有人,她的心跳忽然漏了一拍,但她控制得很好,只是微微一怔,便神情如常地道:"我知道啊,你今年都……二十一岁了吧?"

"嗯,我已经是成年人了,能请老师吃饭了吗?"

他迫不及待想要证明自己已经成年的行为甚至有些可爱,连漪只短暂思量了一下,没有再拒绝,她说:"好啊。"

在听到她说好的时候,他的心里放起了烟花,连着眼睛都亮了,刚刚的执拗劲没了,抿住唇有点不好意思地笑着。

连漪弯眼朝他举了一下咖啡杯:"走吧,上班可快迟到了。"

她好像很喜欢黑色的裙子,沈思晏走在她身后,发现她昨天穿的是细带的连衣裙,今天是白色长袖的黑色连衣裙,细跟的小高跟鞋踩在脚底下,脚踝小巧透亮,走路时如风,裙摆舞动。

赶这一趟电梯的人很多,连漪正靠后站,沈思晏低头问她:"老师是在几楼?"

"十五楼。"连漪说。

沈思晏身量高,不用人让,伸手便摁下了15和28两个键。

同趟电梯里的连漪的同事看到她,特地挤到里面来,打招呼道:"连老师,早上好啊。"

连漪在同事靠过来的时候脸上就已扬起了笑,她颔首道:"早上好。"

她的亲切没有让同事感到宽慰,同事发愁地叹了口气说:"也就是你昨天走得早,我就晚那么十分钟,刚准备走主管就说要开会,早知道我昨天就早点打卡走人了。"

连漪侧头问:"你下午不是还要去接女儿放学?"

"是啊，我昨天只好让我老公去接了。"同事抱怨着。

连漪凝眉，和她说："你下次就直接和主管说要去接孩子放学，会让你走的。"

"真的啊？我这才入职半个月，天天开会真受不了……对了，连老师，还没恭喜你，听说你要订婚了，是真的吗？"

话题猝不及防转到了自己身上，连漪的脸一僵，很快她控制好表情，笑了下，没否认也没承认。

电梯语音提醒："十五楼到了。"

连漪正要走，想起来一直没说话的沈思晏，便回头冲他点了下头："我先走了。"

"老师再见。"他微笑着。

电梯门徐徐合上了，"订婚"一词像一根刺扎在他心头，他留心听着，却没听到她的回复，电梯缓缓上升，他脸上的笑容却落了下去。

随之落下的，还有一颗激烈跳动的心。

琅华灯饰的执行总裁一早就接到总公司秘书办的电话，说董事会的太子爷要下来到研发部门做实习生，他心头一跳，觉得很不着调。

太子爷来当实习生？开什么玩笑？

随后他琢磨过味来了，太子爷下来搞研发，这是真当实习生呢，还是拿琅华当跳板呢？

听说总公司董事会内部可一直不算太平，难道是太子爷想上台了，打算从基层开始培养势力了？

他七七八八想了一堆有的没的，但还是照要求办事，在公司决不提太子爷身份，只把太子爷当普通员工。

既然是普通员工，那该走的流程还是要走，周宇康和人事已经打点好了，新人按实习生合同流程走，当天面试当天上岗。

不过他还是愁，太子爷要下来搞研发，搞研发就得要团队，这个团队他是给还是不给？给又该怎么给？他自己还人手不够，研发部天天和讨债鬼一样找他要钱要人呢！

好在他考虑的这些问题在见到这尊大佛后迎刃而解了。和想象有很大出入，这位太子爷没有一点纨绔气质，低调内敛得和公司任意一个实习生都没差。

甚至听完他的顾虑，沈思晏主动提出前一个月跟着公司已有的立项团队实习，之后则带人进公司组自己的团队。

关上门讲话，周宇康对他提的意见并无意见，甚至觉得太子爷出人意料的善解人意，连连说"好"，只要不找他要钱要人，都好。

况且这位太子爷也哪儿都好，就是面冷了一点，话少了一点，周身气压低得他以为这人刚失恋就来上工了。

富二代嘛，多多少少有点怪癖，只要不是下来作威作福的，倒也可以接受。

连漪公司的企业文化可能就是开会，逃得过初一逃不过十五，九点半上班，十点部门又开早会。

教学部主管是个四十来岁的中年男人，听说之前是在南方某985大学做行政的，后来因为在校外办考研培训班被辞退了，之后便来了他们公司，好像和领导有些亲戚关系，很受器重，来公司半年就把之前的主管顶走了。

新官上任三把火，这位不知道是不是在大学开会开多了，来公司后更是天天组织开会，早晨汇报工作计划，下午汇报工作成果，部门整日怨声载道。

连漪是其中最淡定的，从研一进公司到毕业转正，再到今天，她来公司五年了，作为英语组组长，她熬走的主管都有三任了。

在所有学科组长中连漪是年纪最轻的，当然，这也和他们英语组教师普遍比较年轻有关。

主管能抓着下面的新老师和助教使劲折腾，但对各科组长还是客气的，私企不比学校，在这儿能做到组长，靠的都是业绩，真撂摊子走人，老板就得急眼。

进公司后连漪在办公室换了鞋，将头发绾上，戴上眼镜，泡杯果茶，踩着点走进会议室坐下。

数学、英语、政治三科，二十来位老师在会议室坐下，每个人身上都是低气压。主管犹若不知，开始组织一天的工作汇报。

他们公司有个制度，叫作排评，可以评领导也可以评同事，半年评一次，评分最低的人不仅得挨批还得降薪，最惨可能要被辞退。

连漪记得第一任主管就是因为教师评分太低被降职，最后自己辞职走人的。

职场很残酷，优胜劣汰每天都在上演。

这任主管什么时候会走？连漪并不在意。

连漪过去工作很积极，这半年对公司的人事已经不那么关注了。

这个行业的"天花板"她已经差不多能看到了，再往上晋升无非就是管理层。在这个市场竞争激烈的行业，昨天还是龙头老大的机构明天可能就会日薄西山，和公司共存亡显然不明智。

她才二十六岁，人生前二十几年却一直过着按部就班的生活。上学，工作，谈恋爱，憋着一股子想干出格事的劲，回头一看发现还是在一个舒适圈里打转转。

过去的半年里发生了很多事情，让她对自己的人生有了新的思考。大概是因为那个总是对她的人生指手画脚的人，永远都不会再管她了。

所以尽管这儿工资高，连漪并不打算在这儿继续耗日子。

教培机构薪资高，福利也多，工作任务却是很重的。和有双休的学校教师不同，周六周日是教培老师最忙碌的两天，周一到周五也得备课、做教研、直播、做线上课程，加班是家常便饭。

忙碌了一早上，再直起背，肩膀酸痛得不行，有人敲了敲办公室门，连漪揉着肩膀道："请进。"

助教推门，探头说："连漪老师，外面有人在等你。"

连漪皱起眉头："是谁啊？"

何思敏挤眉弄眼，有点儿八卦地说："不知道，是位高高瘦瘦，长得……也还很好看的先生。"

她这一描述连漪便想起来了。

她早上答应和沈思晏去吃午饭，一忙起来就把这事忘了，连漪捶捶额角，无奈又懊恼道："麻烦你招呼他一下，我马上来。"

沈思晏在会客室坐了一会儿，他起身站到落地窗口向下看，外面行人如织，络绎不绝。

会客室门被轻轻敲了两下，沈思晏回过身，看到的还是刚刚那个接待他的女生。

她字正腔圆地说："不好意思，连漪老师马上过来，请你稍等一下。"

沈思晏回过身，眉目微展，微笑着点了一下头。

小姑娘心里直八卦，心想着这么帅一个帅哥不知道和连老师是什么关系。

应该不是男朋友，连老师的男朋友她们都见过的，既阳光又温柔，每次来都会给她们带零食，他看起来也不是学生，像是上班族……

"小何，不好意思今天约了人，不能和你一起去吃饭了。"

清亮温柔的女声从走廊传过来。

何思敏是这个月才来公司的，往常中午连漪都会带她一起吃饭，顺便让她认识一下周围同事。

闻言何思敏立刻摆手道："没关系，我正好今天带了饭过来，在微波炉里热热就好了。"

"下午请你喝下午茶，你先吃饭去吧。"连漪轻轻拍了拍助教的肩膀。

何思敏应一声，从会客室退出去了。

连漪拉开门走进会客室，看到的就是站在落地窗前微笑的青年。

小姑娘抱着饭盒走向休息室，忍不住回头看了一眼，透过透明玻璃看到一束阳光落在他俩身上，一高一低，一个低头一个抬头，像一幅画一样般配。

很快她又甩开脑子里乱七八糟的想法。想什么呢？连漪老师可是有男朋友的。

会客室里，连漪问沈思晏："什么时候下来的，等久了吧？"

一上午没有喝水，沈思晏的嘴唇有些干燥，他抿了下唇，笑着摇头："没有等很久，刚下来。"

"真不好意思，太忙了，差点儿忘了。"连漪蹲下身在饮水机接了一杯水递给他，带着歉意道，"刚刚那小姑娘刚来，招待不周，你先喝口水。"

水温微凉，沈思晏接过水杯微抿了一口，唇齿甘甜。

想到还没订下餐厅，连漪问他："有喜欢吃的菜馆吗？"

"我订……"话到一半，沈思晏顿住，改口说，"我都可以。"

他原本在一家餐厅订了位置，但转念一想，怕不合她胃口，他想知道她喜欢吃什么。

连漪笑："那菜系呢，总不能也都可以吧。"

"菜系……粤菜吧。"沈思晏想了想说。

"巧了，我也喜欢吃粤菜，我知道楼下有家粤菜馆很好吃，你一般吃什么菜？我一般会点白切鸡……"

"白切鸡。"沈思晏和她异口同声。

连漪笑了："叉烧、干炒牛河、东星斑，这些都可以吧？"

"嗯，我都吃的。"他眼睛亮亮的。

"还有什么忌口吗？"连漪问。

"没有。"沈思晏觉得有点怪，他说，"我想请老师吃饭，怎么变成老师迁就我了？"

连漪笑了，和沈思晏走到电梯口，她按了电梯键，说："因为咱们这边很多人不太爱吃粤菜。"

沈思晏点头："我也是后来才喜欢的。"

"难得遇到一个喜欢吃粤菜的，还是很巧的，饭友。"连漪向他伸出了手掌，是一个和他握手的手势。

沈思晏心跳得有些快，他垂在身侧的手指蜷了蜷，正要抬起来，电梯叮咚声打断了他们，连漪放下手说："啊，来了。"

沈思晏手心落回身侧，有些失落，跟在她身后走进电梯里。

在电梯里，连漪忽然想到问他："你来这边多久了啊？好像之前都没有见过你。"

沈思晏答："这个星期来的。"

他没有撒谎，毕竟"今天"也是在这个星期里。

连漪点点头，和他闲聊道："这几天工作习惯吗？上班后是不是和在学校感觉还是不一样了？"

想到今天早晨的工作，沈思晏真心实意地说："比在学校要累多了。"

"是啊，在学校一个星期也才那么几节课，我记得我大三那个时候，从周五到周末三天都没有课，但工作就不一样了，'996'，忙的时候一个星期连轴转七天……"说到这儿连漪意识到自己抱怨得有点多了，她收住了音，自然地挑眉转移话题道，"你应该也是京市本地人吧，怎么会突然喜欢吃粤菜了？"

沈思晏沉默了一瞬。

连漪也就是随口一问，见他没回答，善解人意地说："不过这几年南方菜系确实很火，我认识的朋友基本都喜欢吃川菜、湘菜这些辣口的。"

"我是因为……"沈思晏的视线掠过连漪头顶，看向她身后的影子，轻声说，"有人说粤菜吃的是温情。"

"温情？"这个比喻倒是很新奇，连漪笑着问，"为什么会这样说？"

沈思晏看着她，安静了一会儿，情绪忽然低落了，道："我不知道，说这句话的人可能也忘了为什么要这样说了。"

连漪寻思了一会儿："温情，能用这样的形容词应该是个很浪漫的人。"

不知道想到了什么，沈思晏眉眼温和了下来，他附和她："她很浪漫，还很温柔。"

男生会用浪漫和温柔形容的大概只有自己的恋人了，连漪笑着打趣他："是你女朋友说的吧！"

沈思晏愣了愣，见她笃定，怕她误会，立即摇头道："不是女朋友，甚至……"他声音低了下去，"可能不算朋友。"

"暗恋啊。"连漪揶揄他。

电梯门徐徐打开了，青年没有回答她，连漪揉了揉胳膊肘，边走边道："谈恋爱其实很简单的，你谈过恋爱吗？"

被她的直白吓到，沈思晏连脚步都定住了。

"嗯？"连漪回过头看他。

她眉眼依旧温柔，沈思晏心尖微颤，他声音极低地回答："没有。"

"怎么会？"这倒是没想到，连漪有些意外地说，"没有人追过你，你也没有遇到喜欢的人吗？你外形就很占优势了啊，长得好看又会说话，主动一点，怎么会没谈过恋爱呢？"

沈思晏告诉她："没有人追过我。"

连漪是不信的，可对上他清澈的眼睛，不由自主又信了。

她当然不知道，沈思晏没有人追是因为他入大学第一天在自我介绍时就直言不讳："我喜欢的人在这儿，所以我奔她而来了。"

浪漫至死不渝，他也一举成名。

进了粤菜馆，连漪带着沈思晏轻车熟路地坐在靠窗的位置，点完单后，服务员送上碗筷，她将滚烫的茶水倒进杯子里烫了烫。

她刚刚说的话还有一半，沈思晏看着她不急不缓的动作，徐声问："你说要主动，那怎么样才算主动呢？"

她倒真成感情顾问了。

好在他长得好看，值得她一点偏心对待。

"你和她现在是什么关系，同学吗？"

"不是同学，也不算朋友，她或许对我还不熟。"

"这样啊……"连漪唇抿了起来，一时觉得给自己挖了个大坑，她想了想说，"不过也没事，你们有什么共同的朋友吗？"

沈思晏摇头。

"联系方式总有吧？"

沈思晏仍然摇头。

"那你们是挺不熟的了……"

被她这句话扎了心，沈思晏肩膀垮下去，他拿出手机，垂下眼睛在手机上戳了两下，用食指将手机推到连漪面前。

连漪一看，是沈思晏的微信二维码，她哭笑不得，拿起手机扫码时，忍不住吐槽他："对呀，你要是之前对人家就这么直接，说不定早就在一起了。"

微信"嘀"地响一声，连漪将好友申请发过去，她的备注很简单，就是"连漪"两个字。

沈思晏通过了申请，跳转到备注页面，"连漪"两个字已经填上去了，他在后面加上了一颗小爱心，置顶了聊天。

"你的微信名为什么叫Siri？"连漪觉得有点好笑。

沈思晏说："因为Siri随叫随到。"

连漪问："外号吗？"

"嗯。"

"挺好玩的。"连漪笑着。

沈思晏说："你是第一个。"

"啊？"

"叫我Siri的。"

她先是瞪圆了眼睛，干笑了一声，放下手机有点儿尴尬。

给学生取绰号还被人记小账本了，可她偏偏还想不起来了。

她低头喝了口茶，掩饰尴尬，说："下次见面的时候你主动向她要联系方式就好。"

沈思晏把手臂摆在桌上看着她："要到联系方式之后呢？"

连漪双臂也搭在桌上，看着沈思晏说："联系方式最好是要微信，这样你就可以先了解她的朋友圈，看看她的兴趣爱好，之后就可以根据她的兴趣爱好聊天，打游戏啊或者看电影啊，进一步加入她的朋友圈子，当你们有共同的朋友了，就可以更多地了解她了，担心被拒绝的话，还可以把她和她朋友一起叫出来吃饭或者唱歌。"

沈思晏一直带着笑容看着她，听她说完，他说："老师，你好懂啊。"

连漪轻咳了一声，觉得自己是有点儿不太正经了，她找补说："以前没有教过你的课，总不能让你这声老师白叫，要是成了，可要请我吃饭。"

"要是成了。"沈思晏笑眯了眼，"天天请你吃饭。"

他笑起来的样子清爽阳光，连漪一下又笑了，摆手道："开玩笑的，你都已经大四了，该谈一次恋爱了。"

"你呢？"沈思晏用食指勾着杯子摇晃，在叮叮当当的脆响中问她，"老师谈过多少次恋爱？"

他垂着眼睛。

青年的声音像一种莫名的磁性，"老师"两个字被他低声叫出口，连漪不太自然起来，好在服务员端了菜过来，打断了这个小插曲。

连漪绕开了他刚刚的问题，说："这家的白切鸡很地道，你以前有来吃过吗？"

被她绕开问题，沈思晏没有穷追不舍，他顺着她的话微笑摇头："之前没有来过。"

连漪夹了一块中间的鸡肉放他碗里，道："你尝尝。"

沈思晏低头咬了一口，鲜嫩的鸡肉和汤汁都很入味，她的推荐总不会错。

他笑着说好吃。

在他抬头笑起来的时候，连漪注意到了他眼尾的一小块疤，她伸手指了指，问他："你眼睛那里是怎么弄的？"

沈思晏摸了摸眼尾，声音低下去了："你都忘了吗？"

手机电话铃声响起，她说："我……对不起。"

连漪起身朝沈思晏解释道："不好意思，家里人电话，我出去接一下。"

"没关系。"沈思晏微笑摇头。

连漪拿着手机走了出去，沈思晏的笑容再挂不住，他用食指搓着眼尾，不一会儿，眼尾泛起了不自然的红，可那块疤，不会被搓掉了。

他的目光落在她身上，看到她接通电话，走到了外面，口型是在说"妈"。

他们是坐在靠窗的这桌，玻璃的隔音很好，沈思晏只看到连漪皱着眉头。

"你说关逸然想来我这边实习？"连漪压着声音问。

妈妈说："是呀，你知道的，逸然上的只是普通的二本工商学院，他又想当老师，实习工作也不好找，我想要是你那边方便的话，能让他过去实习吗？"

连漪按捺着不耐烦，解释道："不好意思妈，我们公司暂时没有要招实习生，而且你知道，我们这边是搞考研培训的，和那种中小学的教辅机构不一样，他进来也不一定能学到什么。"

明白她的拒绝，妈妈沉默了一会儿，说："嗯……那好吧，我让逸然再出去看看其他的学校。"

"嗯。"

"连漪，你爸爸走了，你一个人在京市，要照顾好自己。"

"嗯。"

"你要有时间多来深市玩。"

"嗯。"

"其他没什么了。"

"好，那我先挂了。"

"好，拜拜。"

妈妈挂断了电话。

不到一分钟的电话，轻而易举摧毁了她半天的好心情，几乎不用问，只要是那边打来电话就是有所求的。

回到餐厅，连漪已经收拾好了情绪，她看着满桌几乎没有被动的菜，放下手机问沈思晏："怎么不吃啊？"

沈思晏盯着她脸上的表情。

连漪扬唇笑了下："怎么了？"

尽管她掩藏得很好，沈思晏依然感觉到了她情绪突如其来的低落，他摇头道："等你一起。"

"我就接个电话，你可以先吃的。"连漪将手机放回包里。

沈思晏说："我想和你一起吃。"

她的动作顿了顿，而后抬起头抱歉道："真不好意思，待会儿我请你喝果汁吧。"

"你太客气了。"他说。

连漪端起碗笑着说："我倒是觉得你一直在和我客气。"

沈思晏说："以前都是你照顾我。"

"你不是说你不是十七岁了吗，怎么还总是提过去的事？"连漪笑，她搭起腿，不小心撞到了沈思晏，她又把腿往回收了收。

沈思晏回答："但十七岁的也是我。"

连漪："我是老师，关爱学生理所应当。"

"老师……"他偏着头说，"也没有比我大很多，应该叫姐姐吧？"

连漪对"姐姐"两个字有PTSD（创伤后应激障碍）了，她被呛得咳了两声，说："别开这种玩笑。"

沈思晏用筷子戳了戳米饭，低声自言自语道："不能叫姐姐吗。"

连漪不说话了。

当然也有人叫她姐姐，但那种感觉是不一样的。出自沈思晏口的称呼似乎总带着一些暧昧，尽管连漪清楚这可能只是自己的错觉。

"以后人多的时候你叫我名字就好。"连漪说。

"那人少的时候呢？"

连漪猜到他要这么问了，她答道："你可以叫老师，也可以叫名字，随便你。"

连漪想着和他不过是萍水相逢的缘分，以后即便见面也不过是在人多的公众场合，没有什么私下相遇的地方，自然随便他叫什么了。

沈思晏却弯着眼睛高兴了起来。

连漪看着沈思晏扬起的嘴角，抿了口汤，在心里感慨了一句，真单纯啊，心情都写在脸上。

要是再往前拨个几年，大概她也会喜欢这样直白简单的青年。

想到这儿，连漪忽然有些许疑惑，她记忆里的沈思晏……是这样的吗？

时间太久远，她想不起来沈思晏过去的样子了，只有一点朦朦胧胧的感觉，好像那时候他没有现在这么开朗吧？

不过人总是会变的，长大后逐渐开朗外向了也正常，连漪这样想着，却盯着沈思晏眼尾的那一抹疤上的红出了神。

那个地方，她好像碰过。

连漪很少和人一块儿来粤菜馆吃饭，因为同事口味不一，身边人又大多喜酸嗜辣，对他们而言粤菜太清淡了。

今天难得和人一起分享，虽然有点小插曲，她吃得还算愉悦。

吃饭的时候沈思晏喜欢观察连漪的表情，她的情绪是不形于色的，只有很细微的动作能流露出她的好恶。

餐厅的茶都是大麦茶，连漪抿了一口茶后便将茶搁置在了一边，白切鸡虽然嫩，但吃多了会腻，这个时候她又会抿一口茶。

她喜欢吃鱼多一些，但每一口细嚼慢咽，斯斯文文。

看她全心投入地吃，他也觉得开心。

"粤菜吃的是温情"，这句话是她五年前说的。

她可能忘了，他们上一次这样面对面坐着吃饭，也是五年前。

高二勒索事件之后，沈思晏休养了一段时间才返校上课。腿上的石膏还没有拆，只能拄拐活动。

学校给他办理了退宿后，他开始走读，每天都由司机接送他上下学。

京海一中是封闭式管理，大家都穿着同样的校服，住着同样的宿舍，没有谁显得更优越，但沈思晏破了例，他就成了学校里最特殊的那个人。

不只同学，老师也对他议论纷纷。

"哇，他家有司机，开的车还是宾利呢。"

"他家是不是特别有钱？"

"他爸妈是做什么的？"

"他是富二代吧，看不出来啊，我本来还觉得他挺怪异来着……"

诸如此类的议论沸沸扬扬，他们用异样的眼光看着他，用自以为他听不到的声音小声议论他。

沈思晏从小到大都习惯站在角落里，不习惯被人关注，被人议论，变成话题中心，更极度厌恶有人用很小的声音议论他——这源于幼年时的心理阴影，窃窃私语的语调会让他产生轻度的躁郁。

他不喜欢和人交流，讨厌人际交往，所以他宁愿把钱给混混息事宁人，也不想和老师打交道。

他从来是独来独往的，但回到学校后，他开始有意无意地默默关注一个人。

高一的英语老师。

她戴着耳麦讲课的声音偶尔会传到楼上去，她站在走廊上时，一定有学生在她旁边问问题，她走过的地方会留下一点儿余香，沁人心脾，她很爱喝茶，办公室的桌子上摆了一排茶罐，每堂课她都会拿着保温杯走……

不知不觉，他对她的了解越来越多。

而她对他的记忆仍然停留在他叫"沈思晏"上。

有一天沈思晏去办公室放作业，听到她自言自语了一句："该叫课代表把作业搬回去了。"

从来特立独行的沈思晏，迈开脚步走到了她的办公桌旁。

他正想着应该怎么开口，连漪抬头看到他，先弯起眼睛微笑道："思晏，身体好一些了吗？"

她还记得他的名字。

沈思晏心弦一松。

少年恢复能力极强，才小一个月，已经拆了石膏能走路了，沈思晏点头说："已经好了。"

她瞬间眉开眼笑："那能请你帮个忙吗？"

"作业吗？"沈思晏视线落在那一沓习题集上，轻松地说，"我帮你搬过去。"

"你帮忙拿一点就好。"连漪数了一小半习题集放到一边，正要去搬那堆大的，沈思晏已先她一步将习题集搬了起来。

"哎，你的伤……"

沈思晏："都给我吧。"

"真的没事了？"

"真的。"沈思晏肯定。

那一天之后连漪就真的记住他了，以往沈思晏在办公室也不会和她有任何交际，后来沈思晏去办公室，连漪头也不抬地就能听出他的脚步声，并叫出他的名字——"思晏"。

她听脚步识人的能力让他感到困惑又好奇，有一回沈思晏刻意放轻脚步走进办公室，他看着她，想知道她是怎么分辨出来的。

连漪没有抬头，她埋头批改着作业，突然"嗯"了声，抬头问："思晏，有什么事吗？"

"没有。"沈思晏讪讪地站住。

他发现她身上的香味又幽幽地钻进他的鼻尖了。

他去医院复查，拆了固定板能完全自如地走路后，他和连漪吃了一次饭。

那一顿饭吃的是什么他已经记不太清了，但那一次是他第一次看连漪穿制服以外的常服。

那时已是深秋，她穿的是一身蓝色的长袖针织裙，照顾沈思晏身体，他们吃的是清淡的粤菜。

沈思晏还记得她将长发扎起，露出修长的脖颈，阳光透过窗隙，一束光打在她发梢上，她带着笑问他："知道为什么带你来吃粤菜吗？"

沈思晏摇头。

前菜和汤先上桌，她掀开锅盖，水汽氤氲出来，她给他舀了一碗汤，轻言细语地说："吃粤菜独有一种温情，有句老话叫'宁可食无饭，不可食无汤'，好汤下胃，胃暖了心才暖。"

有些事她看在眼里，不点破，她明白他的孤独，给他一点点的暖，他满心满意地全记住了。

她没有架子，随意地和他聊着自己的学习经历和曾经的学习方法，他听出了她的潜台词，旁敲侧击地让他好好学习呢。

他忍不住笑。

其实那天沈思晏是要去办转学手续的，父母已经联系好准备让他转去一所私立学校，在那儿所有人的家境都相仿，超常班里则有优秀的学生，老师也是最好的老师。

那一顿饭原本是他来感谢她的，可到了饭店后她已经提前将费用结完了。

他想说的告别和感谢的话都没能说出口，连带着转学计划也往后推迟了。

他不知道会推迟到什么时候，如果她一直在这里教书，他可能也不会走了。

他做数学课代表原本并非自愿，只是因为父母给学校捐了一些钱，校领导便让班主任多照顾他，班主任的额外照顾无非是将他的位置往前调，让他做了数学课代表。

沈思晏不知道这样不尴不尬的照顾有什么意义。

班上同学倒没有对此有所质疑，因为他的数学成绩的确是拔尖的。感觉到不舒服的只有他自己，但自从每天送数学作业能走进办公室看连漪一眼后，他就再也没有埋怨过了。

他对她的感情起初只是一点点信赖。

他的英语成绩很拖后腿，因为英语老师教得很一般，他也不重视这门学科。

沈思晏还记得那天下午，连漪站在办公室贴成绩单的墙前拿着杯子喝着茶。

京海一中的老师习惯每次月考后都把自己班学生的成绩贴在办公室墙上做对比，所有学生的成绩一目了然。

沈思晏的成绩不好不坏，排在班级第十几名的位置，好像还看得过去，但认真看就会发现他偏科严重，数学一枝独秀，理科勉强还可以，语文和英语都是紧贴及格线过，至于文科那就是围绕及格线上下翻腾。

他走进办公室，将作业交给数学老师，看了连漪一眼，正要往外走，连漪忽然回过身叫住了他，朝他招招手："沈思晏，过来一下。"

沈思晏走过去，看见自己的成绩特别"荣幸"地被她用荧光笔标注。

连漪用笔敲了敲成绩单，似笑非笑地说："你这成绩很有意思啊。"

沈思晏哑口无言。

"你是只学你喜欢的吗？"她一针见血。

沈思晏的脸一下就红了，他从来没觉得自己偏科有什么不对，但是在连漪认真而又有些责备的眼神中，沈思晏突然羞惭起来。

"政史地三门怎么只考这么一点点呢？高二下学期的会考怎么过啊？还有语文和英语，你前面的同学可都是这两门拉了你一大截分。"连漪修长的手指从第一名一路向下滑，一直滑到他的名字上，点了点，"你这两门提高一点，起码还能进步十名。"

进步十名，就到了第五六名。

"语文大家基本都是一百二三十分，到了高三拉开的差距就不大了，你数学很好，但英语还瘸一条腿，要知道你前面的同学英语还有一百四十八分的，你这一门就和他们拉开五十多分了，也就是你理科拉分比较多……"

那个下午沈思晏一声不吭地听连漪和他分析他的成绩，和他分析要怎么提高，最后她甚至告诉他："沈思晏，你考第一名也不是不可能的，你数学都能学这么好，其他科目怎么会差呢？"

沈思晏没有细究数学好不好和其他科目好不好到底有没有必然的联系，但是连漪相信他能拿第一名，他原本不在乎的排名，突然充满了挑战性。

连漪说："我平常没课都在办公室，星期二和星期四也有晚自习，你要是英语方面有什么问题，也可以来办公室找我。"

她好像知道他们班英语老师"风评"不怎么样，没有说可以去问你们老师，而是说你可以来问我。

她的温柔照顾细节，而非流于表面。

后来沈思晏果然天天来办公室找她了，数学老师看了都笑骂："这臭小子找我都没有找连老师找得勤。"

连漪开玩笑："不许欺负他，他现在是我的Siri了。"

Siri的意思是随叫随到。

他一时羞赧窘迫，无地自容，可看到她明艳的笑容，他嘴角弯了弯，轻轻地不自觉地笑了。

连漪对他的辅导很耐心也很细心，每一个问题从题干到选项都会掰开揉碎地和他讲清楚。

她夸他英语口语很好，字写得干净利落，学得很快，思维很灵活，沈思晏有时候都不知道她是认真的还是只在给他积极的心理暗示。

但他的英语成绩的确在提高，每一次考试的分数都能超过前一次，不到两个月，他的英语成绩就稳定在一百二十多分了，成绩排名也到了第十一名，只差一点点，就能进前十了。

连漪说他的英语一定可以上一百四十分的，但其他科目也要拉起来，所以英语可以缓缓了。

沈思晏的英语到了瓶颈期，这个成绩很难通过老师的讲解再提高，老师教的方法都掌握得差不多了，接下来的无非就是继续积累，扩充知识库。

能去问连漪的问题越来越少，很多时候他做错的题他看一眼正确答案就知道自己错在了哪儿。

此时距离他和连漪认识，已经过去两个多月了。

那时他没意识到，离别的日子也越来越近了。

有一天他去办公室，埋头工作的连漪突然叫住了他。

那是又一次月考后不久，他以为她要问他最近的成绩怎么样，他有些忐忑又有些高兴地走过去，站在她身边。

她弯腰从身边的箱子里摸了摸，摸出了一管唇膏一样的东西递给沈思晏。

沈思晏接过，有些不解："老师，这是什么？"

"提神醒脑的，一个小礼物，你以后都用得上，收下吧。"

沈思晏当时没意识到这一个礼物竟然是她和所有人告别的礼物，他抿着唇不好意思地笑，其实已经在心里想应该要送什么礼物给她了。

铃声响起，连漪笑道："好啦，快回去上课吧。"

沈思晏点点头，快要走到门口时，终是不甘心，他脚步一顿，忽地又折返回来。

他朗声告诉连漪："我英语上了一百四十分，排名进前十了。"

他眼睛犹如有星河，刹像有烟花炸开，这一刻连漪终于从他身上看到少年的朝气，而不是沉沉的郁气了。

她眼眸微微睁大，先是惊讶，而后又弯眼笑了："我知道，我看到你的成绩了，恭喜你啊，沈思晏。"

她指指他手上的东西："奖励已经给你了，还要什么吗？"

沈思晏连耳根都红了，他摇摇头，忍不住笑，后退两步，跑出了办公室。

他听到身后传出她明朗的笑声，还听到了她和别的老师说："真可爱啊。"

她说他很可爱。

没有原因，他就是很高兴。

连漪是在第二天结束实习的，那天放学楼下满是喧哗声，班里很多同学站在走廊围观，沈思晏对凑热闹不感兴趣，他一如既往坐在位子上写自己的试卷，直到听到不知道是谁遗憾地说了一句："啊，那个美女老师要走了。"

沈思晏的笔落下，他猛然起身拉开了椅子。

坐在他身后的同学被吓了一跳，抬头往前看，前面已经没有人影了。

这天连漪的课是最后一节，一如既往地上完前半节，她已经打好了腹稿准备说一段告别的话，但这些都因为同学们给的惊喜而被打乱了。

连漪没想到这几天闷不作声的同学们原来在鼓捣着要给她准备一个惊喜，收获一大捧鲜花和一沓信纸的连漪险些感动地哭出来。

他们一遍一遍地告诉她他们有多喜欢她，说她上课方式有多好，说她是他们见过最好的英语老师，连漪当然知道这些夸奖有过誉的成分，但也因为这些稚嫩而真诚的话语，感动得一塌糊涂。

还有很多同学说要去燕湖大学找她，要她等他们，连漪哪怕知道等他们考上燕湖大学，她都研究生毕业了，但她还是郑重其事地答应他们，一定在燕湖大学等他们。

这是一个善意的谎言，但至少是美好的。

下了课，连漪抱着鲜花和贺卡走出教室，身边围满了不舍的同学，连漪一一和他们道别。

一个身影从楼上冲下来，被迫停在了楼梯上，重重的人群阻隔，他只能远远地看着她离开。

连漪正和学生讲话，抬头正好看见他，她眉眼含笑，下巴朝办公室一扬，特别允许他去办公室等她。

沈思晏进了办公室，看到往常堆满了各种书籍作业、摆满整整齐齐茶罐的办公桌已经被清理得干干净净了，连椅子都被推了进去，只有她的包还摆在桌角。

她的一切痕迹都要被抹掉了。

沈思晏的手指抓在桌沿，抠得指节发白。

办公室外的喧哗声逐渐变大，沈思晏听到连漪温温柔柔的声音说："嘘，里面的老师在休息，大家安静一点，谢谢大家这几个月对我工作的配合，我也很感激大家给我留下的美好回忆，不过天底下没有不散的筵席，送君千里终有一别，大家就送到这儿吧。"

"连漪老师……"同学们不舍的声音又响了起来，继续缠着她，沈思晏的手越攥越紧，他感觉心脏像被一把钝刀在一刀刀地凌迟，以至于手指尖的疼痛都不再敏锐了。

终于，办公室的门被推开，天光一泄，她抱着鲜艳的花束走进来，合上门，走到了办公桌边。

她先放下花束，摘下耳麦和扩音器，又拿起保温杯喝了一口水。

她边拧杯盖边说："沈思晏。"

连漪很少连名带姓地叫他，叫他全名时也就意味着她态度严肃了。

沈思晏微微弓着腰，低头盯着办公桌面。

她伸手在他脊背上轻拍了一下，沈思晏身体一麻，只觉得心跳得像震荡的水，冲击着他的气管、胸口、五脏六腑。

"把背挺直，头抬起来。"

沈思晏身体先于意识，已经跟着照做了。

她的眼睛盯着他，沈思晏却躲闪地避开了视线。

连漪看出了他的不自信，问他："你在怕什么？"

"没有。"

她要走了，可她还没看到这个小孩拿到他最好的成绩，她略有些遗憾地说："其实你是一个特别优秀的人，知道吗？"

沈思晏抿着唇，说不出话。

连漪知道他的性格，并不一定要让他回答，于是说："你只是缺乏一点勇气和自信，沈思晏。"

"你是我见过最特别的小孩，像肆意生长的植物，只要浇点水就能茁壮成长，"她顿了顿，又有点儿恨铁不成钢地戳了戳他说，"但是只要有那么两三天没有人管，就会打蔫儿。可是沈思晏，这个世界上没有人能一直督促你，人生越往后走就越是自己一个人的修行，能陪你跨过一个又一个难关的只有你自己，知道吗？"

沈思晏听懂了她的意思。

"尽管没有真正教过你，但你给我的印象是很深刻的，你是我见过的学生里最聪明的，你身上有种我很熟悉的气质，知道是什么吗？"连漪反问他。

沈思晏喉结动了动，艰难道："什么气质？"

连漪指了指他，又指了指自己，笑着说："同类的气质。我能不谦虚地说，我觉得自己很聪明，当然，我也的确很聪明，在你身上我也看到了这种聪明，这种聪明不是小聪明，是智力和智慧，是超过一般人的学习能力和理解力，勤固然能补拙，但先天的东西已经决定了我们的'天花板'要比一般人高，所以沈思晏，不要浪费你的学习天赋，永远不要甘于平庸。"她最后郑重道，"我在燕湖大学等你，认真的。"

在这一刻她似乎已经不是以老师的身份在和他说话了，而是以一个同辈，或者说一个学姐的身份在和他说话，告诉他：我在燕湖大学等你。

燕湖大学，国内顶尖的大学，沈思晏从来没想过考进那里，不是不敢想，而是不觉得那有什么好渴望的。

但这一刻，他知道除了燕湖大学，他哪儿都不会去了。

未来给他铺开了一条明晰的道路，她站在他的前方告诉他，永远不要甘于平庸。

她的高度难以攀登，每当他觉得自己爬不上去了的时候，他就会对自己说一遍——

沈思晏，永远不要甘于平庸。

第二章

暗恋

耀眼与卓越总是短暂的，平庸才是人生常态。

这是连漪在研二的时候才明白的道理。

那一年她在Cambridge（剑桥）做交换生。在国内赫赫有名的Yenho University（燕湖大学），在国外却是鲜为人知。没有学历光环，光论实绩，与各类履历金光闪闪的"大牛"相比她更觉得自己渺小而平凡。

全英文的生活和学习环境，与国内迥异的教学模式，海量的知识，导师的压力和打击……原本以为这一年是体验生活的gap year（空缺年），没想到是强烈自尊被无数次摧毁的tough time（艰难的时光）。

她不是一个轻言放弃的人，可目睹人与人差距比马里亚纳海沟还深之后，她第一次萌生了怯意。

交换一年，她拿到了全A的成绩，完成了在同学眼里很了不起的学术项目，一举成为燕湖外院的神话，可她骄傲不起来了，只有她自己知道这样一份优异的成绩背后是多少次自我怀疑和崩溃，是多少次想要放弃却没有退路的无助。

研三的时候导师问她有没有意再读博，回想起在Cambridge那段被Research Skills Session（研究技能课程）支配，尝尽苦头的日子，连漪犹豫了。

在难以企及的理想高度和唾手可得的面包之间做抉择，最后她还是选择了舒适区，成为一名高薪教师。

她已屈服于平凡。

中午接的那一通不愉快的电话，连漪在下午就忘得干干净净。

但今天这烦恼估计是缠上她了。

下午打卡时间一到，连漪立马起身下班，没想到主管学聪明了，不逮他们了，下班前十分钟，他在工作群里发消息通知所有人五分钟后开会。

连漪关上手机，当作没看到。

她换上鞋子正准备走的时候，办公室门响了，助教小姑娘站在门口，讷讷地道："连老师，主管叫你去会议室开会。"

连漪闭上眼睛，低骂了一句，很快她收拾好情绪，道："走吧，去会议室。"

半个小时的例会无非就是总结今天的工作内容。本可以提前半个小时开，却非要等到最后十分钟再通知，纯属资本家行为。

大家都很看不惯主管这种没事找事的作风，只是都不愿意当出头鸟。

连漪一到办公室，一个女声就道："哟，连老师今天没早退啊？"

这个声音闭着眼睛连漪都知道是宋苒，她心情不佳，懒得搭理她，径直在位置上坐下，朝主管点点头道："不好意思，处理点文件来晚了。"

"好。"主管清了清嗓子道，"除了有四位老师请了事假，其他老师都到齐了，那我就说说几个重要的事情。"

"第一个事情是燕湖大学准备做一个英语考研分享讲座，暂定是下个月初，连老师已经主动报名了，那就请连老师务必要做好宣讲工作，这对我们公司来说也是一次很重要的宣传机会，希望连老师多多重视……"

又讲了几件事后就是部门的日常汇报，内容又臭又长，连漪把手机放文件夹中间，低头玩起了手机。

一个电话打进来，铃声突兀地打断会议，联系人依然是"妈妈"。

连漪向主管打了个手势，示意自己出门接个电话，主管点点头。

连漪走出办公室，接通了电话，电话那边是妈妈的唉声叹气，她道："连漪——"

她拧眉问："怎么了？"

"连漪，妈很少求你什么，但你弟真的……你知道的，他的学校只是个二流商院，地段又不好，如果再没有好的实习经历，以后想找份好工作就太难了……"

又是这件事。

"妈。"玻璃窗里连漪的嘴角撇了下去，她有些疲惫地道，"当老师是要靠自己考编制的，考得上哪儿都能去，考不上实习经历再多也只是一张纸。"

她妈不赞同："那还有私立学校呢，私立学校不也是要看工作经历的吗？"

连漪能和陌生人口若悬河聊一下午，对她却时常感觉无能为力。

她轻呼了一口气，不想再让这件小事影响到自己的心情，她问："他要实习几天？"

"不多，只待七天。"妈妈忙道。

七天，还好。

连漪松口道："我这里有个实习助理的位置，如果他感兴趣就让他来试试，他在你旁边吗？"

"在的。逸然，你姐电话，快来接。"

关逸然接过电话，中规中矩地喊了一句："姐。"

"嗯，听妈说你想过来实习，是你自己的想法吗？"

"嗯……姐，你那边要是不方便……"

连漪不想和他说些虚头巴脑的话，她打断他："你明天过来吧，实习助理也没什么事，你直接来公司就好。"

"姐，那我住哪儿？"关逸然声音渐小，估计自己也觉得不好意思，二十来岁的人了，还要别人管他。

而且，还是同母异父不那么熟的姐姐。

她妈在那边听了一耳朵，插话道："让逸然和你一起住吧，他不给你添麻烦的……"

连漪和关逸然几乎是异口同声地说："不行！"

"那。"她妈又道，"你爸那套房子不是空着的吗，让他去那儿住也好。"

连漪直接道："那套房子已经租出去了，你让他订个酒店，房费我报销。"

关逸然诚惶诚恐："不用不用，酒店我自己会解决的。"

"家里有房子，还要去外面住，这不是败家……"她妈不乐意地念叨着。

连漪打断他们："还有别的事吗？我在开会，没什么事我就先挂了。"

"没事没事，你忙吧。"这电话打得关逸然本来就浑身不自然，一听连漪要挂电话了，他立马附和了她，飞快挂断了电话。

平心而论，关逸然并不是一个特别糟心的弟弟，甚至算得上听话了，连漪始终不能把他当成真正的家人一样看待，一方面是因为的确不熟，另一方面是因为母亲的偏心。

其实也没什么，很正常。一个是六岁开始就不待在自己身边的孩子，一个是从小带到大的孩子，会偏心是人之常情。

连漪已经不是十几岁拼命想得到家人关注的年龄了，对她而言，母亲不过是一个存在形式，一条短信一个电话，一个并不算熟悉的陌生人。

反倒是她母亲，这几个月变着法想引起她的关注，三不五时地发些消息来，不是要东西就是要钱。

她爸走了，在这世上便只剩下一个母亲，物质上的东西有所求，她就给了，至于再多的孝顺陪伴，她给不了，也做不到。

关逸然实习的事，于理她是不会答应的，她不喜欢公私不分，但更不想和她妈就这件事来回拉扯。

浪费时间，还坏心情。

好不容易会议结束了，下班也晚了一个点。打卡下班，进电梯，出门。

他们公司在国贸中心，一到五层都是商铺，走员工通道出去，在拐角处咖啡厅的玻璃窗边，连漪一眼看到了沈思晏，他身前摆着电脑，和另一个人不知道在聊什么，一向言笑晏晏的他脸上没有了表情，眉头拧得很紧。

他工作时的状态和平时的状态很不一样，面容冷峻严肃，几乎完全没有一点学生的样子了。

大学还没毕业的实习生都有这种气场了，可见是长江后浪推前浪了。

连漪在心里自嘲了一下，正准备走，沈思晏就毫无防备地看了过来。

骤一看到她，他因为皱眉而微眯着的眼睛立即睁圆了，笑容里满是惊喜，又回到了青涩带着稚气的状态。

"连漪……"

他叫她的名字，"老师"两个字被他含糊了回去。

见他都看到了，连漪也就不好再走，她大大方方走近，问他："还没下班吗？"

"已经下班了，只是刚刚想到了一个算法，和同事再讨论一下。"

"哦。"算法什么的可不是连漪熟悉的领域，她笑笑，道，"那你们聊，我先走了。"

沈思晏直接合上了电脑："没，我们已经聊完了，你是刚下班要回去吗？"

"是啊。"

他说："我们一起走吧。"

顺路的事，连漪说："好。"

沈思晏同事没有插入他们的话题，看着他们一问一答，他夹在中间有些尴尬。

趁沈思晏收拾东西的空隙，连漪冲他同事礼貌招呼说："你好。"

"你们是……"他的目光在连漪和沈思晏之间打转。连漪知道他误会了，她指了指沈思晏和自己解释道："朋友。"

"哦哦，我知道你，你是终硕教育的连漪。"沈思晏同事扬眉笑着说。

"我这么有名了吗？"连漪玩笑道。

"我亲戚今年考研，就在听你的课，我也旁听过一次，你的课上得真好，你本人也比视频还漂亮。"

连漪谦虚："谢谢，谬赞了。"

沈思晏同事走近一步，他拿出手机说："今天能见着面也是特别巧，方便加一个微信吗？"

连漪有两个微信号，一个工作一个私人，她道："我扫……"

她的手腕倏地被一只手抓住，沈思晏轻而缓地说："她不方便。"

"这样啊，真不好意思。"同事讪讪放下手。

告了别，他将连漪拉出了咖啡厅，连漪侧头，带着疑问地看着他。

一直到走出国贸中心，沈思晏才松开手。

"怎么了？"她扭了扭手腕问。

沈思晏皱着眉说："他没安好心。"

"嗯？"

怕她不信，沈思晏解释道："刚刚他电脑不是打开的吗，我看到他同时回复三个女生信息，叫三个人宝贝。"

他薄怒而又认真的样子让连漪想逗他，她故作不懂地问："嗯，这又怎么了？"

沈思晏连眉毛带眼睛都皱成八字形了，憋了好半天憋出来一句："他这样不好，你不觉得吗？"

"你是想说他是海王，喜欢养鱼？"她笑。

养鱼？什么养鱼？哪里养鱼？

沈思晏眼神空了一下："这和养鱼有关系吗？"

他这一下把连漪问愣了，她问："你知道海王是什么意思吗？"

沈思晏搜索记忆库："海上霸王……亚瑟吗？"

竟然有大学生连海王是什么都不知道，连漪扶额："你上网的吗，沈思晏？"

"我上啊……"

"你玩微博吗？"连漪问。

沈思晏摇了摇头，因为是连漪说的，他便认真地问："微博好玩吗？"

连漪问："你平常上网都看什么？"

"逛论坛，还有找教程写代码，或者逛MOOC（大型开放式网络课程），有时候会看看Instagram（照片墙）。"

听起来挺正常的啊，怎么就和年轻人的"梗"脱节了呢？

"现在的'梗'你都不知道的吗？"

"我知道，就是'蓝瘦''香菇'这种，我觉得有点儿无聊……"他说了一半，有点纠结而又小心翼翼地道，"你喜欢这种的话我回去研究研究。"

她怎么感觉他言外之意是在说她是个低级趣味的人？

"开个玩笑，不知道也没事。"她终止刚刚跑偏的话题，不逗他了，"我知道你是想说你那个同事很花心，那样的人我见多了，不会吃亏的。"

"对不起，我自作主张。"他为自己越界的行为道歉，但还是惴惴不安，便用食指扣住她的包带，跟在她身后小声问，"你会怪我吗？"

连漪说："没有怪你，本来就不认识，我只打算用工作的号加他。"

沈思晏弯起嘴角，蓦地，他顿住了脚步，犹豫地问："我呢，我加的是你工作的号吗？"

连漪说："加你的当然是私人的号了。"

他松开眉头，轻快地笑了。

路过的巨大广告牌上写着某某小区毗邻燕湖大学的广告，连漪想起讲座的事。

她问沈思晏："我下个月回燕湖大学做讲座，有兴趣来听听吗？"

"有的。"沈思晏的眼睛里熠熠闪起了光，他道，"学姐的讲座，我一定来听。"

连漪好笑："不叫老师了？你倒会顺竿爬。"

"不是老师，是学姐。"他略有些得意，"我们是一个大学的。"

他小得意的表情意外地让连漪也觉得可爱，她算了算说："你大一的时候我的确还在燕湖，是研二。"

沈思晏静了一下，道："我知道，那一年你去英国交换了。"

"嗯？你怎么知道的？"连漪惊诧。

沈思晏笑着说："学校公示里有你的名字。"

"噢，对。"她点点头。

沈思晏没说，其实他是问了英语专业的人知不知道"连漪"，这个名字特别，听到这个名字，有人想也没想就道："知道啊，外院女神嘛，她去英国交换了。"

他曾以为自己已经能和她比肩了，一抬头却发现她已经走很远了。

他那时像茫然地站在人生的十字路口，一下失去了终点。重新发现自己不过是一个无足轻重的人，笃信的过去被摧毁。

那人还在火上浇油，自顾自道："说起来她男朋友还在美院，是大二的学弟，哎，果然只要胆子大，学弟也能把女神拿下。"

"她……有男朋友了啊。"他本应该为她感到高兴的，可不论怎样努力，嘴角仍旧扬不起来，胸口像被重拳擂进，砸得震荡，痛与酸涩蔓延。

他告诉自己，这很正常不是吗？

那人耸肩，随意说："对啊，美院的，好像是画油画的吧。"

她离开了，有了与他毫不相干的未来，他却还在她留下的过去里，相信她说的那一句"你是我见过最特别的小孩"。

所谓的"特别"或许真的只是一句安慰。

和她相比，他比浩渺夜空中的星辰更黯淡。

过去他觉得她很优秀，是站在学生的角度上仰视她，后来觉得她很优秀，是发现站在同辈的角度上，她也已一骑绝尘。

不怕别人努力，就怕比你优秀的人比你更努力。

大一的时候他们专业开设了一门精品阅读课，老师要求所有人必须将书上每篇课文都背得滚瓜烂熟，班上怨声载道，老师却说有一个女生只用了一个星期就将整本书都背完了。

老师说："那个女生正在Cambridge做交换生，是你们研二的学姐，叫连漪。"

他与她的距离从三楼办公室到四楼教室的五十米，变成了跨越山河大海的八千多千米。

他所想的一切重逢的画面都没有发生，他们在一个学校，却像两根平行线，再没了交集。

高二那年冬天，她离开京海一中后不久就是期末，沈思晏沉默不响地往上攀爬着，在所有人都没有注意到的时候他的名次已悄然跃到了第一位，在那张薄薄的纸上排到了最显眼的位置，她却不知道了。

高二第二个学期，沈思晏转学去了私立高中。

在更激烈的竞争里，他也再没有掉出过前三。

英语成了他的优势科目。英语老师是外教，总赞扬他英语太优秀了，口语流利，阅读也做得又快又好，他告诉她，他上个学期英语只有九十分，外教不相信，反问他："Are you kidding me（你在开玩笑吧）？"

沈思晏笑了，没有再多解释。

从她离开之后他就很爱笑了，他笑的时候总想起她，想起她说："思晏，有没有人说过你笑起来其实很好看？"

他只是她人生中的过客，她却是他的长日留痕。

几周前，连漪向某杂志编辑社投递了一篇论文，以英联邦某某国家为例谈舶来文化与本土文化的共生问题，今天收到了杂志社的回信。

编辑对她论文中采用定量分析和定性分析相结合的方式进行研究的点非常感兴趣，回信给她，洋洋洒洒提了数十条意见。

对照意见，连漪重读了一遍原稿，认为有些意见可以采纳，有些意见不好做修改。她给回信先打了个草稿。

发刊审稿是个漫长而枯燥的过程，运气好可能一稿就过了，运气不好很可能要改好几稿。

洗漱完，连漪埋头于书桌前逐字逐句地改稿，每个字细斟慢酌，三万字的稿子改到了大半夜才算初步改完。

十一点半，保存文档，关电脑，她摘下防蓝光眼镜，捏了捏鼻梁。

四五个小时没看手机，一打开全是消息。事分轻重，连漪先将工作上的消息回复了，才看家里人消息。

她妈说关逸然订了明天的航班，下午五点前到京市。

连漪回复了一个"好"。

消息都处理完了，忽地又跳出一个红气泡，是沈思晏。

怎么了？连漪怀着一些困惑点开。

沈思晏：玛卡巴卡。

附表情"玛卡巴卡拍手手"。

连漪愣了一下，迟疑地回复：怎么了？

沈思晏：唔西迪西！

连漪：发错了？

燕湖大学某男寝，深夜群聊竟在狂发花园宝宝表情包。

"兄弟，够了吗，不够我再找我女朋友要。"

沈思晏看着连漪的两个问号陷入了怀疑："这真的是'热梗'吗？"

"肯定的，我女朋友贼爱这套表情包。"

沈思晏迟疑道："是'热梗'的话，她为什么回的都是问号？"

"那你再发这个表情，我女朋友特别吃这一招。"

"玛卡巴卡求抱抱"。

沈思晏陷入沉思。

见他好一会儿没回复，连漪迟疑地问：你被盗号了？

尴尬，沈思晏追悔莫及：没……刚刚点错了，我就是想说晚安。

大概是窘迫，他撤回了一条消息，只留下一条撤不回的"玛卡巴卡拍手手"，连漪举着手机靠在靠椅上，忍不住弯了一下唇。

她点开语音回复："晚安啊，依古比古。"

声音带笑，逗小孩似的沙哑温柔。

手机猛地砸脸，沈思晏捂着被砸疼的鼻子，翻个身埋在枕头里，闷声笑了。

第二天一早，关逸然踏上飞往京市的飞机。

"你和你姐是一家人，打断骨头连着筋，知不知道？"

关逸然又想起了母亲送他去机场时的话。

打断骨头连着筋，那筋也只连着半根啊。他愤愤地想。

说实话，他是真不想来京市，倒不是不喜欢京市，主要是不想来见他姐。

上初中前关逸然一直以为自己是独生子女，上初中后才知道原来他在京市还有一个同母异父的亲姐姐。

这个亲姐姐，说亲其实也没多亲，三五年都见不着一回，能有多亲？

想到这儿他有些烦躁起来，他本来就不想来京市，是他妈一天三次地在他耳边念叨，要他来京市看看他姐，他姐亲爸走了，在京市一个人孤苦伶仃又没个亲人照顾……

关逸然被他妈说得也有几分怆然，又被念叨得实在受不了了，就同意过来了，其主要目的是和他姐搞好关系。

关逸然本以为就是来京市待一个星期，满足他妈那点拳拳之心就行，结果他妈在机场把劝连漪回南方的任务一交代，关逸然当时就想撂担子了。

他要是能劝他姐回南方发展，那他都能去开猎头公司了！

一个是从小长大的地方，有了工作买了房子，生活稳定。一个是从小到大都没去过的地方，一切从头开始，还有一堆根本没见过几面的亲戚。让关逸然选的话，他也肯定不会选回南方发展。

他妈是真高估他的能力了。

他心里明白得很，他姐虽然对他们一家都客客气气，但这种客客气气背后其实就是一种疏离。就像去年他姐办生父的丧事一样，待他们客气极了，半点也不用他们插手，事就井井有条地办完了。

原本设想了种种，还想着和女儿抱头痛哭的老妈，在京市待了一天，就被客客气气地送回了南方。

和亲生母亲关系都淡薄，能和他这个便宜弟弟亲到哪儿去。

这些念头他反反复复琢磨了一路，最后下飞机了，他还想着，要不买票回去算了？

他踟蹰了半天，还是没能打上退堂鼓，因为他搜了机票，最近的一趟航班机票要一千五百块！

抢钱呢！太贵了！

人穷志短，只能硬着头皮去了。

早上连漪又收到妈妈的短信，说关逸然已经出发了，很快就到京市了。

连漪照例回了个"好"。

连漪回复完就工作去了，在直播教室里一待就是一两个小时，再出来微信被"轰炸"了十多条信息。

先是转账五千块，妈妈和她说：这是逸然的生活费，我怕他乱花只给了他交通费，不要说这是我给的，这几天麻烦你多照顾照顾他。

连漪在教室里没看到消息，所以没有及时回复，过了半个小时妈妈又问她：在吗？

接着就是一连串的——

连漪，妈妈没有别的意思，你要是工作忙，直接把钱给他也可以。

连漪你是不是觉得妈妈偏心了？

连漪你在忙吗？

撤回一条消息。

撤回一条消息。

……

连漪把一堆消息刷完，只觉得头大，她回复道：刚刚在教室，没看到消息，钱会转交给他的。

她领取了红包。

妈妈立马回她：辛苦了，女儿。

在连漪眼里，女儿这两个字总是带着一种莫名的嘲讽感，她没有回复了。

五点多的时候关逸然打了电话来。

一张口就热络道："喂，姐。"

连漪"嗯"了一声，问："到哪儿了？"

"姐，我到你们公司楼下了，你们公司在几楼啊，我能上来吗？"

"电梯要职工卡，我下来接你。"

连漪挂了电话，将口红拿出来，对着镜子仔细地沿唇形涂满，抿了抿唇，才起身下楼。

连漪的气质其实是偏清冷的，不说话不笑的时候总给人以距离感，枫叶红的口红给她增添了几分暖色。

公司楼下，商铺大厅，关逸然穿着一件涂鸦连帽衫，鸭舌帽挡了大半张脸，坐在行李箱上转着圈等着他姐来接他。

他其实是有点怕的，万一他姐对他不耐烦，那该怎么办，见了面就走岂不是更尴尬？

没等他想周全，电话响了，关逸然接通电话四处张望："姐，你下来了吗？"

"你在哪儿？"连漪问。

"我在入口这里，旁边有家奶茶店，门口还有两个保安。"

连漪："好，我看到你了。"

关逸然抬头看到连漪的身影从拐角处出来，他忙从行李箱上跨下来，抬手挥舞。

连漪挂了电话，走过来打量他，视线又落在他的行李箱上，她问："怎么不先去酒店？"

关逸然挠了下头："还没来得及找。"

"那先上去，等我下班了再带你去看酒店，可以吗？"

关逸然忙不迭点头："我都可以。"

连漪六点下班，此时距离下班还有半个多小时。

关逸然还是头回到中规中矩的公司里去，见着大厅忙碌的景象他都有点儿手足无措了，连漪没一来就和他谈工作，而是把他安排在会客室后就做自己的事情去了。

关逸然在会客室枯坐了一会儿，等得实在无聊了才又摸出手机来打游戏。

正在他全情投入的时候，会客室门口突然冒出个脑袋，观察了他一会儿，那人问："你好，请问你是来找谁的？"

关逸然手上动作不停，应付说："我等连漪。"

"连漪老师开会去了，可能要等一下。"

"我知道。"关逸然说。

"你喝茶或者果汁吗？"

关逸然摇头："谢谢，我有水。"

何思敏打量了他一下，看到他旁边的行李箱，好奇地问："你是从外地过来的吗？"

关逸然打完了一盘游戏，抬头说："对，我从深市过来的，来当助理的。"

"你就是实习助理啊。"女生朝他伸手，自我介绍道，"你好，我叫何思敏，是连老师班上的助教。"

"你好你好。"关逸然站起身，伸手和她握了一下。

何思敏站在他身前，笑道："你刚刚戴着帽子低着头，我还以为是连老师男朋友来了呢。"

关逸然乐起来："怎么可能，我姐都分手好几个月了。"

何思敏瞪圆了眼睛："连老师不是都要订婚了吗？"

"你听谁说的？"关逸然莫名其妙。

"连老师她男朋友上次在公司楼下求婚，好热闹，全公司都知道了！"

"啊。"关逸然挠头说，"那我就不清楚了。"

不过他笃定："我姐肯定没和那个谁在一起了。"

何思敏抓住了称呼："你是连漪老师的弟弟啊！"

她忍不住惋惜："我们之前还觉得林先生人很好呢，没想到已经分手了，谢谢你啊，不然我还真不知道，之前还在说林先生呢，难怪连老师看起来不是很高兴的样子……"

她说了一会儿，又开始低声八卦："最近是不是有人在追连老师了？我上次在会客室看到……"

不在人后议论人，关逸然摆手说："我不知道，我姐眼光高着呢。"

何思敏见他不信，只好说："你不懂，这是女生的直觉。"

"你刚刚还把我当那谁呢，直觉一点也不准。"关逸然皱着眉头呛声。

何思敏哽住，嘀咕道："你还没毕业吧？"

"我大一呢。"关逸然说。

"谁和你说这个……算了，我工作去了。"

"哎，我还没说呢，我叫关逸然。"

何思敏说："你不姓连啊？"

两人对视着，关逸然深深感觉这天聊不下去了，他叹口气摆手说："你走吧，走吧。"

六点连漪下了班，关逸然还大马金刀地坐在那儿俯着身子打游戏，满屋都是游戏的声音："First blood（第一滴血）""Double kill（双杀）""Triple kill（三杀）"……

连漪敲了下门："走了。"

"姐，等我一下，一分钟。"关逸然立马喊。

连漪靠在门边看手机消息，有一条是沈思晏发过来的，他问：下班了吗？

时间是五分钟前。

连漪：下班了。

沈思晏发了个可爱的表情，问：一起回去吗？

不了，今天有点事情，你先走吧。连漪拒绝了。

连漪带关逸然在附近一家酒店订了房间，又带他去吃晚饭。

席间也没什么话题好聊，关逸然时而打打游戏，时而刷刷抖音，连漪不咸不淡地问了他几句："大学有什么规划""菜味道还可以吧"，接着便是吃饭。

关逸然远没有表现的那么淡定，他妈一个劲给他发消息，问他：你姐说什么没？

关逸然：什么也没说。

妈：你们聊什么了？

关逸然：什么也没聊。

妈：你这死孩子，让你过去有什么用？

关逸然愤怒：都说了我不来，下次要来你自己来！

妈：你们吃什么了？

关逸然拍了张照片发过去。

妈：给我拍张你姐的照片。

关逸然：不拍，多尴尬啊！

妈：我给你转账。

关逸然：你要哪个角度的？

关逸然举起手机正准备偷摸着拍的时候，连漪抬头看向了他："怎么了？"

关逸然差点吓掉手机，立刻放下手机道："没事没事。"

他妈还在"轰炸"他，关逸然沉默了一会儿，酝酿着问："姐，你有没有想过去南边发展？"

"没有，怎么了？"连漪几乎没有犹豫，语气也淡淡的。

关逸然一下尿了："没什么没什么，我就是随口一说。"

"妈要你问的吧？"连漪一眼看破了他。

"没有没有，我瞎琢磨呢。"多说多错，关逸然只好埋头干饭。

连漪倒也没有继续问了。

上次办丧礼的时候她妈就问过一次，问她要不要回深市发展，连漪说在京市挺好的，她妈也就讪讪作罢了。

连漪不可能去深市发展，她生在京市长在京市，对深市唯一的记忆大概还是学龄前的。

也算出于地主之谊，连漪陪关逸然吃了顿饭，交代了他明天几点上班之后就准备回去了，关逸然不好意思让他姐自己走，就说要送她到地铁站。

一顿饭吃完已经七点多了。在深市，夏天七点多天还是亮堂堂的，可在京市，这时候天色已经完全黯淡了。

连漪在路上接了个电话，一路边走边聊。关逸然听了一耳朵，听不太懂，只好低头玩小游戏，正走着，猛地被人撞了一下，手机险些飞出去，一句脏话已经到喉咙口了。

他还没骂出口，就见他姐回头诧异道："沈思晏？"

"好巧。"男人愣了一下，也笑了。

关逸然那张牙舞爪的火苗还没腾上来就熄了。

"姐，熟人？"他纳闷。

"啊，对。"他姐应和了他一声。

"才下班啊？"连漪问。

沈思晏睫毛轻眨："对，部门加班了。"

关逸然试图插话进去："姐，他哪个部门的？"

连漪简单说："楼上公司的。"

关逸然突然想起今天在公司何思敏说有人在追他姐，他脑子里拉起了警报，追着问："你们怎么认识的啊？"

连漪拧眉看他一眼："以前认识的。"

非常官方地回答了他的废话。

关逸然哽住。

沈思晏目光转向关逸然，带着笑道："这位是？"

"他是我弟，刚刚陪他去吃了个饭。"连漪说。

"不好意思，刚刚走路看时间，不小心撞到你了。"沈思晏温和地道歉。

关逸然郁闷了，刚刚沈思晏撞他的时候可不是这么文弱的，要不是他手拿得稳，手机都能飞出去一米远。

但毕竟是他姐熟人，也就不好意思再说什么了，他只能郁闷地"嗯"一声。

沈思晏抬手指了指地铁站，问连漪："一起走吗？"

连漪点头："我也正要回去了。"

关逸然的视线顺着沈思晏抬起的手往上扬，又顺着他落下的手往下落，两眼差点瞪成"对子眼"。

"哥，你那个是蓝水鬼吗？"他颤悠悠地问。

沈思晏抬手露出手表道："这个吗？"

"是……是真的吗？"

"喜欢吗？"沈思晏抬手开始摘表带。

连漪开始还没搞懂这两人在打什么哑谜，见沈思晏突然摘下了表，关逸然又和接什么传家宝一样，郑重其事地双手捧过手表，她嘴角拉了下去。

"关逸然。"连漪轻声说。

她很少连名带姓地叫他，这么叫人的时候说明她有点想发火了。

关逸然浑然不觉，正惊奇地研究着表。

沈思晏轻描淡写地说："喜欢吗？送你了。"

"这这这，不行不行……"关逸然诚惶诚恐。

沈思晏笑笑："假的，买来玩玩的，你喜欢就拿着玩吧。"

关逸然握着这质感不太敢信，将信将疑道："真的吗？"

沈思晏点头："真的。"

一块蓝水鬼可是二十来万元，要是真的哪能这么轻易说送就送，关逸然顿时没了谨小慎微的样，拿起手表嘀咕道："那你这表还仿得挺真的。"

车、表、球，这三样几乎没有男生逃得过，关逸然和沈思晏聊了几句，一块儿走到地铁口，关逸然对着沈思晏已经一口一个"哥"了。

"姐，沈哥，那我先回酒店了啊。"

连漪脸色不好，略过关逸然直接上了自动扶梯。

沈思晏和关逸然说了声"再见"，紧跟上连漪的脚步。

她只留一个背影给他。

他有点儿不知所措，放软了声音低声喊她："连漪？"

连漪有些火大，但这个火大不是针对沈思晏的。

实在是关逸然太能自来熟了，刚见面还不到五分钟就把人手上的表"薅"走了，先不管东西值多少钱，就那真不客气的行为就挺丢脸的。

她不高兴的情绪收敛得很好，下了扶梯，她客气地问沈思晏："你的那块表原价多少？我转给你。"

和连漪心里觉得的丢脸不同，她话说完，沈思晏却觉得她熠熠闪光。

沈思晏摇头说："那块手表并不值多少钱，是A货……"

说到后三个字，他抿住了唇，表情有些犹豫。

因为他没有正面回答自己的问题，连漪拿出了手机打开搜索软件，反问他："那块表是什么品牌的？"

她肯定是要在网上搜价格了，沈思晏掂酌了一会儿，报了一个他认为极其低的价格："五百块。"

连漪凝望着他，像在掂量他说的这个价格是否真实。

沈思晏移开了目光，为了肯定自己的回答，他颔首，又重复了一遍："真的只要五百块。"

他的神色无懈可击，不似作伪，连漪相信了他的说法，她打开微信，问沈思晏："微信转账可以吗？"

连漪认真的眼神让沈思晏想要拒绝的话无从说出口。

"好。"沈思晏只能这样回答。

他感到无力，她的拒绝绝不是出于客气的推拉，她的脸上没有一丝笑意，她像一座堡垒，看起来沉默包容，实则无从接近。她将彼我分得清清楚楚，本身就是出于一种自我防卫的疏离。

身后的人潮向着安检口涌动，沈思晏和连漪像潮水中的两座浮标，时而靠得很近，时而又为人潮分离。

连漪不想亏欠人情，有些事情可以装傻，一旦涉及底线，她是必然要较真的。

再好的关系谈"钱"也伤感情，别人愿意给那是别人大方，你坦荡荡就收了，那就是"贪"。

"大方"是人的善行，"贪婪"是人的恶行，高下立见。

人的关系不平等了，那也就变味了，所以每一笔账最好都要在当下算清楚。

不过每个人的价值观都是不同的。

"钱"对沈思晏而言是最不值钱的东西，从小到大，他潜移默化受到的教育是："健康、天赋与爱，每一样都比金钱有价值。"

他从来不过问父母家里有多少资产，就像父母从来不问他需不需要钱。

他没有为钱发过愁，也不理解为什么很多人说钱是"王八蛋"。

有人喜欢炫耀豪车名表奢侈品获得心理满足感，常言道越缺什么越炫耀什么。沈思晏无法和他们共情，因为他们炫耀的每一样都是他俯拾皆是的。

他的委屈也在这里，她连几百块钱都要和他算得一清二楚，对他而言是一种打击。

能用钱衡量的礼物于他而言都是廉价的，可她连廉价的礼物都不愿意收。

她大概是真的不记得他了。

这样的认识让沈思晏心里堵得发慌。

很快他又自我安慰，或许是他那块表真的太过廉价，廉价到她都不屑于收下。

在噪音轰鸣的地铁车厢内，沈思晏一只手臂垂在列车门口，细密的风从门缝中吹到了他的手上，他垂下视线，目光落在倚在角落的连漪身上，她与门角形成了一个稳定的三角形，宁可低头看手机，也没有开口和他交流的意思。

陌生人都是如此。

同路一段，走出地铁口之后便分道扬镳。

他原以为，他和她应当是熟人。

在地铁口告别，朝着两个方向离开。沈思晏依旧驻足看她的背影。

繁忙的都市生活令每个人都行色匆匆。

她走了很远也没有回过一次头，所以也不曾看到沈思晏停在地铁口一动不动的身影。

于她，这只是一个普通得不能再普通的下班夜。

连漪对关逸然原本没有任何要求，这七天他无功无过地待完，相安无事就是最好的。

可关逸然太知道怎么给她添堵了。

连漪一向是公私分明的，可这一上午下来，全公司都知道了关逸然是她弟弟。

关逸然在公司里也依旧左一句"姐"又一句"姐"，叫得她血压升高，连漪按捺着暴躁，和他说："在公司不要叫姐，叫连老师，行吗？"

关逸然"噢"了一声，拿起文件道："姐，助教说这个……"

连漪看着他，关逸然改口道："连老师，助教说这个作业给你看。"

"放那里。"连漪指一下旁边。

何思敏忙不过来的时候托关逸然去送下文件，特意跟他说清楚，出门左拐第一间办公室教务部，结果过了十分钟财务办的助理拎着文件不知所措地来办公室找连漪："连老师，这是干什么的？"

连漪把助教叫过来，助教又一脸蒙地找关逸然，原来是他送错地方了。

这是小事，连漪也就算了。

中午前连漪让关逸然去打印一份文件，到了中午午休的时候还没打出来。晚上要上直播课，连漪本就忙得脚不点地，中午都是订的外卖，下楼去拿外卖的几分钟，刚进电梯就接到了关逸然的电话，他急匆匆道："姐，这个打印机怎么打不出字啊？"

等他研究完，绕月环行的都回来了，连漪深吸了口气，缓缓地道："看到那个开关键了吗？"

"看到了。"

连漪："摁一下。"

关逸然懵懵懂懂："好，摁了。"

"好，放那儿，别动了，等我回来我来打。"

打印机关机了，关逸然品出了点别的意思，小声道："姐，我是不是给你添麻烦了？"

连漪没回答他这个问题，只说："你去吃饭吧。"

连漪拿了外卖上楼，同一趟电梯的还有几个嘀嘀咕咕的女生，连漪看着楼层数，脸上没什么表情。

本来没有在意旁边的人在说什么，直到突然听见"沈思晏"三个字，她侧了下头。

"沈思晏是技术部最帅的实习生了吧？"

"你不觉得他太高冷了吗？"

"燕湖大学的高才生，长得又帅，不高冷一点追他的人早就从黄土店排到八达岭了吧，不过我们这种姐姐还是别想了。"

"怎么不能想，我们姐姐多有魅力啊。"

那群女生笑了起来。

那人道："男人都一个样，十八岁喜欢十八岁的，四十八岁还是喜欢十八岁的，我们这种都奔三十岁了的还是想点现实的，毕竟长得好看不能当饭吃，能找个条件差不多的就可以了，不是十八岁能做梦的年纪了，找个能还房贷的不是靠得住一些吗？"

"你们这种有房贷的才有压力，我们这种没买房的可没这种压力。"

"现在没压力以后总要有压力的，找个比你小的，说不定以后还要给他还房贷呢，还是现实一点，有房有车有存款的，能过日子咱就不挑了。"

大概是电梯里没有男性，几个女生聊得有些肆无忌惮，十五楼到了，电梯门打开，连漪出了电梯，那几个女生还在热烈地聊着。

尽管很不想承认，但是当女性到了三十岁，仿佛社会上所有声音都在说，该结婚了吧，找个差不多的人嫁了吧，别挑了，不是十八岁了。

让人难过的是很大一部分女性自己也是这样想的。

要知道国外很多女性到了三十岁才开始绽放，而在国内，女性到了三十岁仿佛就是尘埃了，生命的一切价值都应该回到家庭，回到生儿育女中去。

凭什么呢？凭什么女性就一定要牺牲自己前二十年的努力回归到家庭中去？凭什么男性三十岁不结婚是黄金单身汉，女性三十岁不结婚就是大龄剩女呢？

连漪心说，我才不这样，我想谈恋爱就谈恋爱，不想结婚就不结婚，谁也别想道德绑架我。

连漪拎着外卖走进休息室，蓦地，她顿住了脚步，有那么一秒钟，她怀疑自己走错楼层了，否则——沈思晏怎么会在这儿？

"姐！"关逸然面对着门口，一眼就看到了她，高高扬起手朝她示意。

连漪有些吃惊地走进去。

"沈哥带了吃的来，姐，你看。"关逸然把袋子打开，露出里面包装完好的甜品。

"你怎么来了？"连漪看着沈思晏。

沈思晏起身，笑着对连漪说："甜品买多了，只好来找老师分担了。"

连漪看了一眼甜品，失笑道："这么多，我也吃不完的呀。"

沈思晏眼睛一弯，有些狡黠道："那我不管，都已经拿下来了。"

连漪看了看满满一袋子的餐点，问沈思晏："不介意其他人一起吃吧？"

"当然可以。"

连漪便招来休息室里的同事，笑着说："大家见者有份，都过来吃吧。"

本来在旁边窃窃私语的同事一下都围过来了，拿了吃的还不忘嘴甜说一句："谢谢美女！"

"不敢居功。"连漪指指沈思晏说，"是他请大家吃的。"

有心直口快的同事挤眉弄眼地揶揄："连老师，换对象了啊？"

连漪推了她一下："天天想什么呢，普通朋友。"

那人拿了吃的走了，幽幽地说："哎……我怎么就没这朋友啊。"

一袋子吃的一下瓜分了大半出去，连漪在沈思晏旁边坐下，不好意思道："下次别送了，我们公司这群人最不客气了，还七嘴八舌的。"

"他们误会了吗？"沈思晏眉头拧了起来，有几分认真地道，"我和大家解释一下吧。"

连漪见沈思晏真要起身，哭笑不得地拉住他道："都是开玩笑的，别较真。"

沈思晏垂下眉眼："连漪老师不是有男朋友的吗？我怕大家误会。"

连漪抿了下唇。

听到"男朋友"三个字，关逸然疑惑地插话道："我姐早分手了，哪来的什么男朋友？"

连漪松开了抓沈思晏的手，拿起个蛋挞扔给关逸然，轻声斥道："吃你的。"

眼镜下，沈思晏的眼神先是疑惑，接着慢慢睁大，还是不太相信的样子。

"真的，去年就分了。"怕他不信，关逸然还又加了一句。

她这个便宜弟弟多少有点缺心眼。

连漪火上来了，压着声音问他："资料打印好了吗？"

"姐，你不是说你自己……"他话说到一半，意识到自己说太多了，他"噢"一声，低头闭嘴了。

敛了火气，连漪解开外卖袋子，用纸巾垫着盖子。

沈思晏指了指她的菜道："这是什么菜啊？"

"梅菜扣肉，吃过吗？"连漪舒展了眉头。

沈思晏摇摇头。

连漪便将筷子递给他，含笑道："尝尝吗？"

"可以吗？"沈思晏有些受宠若惊，问，"筷子我用了，你用什么？"

"有其他筷子。"连漪说。

沈思晏这才接过筷子，俯身尝了一口，眉头拧了起来。

"怎么了？"连漪问。

沈思晏沉默了一下，还是诚实地说："有点咸。"

"啊？"连漪皱眉。

沈思晏把筷子递还给她道："真的，是不是有点馊了。"

"不会吧？这家我经常点啊。"连漪拿过筷子，尝了一口。

坐在对面的关逸然猛烈咳嗽起来，险些把饭喷出来，连漪和沈思晏同时看向他。

关逸然端起饭碗，缩着脖子，挡住半个脑袋，憋红了脸："姐，沈哥，你们继续，我吃完了我先打印资料去了。" 关逸然猫着腰溜走了。

连漪拧眉问："他又怎么了？"

沈思晏干咳一声，指了指筷子："筷子我用过了。"

连漪愣了一下，想起了自己刚刚是顺手从沈思晏手上接过来的，她无语片刻："我再去拿一双筷子。"

她将筷子放在纸巾上。

心照不宣地，两人都没有再提这件事。

连漪吃完了饭，拿起一个蛋挞。

沈思晏伏在桌上，侧着头看她。

他的双眼皮并不明显，眼尾微微下垂，显得瞳孔很圆，就这么一眨不眨地看着她。

连漪拿起蛋挞的手在他的视线里都不好意思地放下了，她想了想，沈思晏总不会无缘无故跑下来特地送吃的，她便问："你是不是找我有什么事？"

沈思晏对上连漪探究的眼神，顾及周边都是她的同事，他小声问："连漪老师，今天一起下班吗？"

被他的提问问愣，连漪眨了两下眼睛然后说："我今天有晚班，要到八点半才下班。"

他干净的眼睛弯了起来，高兴道："我下班也会晚一点，时间近的话一起走可以吗？"

连漪点点头，忽然抬眉，连名带姓地叫他："沈思晏。"

沈思晏心跳顿时停了一拍，脖颈往后一缩，脸上的笑差点吓没了。

连漪捏着蛋挞，不明所以："你怕什么，我是想问蛋挞哪家买的，还不错。"

"啊。"沈思晏直起身子搓了搓脸，自己都觉得很好笑，"以前就怕你连名带姓地叫我，条件反射了。"

连漪差点被噎到："我以前有那么凶吗？没有吧？"

那个时候的事，连漪都快忘干净了。

沈思晏摇摇头，那时候的惴惴不安，如今回忆起来都成了乐事："没有凶，只是每次连名带姓地叫我都会开始一顿数落。"

"我数落你什么了？"连漪自己都吃惊了。

沈思晏掰着手指给她一一数来："偏科，学习态度不端正，审题粗心不仔细……"

一时间仿佛有好多声音，连漪想起或许是有那样一些事。

"沈思晏，你偏科怎么这么严重？"

"沈思晏，你不是学不会，你就是学习态度不端正！"

"沈思晏，怎么这种题都错了，你是不是粗心了？"

"……"

她好笑地道："至少现在结果不错，不是吗？"

沈思晏和她对视着，忍不住观察她的眼睛，连漪的瞳孔不是全黑色的，带着一点浅褐色，她莞尔时瞳孔里的光也跟着闪动，如水一般温软。

他很小声地问："我还算没有让你失望吧？"

"算。"她伸手在他头顶揉了一下，带上了些许不自觉的宠溺，说，"能考上燕湖大学，你超厉害的，沈思晏。"

沈思晏瞳孔放大，屏住了呼吸，连肩胛骨都耸了起来，像猫一样。

猫遇见喜欢的人，瞳孔才会不自觉放大。

连漪今天心情很好，晚上直播时直播间里的学生都发现了，一个劲地刷屏说："连漪老师今天笑得好甜啊！"

"连漪老师有男朋友了吗？"

"连漪老师给孩子个机会吧！"

见他们一个个插科打诨，连漪关了摄像头，只留下屏幕录制，她温柔又带一些无奈的声音说："还没下课呢，不要聊和学习无关的事情，会看不见其他同学的提问，小何老师，麻烦清一下聊天框。"

助教帮她清理了对话框，只留下她回答问题的文字回复。

八点半下课，连漪关了电脑，直播一个半小时下来肩颈酸痛，她揉了揉脖子。

收拾东西又收拾了十来分钟，她走出办公室的时候看到助教还在忙，连漪叮嘱了她一句："不要做得太晚了，做不完的工作可以带回去做或者明天再来做。"

何思敏"哎"一声回应："没关系连老师，我整理一下就下班了。"

连漪点点头："好，一个人回去注意安全，再见。"

"我男朋友已经在来接我的路上了，拜拜连老师。"何思敏从格子间里伸出手朝她挥挥。

男朋友啊。

连漪笑笑。

她走出公司大门，低头整理包带，忽然在视线内看到起褶的牛仔裤，她抬起头，看见沈思晏正靠在对面的墙上低头刷手机，手机的光打在他脸上，明暗交错。

他轮廓深邃，下颌线鲜明清晰，或许是光线暗淡的缘故，他显得格外冷淡，连漪怔然了一瞬。

听到她高跟鞋的声音，沈思晏转头看向了她。

看见是连漪，他放下手机，扬起了笑容："终于下班了。"

"你怎么……"连漪突然想起了中午答应的事，她拍了一下额头，懊悔道，"不好意思，我最近真不知道怎么回事，刚说的事一会儿就忘了，你怎么也没打个电话……"

"有人说你在直播，所以我在门口等一会儿。"沈思晏站直了身子。

连漪按亮手机看了眼时间，已经快九点了。

"真的对不起，下次你直接走吧，真的不用再等我了。"

"我也刚下班。"沈思晏指指电梯说，"你看，电梯都还停在这儿。"

连漪心里的内疚感这才稍稍平复。

接近九点的电梯里已经没有其他人了，一片寂静。

连漪倚靠在电梯扶手旁，随口找了个话题问沈思晏："你们现在实习都没有课了吗？"

"有的，星期一和星期四上午有课。"

"都实习了，怎么不申请免修呀？"连漪记得当年实习是可以申请课程免修的。

沈思晏想了想，回答："好像很久以前可以免修吧，现在不能申请了。"

他这句"很久以前"让连漪顿时哑然，好一会儿她才哂笑道："你这么一说倒让我想起我已经毕业很久了，往前算算，够得上一句'老学姐'了。"

她自嘲的话没有让沈思晏觉得好笑，她总是在有意无意地放大他们之间的年龄差距，他声音低沉，不赞同道："也不算毕业很久，更谈不上'老'。"

连漪只当他是说奉承话，她笑了下，接着问："那你现在怎么协调上班和上课，请假吗？"

出乎意料，沈思晏说："只是有个项目挂靠在这边公司，我们在学校也有团队，不用每天都来。"

隔行如隔山，连漪对程序员的工作是不太懂的，倒还挺羡慕他的这种自由。

出了公司，本以为这个时间点，地铁也应该宽松许多了，忘了今天是周末，这边又是市中心，晚上依旧是人山人海，地铁安检的队伍都排弯了。

刷码过闸机，连下地铁的电梯和站台中间都站满了人。

铃声响起，地铁要来了，连漪看了下排在前面的人，拉住沈思晏说："我们等下一趟吧。"

"好。"

他们站在中隔墙后，沈思晏侧身站在她身前，挡住了人群，给她留出一片空间。

他背着的包还斜挎在身后，连漪拉了拉，将他的包拉到了他身前。

包还挺实的，不知道里面装了什么。

连漪抬起头，她的鼻尖正对他下巴，靠得近了，连呼吸都能感觉到，她微微侧开头，好一会儿，才低声说："人太多了，小心东西。"

"嗯。"他轻声回应。

第二趟地铁比上一趟稍微宽松一些，连漪顺着人流走到靠后的位置，沈思晏也亦步亦趋地走到了她旁边。

站稳后，连漪拿出手机看消息。今天是周末，除了教学部基本都放假了，工作群里也没什么人说话。

她放下手机，抬头看着站牌，还有十来站。车声嗡鸣，她有些犯困，低下头用额头抵着杆子微微靠着。

一只手撑到了杆上，碰到了她的头顶，连漪以为挡到了别人，醒过神往一侧偏了偏，仔细一看发现是沈思晏的手臂。

沈思晏对上她的视线，指了指自己的手臂说："可以靠在这里。"

连漪只当他开玩笑，摇头笑了笑。

后两个站下车的人多了，终于有了空位，沈思晏拉拉连漪道："那儿有位置。"

连漪："你不坐？"

连漪的确有些困了，她坐下后又往旁边移了移，示意沈思晏还能坐一个人。

位置并不宽，连漪旁边坐着的是一个用余光打量她的中年男性，原本要摇头的沈思晏立刻走过去，径直在她旁边坐下了。

位置逼仄没有缝隙，连漪靠着椅背合目休息，而沈思晏紧挨着她，脊背挺直，一动也不敢动。

地铁很平稳，一路驶向前方，听着气流的声音，时间都开始变得悠长。

她身上淡淡的香水味轻飘飘地钻进他的鼻尖，沈思晏手心握了握，又缓缓地松开。

未几，肩膀一沉，沈思晏立即扭头，对上连漪惊醒后有些茫然的眼神。

他忽然放松下来，完全靠在了椅背上，低声告诉她："没事，可以靠。"

是真的累了，一动也不想动，见不是靠在陌生人肩上，连漪便闭上了眼睛，轻轻抵着他的肩膀休息。

她呼吸很均匀，近得沈思晏甚至能感受到她身体细微的频率。

淡淡的香水味也更近了，沈思晏放在膝上的手再次紧了又松。

半个小时后，地铁到站，沈思晏叫醒了熟睡中的连漪。

没想到会睡着，连漪自己吓了一跳。

"没有坐过站，已经到了。"沈思晏安抚她。

下车后，沈思晏走在连漪身后，在她看不见的地方才小心翼翼地转了转胳膊肘，不料连漪突然回头。

他转胳膊的动作被连漪看到了，连漪停下脚步，询问沈思晏："肩膀是不是压麻了？"

"没……"他顿了顿，不想撒谎，"只有一点儿。"

"疼吗？"

"不疼，真的。"

连漪伸手在他胳膊上轻捏了两下，白皙的脸上浮起些许笑意，她说："那就好，我请你吃夜宵去，走吗？"

她轻按的力度让沈思晏半边身子一阵发麻，此刻别说是夜宵，她哪怕说吃砒霜，沈思晏都可能一口闷了。

江岸边有烧烤摊，扎着一排排的红帐子。橙黄的灯泡成一条线拉过整个江边，照映得江面都是亮堂堂的。

沈思晏以为她说去吃夜宵是去哪家饭店，倒没想到真的是路边的夜宵摊子。

四周人声嘈杂，光着膀子的大汉大声吆喝。

连漪走出金融中心，在接地气的夜宵摊子间也来往自如。

"吃什么，点吧，我请客。"连漪指着烧烤摊子里琳琅满目的食物说。

沈思晏有些迷茫地站在一边看了一会儿，见了一块鲜红的东西，忍不住小声问连漪："这是什么？"

烧烤的老板朗声道："腰子啊，小伙子，腰子都没吃过啊？"

呛人的烟味直窜鼻腔，沈思晏后仰着退了一步，指着另外一样一圈一圈的东西问："这个呢，肠吗？"

"猪鞭！"老板掷地有声。

不知道是昏黄灯光的作用还是烟呛的，连漪看沈思晏红晕上了脸。

连漪手搭在架子上，忍不住笑了一声。

她报单："老板，一个茄子，一条烤鱼，一斤小龙虾……"连漪扭头问沈思晏，"喝酒吗？"

沈思晏掂量着说："一点点。"

"一瓶冰啤。"连漪加了一句。

老板招呼："好，美女，啤酒都在冰柜里，自己拿，位置随便坐啊。"

沈思晏正要跟着连漪走，老板冲他抬了抬下巴，揶揄道："帅哥，猪腰子要不要啊？"

猪腰子到底是什么东西？

沈思晏站住了脚步。

连漪拎出一瓶啤酒，"啪"一声巨响关上了冰柜门，引得大家都往她那儿看，她脸上笑容依旧，晃了晃酒瓶，开玩笑地对老板说："年轻人身体好着呢，补什么猪腰子？"

老板和一些客人都笑了起来。

沈思晏整个人都在状况外，没懂什么意思，也不知道大家在笑什么，感觉到了一点格格不入。

连漪带沈思晏找了个位置坐下来，她将包放椅子上，对沈思晏说："把包放这儿吧。"

沈思晏将背包放好后，规规矩矩地在塑料椅子上坐下。

"能吃辣吗？"连漪问他。

沈思晏迟疑了一下："不太能……"

连漪扭头扬声冲老板喊："老板，小龙虾换五香的，烧烤少放辣。"

"行嘞。"

怕她迁就自己，沈思晏改口道："没关系，也不是不能吃辣。"

"晚上吃太辣也不好，明天会长痘。"连漪解释说。

冰啤酒上的水滴不停往下流，老板娘给他们拿来了杯子，给他们开瓶盖。

连漪拿过沈思晏的杯子，问他："喝多少？"

沈思晏："一半吧。"

连漪晃了晃酒瓶，问："这个一半？"又接着晃了晃杯子，问，"还是这个一半？"

沈思晏抬起手，顿了一下，指指杯子。

连漪给他倒上半杯啤酒，还安慰他说："小酌怡情，挺好的。"

沈思晏其实从来没较真喝过酒，往常参加家里的酒宴，都只是走个过场，举起高脚杯微微湿了唇便是喝过了。

他还是第一次坐在这么接地气的地方，喝纸杯盛着的半杯啤酒。

连漪又将啤酒倒进自己杯子里，冒起的白沫很快溢到了杯口，连漪放下酒瓶，看向了宽阔的江面。

沈思晏也随着她的视线看向江水。

没有人说话，静谧，只有涛声滚滚。

端上桌的小龙虾打破了沉寂。

沈思晏见过这种小龙虾，他说："这种小龙虾和学校食堂的是一样的。"

他以前吃过的大多是澳洲龙虾或者波士顿龙虾，提前预约，厨师上门服务，将肉处理过后烹饪摆盘端上桌，说是食物其实更像精美的艺术品。

他学着连漪将塑料手套戴上，拿起一只小龙虾，只见连漪随手一扭就将肉剥出来了，他也试着掰了一下，直接掰成了两段。

连漪见他掰了好几次也弄不出肉，由困惑转向恼火的样子，掩着唇笑了起来。

沈思晏只好将小龙虾放下，老实承认："我不会剥。"

"我教你。"连漪拿起一只小龙虾做示范，"按住它头和腹部交接的这个地方，将后面部分往前推，然后把这个节的地方扭开，就可以剥出虾肉了。"

沈思晏学着她的办法，虽然掰开了，但并没有把肉完整剥出来。

"这个给我。"连漪朝他伸出手心，沈思晏不好意思地将掰开的龙虾递给连漪。

连漪将虾尾处剥开，又将肉递给沈思晏。

小小的虾肉落在他手心里。

沈思晏说："谢谢。"

连漪抿了一口啤酒，问沈思晏："味道怎么样？"

小龙虾刚入口，沈思晏就呛咳了两声："有点辣。"

"喝点。"连漪指指他的杯子。

沈思晏也学着连漪，脱下手套，拿起杯子喝了一口冰啤酒。

他想着大约是可乐一样的碳水饮料的味道，闷了一大口，一下冰气和酒气直冲天灵盖，沈思晏再次呛住，含着一口酒，想咳又不敢咳，憋红了脸，好一会儿才把五味杂陈的酒咽下去。

"第一次喝酒？"连漪有些诧异地问。

沈思晏耳朵有些发烫了，他点点头。

连漪笑着摇头："完了完了，我把你带坏了。"

"没有，能喝的。"沈思晏辩解道。

连漪只让他喝了小半杯啤酒，剩下大半瓶啤酒都是她喝了。而沈思晏在几只小龙虾惨被分尸后，终于能完整地剥出虾肉了。

因为吃不了辣，他乐在其中的事就是给连漪剥虾。

一直吃到十一点多才把这一顿夜宵吃完。

沈思晏倒是没吃多少，他喝不了酒也吃不了辣，都只是略尝了一点，大部分时间都是连漪在吃他在看。

大概是喝了一点酒，连漪觉得心情也好了很多，结完了账，她和沈思晏说："吃完了，该各回各家了。"

她喝了一大瓶啤酒，脸颊绯红，沈思晏有点担心她，起身扶住她的手臂说："我送你回去。"

"我家就在那边，很近的，你回去吧，不用送了。"

她拍拍他的手臂，转身自顾自地走了。

沈思晏站了一会儿，突然看到了椅子上的包，他拿起两个包，道："连漪！"

连漪走在路灯下，听到他的喊声便转身回来看他。

路灯将她的影子压成很小很小的一片阴影，昏黄的光给发丝都镀上了一层金黄。

沈思晏快步追上去，道："你包没拿。"

"哦，谢谢啊。"连漪接过包背上，又冲沈思晏摆摆手，"快回去吧。"

沈思晏看着连漪转过身往前走，走了一段距离后，他想了想还是默默跟在了她身后，不远不近地保持着三四米的距离。

连漪家的确很近，沿着大道直走转过一个拐角差不多就到了。

沈思晏送到门口就停住了脚步，看着她走上阶梯，上了楼。

他在楼下站了一会儿，没有听到什么声音了，这才转身往回走。

入户的电梯口，连漪斜倚在墙侧，盆栽挡住她的身影，沈思晏没有看见她，连漪却看见了他的背影。

青年斜挎着一个包，双手插进兜里，直挺的身影穿过来时的黑暗，走向暖色的路灯下。

连漪看见他拿出手机，片刻过后他走出了她的视线，而连漪手机微微一振。

她点开语音，听到了漫长的呼吸声，而后是他轻轻的一句："晚安。"

连漪垂下眼眸，将消息划掉。

凌晨四点多，连漪腹痛，疼醒了。

她脸色苍白地爬起来，跟跄着冲进了卫生间……

可能是酒精，也可能是多巴胺，沈思晏几乎一夜未眠。

睡不着，索性起来写代码。

写入影子的程序，调整影子的模型。

一道黑色剪影的轮廓初成，肩颈线条平直，脚踝纤细。

当他按下运行，这一抹身影便行动于画面里。

他应当客观地观察问题，可他做不到客观了。

影子拙劣，即便加入智能系统也仿不出他心里的万分之一。

他平静地删了所有数据，将一切从头开始。

第二天一早风雨欲来，沈思晏的心也跟着压抑的天沉甸甸的，好像有什么事要发生似的。

车窗外的树被风刮得哗哗作响，树冠被吹弯，落叶掉了满地，乌云压在城市顶上，雨却迟迟还没来。

司机将车载广播调了频，播音员的声音说："根据最新气象监测信息，今日，一股弱冷空气抵京，全天多云转大到暴雨，最高气温二十五摄氏度，最低气温十六摄氏度，提醒各位市民朋友注意出行安全……"

天气不遂人意，车上了三环也堵住了，沈思晏抬起袖子看手表，已经九点了，就算踩着引擎飞过去也迟到了。

沈思晏早上没有等到连漪，消息也无人回复，他想打电话，手指浮在通讯录上却又迟迟没有落下。

怕打扰她，怕她嫌烦。

他轻声叹息，看向窗外。

"上班迟到了？"司机问他。

沈思晏"嗯"了一声。

司机道："那你还挺冷静，扣工资的吗？"

"可能吧。"他有些神思不属。

司机说："扣工资那怎么成！"

司机没有按着导航走，一路带他抄小道，赶在十点前一刻到了公司楼下。

下车扫码的时候沈思晏多给了一倍小费，在司机吃惊的喊声中，他迎着风阔步走进了国贸大楼。

雨就要下了，他感觉到了掉落在脸上的寒意。

进了公司他照常先披上防静电服，忽地，他停住了脚步。

一同换衣服的同事问他："小沈，你那个专利是卖给我们公司了吗？"

没有得到回答，同事看到他忽然面色凝重，还穿着大褂就匆匆转身走了。

遇上什么事了？同事拉上拉链，一脸莫名。

沈思晏又乘电梯下去了，下到十五楼，他直奔前台。

前台对他已经眼熟了，主动道："你是来找连漪老师的吗？"

"是，她到公司了吗？"沈思晏立刻问。

"没有，连漪老师今天请了病假，大概是不会来了。"

"病假？是什么病？"

"这我就不清楚了，很抱歉，连漪老师今天不能接待访客，您要找她的话，可能要明天来了。"前台说。

沈思晏低下头，短促地向前台道了声谢，他翻开手机通讯录拨出了连漪的电话。

前台也好奇地盯着他，可惜拨号音一直在响，但没有人接。

预感成真，沈思晏后脖颈无端开始冒起了冷汗，他挂断电话立即问前台："她是什么时候请的病假，今天还是昨天？"

前台摇头："这我不清楚，我也是听人传话的，你可以去问问连漪老师的助教或者实习助理。"

说曹操曹操到，关逸然今天已经无聊小半天了，他姐请了病假，留下他在公司里坐立不安，无所事事，偏偏还不敢早退。

顺着办公室的盆栽浇水，一路浇到大厅，关逸然骤然一看到沈思晏，顿时来精神了，拎着水壶兴奋道："沈哥！"

他的热烈没有得到同样的回应，沈思晏的面容近乎严厉，他问关逸然："你知道连漪请的什么病假吗？"

本想热情打个招呼的关逸然刹住了车，摸不着头脑地说："她肠胃炎，今天没来上班，没告诉你吗？"

听到病名，沈思晏面色稍霁，他问："她说了在哪个医院吗？"

"仁安医院，我正准备中午过去呢。"

"就她一个人？"

关逸然挠头："应该是一个人吧，我也不清楚。"

不算一问三不知，只能说三问一不知。

沈思晏放弃了问他，拍了下他的肩膀道："你帮我问下她在哪个病房，我去医院找她。"

关逸然"哦"一声，拿出了手机，抬头正想问"你怎么不自己联系她"，话还没说，便看到沈思晏已经阔步走了。

愣了一会儿，关逸然靠在桌边问前台："你知道他是哪个公司的吗？"

前台用本子遮着脸小声道："穿的白大褂，是医生吧。"

"那是白大褂吗？"关逸然搞不懂，他接着问，"那他找我姐有什么事啊？"

他自来熟得很，前台笑了，和他说："你刚刚还叫哥呢，你都不知道，我怎么知道？"

"倒也是。"关逸然笑着，挠着头走了。

沈思晏一路不停打电话，在到达医院门口的时候终于打通了连漪的手机。

连漪的声音沙哑："喂……"

大风刮得急，电闪雷鸣，大雨滂沱而下，要扯着嗓子喊声音才不至于被雨声盖过。

"你现在在哪个科室？"沈思晏大声问。

那边是一阵沉默，沈思晏好像隐隐听到她说了一声："这是谁……"

"逸然吗？"她的声音带着些许气虚，声音低哑，"我在输液室，手机快没电了，你过来了再打我电话吧。"

听到她说她手机快没电了，沈思晏没有再跟她纠正自己是谁，他道："你等着我，马上到。"

他循着指示牌找到了输液室。

雨淋湿了他的半边身子，伞顶垂落，雨水蜿蜒流落了一地，他在输液室里一眼看到了合目休息的连漪。

她面色苍白，连唇色都失了红，像被做成标本的白色蝴蝶，失了鲜活。

沈思晏脚步极轻地走到她身边，垂头看着她，又不敢惊动她，想试试她的体温，手指在她额前抬起，终是不敢，又落下。

轻微的噪音被连漪察觉，她缓缓睁开了眼睛。

她的睫毛很长，眼尾有着上扬的弧度，眉毛纤细且淡，只有那一双眼睛是唯一的深色。

对上她的目光，沈思晏紧绷着的肩胛骨这才慢慢放松下来。

连漪看清楚人，眼睛微眯了起来，声音有些沙哑道："你怎么来了？"

沈思晏放下伞，反问她："什么时候开始不舒服的？"

连漪轻咳了一声，清了清嗓子，道："可能是最近作息不太规律，昨晚肠胃炎犯了，老毛病了。"

她的声音轻易被周遭的杂音盖过，为了听清楚她虚弱的声音，他蹲下身，眼睛一眨不眨地看着她。

他问她："严重吗？"

连漪想起朋友的一只杜宾犬也会这样蹲在主人身前，目不转睛地看着人，两只竖得高高的耳朵让人忍不住想摸。

她回答："不严重。"

大约是病得糊涂，让她失了戒心，她不由自主地伸手在沈思晏耳郭上轻轻捏了一下，没有用力。

沈思晏轻颤了一下。

他震惊而又茫然的眼神让连漪忽觉尴尬，她移开手指，问他："你头发怎么湿了？"

她用手指替他揩掉濡湿发尾上的一滴水，露给他看。

他以为刚刚是自己错觉，强抑着耳朵发烫的感觉说："外面下大雨了。"

连漪单手拿过身侧的包："我包里有纸巾，你擦擦头发。"

沈思晏用纸巾擦了擦额上的水，湿答答的头发垂在他两鬓和额前，比起生病的连漪，他好像更显得狼狈。

"过来。"连漪朝他招招手。

沈思晏仰起头，连漪抽出一张纸巾，覆在他头顶，用纸巾轻轻擦去他发顶的水渍。

"这么大人了，下雨还淋湿了头。"明明她自己还生着病，却还是不轻不重地责备他。

清楚知道这只是出于长辈的关怀，可他甘愿自欺欺人。

沈思晏移开了目光，看到垂放在一旁的雨伞，伞顶濡湿了地面，落下一摊积水，如他软泥一样的心。

连漪将打湿的纸巾揉成团捏在手心里，问他："你还没说你怎么来了。"

"我在你公司听说你病了，就过来了……"沈思晏说着，抿住了唇。

连漪点点头，她将纸巾扔进垃圾桶，指指旁边的位置道："别蹲着了，不知道的还以为我罚你呢，过来坐。"

沈思晏起身问："肠胃炎是因为昨天的夜宵吗？"

连漪笑："都说了是老毛病了，昨天吃不吃夜宵都要病的。"

沈思晏皱着眉头反驳她："那不一定，你昨天吃了冰的又吃辣的，肯定是刺激了肠胃。"

见忽悠不过去，连漪只好默认了。

"吃早餐了吗？"沈思晏问。

"没胃口。"她蹙着眉，仍然是不太舒服的样子。

"这是充电宝，你先充手机，我帮你叫早餐。"

这充电宝简直是雪中送炭，连漪说话都有气力些了，她认真道："谢谢。"

一凝神，发现了他身上突兀的白大褂，她问："你衣服怎么回事？"

"噢。"沈思晏低头看了眼自己，反应过来，"这是实验室穿的防静电服，忘记脱了。"

连漪多看了几眼，浅笑着说："你穿这种衣服，还挺好看的。"

他想脱衣服的动作一顿，耳根又隐隐发烫。

等着早餐送来的时间里连漪闭目养神，沈思晏便帮她看着吊瓶。

连漪的手白且瘦，修长细嫩的手指搭在深色的毯子上，连手背上的骨头都明晰可见。

透明的流液顺着输液管注入她的血管，沈思晏看得出神了。

他正出神，合目的连漪睁开了眼睛，侧头道："你今天没上班？"

"请假了。"他没在意。

连漪拧起了眉头："请假，为什么？就因为来医院？"

沈思晏用无辜的眼神看着她。

"现在的工作很好找了吗？"

沈思晏听出了是一句反讽，他说："你生病了。"

"借口，我生病又不是你生病。"连漪责备。

沈思晏看着她。

连漪说："不服气？"

沈思晏委屈地说："没有。"

连漪别开了头，声音失了严肃，轻声道："别装可怜了，下次上班时间就好好上班。"

沈思晏心里开心坏了，面上乖顺点头说："好。"

半个小时后，外卖员送来了早餐。

不知道沈思晏都下单点了些什么，连漪看到两袋子外卖，不解道："怎么这么多？"

沈思晏解开袋子说："怕你没胃口，就多点了一些。"

多点了"一些"，可以重新定义这个"一些"了。

她无奈："这未免也太多了……"

沈思晏将豆浆插上吸管递给她，连漪接过豆浆，道了声谢。

肉包子的香味勾人，引得大家侧目而视。

有陪父母看病的小孩经不住馋，吮着食指在父母的双膝里直勾勾地盯着他们。

沈思晏不在乎旁人的目光，他将包装盒放进纸袋里，将滚圆的包子递到了连漪嘴边。

连漪一只手打针，一只手拿着豆浆，只好就着他的手咬了一口包子。

在别人的目光里连漪先不好意思了，她用膝盖轻撞了一下沈思晏。

"嗯？"沈思晏看她。

连漪抿着豆浆，不开口说话，她朝着小朋友抬了抬下巴，嘴角浮起些笑意，暗示沈思晏。

沈思晏随着她的视线看过去，对上吃手小孩的眼睛，小孩馋得流哈喇子，他脸上却没什么表情，当他转头看向连漪时，脸上又挂上了温和的笑容。

"快去。"连漪又撞了撞他的膝盖。

她总是滥好心，他却从未这样热心过，可当她踢踢他，神色生动地向他示意的时候，沈思晏还是站起了身，提了一袋未打开的早餐朝小朋友走了过去。

他的身影在小孩面前像是一座宽阔的大山，当他俯下身时，就成了邻家哥哥。

沈思晏和小孩的父母说明了来意，那对夫妇先是推却，听完他的话后又望向了连漪。

连漪不知道沈思晏和他们说了什么，对上他们的视线，她便微笑着轻轻点了下头，想着那对夫妇约莫是说了一声谢谢。

不一会儿，连漪看到沈思晏嘴角上扬，眼睛也微微弯了起来，他用宽大的手掌和小朋友轻轻击了一下掌，温和柔软的样子让连漪也忍不住笑了。

连漪不知道，那对夫妻和沈思晏说的是："你和你女朋友真是好心。"

"女朋友"三个字让沈思晏呼吸猛地一窒，连笑容也真切了。

小孩奶声奶气道："谢谢哥哥。"

他伸手碰了碰小孩的小手，说："不用谢。"

"哥哥是医生，以后你也要当医生好不好？"夫妇逗弄着小孩。

沈思晏本欲解释，又想到误会已经不止这一个了，便随它去了。

他走回来时对上了连漪的目光。

她抿唇轻笑，看着他的眼神温柔剔透，独有一种成熟柔韧的力量。

他被她这样看着，不自觉放轻呼吸，连目光所及的世界都叠加了暖色调。

她若是喜欢温暖，他便也可以做一束光。

第三章

戳破

吃过早餐，连漪又昏昏沉沉地睡了一会儿，再睁眼，看到沈思晏正将电脑摆在膝上敲着代码。

"几点了？"她睡眼惺忪。

听到她的声音，沈思晏立刻回过头，他低头看了眼手表回答："十一点半了。"

连漪看看吊水瓶，刚刚换了一瓶新的，是最后一瓶了，约莫还有半个小时。

她有些无聊，便问沈思晏："嗯，你在做什么？"

"你看这个。"

他说着，调出一组代码开始运行，屏幕上出现了一个简洁的网页界面，鼠标滑进去，呈现出三维的空间。

"这是什么？"连漪来了点兴趣，"空间设计图吗？"

"这里。"沈思晏伸出手指点了一下，连漪看到了空间里的柱体。

"立方体？"连漪不太确定。

沈思晏按下几个键，柱体发出了橙黄的光，光面覆盖了整个空间，接着他又按下Enter键，在光面中出现了一道黑影，开始活动。

"人形？"

"准确说是拟影，影子的影。"沈思晏道，"这个影子有很多的形态，可以模拟男性也可以模拟女性。此外，还可以进行自定义，通过全身照扫描有望达到百分之七八十的仿真度。"

连漪点头，追问："除了这个呢，还有其他功能吗？"

沈思晏："内部会装入智能控制系统，能够联网控制，调节灯光。同时也能够与人工智能交互，进行语音控制。它还有备用能源，即便是断电后也能持续七十二小时照明。"

连漪说："听起来挺黑科技的，预计售价会是多少？"

这属于商业机密了，连漪问完觉得不太好，换了个问题："有定价了吗？"

定价不在技术人员工作范围内，沈思晏摇头："还没有估算。"

连漪说："灯具和人工智能结合，感觉价位应该在中高档了。"

"你要吗？"沈思晏忽然问。

连漪愣了一下："啊？"

沈思晏垂着睫毛，很随意地说："我可以把初代给你。"

初代是产品的雏形，是很重要的模型，对产品设计者而言其重要程度不亚于自己的孩子。

连漪的心弦微微一动，觉得自己被撩拨了。

她故作不解风情："那我算编外的测试人员吗？"

"不算，你算第一个顾客，收费……"他认真想了想，定下了价，"两颗糖。"

"巧了。"连漪想起来自己包里还真有软糖，是常备以防低血糖的。

她拉开拉链，拿出一包软糖拍在沈思晏手心上，不给他反悔的机会，狡黠地笑着说："这么多，够了吗？"

沈思晏低头看，小小的金色包装袋里全部是小熊形状的软糖。

他压住嘴角，抿着唇，没抿住，扑哧一下笑出了声，他边笑边道："承蒙惠顾。"

"笑什么？"连漪扬眉。

沈思晏将软糖攥在手心："我没想到你包里会带着这么……可爱的糖。"

"Haribo（哈里波）小熊软糖，小堂妹送的生日礼物，家里还有一桶呢，你要是喜欢，都给你。"她也无奈。

沈思晏脸上笑容微敛，他顿了一顿，问："你的生日是什么时候？"

"八月二十五号。"连漪玩笑道，"虽然生日已经过去了大半个月，但糖可没有过期，你尝尝。"

沈思晏低头撕开袋子，将橙黄色的小熊捻在指间按了按，放进口中，淡淡的甜味溢开，夹着一点点的酸。

他自言自语地说："杀死了一个比尔。"

比尔和bear（熊）谐音。

想说他幼稚，对上他兜满笑意的眼睛，故意逗她的眼神，连漪自己偏开头笑了。

手机电量充满一半了，连漪发消息给关逸然，告诉他不用再来医院了。

关逸然回复她：姐，那下午我来你家看你吧？

连漪：不用，有人在。

关逸然：沈哥在吗？

这条消息一闪，又立马被关逸然撤回了。

关逸然道：好，姐你好好休息。

连漪：嗯。

说有人在这边只是托词，连漪和关逸然本来关系平平，上演不出手足情深，他来了也只是面面相觑的尴尬。

关逸然倒误会了，以为是因为沈思晏在，连漪才不要他过去了。

打完针，沈思晏执意要送连漪回家，连漪拗不过他，只好答应了。

在车上连漪又眯了一会儿。

快到楼下的时候，沈思晏正想着怎么叫醒她，连漪自己睁开了眼睛。

"到了啊？"

"到了。"

沈思晏给她拿着药，又将她搀下车。

坐着的时候没感觉，一走路才发现胃部仍然在抽痛，走了没两步连漪便走不动了，她按着胃部，弯下了腰。

好在沈思晏伸手及时，一把搀住了她的手臂。

他在连漪身前蹲下，说："上来，我背你。"

"不用。"

连漪不让他背，他却不讲道理，不发一言起身将连漪打横一把抱了起来，连漪吓了一跳，抓住了他的手臂。

和看似瘦削的外形不同，连漪放在沈思晏胳膊上的手明显地摸到了隆起的肌肉。

他抱起她丝毫不费力。

她的呼吸贴在他耳侧，起伏的胸口昭示着她的不平静，沈思晏顿了顿脚步，很快恢复如常，稳健地抱着她走上楼梯。

只有进楼处有一段长长的楼梯，到电梯口就是平地了，连漪调整着呼吸频率："谢谢，可以了，放我下去吧。"

沈思晏放她平稳落地。

电梯是一户一梯式的，连漪终于到家了，她放松地打开门，踩着鞋跟脱了鞋子，对沈思晏回头说："这里没有其他人，进来吧。"

沈思晏迟疑了会儿，见她面色仍然发白，他不放心，便道："好，打扰了。"

"今天就不招待你了，你自便，我先去换身衣服。"

今天降温了，她有点儿冷。

沈思晏看到入户口墙上有两个木质的挂衣架，上面挂了一件外套和几个不同类型的包，她好像钟爱CELINE（思琳）的链条包和LV（路易威登）的挎包。

沈思晏将背着的包放在入门柜上，换上拖鞋。

他打量了下房子格局。

入户左手边就是厨房和洗衣房，厨房壁上挂了很多挂架，摆满了厨具和调料，厨房外面就是餐厅，客餐厅分隔，入户门正对客厅，墙面是浅绿灰色的，投影仪旁摆了一盆竹，沙发干净整洁，墙角摆着扫地机，每一处都归置得整整齐齐。

沈思晏回过头，将刚刚顺手放在入户柜上的电脑包摆正，入户柜上摆了一个相框，可能是放包的时候撞倒了，相框反扑在柜子上，沈思晏将相框扶起来。

相框里是一张中年男人的黑白照片，他心头微凛，不免疑惑，很快又压下困惑，仔细将相框摆好。

小户型的房子，一眼看过去也就是全部了。

连漪换衣服的时间，沈思晏将带回来的药一一看过，有药丸也有冲剂，药盒上标明了一日服用几次。

沈思晏进了厨房，打量了一下厨房构造，看到了橱柜上摆着的杯子，他拿了一个杯子仔细冲洗一遍，撕开药剂倒入，接一杯微烫的水，晃晃玻璃杯让药粉充分溶解，接着又拿了一张纸巾，将药丸倒出来一类一类地分好。

做这些事情时他嘴唇轻抿，仿佛是在进行什么重大的实验，将药盒上的每一行说明都仔细看清楚。

连漪简单加了件长外套，长发扎成低丸子头，因为家里有客人，她涂了一点淡色的口红，显得脸色不那么苍白，朴素而又不失礼。

她从卧室走出来，碰到同样从厨房走出来的沈思晏。

两人同时一怔。

驼色大衣搭低领黑色上衣，慵懒随意，越简单的衣服越衬她，沈思晏怔了一瞬。

他回神道："把药喝了再去睡一会儿。"

他一时连敬语也忘了说。

连漪有些意外他这样熟稔的口吻。

"这是冲剂，还有药丸……"他摊开手心。

连漪心里忽然一软，她接过杯子，温声道："谢谢。"

"不客气。"

杯子里的雾气氤氲到了他的眼镜上，他微眯起了眼，低下头取下眼镜。

这还是连漪第一次看他摘下眼镜的样子，戴着眼镜的沈思晏既纯良又无害，浑身写满了"乖"字，摘下眼镜微眯起眼睛，竟意外地，连漪脑子里跳出四个字——"斯文败类"。

呸。连漪为自己不合时宜的联想而自我唾弃。

连漪递过去一副眼镜盒，告诉他："里面有眼镜布。"

"谢谢。"

"你近视多少度了？"

"两百多度。"说到近视度数，沈思晏显然有些不好意思了，他低头将眼镜擦干净，重新戴上眼镜。

"什么时候戴的眼镜？"

沈思晏说："高三的时候。"

连漪认真想了想："我好像还记得你高中时候没戴眼镜的样子。"

"真的吗？"

"你高中时候是不是头发很短？"

"是。"沈思晏眼睛里闪起了光。

"那就是你了，高中时候高高瘦瘦的，不爱说话，经常来办公室。"连漪在记忆里抽丝剥茧，竟也想到了一些事情，不过印象里的模样已经模糊了，逐渐被沈思晏现在的样子所替代。

连漪说的形容词都非常笼统，她着力回想的样子无不在告诉沈思晏，他若不出现，她已经忘了他。沈思晏笑着，却垂下眼眸，将一抹黯淡藏进眼底。

连漪没有看到他一瞬间的低落，她喝完了药准备进厨房，问沈思晏："喝点什么吗？"

沈思晏立刻道："不用麻烦。"

"喝冰的还是热的？"连漪没有把他的客气当一回事，给他两个选择。

"冰的。"

连漪将药杯放在水池里冲洗，拿了个新杯子，切了一片柠檬片，放两片薄荷，倒入冰水和冰块，一杯柠檬薄荷水就做好了。

"尝尝味道怎么样。"连漪将水递给他。

沈思晏抿了一口，意外地点头："好喝。"

成果被肯定，连漪脸上漾起了笑。

连漪问他："再过四天就是中秋节了，要回家过节了吧？"

沈思晏摇头："今年是自己过。"

"自己过啊？"连漪若有所思。

"老师呢？"沈思晏捧着杯子看她。

连漪靠着台面，想了想说："大概是去亲戚家过吧。"

沈思晏低低地"哦"了一声，有些失落。

冰水的寒意透过水杯渗进他的手心，他摩挲着杯底，将水杯转了个方向。

连漪拉开冰箱清点食材，和他说："冰箱里有些熟食，今天招待不周，可能要委屈你和我吃点简单的了。"

"没关系，我都可以的。"沈思晏无有不应。

连漪起身往厨房走，沈思晏也不好意思干坐着，跟在她身后问："我能帮忙吗？"

她拿出食物一转身，险些撞上沈思晏，她将将顿住，无奈而又好笑道："厨房太小了，装不下我们两个人，你要不去外面等等吧。"

"好。"沈思晏后退一步站在厨房门口看她。

连漪把保鲜盒打开，里面是一盒小馄饨，起锅，倒一点油，油热加水，等水开了再下馄饨。

等锅里水开的时间她拿出半成品的鸡胸肉杂粮饭，放进微波炉里，热五分钟。

今天的午餐是两份馄饨加一份鸡胸肉杂粮饭。

都是主食，清淡，管饱。

在沈思晏的概念里，做一顿饭最少都是两三个小时的，但连漪行云流水的，好像还没十分钟就已经能开餐了。

看着馄饨浮上来的时候，他忍不住道："好快啊。"

连漪揭开盖子说："今天只能简单招待了，下次下厨请你吃大餐。"

"那大餐……"沈思晏朝她竖起了拇指。

连漪原以为是在夸她，突然反应过来，她伸出拇指印了上去，手指用力，压倒了他的拇指，她道："你还真是一点不客气了。"

沈思晏低低地笑了起来，见她将馄饨盛出来了，他主动道："你坐，我来端。"

连漪给他让开位置，叮嘱他："碗很烫，要小心。"

"好。"

厨房和餐厅不过几步的距离，并不远。

沈思晏是一大碗馄饨，连漪没有很多胃口，只用小碗盛了十来个小馄饨。

餐桌上热气氤氲，连漪坐在餐桌旁等着沈思晏落座。

见沈思晏没过来，她看过去道："怎么了？"

"没有，只是觉得，好像有点不真实。"沈思晏说。

连漪："这有什么不真实的？"

面对面坐着吃一顿饭，就像是一家人一样。

沈思晏没有把自己的想法说出来，他笑着摇摇头，坐了下来。

连漪吃东西很秀气，一口一口慢慢咀嚼。

沈思晏也很斯文，细嚼慢咽，一时间餐桌上只有勺子轻碰碗壁的声音。

连漪很快吃饱了，她放下了勺子，擦了擦嘴后，只看着沈思晏吃。

"味道怎么样？"

沈思晏弯眼笑："好吃！"

他像个小孩，开心都写在脸上，连漪便也跟着笑了。

空调的声音轻鸣，这是一个静谧而又略显温馨的下午，没有紧张的工作，各样的麻烦，她可以放松地发会儿呆，吃一顿简单的饭。

天放晴了，乌云散开，阳光透进了室内，客厅的主窗玻璃上还挂着水珠，连漪的视线从沈思晏低着的头顶看过去。

这是她最理想的生活状态，在带着病气的下午，和她不期而遇。

连漪开口叫他："沈思晏。"

"嗯？"沈思晏抬头。

"天晴了。"她说。

他附和："嗯，今天的雨下得也很突然。"

"沈思晏。"

"嗯？"

她突然问："我教你追女孩的方法你用过了没有？"

"咳！"沈思晏被呛到，侧过头，猛地咳嗽起来。

连漪抽了两张纸递给他，沈思晏接过纸，一连呛地连"谢谢"都说不出，待喝口水平静下来，他连眼尾都咳红了，眼睛里带着莹莹的泪光，怪可怜的。

"开个玩笑，这么紧张？"连漪笑他。

"应该算用上了吧？"沈思晏这样说。

连漪先是挑眉，而后似笑非笑地看着他："给她送午餐，假装偶遇，在她生病的时候照顾她，是这样吗？"

沈思晏呆住了。

连漪靠向椅背，右腿搭在左腿上，她轻言细语地问："你是在追我吗，沈思晏？"

沈思晏实实在在地蒙了。

连漪没有不依不饶，对上沈思晏慌乱的眼神，她低头玩笑似的浅笑了一下，没有再穷追不舍。

但她不再问，不代表刚刚的事就没有发生。

刚刚一瞬间，沈思晏想了很多，甚至剖析了内心。

他震惊，不只是被戳破了心思，而是被她点出了他自己都未曾意识到的心思。

他从不是抱着得到她的目标来接近她的，他起初靠近她，只是想知道她现在过得怎么样，还记不记得他……

可渐渐地，当他们抛开过去师生的身份平等地来往，他从细节里发现了她更真实的一面，她独有一种有力度的温柔和强大，一个人也能将生活打理得井井有条，她进退有度，言谈举止从容不迫，这样一种成熟的魅力，像浅浅的钩子勾住了一颗懵懂的心。

沉默良久，沈思晏低声坦白："是啊。"

于是渐渐地，不敢承认的那份感情先于他的意识投射于他的行为，他想见她，他想和她并肩走在一起，他想……被她爱。

和沈思晏未经世事的忐忑和青涩相比，连漪处理这样的情况显然已得心应手。

她坦然道："对不起，我恐怕要让你失望了。"

她直白的话足以打击一个男人的自信，但是坐在她对面的是一个介于男孩和男人之间的青年，没有经过感情的磋磨和社会的打磨，眼睛里还闪着光，还怀着对爱情的期待。

被她戳穿了心思，他反而更加坦白："可是你不是老师，我也不是学生，我有追求你的自由了，不是吗？"

他直视她的眼睛，像刚刚学会捕猎的小雄狮子坦然无畏地站在另一头更成熟的雌狮面前。

与他对视，连漪的眼眸里没有情愫，像平静的湖面，半晌，她轻叩桌面，玩味道："你不是还叫我老师吗？"

倒不想会被她揪住这一点，沈思晏抿了抿唇，说："那我不叫了。"

"嗯？"

"连漪。"他直呼其名。

没大没小。连漪笑了。

她的笑"惹恼"了强作镇定的沈思晏，他问："你笑什么？"

连漪反问他："你喜欢我什么？"

沈思晏放在桌下的手握紧了，一时没有回答。

连漪不急不慢地又问了一遍："你喜欢我什么呀，沈思晏？"

沈思晏急促地回答："喜欢是没有理由的。"

连漪脸上笑容更深了，笑完她叹了口气，告诉他："喜欢一定是有理由的，可能是容貌，可能是身材，可能是荷尔蒙。但是容颜会老去，身材会走形，冲动的多巴胺也会在生活的鸡毛蒜皮里消失，你又有什么理由让人信服你的喜欢是负责任的呢？"

喜欢怎么会有理由？如果喜欢有理由，那失去那个理由是不是就不会喜欢了？那喜欢的到底是人还是理由本身？

沈思晏以她的逻辑推理下去，却不觉得那种"有理由"的喜欢是真的喜欢。

他不赞同她的看法，但也并不打算反驳她，只是固执地看着她。

连漪的视线扫过他俊气的眉眼、高挺的鼻梁、浅色的唇……最后是她先闭上了眼睛。

说来好笑，真的是单身太久了，一个这么小的男生和她告白她都有点儿情意萌动了。

但正如年轻人飘忽不定的喜欢，她的这点萌动微不足道，与所谓爱意相隔甚远。

所以她拒绝得干脆利落，丝毫的犹疑也没有。

沈思晏却并不因她的拒绝而感到沮丧，至少从这一天开始他能坦坦荡荡地追求她，他有了主动权，不用再被过去的关系所束缚，徒劳地看着她越走越远。

成年人的世界不是孩提时代的非黑即白。

那天过后，连漪对待他的态度一如既往，见到了便打个招呼，同行一段路，聊聊他的学习和工作情况，偶尔沈思晏请她吃午饭，如果没有要紧的事，她也会赴约，不过顺带着会叫上小何或者关逸然。

好像有什么变了，又好像什么都没变。

七天一晃而过，关逸然在公司做了七天的打印工和跑腿小哥，蹭了七天的饭，熟练掌握了打印机的使用方法，还旁听了几堂考研课，最后拿着分毫未动的五千块钱高高兴兴回家过节——中秋到了，公司也放假了。

中秋节前一天晚上，连漪的大伯母就催她过去拿新鲜菜。

往年连漪都会在大伯家过节，今年大伯母的娘家人都来了，连漪和他们不熟，为避免尴尬，找了个理由说要加班，今年中秋就不在伯伯家过了。

说来时间真是过得快，她爸是去年年底病逝的，中秋的时候还一块儿过了节。

不过那个节也没过得多好。

当时连漪和前男友交往一年多，也到了能见家长的时候，她家里人也想见见对方，但是见面后，她爸不满意男比她小，工作还不稳定，大发了一场火，把连漪前男友吓得沙发还没坐热就跑了。

今年中秋，她爸走了，她和前男友也掰了，她也圆了自己小时候的心愿——成了完全独立的一个人。

小孩童年的梦想五花八门，通常都是美好的，而连漪小时候的梦想简单而又现实，她只想一个人生活。

如今梦想成真，却也没有想象中那么高兴。

她爸走了后，大伯一家心疼她懂事，怜悯她的遭遇，将她当作半个女儿。

她大伯是退伍兵，大伯母是文工团的，家里一儿一女，大儿子在京市体育大学，小女儿还在上初中，都是跟在连漪后面长大的，比起和关逸然亲近的程度，连漪和他们更像是一家人。

为了避开出行高峰去大伯家，连漪一大早就开车出了门。

大伯家在附中的老学区里，小区老但价格不菲，2003年的时候是五千多元一平方米，现在已经到了十几万元一平方米了，当时不到一百万元买下的房子，如今涨到上千万元了。

住着上千万元的房子，大伯一家生活却很朴素。

大伯母娘家人住在郊区的村里，种了些田还养了些鸡、鸭、鹅，时不时就会送肉和蔬菜来，要是新鲜，大伯母就会叫连漪来拿一些回去吃。

大伯母娘家人和连漪不熟悉，但人都很好，开门一见到连漪就大声道："志军，静芳，大姑娘来了！"

连漪是小辈里最大的，叫名字生疏，她又没有小名，亲戚便都叫她大姑娘。

对大伯母的家人连漪是随母亲那边称呼，开门的是大伯母的姐姐，连漪脸上扬起笑，热情道："姨妈好。"

"哎！大姑娘真是越长越漂亮了！"姨妈客气地称赞。

大伯从客厅走过，看见了连漪手上拎着的保健品，嘴角立刻拉了下来："来就来，又带什么了！"

大伯是军队出身，一向是克己奉公的，连漪知道他的性格，没有把他的严厉当真，还朝他笑道："大伯，中秋节好。"

姨妈打圆场："志军，过节呢，可不得带礼来。"

姨妈接过连漪带的礼，见都是一些人参、冬虫夏草之类的名贵补药，欢喜道："大姑娘挣大钱有大本事，你和静芳可享福了！"

大伯名叫连志军，大伯母便是静芳。

在厨房忙活的大伯母闻声走出来，见着连漪，一迭声道："连漪，怎么来得这么早，吃早饭了吗？"

"还没有。"连漪笑着换了鞋。

在客厅盘着腿剥葡萄的堂妹听见声音就探着头往门口瞅了，见着连漪走进来，她一跃而起，朝着她飞奔过来，大喊："姐姐！"

大伯严厉，口头禅就是"棒棍底下出孝子"，以往挨了打，连沁就离家出走，哭哭啼啼地往连漪家跑，堂姐帮她说几句话，比她说十句都有用，久而久之，连漪就成了小堂妹的定海神针了。

看到连沁没规矩的样子，大伯斥责道："大呼小叫的，像什么样！"

"咯咯咯。"连沁做鬼脸。

连漪将包递给连沁，先向客厅里几位不大熟的亲戚点点头打了招呼。

她环视了一圈，没见着连城，问连沁："你哥呢？"

他们兄妹俩一向不对付，连沁满不在乎道："他说下个月有比赛，队里中秋要集训，今天不回来了，他爱回来不回来，不回来正好！"

大伯母听到了，轻拍了一下连沁的头："你晚上给你哥送月饼过去。"

"我不去！你们爱谁去谁去，我看见他就烦！"

听了她的话，大伯呵斥她："你天天不是烦这个就是烦那个，我看最烦的就是你。"

"对，就你最不烦！"连沁顶了回去，还生了气，一甩手，跑回房间生闷气去了。

大伯母见了道："连沁，要吃早饭了啊。"回头又对连志军责怪说，"大过节的，你凶她干什么？"

姨妈见了嘴快搭腔道："小姑娘就是使性子，有个爹也不知道珍惜……"

她这话说到一半，看见一大家子都变了脸色，想起大姑娘家的事，噤了言，自打了一下嘴说："瞧我这说的，我去厨房看看。"

娘家人说错了话，大伯母尴尬补救道："连漪，你姨妈不是那个意思，你爸爸虽然走了，但你还有你大伯，你大伯就是你爸。"

"没事，伯妈。"

大伯母知道她打小妈妈就不在身边，不让她叫伯母，说太生分了，要叫就叫伯妈。

伯母也好伯妈也好，都只是一个称呼，叫得再亲近也改变不了是两家人的事实。

连漪心里有数。

大伯在一旁沉声道："连漪，洗手吃饭了。"

如果说姨妈只是嘴快，那大伯母的妈妈，也就是连沁的外婆，那就是真的不会说话了。

连漪爸爸去世，因为是病逝，所以没有大张旗鼓地办葬礼，只通知了近缘亲属出席。大伯母的娘家那边是不用到场的，因此对连漪爸爸去世的事他们也知道得不详细。

一顿早饭，连沁外婆就在追问连漪爸爸的事，是什么时候病的，怎么就突然恶化了，怎么照顾的，丧事怎么办的，问得一家人胃口全无，连沁在一边都听不下去了，嘟嘟囔囔道："外婆，你问这么多干什么啊？"

大伯难得没有训连沁说话没大没小。

其实没有大伯一家想的那样难过，连漪说起她爸的生前事已说得上是平静。

她的父亲生了她却没有尽到教养的义务，在母亲离开后他沉溺于牌场赌场、烟酒声色不归家。连漪从小独立，五岁开始就自己上学自己回家，小学时候每一年的家长会都是伯伯和伯母参加的，上初中后连漪就再没有叫家长开过家长会了。

曾经使她敏感自卑的家庭情况，不知道什么时候她已经能坦然地和老师同学说出来了。

大概是因为她知道她总有一天会离开那个家。

不算愉快地吃完了一顿早饭，连漪便要走了，大伯给她拿了新鲜蔬菜还有清理干净的鸡和鹅，大伯母还是想留她在家里过节，连漪推拒说下个月有个讲座要备讲，得先回去了。

"姐姐开讲座啦？是在哪儿呀？我能去看吗？"连沁抱着她手臂问她。

连漪说有讲座要准备当然是真的，她道："在燕湖大学做考研讲座，你现在听了还没什么用。"

"哦。"连沁不爱学习，一听还是什么八竿子打不着的考研讲座立马偃旗息鼓。

　　大伯母叫连沁："连沁，拿月饼，你姐正好顺路送你去你哥那儿。"

　　"妈！我不去，我没时间——"

　　"你有什么事要忙呀，给你哥送盒月饼你都没时间了？"

　　连沁急眼了："我要学习，反正我不去我哥那儿，他们一群男的，烦都烦死了！"

　　二十来岁的小伙子凑一窝，一贯没个正形，连漪知道连沁的心思，拍了拍她的肩膀，朝大伯母道："伯妈，我顺路给连城捎过去吧。"

　　"也好。"大伯母拎着月饼盒走过来，"连漪，这盒月饼是莲蓉蛋黄的，是给你的，知道你只吃这个。这盒五仁的，是连城的，你看看，一个红色一个蓝色，别混了。"

　　"好，伯妈，我知道的。"

　　将东西都拿好后，大伯母招呼连沁："沁沁，帮你姐姐拿点东西下去。"

　　连沁这又勤快了，满口应道："好！"

　　连沁提着袋子，帆布鞋都没穿进去，踩两下就忙不迭地跑了。

　　"那丫头……"大伯母看着她鼠窜的背影好气又好笑。

　　她接着看向连漪，慈爱和善地道："连漪，下次来家里就不要带礼，一家人总是这样不好，你有时间就回伯伯和伯妈这里来，想吃什么也尽管打招呼，今天你姨妈她们是口无遮拦了，你不要放在心上。"

　　"我知道的，没事。伯妈，不放在心上的。"

　　"我知道你这孩子打小就懂事……连漪，我还有件事，你伯伯不让我问，但我还是想问问你，你去年和小林还好好的，是怎么分手的呀？是因为你爸爸的事吗？"

　　"不是。"连漪淡笑着摇了摇头，"就是性格不合适，也还年轻，不着急。"

　　大伯母有些忧愁："你可都二十六七岁了，哎，不过找对象啊，还是找你喜欢的，咱们家什么都不差，你慢慢找也行，我们不催你的。"

　　"嗯，我知道，伯妈。"

　　见人久久不来，连沁探出头催促："电梯都来了，妈你别聊了，姐姐，走了！"

　　大伯母继续说："你稳重，我们是放心的。好了，下次可要来家里吃饭。"

"好，我下次来打电话给伯妈，伯妈再见。"

"再见。"伯妈看着她走后才关上门。

连漪一进电梯，就见连沁长舒一口气道："可算出门了。"

连漪笑她："你这么想出门，怎么刚刚不答应去给你哥送月饼啊。"

"我只是想出门，不想跑那么远，连城他们学校太远了，坐地铁都要转好几个站呢，我就是不想在家里待着了，烦都烦死了……姐，今天我外婆她们那样说话，你都不生气的吗？"小孩思路转换飞快。

"我生气什么，都已经是过去的事了。"连漪笑笑。

连沁又想到了自己身上，觉得自己真命苦："姐姐，你脾气真好，不像我爸，一点就炸，我只要一待在家里他就不顺眼，我哪儿招他惹他了！"

她这样的烦恼却是连漪从来没有拥有过的，她揉了揉堂妹的脑袋："告诉过你的，遇到不开心的事可以来找我。"

连沁踢了踢石头，嘟囔着："姐姐你太忙了，我都不好意思来打扰你，你一个星期都在上班，别人'996'，你都是'997'了。"

"有吗？"

"是真的，那个姐夫，不是，前姐夫，也不对，反正就是那个林余祐，他以前还和我说姐姐太忙了，陪他的时间都没有……"

"他和你说过我太忙了吗？"

"是真的，他还说你是'997'工作狂。"连沁皱着鼻子，很不爽。

她和她姐姐永远是一边的，姐姐分手后，那前任就是她的敌人，糖衣炮弹也收买不了她，她出卖起来没一点负罪感。

"他倒从来没和我说过。"

连漪眉头微扬，有些意外在前任心里她居然是这种形象，但她并不觉得要反省自己，不仅不反省，连漪还和连沁说："你看，男人和感情都是会撒谎的，不会撒谎的只有自己的能力和钱。"

连沁立马附和："我赞同，姐，咱们以后就专心赚钱，有钱了就包百十来个小鲜肉，一天换一个男朋友。"

连漪被她的话逗乐了，告诉她："想以后赚很多钱啊，现在先好好学习。"

聊到学习连沁就头大。

到了车库，连沁将东西给连漪放进后备厢，高兴地撒欢道："姐，我去找我同学玩啦！"

"不要跑太远了，注意安全。"

"我知道的！"

看着连沁活力无限的背影，连漪嘴角上扬，不自觉地笑了笑。

在连沁这个年龄的时候，她大概从来没有连沁这么快乐过吧。

她现在看见连沁天真烂漫的样子，都不由觉得自己真的是老了。

不是身体老了，而是心态老了。

生活就是温水煮青蛙，渐渐地好像对什么都没有欲望，对什么都无所谓了。

事业，感情，家人。

一旦感觉不到上坡路了，那可能就是在下坡了。

连漪开车往首都体大去找连城，九点多，正是出行高峰，导航上显示一路都是标红的拥堵。

还没到体大，连城的短信先过来了，上面就一句话：姐，能来学校一趟不？

连漪原以为是家里告诉他给他送月饼来了，仔细一想觉得不太对。

连漪回拨了电话过去，连城接得倒快，干笑道："姐。"

"你又干什么了？"连漪问他。

"就是一点小事，哎，辅导员就是小题大做！"连城挠了挠头，说，"你今天有时间能来一趟吗，姐？"

"嗯，等着吧。"连漪说。

都说上了大学就没有请家长这回事了，但连城是京市本地人，又是个刺头，连漪已经去过三回学校了，回回都是辅导员找。

连城是不敢和家里说的，要让他爸知道他大学还被找家长，腿都能给他打断。

社会车辆不允许入校，连漪将车停在校外，轻车熟路地往辅导员办公室走。

连城在微信里不停给连漪发"磕头小人"，连漪问他：你这回又犯什么事了？

连城哭惨道：我这回真的是冤枉的，我都不知道有那回事！

到底是怎么一回事，连城不说。

三楼辅导员办公室常年敞着门的，连漪敲了两下门走进去，只见连城一米八几的大个敞着腿像只蛤蟆一样反坐在辅导员旁边的椅子上，一会儿扒拉本子一会儿扒拉笔，辅导员敲键盘，理也没理他。

连漪一走进去连城立马起身，眼巴巴看着她道："姐。"

"可来了。"辅导员叹了一口气。

辅导员是个刚来学校一年多的理工硕士，研究生和连漪还是同校，就几个月没见，连漪觉得他发际线又往后退一点了。

"张老师，连城这回又做什么了？"连漪看连城一眼。

辅导员立刻起身，将连城刚刚坐着的椅子拉正对连漪说："你先坐。"

"您客气。"连漪礼貌坐下。

辅导员也落座，摸着鼠标说："我先找找连城的课表啊。"

他把连城的课表拉出来，说："连城这个学期一共十二门课，《形势与政策》还有《心理学》这两门，连城是一节课都没有去上过，已经开学两三个星期了，补也来不及了，这两门课老师的意见是建议他大三重修。"

连城吱哇叫道："老师我是冤枉的啊，我真的根本不知道还有这两门课，《形势与政策》大一就上过了，我不知道大二这个课还要上啊，还有《心理学》不是选修吗，我根本没有选过这个课啊！"

辅导员没理他，和连漪说："咱们《形势与政策》是每个学期都开的，《心理学》是班级选修，要是班上大批的人没有去上这个课那是教学事故，但全班只有连城一个没有去上课，他这个理由是没法令人信服的。"

连城仍不服气，说老师这是针对他。

连漪冷冷地看着连城，连城挣扎说："我就是忘了有课，不至于要重修吧……"

"忘了有课？"连漪都气笑了，指着他脑门道，"你怎么不把你脑子也忘寝室里？"

见连漪真发火了，连城缩着脖子赶紧求饶，辅导员也劝和："这个事也不算大，连城下个学期重修学分就好，就是他得长点记性。"

连漪压住了火。

辅导员又拉着连漪做了半个小时家长工作才结束谈话。

连漪走出办公室门，只觉得颜面尽失，她揪住了连城的耳朵，咬牙道："连城，我看你还要脸不要脸，我这辈子都没你一个学期挂的课多。"

连城"哎哟哟"直叫，赶紧道："那不至于姐，我才挂两门课，你一辈子也不止两年。"

连漪气得一脚踢了上去。

给他留点面子，连漪走出教学楼就放开了他，连城捂着被揪得通红的耳朵还嬉皮笑脸。

"今天过节为什么不回家吃饭？"连漪问他。

"我没撒谎，我们是真的没放假，队里集训，你看我们辅导员今天都加班呢。"连城说。

"那你待会儿去哪儿吃饭？"

连城抱大腿："我们下午才训练，姐，中午带我去外边吃呗。"

"不出去，回家吃。"连漪说。

"回我家啊？不行，我外婆他们真的烦死了。"他总算说了不想回家过节的真实原因。

连漪不搭理他，他又缠着连漪报了一路的馆子名，都被连漪一一否决。

上了车，连漪说："你不想回去，就去我那儿。"

连城问："为啥不下馆子？"

连漪被他缠得烦不胜烦："前两天才吃了不干净的，肠胃炎了。"

"啊？"连城紧张起来，"姐，你病了啊，怎么不告诉我，我陪你去医院啊。"

连漪白他一眼："别，打住，用不着你千方百计地逃课。"

"那有人陪你吗？"连城还是觉得他姐怪可怜的。

连漪反问他："在你眼里我就那么惨了？"

"那谁陪你去医院了啊，你男朋友啊？"连城哇哇叫。

"把安全带系上，别像蚯蚓一样扭来扭去。"连漪呵斥他。

"谁啊？说说呗。"一聊八卦连城就控制不住自己。

"和你有关系吗？"连漪说。

"男的，肯定是男的！"连城笃定了，又问，"不是那个林什么什么吧？"

"不是。"

"姐，是不是又有人追你了，谁啊，做什么的啊？"

"你烦不烦！"

"你不说我就烦你一路！"连城威胁。

连漪打着方向盘，无语道："比你大，比你成熟。"

"我怎么不成熟了？"连城先抗议了一句，又道，"比我大，难道比你小？"

连漪嗤笑一声："你觉得你成熟吗？"

"那肯定，我这人可成熟了。"

"得了吧。"连漪懒得理他了。

"姐，说真的，是不是又是弟弟？话说那个林什么也比你小，姐，你是不是真喜欢这种弟弟类型？"连城嘎嘎地笑。

说曹操曹操到，汽车显示屏能微信互联，跳出来一条微信消息，连城瞥见了给她点开。

"姐，沈思晏是谁啊，问你有没有时间出去吃饭呢。"

"回复一下，有事电联。"

"好。"连城伸出两根手指在屏幕上戳了戳，边戳边说，"开，车，中，电，话，联，系。"

不一会儿沈思晏的电话打了过来。

"喂，思晏。"连漪戴上蓝牙耳机。

"在外面吗？"沈思晏低哑的声音问。

连漪一听他声音就问："感冒了？"

沈思晏"嗯"一声，听起来沙哑又脆弱："空调吹得有点儿多。"

连漪笑了一下："挺大人了，吹个空调还吹感冒了。"

沈思晏咳两声清了清嗓子："还好，就是喉咙有点干。"

"不严重就好，上次说正式请你吃顿饭的，今天中秋，你要是有空就过来一块儿吃饭吧。"

"方便吗？"

"有什么方不方便的，来不来？"

"来！"

"好，到了打电话，我开车，先不说了。"

连漪挂了电话，连城目光炯炯地盯着她："谁啊？"

"你说谁？"连漪扶着方向盘等红绿灯。

"啊，就那个那个啊！姐，你肯定对他有意思，不然你不会叫人去家里吃饭的，你这是欲擒故纵啊，姐。"连城吃到了瓜，像只兴奋的大公猴一样拍大腿。

连漪简直对他满脑子的男男女女无语了，白他一眼："有意思才请人吃饭？我对你没意思，你甭去吃饭了，待会儿自个儿找个地儿下车吧。"

"别啊姐，那是情弟弟我是亲弟弟，怎么着也不能被撂半路上吧！"

连漪被他哕到了。

连城掐着嗓子道："姐姐姐姐，你情弟弟都不像我，我只会心疼姐姐。"

"连城你恶不恶心？再叨叨一句你现在就给我下车。"

连城："嘤——"

沈思晏在燕湖大学的人工智能实验室，里面的仪器复杂，线路交错，空调开的最低温，研究员都穿着长袖长裤加研究服，怕冷的里面还加了毛绒衫。

挂了电话，沈思晏转身推开实验室的门。

这里是小机房，里面坐着三个人，一个滴眼药水，一个揉着脸打哈欠，一个弓着背还在改代码。

"熬一天了，今天就到这儿吧。"沈思晏掩上门说。

"就要进国赛了，那边还等着验收，今天不搞完不行啊兄弟。"打哈欠的兄弟困出眼泪来了。

"我熬不住了，我现在戴着眼镜看屏幕都重影了。"滴眼药水的兄弟抬着头对着灯狂眨眼。

唯独敲代码的那个头也不抬："你们先走，我今天在实验室过了。"

"别吧哥们，今天过节既然大家都不回去，就一块儿出去搞个饭吧。"

沈思晏先拒绝："我就不了，今天有约了。"

"兄弟，约会啊，男的女的？"

对着"三脸震惊"，沈思晏淡定道："和你们没关系，你们走不走我都要走了。"

老三指着他，手抖了抖，"叛徒。"

"金鼎轩，王府井，刷我的卡。"沈思晏从电脑包里拿出个钱包，放了一张卡在桌上。

他收拾了电脑和电脑线，道："我下午过来收尾，你们今天就不用来了。"

兄弟就不和他客气了，拿了卡拍拍敲代码那哥们肩膀道："别搞了，走，吃金鼎轩去。"

那人笑："你不是说今天不搞完不行吗，你也叛变了。"

"没办法，晏总实在给得太多了。"

另一个说："我这两眼都快瞎了，又冷，真扛不住了，我就不去吃饭了，我回去睡一觉，你们要是下午来了，就叫我来，要是今天都不来，就别打我电话了，我回去睡两小时。"

见大家都商量好了，沈思晏道："好，那就这样，我就先走了。"

"晏总你熬了两个通宵，别开车了啊。"哥们喊了一句。

沈思晏摆摆手，拉开门拎着包走了。

沈思晏在实验室熬两个通宵了，如果不是刚刚看到手机日程提醒，他连今天是中秋节都快忘了。

九月还是热的时候，从实验室走出去一股热浪便扑面而来，冷热交加，沈思晏站在门口打了个喷嚏。

"学长。"有人从他身后递出一包纸巾。

沈思晏侧身去看，是个陌生的女孩，也穿着实验室的研究服，扬着笑脸道："实验室的空调实在太冷了，大家都有点感冒了。"

沈思晏没有接纸巾，他微笑，轻点了一下头，不知道是礼节性地打招呼还是在附和她说的冷。

"啊对，我自我介绍一下，我叫袁小杉，是大赛生物科学组的，省赛的时候就在你们后面一组。"

沈思晏："你好。"

"纸巾要吗？"

"谢谢，不用。"

"哦，学长，你们现在实验进度到哪儿了呀，有一代了吗？"

沈思晏抬手看了眼手表，道："不好意思，还有约，下次再聊。"

他微微一笑，略一颔首，阔步走了。

女孩："等……"

沈思晏刚走，女孩后面就冒出来两道身影，问："小杉，问出点什么来没有？"

"没有，这沈思晏也太高冷了吧，对我就说了三句话，'你好''谢谢不用''下次再聊'。"

"不愧是计算机学院院草，这大长腿好迷人。"

"别花痴了！想想办法吧，我看他们在机房待好几天了，产品肯定已经有雏形了，在完善程序了，咱们得套出他们的硬件到底用的什么技术支持！"

"万一是人家自己研发的呢？"

"那咱们就挖人！"

不知道另一个团队对他们虎视眈眈，沈思晏的心已经飞到三环去了。他也不是高冷，只是闻到自己身上空调潮气的味道，着急先回去换一身衣服。

连漪带着连城这个免费劳力去逛了一圈超市，六十八元一只的大闸蟹买了十二只。四十多元一斤的多宝鱼、新鲜的羊肉……加上大伯家给的菜，光是看后备厢的食材连城已经流哈喇子了。

连漪的厨房是麻雀虽小五脏俱全，连漪爱收集调料，只要出门旅游她就会去逛当地的调料市场，厨房里有一整面柜子是专门放调料的，用这些调料做的菜更是色香味俱全。

厨房地方小，连城仍能自如地穿梭在厨房的夹缝中，他做饭不行但颠勺行，洗个菜，刨个丝，擦个锅，忙得不亦乐乎。

京酱肉丝、炒三丁、烧羊肉、小盅炖鸡汤、醉鹅、大闸蟹、清蒸多宝鱼，最后一个菜是干煸花菜。

连城"监守自盗"，端菜端着端着菜就少了，连漪解开围裙走出来，见他直接上手捻菜，一巴掌挥他后脑勺上："人还没来，你把这菜吃成什么样了？"

连城觍着脸笑两声："嘿嘿，姐，我给你恢复原状。"他用筷子把旁边的菜填过来，大言不惭，"你看，这一点都看不出了。"

连漪拳头硬了，还没揍他，门铃响了。

连城蹿了起来："我去开门！我去开门！"

连城是典型的体育生，留着寸头，穿着短袖连帽衫和短裤，球袜拉到脚踝上，一条腿戴护膝，一条腿贴着肌效贴，他把门一拉，气势汹汹往门口一站。

两个男人在一个女人家门口相见，面面相觑，同时愣住。

一开门看见人，连城就一怔，连他这么"直男"的人第一眼都觉得这人长得确实显眼。

"你好，沈思晏。"沈思晏率先向连城自我介绍。

连城手臂还抓在门框上，说："连城。"

同样姓连，沈思晏心里一松，礼貌问："你是连漪的……"

"堂弟。"连城说。

沈思晏笑起来，伸手道："幸会。"

连城在裤摆上擦了擦手汗，和他握了一下手。

"连漪在家吗？"沈思晏问。

"在的。"连城回过神，往屋里喊，"姐，你朋友来了。"

"连城，鞋。"连漪将菜端上餐桌，对着门口喊了一声。

连城从鞋柜里拿出一双鞋给沈思晏，说："你来得挺巧，正好赶上饭点了。"

"不好意思，路上有点堵车，来晚了。"

"懂，三环没有一天不堵的，哎，这是什么？"连城看到了沈思晏拎着的袋子。

"中秋礼物。"

"噢，给我姐的吧，我给她拿过去。"

连漪见他两半天没进来，闻声走过来，看他两个头齐平，站在门口和两堵墙似的，扬声问："你俩不进来，戳门口干吗呢？"

"姐，礼物！"

连城转过身把袋子递给连漪。

"谢谢。"连漪接过袋子，道，"思晏，进来吃饭了。"

连城拉开袋子往里看："姐，这什么？包啊？"

连漪将袋子拎开："和你有关系吗？盛饭去。"

"啧。"被嫌弃了，连城举起手转个身，转进了厨房里。

袋子上印着CELINE的LOGO，连漪站在沈思晏身前，她没有说包太贵重，而是拧着眉头小声问沈思晏："哪儿来的钱？"

"自己赚的。"沈思晏弯着眼睛笑。

这包可不便宜，连漪说："你才多大啊，沈思晏。"

沈思晏反手将门关上，站在连漪身前，挺直了背道："我二十多岁了，连漪。"

被他的显摆逗笑，连漪抿了抿唇，没抿住，扑哧一声笑了，她侧开脸说：

"吃饭了。"

她走进厨房，连城站在水池边啃着根黄瓜看着她。

连漪："吃饭了，干什么呢？"

连城："我狗粮都吃饱了。"

连漪作势要敲他，连城"哎"一声蹿了出去，张口就告状："那个沈……什么来着，你看我姐，忒暴力了。"

沈思晏先是愣了愣，大概是从来没见过这样的连漪，而后他嘴角一扬，笑出了两个酒窝。

爱情使人盲目。连城没眼看了。

沈思晏进厨房洗手，连漪盛了一勺鸡汤品了一口，觉得好像有点淡，见沈思晏过来，她将碗又递给了沈思晏，道："你尝尝，淡吗？"

沈思晏接过碗，在连漪询问的眼神下，沈思晏抿了一口，他说："好喝，不淡。"

"那就好，开饭了，吃饭去吧。"

"我来端。"沈思晏接过隔热布。

连城也走进厨房，问连漪："姐，有酒不？"

"冰箱里有啤酒。"

连城打开冰箱一看："黑啤啊姐，你喝吗？"

连漪肠胃炎刚好："我不喝。"

"那个沈……"

"思晏。"连漪说，"连城你这脑袋记得住什么啊，一个名都记不住。"

"成成成，思晏思晏，沈思晏，你喝吗？"

沈思晏平常是不喝酒的，但连城兴致满满的，沈思晏便道："好。"

连城把两罐啤酒开了，酒沫直涌。满桌的麻辣鲜香，那味可比夜宵摊子香多了。

上了桌开饭，连城这八卦的心就压不住了，问沈思晏："那个沈，沈思晏，你是哪一年的呀？"

"我农历1999年，阳历2000年。"

"比我姐小四五岁哎，我姐1995年的。"

连漪踹了他一脚："连城，吃饭堵不上你的嘴吗？"

"哎，我不是这意思，我是2001年的，比你小，叫你声哥不算见外吧？"

被连城老成的话逗乐了，连漪就笑他俩："你们'00后'都能论资排辈了，我们'90后'真成过去的一代了。"

"我也是'90后'。"

沈思晏低头吃饭，试图把自己和她拉回同一条线上。

连城立马追着问："哎，哥，听这意思，你应该是下半年的生日吧，几月的啊？"

沈思晏说："除夕那天生日。"

"我去，这生日牛啊。"连城端起啤酒道，"来来来，为这日子也要干一杯。"

"连城，你下午还要回去训练，少喝一点啊。"连漪皱眉。

"没事，就一点点，不耽误。"

沈思晏和他碰了一下杯，抿了一口酒问他："你在哪个学校啊？"

"我啊，我体大的，体育教育，你呢？"

"燕湖，计算机，大四。"

连城喝了一口酒，一下呛到了，猛咳两声，看向连漪。

见他俩聊得投入连漪就没打算搭腔，和连城对视上，连漪莫名其妙说："看我干吗？"

"姐……你牛。"连城竖起了拇指。

沈思晏也不知道话题怎么突然到了连漪身上。

连城自然不能说他姐前男友也是燕湖毕业的，他嘿嘿笑着："我是说我姐单身挺久的了……"

他话没说完，又挨了连漪一记踢："你有病吗，连城？"

"行行，我不说了。"他这句话刚落，还没吃完一筷子菜，含含糊糊又开始说，"哎，哥，你有前女友吗……"

桌子下一声响，连城已经练出条件反射了，小腿猛地一撤，连漪一脚踹到了沈思晏小腿上。

沈思晏俯下了身，惨遭痛击。

连城忙撇清关系："和我没关系啊。"

沈思晏看出连城是真挺能的了，连漪脸都气黑了。

"我没有前女友，以前喜欢的是一个人，现在还是一个人。"沈思晏这句话是看着连漪说的。

连漪筷子顿了顿，扶着额头，拿这俩人没办法了。

连城看他姐嘴角，发现是笑着的。

他撞撞沈思晏肩膀，又端起了啤酒，和他碰了一下。

男生的友谊就是这么莫名其妙，一顿饭，一杯酒，接着就称兄道弟上了。

吃完了饭连城还叫嚷着要看一部电影再走，连漪把五仁月饼扔给他，让他麻溜走人。

下午还有训练，连城满是怨念地扒在门上，连漪对他只有一句话："你要是再敢逃课，你就死定了！"

"哥，你能管管她不？"

连城朝着沈思晏大呼小叫。

沈思晏抱着水杯摇头："管不了，她是我老师，我也归她管。"

"姐，你们还是那种关系啊？"连城整个人都震惊了。

连漪对他这种脑子只有一个扁桃体大的生物只有一句话："你是不是欠抽？"

连城敬礼道："连老师，我错了，我这就走。"

走前连城还不忘叮嘱沈思晏："哥，我姐肠胃炎，你多照顾着点她，别让她吃冰的啊。"

"好。"沈思晏应诺。

"月饼拿走。"连漪喊他。

"么么，走了。"连城拎起月饼，朝她飞吻一个，窜了。

连漪关上了门，一回身，看到沈思晏坐在椅子上，双手抱着水杯，眼里带笑地看着她。

"你弟弟都好活泼啊。"沈思晏笑着说。

一个关逸然一个连城，一个比一个跳脱。

连漪无奈地说："他就是四肢发达头脑简单，说话不过脑子，你别搭理他。"

沈思晏摇头："我很羡慕他。"

"羡慕？"

"他一定是在一个很有爱的家庭里长大，才能这样乐观爽朗。"沈思晏的声音逐渐低了下去。

连漪看到了他脸颊上的一片绯红，挪开他的酒瓶说："脸红成这样，不能喝就别喝了。"

"有吗？"他摸了摸自己的脸。

连漪向他竖起一根手指："这是几？"

"这是……"沈思晏认真看了看，他眼神带上了茫然，好一会儿，他伸出手指碰了碰连漪的指腹，说，"这是二。"

连漪："这……"

现在小孩酒量这么差的吗，这么一点啤酒就倒了？

连漪后知后觉地发现沈思晏手上的水杯也不是他的，而是她随手摆在桌上的。

连漪叹了口气，朝他伸手："杯子没水了，我给你倒杯水，可以吗？"

沈思晏看了看杯子，给连漪看杯子道："有水。"

"我喝过的，给你换个杯子。"

"噢，对不起啊。"他还不忘道歉。

连漪从他手上拿过了杯子，走进厨房洗了一只塑料杯子给他倒了半杯水。

"沈思晏。"

"嗯？"他仍然保持着仰头的姿势看着她。

连漪突然发现了他眼睛里的红血丝，问他："你眼睛怎么了？"

"眼睛。"沈思晏伸出手在鼻子上摸了摸，迷茫地说，"好大。"

"你摸的是鼻子。"

沈思晏晕晕乎乎地说："眼睛在哪里？"

醉傻了。

连漪都笑了，她伸出手指落在他一只眼睛上，说："眼睛在这儿。"

手指下青年的皮肤微冷，甚至隔着皮肤能摸到眼球的弧度。

他闭着一只眼睛，带着笑看着她。

一片安静和沉默下，连漪的心跳忽然乱了。

第四章

回应

"你醉没醉啊？"好一会儿连漪收回了手，佯作平静地问。

她盯着他的眼睛，没有从他的眼神里看到醉意。"装醉啊？"她好笑地捶了他一下道，"你这演技真够可以，没醉就来帮忙收拾碗筷。"

"好。"他应下。

连漪将桌上的残渣都收拾进垃圾桶，将剩菜倒掉，不用招呼，沈思晏便将她空出来的碗碟摞成一摞端进厨房。

碗筷碰撞的声音清脆。

沈思晏将碗筷都放进了水池里。

桌面收拾干净了，沈思晏扶在厨房门上问："还有什么要做的吗？"

连漪正忙着将碗筷放进洗碗机里，道："没事了，你去客厅休息会儿吧。"

连漪是有点洁癖和强迫症的，她开了洗碗机，又将厨房打扫整理了一遍，从调整调料标签向外排好，到擦洗抽油烟机上的油污、垃圾分类，整理了好一会儿，连漪才脱下橡胶手套，走出厨房。

"思晏，你要不要……"她声音一收，只见沈思晏靠在沙发上，已经睡着了。

连漪不知道他两天两夜连轴转没有合眼，只以为他还是醉了。

"思晏？"她走过去轻声叫他。

沈思晏眼睫微动，没有醒。

他给的礼物还摆在沙发上，她将袋子拿开，给他脱了鞋，扶着沈思晏的肩膀缓缓地将他放平在沙发上。

松软的头发压在她的手心，像泰迪熊娃娃的手感，她顿了顿才轻轻地抽出手。

沈思晏的脸顺着她滑出的手侧向一边，他的眉毛浓密，睫毛很长，鼻梁直且挺，俊气得无可挑剔，只是嘴唇紧抿着，像受了什么委屈似的。

"沈思晏？"她轻声叫他。

大概是潜意识里听到了声音，沈思晏嘴唇微动了一下，仍然在沉睡中。

是真的睡着了。

连漪叹口气，搓湿洗脸巾，用薄薄的一张棉柔巾给沈思晏擦了一下脸。

从额头到脸颊，从眼尾的小疤到嘴唇。

他的下唇有一粒小小的痣，连漪一开始以为是他嘴唇破皮结的痂，有点强迫症的她忍不住用手抠了一下。

被她弄疼了，沈思晏轻哼了一声。淡色的唇泛起了血色的红。

连漪立马收手，她蹲着身子，安静地看着他。

他长了一张足够多情的脸，却是个完完全全的纯情男孩。

那天明明跟在她身后一路走到了楼下，目送她进了楼，最后又不发一言地离开。

他的心思在她眼里已一目了然，越是试图遮掩，越是显露无遗。

不否认，好看的人总拥有被喜欢的优先权，她对他算是另眼相待，只可惜，他们的关系并不纯粹。

他是自己的学生，哪怕并不是完全的师生关系，连漪那一层摇摇欲坠的道德感也还拉扯着她，让她不要见色起意。

连漪起身将洗脸巾扔进垃圾桶，将薄毯盖在他身上。

沈思晏这一觉沉沉睡到了夜幕降临，如果不是拔瓶塞发出"砰"的一声响，他可能还不会醒。

周遭是暗的，只有阳台开了一盏灯，沈思晏听到液体倒进容器哗哗的响声，向阳台看去，看到连漪坐在阳台藤椅上，将红酒倒进酒杯里，一个人喝酒赏月。

圆月当空，他想起了今天是中秋节。

冷风吹来，连漪有些冷，她抿了一口酒，放下酒杯抱了抱手臂。

中秋节，对于连漪而言并不是一个有着美好记忆的日子。

中秋，春节，这两个团圆的节日却最难挨。

她也曾等着家人回家，不过失望的日子多了，就不会再多想了。

她还记得父母离婚后的那年中秋，那天她父亲早早回到了家里，连漪隐约听到他说要去车站接人回来过节，她压抑兴奋，想着他一定是把妈妈带回来了，他却带回来一个陌生女人。

她又愤怒又失望。

他们在客厅大肆酗酒，他醉醺醺地搂着女人，不老实地动手动脚。

连漪觉得他们恶心极了。

第二天早上，她拿着老师发给她的短信去给爸爸看，怀着最后一点期望告诉他，音乐老师夸她手指长，能学钢琴。

她多希望他也能同意她去上钢琴班呀，他却勃然大怒，质问她想学那种东西做什么，去勾搭男人吗？

她觉得荒诞至极，委屈至极，不知道学钢琴和难以启齿的勾引男人哪里有半点关系，更不明白乱搞男女关系的他有什么资格用这样的理由指责她。

她和他大吵了一架，而他一个巴掌扇在她脸上，终止了这场争吵。

她跑回卧室委屈得号啕大哭，她想起来，家里几年前是有一架钢琴的，妈妈会弹钢琴，还教她用手指去碰琴键，告诉她哪个键是中央C。

只是后来钢琴在他们的争吵中被砸了个稀巴烂。

是她妈先出轨，不要她了，他也恨她。

半杯酒一饮而下，冰凉的酒液从食道滑向胃，先是冷，而后慢慢开始发热。

举杯邀明月，对影成……双人。

连漪看到了身边多出来的一抹影子。毯子忽然从后搭在了她肩上，她回头看了一眼，沈思晏的身影藏在黑暗里，并不明晰。

她指指旁边的藤椅，问沈思晏："坐吗？"

"我……睡了多久？"沈思晏声音略有些沙哑地问。

连漪说："不久，一个半小时吧。"

沈思晏在她身边的椅子上坐了下来。

已经九点了，他本应该要回实验室了，可看见她一个人坐在阳台上孤零零的背影，他的脚下像生了根，一步也挪不开。

连漪端起酒杯问他："喝吗？"话说出口，想起沈思晏的酒量，又失笑道，"你还是算了。"

"喝，我去拿杯子。"沈思晏起身去厨房拿了一个高脚杯出来。

见他往杯里倒酒，连漪抓住了酒瓶，半是玩笑半是认真地揶揄他："这回再喝醉了我可不负责了啊。"

沈思晏说："红酒少喝一点不会醉。"

连漪被他勾起了好奇心，还真想看看他喝多少就会倒，一杯？半杯？

一罐啤酒都能撂倒他，再少一点恐怕只能用筷子蘸一蘸了。

怕他自闭，连漪笑笑，不刺激他的自尊心了。

她将装月饼的托盘往沈思晏那边推了推，道："都是莲蓉蛋黄的。"

沈思晏指了一下天上说："那儿也有莲蓉蛋黄。"

"指月亮，小心月亮刮你耳朵。"

沈思晏瞥了一眼连漪，说："月亮才不会刮我耳朵。"

"我就被月亮刮过耳朵。"连漪煞有介事。

沈思晏将信将疑："真的吗？"

连漪长腿交叠，放松地说："你猜。"

微风轻拂，天凉好个秋。

沈思晏咬了一口月饼，闷闷笑出了声。

红酒少了大半瓶，连漪也微醺了。

她伸手拿月饼，月饼没够着，扫掉了月饼盘里的小叉子，叮叮当当落了一地。

她弯腰去捡，沈思晏也跟着弯腰。

夜色与橙光下，她露出一段洁白的脖颈和肩背，香槟色的连衣裙肩带和毯子一块儿滑落，沈思晏像被烫着了，飞快收回视线。

她的手擦过了他的袜沿，沈思晏移开腿往旁让了让。

掉落的小叉子太多，她捡了几个，不想捡了。

光芒微闪，他看到还有许多落在他的脚边，他弓身去捡，猝然对上她起身时的侧脸。

"我捡到了。"他匆忙说。

她轻笑了一下，退让开。

他不敢抬眼看她，低头用叉子叉了一小块月饼含进嘴里，干咽下，被噎

到，又拿起杯子喝了一口水。

苦水入喉，辣而酸涩，他想起了这是酒。

"沈思晏。"连漪看着他，点了点桌面道，"你喝的是我的酒。"

他迟疑道："啊？"

连漪踢了一下脚边的空酒瓶，道："掺了白的。"

红酒掺白酒？

沈思晏只觉得舌根都辣了起来，他的眼睛里迅速蓄积起了生理性的泪水。

青年的侧脸像被镀了一层月光，睫毛一眨收敛了月的光辉。

连漪想知道他眼睛里是不是藏了一块会敛光的黑曜石，她摘下了他的眼镜。

墙上的灯被关了，灯光一暗，他的眼镜被摘下，世界朦胧起来，他迷茫地起身道："连漪？"

"你捡到我的东西了吗？"连漪忽然说。

沈思晏神志尚且清明，他缓声问："什么东西丢了？"

淡淡的香味靠近他，他感觉到了近在咫尺的呼吸。

连漪说："别动，我找找。"

她凑过去闻他身上的味道，嘴唇靠近他的嘴唇，沈思晏觉得自己真的是醉了，不然怎么会觉得，她是想亲他。

"沈思晏。"连漪轻声叫他。

沈思晏喉结翻滚，轻轻应了一声。

"你醉了吗？"连漪问。

沈思晏不明所以地"嗯"了一声，连漪的手搭在他肩膀边靠近他，问他："你是喝醉了吗？"

她几乎趴到他身上，腰肢拗出一个不可思议的弧度，沈思晏觉得自己是醉了，但醉的同时还保持着几分思考能力，比如不能让她摔倒，于是他用手臂箍住了她的腰，理智猝然回笼，他僵硬道："对不起，我不是……"

连漪用食指按住了他的唇，说："嘘。"

连漪的手指在他好看的唇形上来回摩挲着，她问他："想尝点比酒好喝的吗？"

沈思晏的目光落在她脸上，他知道她醉了，他不该乘人之危，可看到她轻笑着，目光盈盈地看着他，眼睛里只盛着他一个人，他抓住她的手，将她按在栏杆上吻了上去，他的吻没有章法，青涩生疏，连漪便教他怎样去吻，他果然是一个好学生，一点就通。

他抱起了她，红酒被撞翻，倒了一地猩红。

她在耳侧笑："我在……你，你怎么定力这么差？"

她的声音是气音，模糊得几乎不可闻。

他轻吻她的唇畔，只觉得掉入了她编织的网，落入欲望的海。

便是毒药，他也甘之如饴。

……

第二天清晨，两人将醒未醒。

室内的光线灰暗，被子凌乱地搭在腰上，沈思晏的怀里一片温热。

沈思晏缓缓睁开眼睛，他将呼吸放得极慢，生怕惊扰了正在熟睡的连漪。

她依偎在他怀里，而他心跳如播。

当第一缕阳光照进室内，连漪皱着眉头说道："你的心跳好吵啊。"

沈思晏下意识地道歉："对不起。"

"对不起什么？"连漪抬起头，用手捂着眼睛遮住刺眼的光，透过指间的缝隙看他。

沈思晏顿了顿，郑重地看着她，说："我会负责的。"

连漪完全睁开了眼睛，她微微撑起身，露出白皙的肩膀，她略带沙哑的声音问他："负责，负什么责？"

"我……"沈思晏的视线不知道该落在哪儿了，他连耳垂都带上了红。

"放心。"她温和地说，"我不是那种人。"

她掀开被子，穿上里面的衣服，扣上扣子，淡淡笑道："睡一觉就让你负责，不至于。"

她下了床，白净的脚趾踩在深色的长绒地毯上，走向窗边，拉开窗帘，蓝色清晨，碧空如洗。

他感觉不到暖意，冷淡的话语将沈思晏吹了个透心凉。

她在衣柜里拿了几件衣服走进了浴室。

浴室水声响起，沈思晏身侧一片冰冷，他掀开被子，感觉自己仿佛是被无情抛弃的那一个。

连漪洗完澡出来，目光在他身上一打量，沈思晏也已穿上了衣服，他扣上领口最后一粒扣子，又恢复到简单干净的样子。

看他欲言又止，连漪斜倚在浴室门口用毛巾揉搓着头发，她说："别放在心上，这种事情不算什么。"

"我们做过这种事，也不算有什么吗？"他声音有些沙哑。

连漪问他："那你觉得应该有什么？"

他不明白她的心，茫然道："我们不算情侣吗？"

她笑了："当然不是，情侣是因为爱在一起，不是因为性。"

她的话诛心，将沈思晏想说的所有话都堵了回去。

他们之间没有爱，或者说，她不爱他。

那他们这算什么呢？酒后乱性？

他哑口无言。

他突然的沉默让连漪心里也有些堵。

她转回浴室，一时不知道该做什么，停了好一会儿，她才将毛巾放在毛巾架上，打开电吹风，风声掩盖了所有声音，将她心里的懊恼一并遮下。

她抬起头看着镜子里漠然的自己。

她从不是高风亮节的好人，最怕麻烦，可偏偏又自找麻烦。

沈思晏走到了浴室门口，站在她身后。

连漪调动脸部肌肉，嘴角微微上扬，指着旁边说："新牙膏、牙刷都在那儿，旁边那一卷是一次性的洗脸巾。"

沈思晏却没有走过去洗漱，他站在连漪身后，沉默地握住了她举起的吹风机。

他们的手短暂相握，连漪先松开了手。

他接过吹风机，轻轻地给她理顺每一缕头发。他双手微微环着她，是一个后背拥抱的姿势，只是中间隔着了空隙。

亲密无间是她编织的梦，醒来后，一场空。

连漪看镜子里他的手腕，他今天戴的是一块黑色的运动手表，衬得他腕骨鲜明白净。他抿着唇，目光只落在她发顶，修长的手指穿过她的发梢。

淡淡的鸢尾花香飘散，等吹到七成干的时候，连漪握住了沈思晏的手腕，轻声说："好了。"

沈思晏关上吹风机，收起电线，连漪接过吹风机放回柜子里，她抓了下头发，道："你洗漱吧。"

连漪带上了浴室门。

浴室内响起了水声，连漪打开房间的灯和化妆镜的灯，用发箍将头发固定起来，上化妆水湿敷，涂面霜、隔离……

连漪轻拍脸颊的时候看到了脖颈后的一块痕迹，是沈思晏情难自抑的时候吻出来的。

她沾了一点粉底在指尖，侧头抹在脖颈后，又用遮瑕粉饼扑了一层，直至完全看不出痕迹。

浴室的门一声响，连漪和沈思晏对视上，他站在门口，手插在兜里倚着门框看她。

连漪收起了粉饼，淡然自若地问他："我去公司，你和我一块儿走吗？"

沈思晏摇头说："不了，我回学校。"

连漪顿了顿，点头道："好。"

她都快忘了他还在上学。

沈思晏离开了房子，连漪没有送他。

他送的礼物还摆在客厅里，连漪转过身看到袋子，她拿出盒子，是CELINE最新秋冬款的双金珠牛皮包。

她想着过年时买的。

不自觉轻叹一口气，将包又放回袋子里。

越美好的东西越容易被打破，一段稳定的关系亦是如此。父母的经验早早告诉她，失败的感情只会成为人生的烫疤，如非是对感情的不信任，她应当在今年年初就已迈入婚姻的殿堂。

连漪拿出了一根烟捻在指尖，将烟丝捻碎。她并不抽烟，只是父亲走后，她像患了斯德哥尔摩综合征一样开始怀念起那浓烈的烟味，呛人的尼古丁使她感到冷静，仿佛父亲冰冷的眼神仍在她身后审视着她。

让他愤怒也好，后悔也好，只要能让他不高兴，她就高兴了。

他想要她去学医，她却学了语言；他想要她在高校任教，她却去了私企上班；他想要她工作稳定就结婚，她却在他病入膏肓的时候告诉他，我分手了……

她为人称赞的现在，其实都是过去的叛逆。她轻而易举地向他证明，即便她不按照他的要求活成一个"女人"应该有的样子，她也照样将日子过得好好的。

也照样，还有人爱她。

而她谁也不爱，她只爱她自己。

重新回到办公室上班，上课，一如既往地过着日子，她却再没有遇到过沈思晏。

地铁三号线，从国贸中心到清辉潭，再没有一个青年站在她身后，替她挡着乌泱泱的人群。

日子倒也照样过着。

沈思晏并不是刻意疏远她，他只是感到疲惫而又迷茫。

疲惫是因为学业和工作，迷茫是因为感情。

他不知道应该再以什么样的身份出现在她面前，怕她用那天那样冷淡的神色看着他，好笑地问他："你觉得我们是什么关系？"

他的父母偶尔会打来电话询问他的近况，上一次沈思晏问母亲，送包的话应该送一个什么样的，得到许多建议。

再接到母亲打来的电话，比起上一次的兴致勃勃，他显然消沉了很多。

苏良媛感受到了他的消沉，诧异地问他："你最近过得怎么样？"

"过得一般。"沈思晏接到越洋电话的时候是凌晨六点，他埋头在枕头里，声音沉闷。

"怎么了？"母亲毫不在意地调侃他，"这么消极，感情受挫，被甩了？"

从来没在一起过，哪来的被甩。

沈思晏无奈道："苏女士，你能盼我一点好吗？"

"看来是真的失恋了，初恋都是很残忍的，你应该早有心理准备。"

苏良媛是一名服装设计师，打电话的时候沈思晏都还能听到她那边剪刀咔嚓的声音。

沈思晏放空了一分钟，好一会儿，他问苏良媛女士："你是怎么爱上我爸的？"

苏良媛想也没想就回答："当然是因为他长得好看啦。"

沈思晏："算了，挂了。"

他爸年轻时候有多帅他不知道，现在是越发"横向发展"，和母亲站在一块儿就像美女与野兽，很难昧着良心说"帅"这个字。

"开个玩笑，你要是想听真话，我可得想想应该从哪儿开始说，你这个问题可不比问你从哪儿来更容易……"

不知道她要想多久，沈思晏开了免提，将手机撂到了一旁。

可能过了有好几分钟吧，苏良媛女士说话了，她说："我一开始喜欢的不是你爸，甚至，我是打算终身不婚的。"

沈思晏合着的眼睛睁开了。

苏良媛女士继续说："你爸那个时候就是个暴发户，明明长得还可以，偏偏往土上打扮，大金链子小手表，生怕别人不知道他有钱一样，多看一眼都是对我职业生涯的侮辱。"

沈思晏想起现在把"淡泊名利"四个字挂在书房的父亲。

"我和你爸在一起呢，嗯，是因为他在我最失意的时候还陪在我身边吧。在你出生前两年，我的工作室因为经济危机险些倒闭，拖欠了很多工钱，还不上，那段时间我抑郁也很严重，而你爸那半年一直陪在我身边，每天端茶倒水，被呼来喝去也没有怨言，一日三次盯着我吃药。那一年我是个一夜破产的穷光蛋，而你爸已经身家过亿了，他却跑到我的出租房里来伺候我，在角落里搭个小床睡，赶也赶不走，骂也骂不走……"

他爸可从来不会和他说这些，沈思晏忍不住问："然后呢？"

"然后就意外有你了。"

沈思晏："……"

"我产后抑郁复发，你爸带我去国外休养，把你留在国内，我没想到他们会对你不好，在这件事上是我对不起你，生下你却没有好好照顾你。"苏良媛已经能坦然地向他道歉了。

想起童年，沈思晏静了静，说："我没有怪过你们。"

"好吧，我已经说了半天，能告诉我你真正想问的是什么吗？"苏良媛问他。

这样的问题难以启齿，但除了苏良媛他不知道还能去问谁了，沈思晏闷声问："怎样让一个人爱上你？"

"嗯，有意思的问题，我想想……这要分男人和女人，想让女人爱上你啊，得先让她心软，女人一心软可就遭殃了。"

沈思晏脑海里勾勒出连漪的眉眼，含笑的、洒脱的、嗔怒的、冷漠的……

他想不到她心软是什么样子。

他静了静，低声说："我不舍得。"

苏良媛收起随意的态度，温柔道："思晏，真爱无坦途，想要获得一份爱，哪会有简单的标准答案？我不是她，你要去问你爱的人。"

沈思晏翻了个身，躺在床上，盯着花纹繁复的天花板。

他良久没有回应，苏良媛问他："听到了吗？"

"听到了。"他闷声回答。

情难捉摸，还没尝到甜，他先尝到了苦。

爱本不该卑微，可她在他心里高高在上，他要是低到尘埃里，能否在她心上开出一朵花？

没有为感情烦恼的时间，连漪工作已经忙碌得分身乏术。

十月初，她被外派去南方出差，回程途经深市，和母亲一家人见面吃了个饭。

她母亲的再婚丈夫，也就是关逸然的父亲，是一个交响乐团的指挥，家世不错，日子算得上富裕，做派也老旧，听说连漪要来深市，不管怎么说都要在酒店订一桌酒席。

饭桌上关逸然一直没吭声，关逸然的父亲从包里拿出一个盒子递给了连漪，连漪打开看，赫然是之前沈思晏送给关逸然的那块手表。

不待她开口问，关逸然父亲便面色凝重道："这块表我找人鉴定过，货真价实，市场价就是二十来万元，没想到逸然去你那儿一趟竟然给你添那么大一个麻烦，这块表还请你交还给原主。"

二十来万元？

连漪都蒙了，一时不知道沈思晏和关逸然到底谁更缺心眼，她心情复杂地合上盖子，道："好的，我会带回京市的。"

和关逸然父亲的慎重不同，连漪母亲不大乐意地说："那人都已经送出来了，还还回去干什么，难道那个人自己不知道这表多少钱吗？说不定人家根本看不上这二十来万元呢。"

在母亲尖锐偏颇的态度中，关逸然的头埋得更低了。

"我们家缺这些钱吗？不是他的，他就不该拿！"关逸然父亲不赞同。

"哎哟！我是这个意思吗？你讲话这么大声干什么？凶我啊？"

关逸然父亲头痛："你能不能讲讲道理？"

两人争执起来，连漪对他们一家三口的家庭闹剧不感兴趣，她默然吃自己的，吃完一顿饭便和他们告了辞。

回程途中下起了太阳雨，她透过火车玻璃窗看到了途中的彩虹，拍了几张照片发了一个朋友圈。

朋友问她在哪儿，连漪回复：正在保市，就要到京市了。

晚上出来聚一下吗？朋友问。

连漪：可以啊，哪些人啊？

朋友：我们寝室四个，外带家眷。

连漪：四个？裘玉也来京市了？

朋友：一看就知道你没看群消息，裘玉要结婚了，特地回京市来送请柬的！

连漪大学宿舍四个女生，一床是连漪，二床何嘉嘉，三床裘玉，四床顾梦麟。也是巧，连漪和顾梦麟都是本地人，何嘉嘉毕业后留在了京市，只有裘玉回了家乡，不过离京市也不远，一个小时高铁就能到。

她们宿舍是201，毕业的时候大家开玩笑说为了不辜负这个门牌号，两年就要回京市聚一次。

这么多年了，倒还真的都保持着一点联系。

大学时候，裘玉和连漪是走得最近的。

裘玉家境一般，每个月生活费也不多，连漪做家教，接商单，也经常给她介绍工作，一来二去感情深了，两人就形影不离了。

裘玉毕业后听从家里安排，考了老家的公务员，离开了她们的小圈子，每个月工资不高，还忙得脚不点地。

至于寝室其他几个人，连漪保研了，何嘉嘉进了大厂，顾梦麟回家继承家业。

一对比，裘玉好像是发展得最不景气的那个，她总觉得是家里人拖了她的后腿，一聊天就是发牢骚，渐渐地，四人寝室群聊天也就少了，再后来就都把群消息屏蔽了。

裘玉心态失衡，连漪安慰过她，让她放平心态。

那时裘玉正在情绪低谷，言辞激烈地回复她：你们户口就在京市，房子也在京市，我拼命都跑不到罗马，你们就出生在罗马，你们怎么能理解我的心情？

她们的聊天记录也就停在这一句了。

如果说人生是漫长得看不到终点的马拉松，你以为别人站在了你难以企及的终点，往后看看，你又何尝不是站在别人可望而不可即的终点。

从那之后她们的关系便跌入冰点。

这次裘玉要结婚了，消息还是何嘉嘉和她说的，有那么一瞬间，连漪连这个聚会都不想去参加了。

不过毕竟那么多年的感情，她想还是应该当面贺喜。

包厢订在金鼎轩，门半开着，有小孩的声音还有男人女人说话的声音，连漪顿了顿，推开了门。

包厢里坐了三女两男，连漪扫视了一眼，室友们都到了，除了带小孩的何嘉嘉，都带了男朋友来。

在大家反应过来之前，连漪便露出了一丝笑容，带着歉意道："对不起，我来晚了。"

她话音刚落，一群人便发出愉悦的欢呼声。

顾梦麟大声道："你可终于来了！"

何嘉嘉抱着孩子，一个劲地瞅连漪的身材，艳羡地说："连漪，一年不见，你是一点都没变啊。"

她们上一次见面还是在孩子的满月礼上。

连漪笑着说："你倒是瘦很多了。"

"那可不，因因现在可都一岁多了。"何嘉嘉笑着说。

连漪逗小孩："因因，叫阿姨。"

小孩害羞得躲进了妈妈的肩膀里，大家都笑了起来。

裘玉牵着一个男人的手，脸上漾满了笑容，她指着连漪和男人道："给你介绍一下，这是我大学时候最好的朋友，连漪。"

"连漪，这名字真好听。"男人边说着，起身向她伸手道，"你好，我叫杨子裕，是裘玉的老公。"

"你好。"连漪轻握了一下他的指尖，笑着对裘玉说，"谁当年说自己不是'颜狗'，结果老公还不是找这么帅的。"

她这一句话让裘玉一下乐得颧骨升天，眼睛里满是笑意，说："哪有，他哪比得上你家余祐，对了，今天余祐怎么没来呀？"她探头往连漪身后看。

连漪和林余祐是和平分手，没有闹得尽人皆知，何嘉嘉孩子满月礼的时候还请连漪和林余祐去吃过酒，只不过只有连漪一个人赴约，因此何嘉嘉才知道他们已经分手了。

见裘玉突然提起林余祐，何嘉嘉抱着孩子解围道："什么林余祐啊，早就是过去式了，连漪现在已经在展望新的未来了。"

"啊，你们分手了？什么时候分手的？"裘玉不太相信。

连漪觉得有点好笑，道："是的，分手很久了。"

"为什么会分手呀？你们在一起都有两三年了吧！"

顾梦麟打断她们，插话道："都别站着了，先坐吧，连漪，我这边有位置，你坐这儿来。"

"对对，快来。"何嘉嘉也招呼她。

"好久不见啊。"连漪走到顾梦麟旁边的空位去，打了声招呼。

顾梦麟将摆在椅子上的包递给坐在另一边的男友，伸手拉住连漪的手腕道："连漪，你时间凝固啦，怎么皮肤还是这么好啊？"

"我哪有，你这个大小姐才是越长越年轻了。"连漪掐了掐顾梦麟的脸蛋，顾梦麟哈哈笑了起来。

她们寝室家庭条件最好的就是顾梦麟，刚住寝室的时候顾梦麟有一堆"公主病"，被大家背后叫"大小姐"，叫来叫去，"黑称"成了"昵称"，"大小姐"就真成顾梦麟的外号了。

"我给你介绍一下，这是田见，小演员，下个月有部网剧要上线了，姐妹多多支持一下。"

顾梦麟是不婚主义，偏爱各类小网红和小演员，口头禅是"我这一堆钱砸下去，半个娱乐圈都是我男朋友"。

田见起身，冲连漪弯腰道："姐姐好。"

连漪对顾梦麟换来换去的男朋友已经"脸盲"了，被田见这么郑重其事地一鞠躬还吓了一跳，道："你好，不用这么客气。"

话题被打断，裘玉也不好再问，她插话说："连漪，这是我和子裕的结婚请柬，原本是想你和林余祐一起的，没想到你们已经分手了，你看这上面的名字……"

连漪接过裘玉递来的请柬打开看了一下，上面写的是邀请"连漪小姐和林余祐先生"，她淡淡一笑，合上请柬压在手腕下，道："没关系，就这样吧。"

裘玉坐下，带着些怀念地说："你还是这么好说话。"

连漪只弯唇浅浅笑了一下。

菜上了桌，大家便都吃起来。

何嘉嘉带了小朋友，没吃几口饭，一直在给小朋友喂些清淡的菜。

裘玉看着她问："嘉嘉，你家小朋友怎么要你带呀，家里老人不带小孩的吗？"

何嘉嘉诧异："我的小孩当然是我自己带了。"

杨子裕正低头吃饭，裘玉捣捣他："你看，嘉嘉家的小孩都是自己带的，我们以后小孩也自己带吧。"

"好。"杨子裕附和她。

何嘉嘉好奇地打量着问："裘玉，你怀啦？"

"没有，我和我家的是说以后嘛。"裘玉羞赧。

看不下去了，顾梦麟眉毛都皱成了八字形，她别开眼，问何嘉嘉："你呢，现在回去工作了吗？"

"早就开始上班了，囡囡平常都可以给保姆带，下了班我是走到哪儿把她带到哪儿，她现在可是最需要我们陪伴的年龄段。"何嘉嘉说。

裘玉感慨："好辛苦啊。"

"是辛苦，不过做了妈妈还是觉得很幸福的。"

裘玉说："是你先生会疼人你才觉得幸福，哎，待会儿你先生来接你的吧？"

"对，他本来是要和我一块儿来的，临时被叫回去加班了。"

"你们家买了什么车呀？"裘玉忽然又问。

何嘉嘉不做多想："有小孩之后换的SUV（运动型多用途汽车），宽敞，放得下婴儿车。"

裘玉立刻又扭头和丈夫道："亲爱的，我们要不也再买一辆SUV吧，说不定以后还要二胎，还可以买辆更大一点的。"

杨子裕顿了顿，还是点头附和："嗯，好。"

"对了，连漪你是怎么过来的呀，待会儿有人接你回去吗？"她话题又落到连漪身上。

突然被问到，连漪筷子一顿，她说："我开车来的。"

"你也买车啦？买的什么车呀？"

连漪伸手夹菜："京市天天堵得水泄不通，车买了也是闲置着，没怎么开过。"

她是想绕过话题，裘玉却来了兴趣，兴冲冲地还要问。

顾梦麟笑了，剥着葡萄皮道："连漪可是小富婆，一辆奔驰CLA和一辆雷克萨斯ES，都是在我们店里买的，还和我说她有选择困难症，不知道选哪台，害我熬了一宵仔仔细细给她列了一张比对的清单表，结果她呀，两台车都直接拿下了。"

顾梦麟家就是开车行的，连漪为了省事，今年直接在她那儿提了两辆车，所以她才有这么一说。

连漪知道裘玉自尊心强，爱比较，原本打算随口敷衍一声，顾梦麟却先看不得裘玉这到处找"存在感"的架势了。

裘玉的脸僵了一下，很快她又找补道："还是单身好啊，钱想怎么花就能怎么花，没过日子的压力。"

她一说完，场面冷下来。

顾梦麟白眼都快翻到天上去了。

连漪叹了口气，她隐隐有种预感，这大概是她们宿舍最后一次聚餐了。

临近散场的时候，杨子裕主动提出要买单，原本AA制是她们聚会的传统，但有之前何嘉嘉先生请客的先例，大家也没争，便让杨子裕去结了账。

散了场，何嘉嘉的先生最先来接她，紧接着，顾梦麟和连漪打声招呼，也走了，杨子裕一去卫生间，包厢里就只有她和裘玉了。

她借口补妆多留了会儿，见人都走得差不多了，才从包里拿出包装精美的手链盒递给裘玉。

她进门的时候就观察了，没看到有什么礼物，怕大家都没准备，就她送了礼，到时所有人都下不来台，所以等大家都走了才拿出礼物。

裘玉惊讶了："这是什么呀？"

连漪缓声说："新婚礼物。"

裘玉抬头看连漪，高兴极了："现在可以看吗？"

"当然可以。"

来的路上连漪突然想到应该要随个礼，便顺路去商场买了一条蒂芙尼手链，这才晚到了。

买礼物是顺便但不是随便。

上大学的时候，裘玉就喜欢这样的手链，摆在亮堂显眼的柜台里，余光一瞥就被惊艳得不行，却连看都不敢去看。

那时候她就和连漪说："等以后我有钱了，一定要买一条这样的手链。"

如今对连漪而言，一条蒂芙尼的小手链已谈不上昂贵，只是不知道裘玉还记不记得自己过去小小的心愿。

裘玉打开首饰盒，一条光彩熠熠的手链跃入眼帘，她看到了手链上挂着蒂芙尼的商标，先是讶异，再抬眼时已红了眼眶。

"连漪，谢谢。"她柔声道。

她还记得，那便不算白费。

连漪弯了一下嘴角："你喜欢就好。"

裘玉将手腕伸向她，撒娇说："可以帮我戴上吗？"

"好啊。"

在连漪低头给她系手链时，裘玉又是开心又是别扭地说："你还是这样温柔，总觉得好像你面对什么都云淡风轻似的，我以前好羡慕你这种坦然。"

"看到你现在这样幸福，我也很羡慕呀。"连漪回应她。

裘玉脸上泛起了红，她道："连漪，你给我做伴娘吧，好吗？"

何嘉嘉是她们四个里结婚最早的，结婚的时候她们三个人都去做了伴娘。

按习俗，伴娘只能请未婚的，何嘉嘉家庭工作缠身也脱不开身，顾梦麟和裘玉关系很一般，大学时候还闹过不少矛盾，大概率是不会去给她做伴娘的，那便只有连漪了。

可伴娘不是好做的，何嘉嘉结婚那一次就给她们留下了心理阴影。

连漪觉得麻烦，不大想答应，可终究是顾念过去的感情，她没有直接回绝，只说："我下个月要是有时间就去，好吗？"

"好。"裘玉拉她的手说，"你要是有时间就联系我，我让子裕去车站接你。"

"嗯。"

和裘玉告别后，连漪上了自己的车。

她将包放在副驾驶，正要系安全带，突然想起了包里的另一件东西，她将包又拎了过来。

是关逸然退回来的手表。

连漪打开车内灯，拿起手表冰冷的表链仔细审度。

手表里的时针、分针、秒针正井然有序地走着，一圈一圈地循环，毫无差错。

表盘还在橙黄的灯光下闪着宝蓝色的光。

都说表戴得久了就会有主人身上的温度，触摸到温润表盘，连漪不由想起了沈思晏，他就像这表盘上浅浅的光，并不夺目，舒适柔和。

她想起那天他亲吻她的时候小心翼翼，紧紧环抱着她，像要把她揉进身体里，落下吻时，却又温柔克制。

不动心是假的，但她不是二十一二岁，无所谓感情结果了。

朋友的结婚请柬更提醒着她，她们都渐渐地趋向于稳定的生活了。

尽管好像不久前她们都还在大学里，不着边际地聊着自己的理想型。

那个时候顾梦麟追星，两万块钱一张门票看一场演唱会；何嘉嘉暗恋一名学长，发现学长是渣男后咬牙切齿地说再也不会爱了；裘玉喜欢老实的书呆子类型，可泡在图书馆里四年也没找到喜欢的。

现在顾梦麟一个月换一个男朋友，何嘉嘉早早被上司搞定"拐"进婚姻殿堂，裘玉也要结婚了，只有连漪还是"孤家寡人"。

其实所有人都以为她和林余祐会修成正果，没想到他们会突然分手。

他们之间，她认为是没有出轨没有误会的。只是有一天，连漪工作完疲惫地回到家，看到男友在没心没肺地打游戏……

他住在象牙塔里没有任何压力，而她累得只想瘫在床上睡一觉的时候还要收拾被弄得乱七八糟的房子，心里最后那根紧绷的弦崩断，她疲惫且平静地和林余祐说了分手。

所有的爱意在激情退去后都变成两看相厌的倦怠，两年的感情付诸流水，再来一次，她怕承受不住了。

连漪将车开出停车场，一路漫无目的地直行，等回过神来的时候发现已经开到燕湖大学附近了。

燕湖大学主校门恢宏气派，高大的大理石石柱支撑匾额，两侧树木林立，在黑夜的橘黄色路灯下仍显得绿意盎然。

她在这所大学待了七年，里面的每一栋建筑每一条路她都熟悉。

她按下车窗，看着灯火里的校门口。

时而有车出入，而门口的保安仍然是那两个大爷，他们查过她无数次学生证，说过无数次晚上好。而转眼，她已从校门内到了校门外。

忙碌充裕的学生生涯都已成回忆了，即便是望穿了眼也回不到过去。

她开动车准备走，在门口看见一道熟悉的身影跑出来。

这么巧？

校门口不能按喇叭，连漪食指在方向盘上轻叩了两下，想了想应该怎么叫他，在他正要走的时候，她想起了手机，滑到他的电话号码直接打了过去。

她看到沈思晏站在原地，低头看了会儿手机，接通了电话。

"回头。"连漪说。

沈思晏转过身，他身后空无一人。

连漪看着他愣住的表情，好笑道："对面。"

她打开了双闪。

"你在车里？"沈思晏压抑着声音，震惊而又不敢相信地问。

连漪："嗯，我看到你了，过不过来？"

"马上！"话音才落，沈思晏跑了起来。

连漪也下了车，关上了车门。

沈思晏停在离她两步远的地方，压抑不住开心地问："你怎么会在这儿？"

"我还想说呢，怎么这么巧。"连漪笑道。

暮色黯淡，她没看到沈思晏脸上一闪而过的不自然。

"正好路过，既然看到了你，这个就顺便给你了。"她将盒子递给沈思晏。

沈思晏看看盒子又看看她，脸上的笑容几乎无法收敛，他抬起手的时候觉得自己手臂都在微微发抖，像做梦一样，他接过盒子。

连漪抬抬下巴，说："打开看看。"

沈思晏笑着打开了盒子，然后……他的笑容静止了。

"关逸然还给你的，你看有没有损坏。"连漪说。

只一眼，他便认出这是他那块表。

"这是……为什么？"他茫然地问。

连漪抬眉："什么为什么？"

"为什么还给我？"他声音都微微颤了起来。

连漪先是莫名其妙，和他对视良久，终于恍然反应过来他误会了什么。

她无奈地笑了："想什么呢，是你的手表太贵重了，你以为我要和你划清界限吗？"

"不是吗？"他声音一轻，强忍着怒气。

真是小孩脾气……

连漪问他："我是那么不讲道理的人吗？"

沈思晏盯着她，眼睛湿漉漉的，无声地控告着。

的确，自从那天之后他们已经有近一个星期没有联系了，或者说，一个星期连漪没有回过他消息了。

连漪自认理亏，轻叹一口气，拉开了车门问他："你是要去哪儿？"

沈思晏迟疑了一下，说："我回去。"

"上车吗，我送你回去。"

"好。"他又笑了起来。

连漪再没见过比他更好哄的，三两句话就眉开眼笑，当真是应了名字，言笑晏晏。

车开到了三泉府邸，连漪开了车门锁。

"到了。"她说。

沈思晏却没有下车，车里安静了一会儿，在连漪都要问他有什么事了的时候，沈思晏开口低声说："我们保持现状可以吗？"

连漪将车熄火，不急不缓地问："保持现状，什么现状？"

师生？朋友？

不管选择哪个，他们最后都只会是点头之交，回不到过去了。

沈思晏想说那两个字，又感到一阵难堪，紧抿住唇，下嘴唇内侧的肉都被咬红了，在连漪质询的眼神里，他缓缓松开了嘴，说出了那难堪的两个字。

荒诞效果达到极致，连漪心里一跳，连眉头都高挑了起来，她怎么也没想到，他会说出这一种关系。

看着他通红的脸，她乱了频率的心先回归原位，手指在方向盘上轻敲了两下，语气轻而戏谑道："不太行。"

他眼巴巴地看着连漪，明明脸红得已经快烧起来了，嘴上还说："再多试几次，你教教我，好不好？"

连漪朝他抬下巴笑："你交学费吗？"

沈思晏把手机递给她。

"密码1024。"他说。

"我不要钱。"她拔下了车钥匙。

生怕她撂下他就走，他抓住了她的手，问："那要什么？"

她没有说，只静静看着他的眼睛。

青年的睫毛很长，瞳仁干净，面对她的凝视不躲不避，纯纯粹粹地回视着她。

终是在他的直白里软了盔甲，连漪的手指摸上了他的喉结，轻声问他："去你家还是去我家？"

心里的烟花再次炸开，沈思晏眼睛亮了起来。

车都已经停在三泉府邸了，沈思晏说："我家。"

连漪跟着他穿过豪宅景观，一路上了楼。

房门打开，灯光自动亮起，三百多平方米的跃层，连漪环顾了一圈，说："房子很不错啊，你家里人都不在家吗？"

"他们都不住这边。"沈思晏关了灯。

室内的灯光一暗，只有边角的光条发着光。

他的暗示很明显。

连漪看到了大吧台，问沈思晏："有酒吗？"

"有。"

有酒柜便有酒，不过这里不常来人住，没有很好的酒，沈思晏并不了解酒，连漪也不挑，她拿了酒杯给自己倒了半杯。

沈思晏拿了杯子正要给自己倒，被连漪拦住了。

"我不会喝醉的。"他向她保证。

"不。"连漪拿开他的杯子，将自己的杯子推到中间，她说，"一杯就够了。"

他愣了一下，连漪拽着他的领口将他拉低，轻轻地在他耳边说："沈思晏，你还有一次后悔的机会。"

沈思晏的心跳快要跃出胸腔了，他说不出现在的感受，但他知道不能这样被动下去了，他拿起吧台上的酒杯，灌了一口。

他知道，过了今晚，他们之间就真的没有后悔的机会了。

但他仍然抓住了她的手，环紧了她的腰肢。

他们之间没有爱，只有肌肤的相依。

如果这是她想要的，是他，好过是别人。

……

连漪没有在沈思晏家过夜，在沈思晏沉沉睡去后，她便走了。

已是午夜，她回到家中，甩掉鞋，不用看镜子她也知道脖颈上当是一片暧昧的痕迹。

困顿，疲惫，但又莫名亢奋。

柜子上照片里的男人冷然看着她，而她靠着墙弯眼笑，无声地说：你看，即便身边的人来了又走，总有人爱我。

不知道他九泉之下，会不会再被她气死一回。

第二天沈思晏醒来的时候，床侧已经凉了很久，他蒙了大半天才想起来看手机，手机上连漪的消息是凌晨发的，只有两个字"走了"。

被拉回现实，心顿时凉半截。

他在床上枯坐了一会儿才起床。

晨起冲了个冷水澡，穿衣服的时候，沈思晏看到了镜子里自己的后背被抓挠出好几条横，他反手摸了摸，莫名其妙又笑了几声。

穿上衣服走出浴室，他拿起手机发消息给连漪，问她：昨天几点到家的，起了吗，吃早餐了没有？

连漪还没有回复，沈思晏又找到上次加到的连城的微信，主动发了第一条信息：今天有时间，方便出来吃饭吗？

连城倒是回得很快：我姐又请客啊？

沈思晏：没有，我请你。

连城：有什么事吗？

沈思晏：关于连漪。

连城爽快应下了：懂了，下午五点，我在学校南门烧烤店等你。

沈思晏倚靠在沙发上，他想起昨晚连漪说，她憎恶被人放弃，如果这段关系要结束，必须是她喊停。

她的话语透露不为人知的信息，他想知道那些在她身后他不知道的故事，由此，他想到了连城。

一辆黑色流线型的跑车轰鸣着冲到了连城学校南门口，嚣张的出场方式引起了路人的关注，跑车降速，开进了路边停车位，驾驶座门开了，有人下来。

那人穿着黑色皮鞋，西装裤，黑色长外套搭同色系高领针织衫，帅气而又出乎意料的贵气，轻而易举夺走了所有人的目光。

只见他自然地把手插在裤兜里，微微环顾四周，走进了……路边一家十平方米大，乌烟瘴气的"周哥烧烤店"。

烧烤店主一早就盯着他那辆车了，见他走过来，唾沫横飞地招呼道："帅哥，吃点什么？"

孜然味扑面而来，沈思晏微微一顿，礼貌道："我找人。"

"哦哦，那您里边请。"

"你们二楼是从……"

"里边那个楼梯，从那儿上去就成。"店主给他指了下。

"谢谢。"

沈思晏顺着指示，从仅容一人通过的窄小楼梯上去。

二楼也坐满了人，连城就在靠楼梯的位置，一眼瞥见了沈思晏，他挺直腰背挥了下手臂。

"沈哥！"

四周声音嘈杂，沈思晏松开紧皱的眉头，想了个措辞，和连城说："这儿挺热闹啊。"

这还是头回单独碰面，连城还有点客套，顺着沈思晏的话说："饭点了，这家特好吃，人是挺多的。"

沈思晏拉开他对面的椅子坐下。

连城说："不知道你吃啥，我这七七八八都点了些，你尝尝口味。"

他说着，拿啤酒瓶在桌角一撬，开了啤酒盖，拿了杯子正要往里倒，沈思晏手盖住杯口，他道："真不好意思，今天喝不了。"

"啊。"连城放下酒瓶关切道，"这是怎么，病了？"

沈思晏倒实诚，笑着说："中午一个饭局，和投资商喝酒，我躲酒吃了头孢。"

"你牛！"连城给他竖起了拇指，"别人吃头孢都只说说，您真吃。"

连城又问："哥，你刚说投资商，是创业呢？"

"也不算是，和几个朋友做个项目，参赛的，要是成品过关，也可能上市。"

"真牛啊。"

连城见沈思晏没动筷子，又道："你还想吃点什么，我给你叫。"

沈思晏看了一下桌上的数盘烧烤，道："不用了，我随便吃点就行。"

"成，我给你再叫瓶可乐。"

"不用了。"他拦着连城。

"你可乐也不喝啊？"

言归正传，吃了两口后，连城问："我姐最近怎么样？"

沈思晏说："挺好的。"

"我问个不合时宜的啊，哥。"连城说，"你和我姐是在一起了吗？"

"你觉得呢？"沈思晏把问题踢回给他。

连城还真拿不准，不过这么多年，被他姐请上门吃饭的异性，除了家里人可就只有一个他姐的前男友，类比一下，应该也八九不离十了吧。

他挠挠头："行吧，你想问什么问吧，我知道得也不多，反正就是希望你对我姐好。"

沈思晏问的第一个问题是："你觉得连漪是什么性格？"

"性格啊，那肯定是温柔啊，虽然揍我时下手挺狠的，但在我心里我姐就是一等一温柔的人。你过生日，你喜欢什么，她都会记在心上，但是她有事肯定都憋着不说。和我姐相处你不能听她嘴上说什么，你得猜她心里想什么，反正她委屈她也不会说，从这点上看，我姐又挺……啧，怎么说，反正挺能憋的。"

"你刚说委屈，是什么委屈？"沈思晏追问。

"我姐受的委屈啊，那可太多了，我也不怕和你说，反正我知道的大家差不多也都知道，没什么不能说的。"连城先做了一堆铺垫。

"嗯，你说。"

"要说，能从我姐爸妈离婚开始说起，一直说到我姐和前男友分手。"

连城"倒戈"很彻底，连芝麻带谷子把关于他姐的事都说了一遍。

当然，也的确如他所说，他都知道的事，说了也没什么。

比如他姐父母离婚，他也只知道他叔脾气不大好。

"我叔，抽烟、赌博、酗酒，最后把自己干'崩'了，就去年下半年，查出来胃癌晚期，我姐给我叔在协和办了住院，钱都是她一个人出的，我爸妈想帮忙，我姐都没让，后来我叔走了，出殡也是我姐一个人跑东跑西搞完的。"连城几瓶啤酒干下去，激动起来了，撑着桌子说，"我姐的责任感是没话说的，所有女的里面，除了我妈我最服的就是我姐，她一个人到现在，谁也不靠，我叔也是靠不住的，我姐读初中的时候，想上补习班，我叔居然打了她一巴掌，让她去找她妈要钱，从那之后我姐就自己打工赚钱，挣学费、生活费，再没找我叔要过一分钱。"

"我最疼的三个女人，一个是我妈，一个是我姐，一个是我妹。我姐对我可好，我小时候特皮，从树上倒栽葱摔沟里，是我姐一路背着我去医院的，我成绩不好，也是我姐给我通宵补课补上来的，虽然我姐揍我一点不手软，但也是为我好，不然我上完初中就辍学了，哪还有今天能坐在这儿。"

说到后面连城快把自己说哭了："别看我姐现在云淡风轻的，其实我姐这些年过得特别不容易，就我姐那前男友，也是一小白脸，花我姐的钱住我姐的房子，还对我姐不好。真的，要我逮着，我得弄死他！反正你要是真喜欢我姐，你必须得好好对她，我姐这些年受的委屈太多了，我都看不得她再受一点委屈了。"

连城的话都是发自肺腑，一顿饭吃下来气氛都沉重了。

到最后，连城说："沈哥，我看出来你是真心喜欢我姐，但是吧，我也说句老实话，可能不中听。"

沈思晏说："没事，你说。"

连城拍了拍沈思晏胳膊，语重心长道："其实我姐啊，适合找个比她大点的，成熟的，能给她做依靠的。沈哥，不是我打击你，我姐现在房子、车子、事业都有，你说你还没毕业呢，能拿什么给她呢？"

"我也能做她的依靠。"沈思晏和他对视着。

连城笑了："哥，说点现实的，你有房吗？"

"西单两套房子算吗？"

"啊？"

"壹号院也有。"

"啊？"

"不够的话盘古大观的房子也有。"沈思晏认真想了想，说，"还有一套四合院。"

连城盯着沈思晏愣了半秒钟，忽地抽风似的拍腿大笑起来："沈哥，我就喜欢你这种理想远大的，努努力，咱们过个十来年肯定能在西单付上一套房的首付了。"

口说无凭，沈思晏皱眉，开始想怎么给他看房产证。

"哎。"连城顺了口气，道，"其实吧，我觉得物质也没那么重要，重要的还是我姐喜欢。你说找个成熟独立的，就算有房有车，那也和我姐没关系。

反正我姐一个人日子也过得挺好的，多个人陪着她，也就是多份开心，不那么孤独，我看着觉得我姐和你在一块儿挺开心的，这就比什么都好。"

沈思晏沉默了，他觉得连城说的不无道理，有房有车又怎么样，如果没有父母的积累，只依靠他自己，可能努力很多年也只能够在这些地方买套房。

不依靠父母，那他现在的一切都不算属于他，他又拿什么去给她做依靠？

他倒了杯茶，和连城碰了一下。

和连城分别后，回去的路上沈思晏一直在想连城的话。

从连城的坦白里他知道了连漪的过去，他本以为她这样温和的性格，应当是出自一个同样温和的家庭，事实却出乎他的意料。

知道了她的成长经历，他更发现她今天的难得。

她每一步都是靠自己踩着满地荆棘走过来的，他对她的钦慕延续至今，现在更多了一份心疼，只觉内心一阵阵发软、发烫。

他突然想变得更加强大，强大到可以为她遮挡所有风雨，而不是走在她的身后，跟着她的脚步亦步亦趋。

他看着黑黢黢的长夜，只觉得前途漫漫，还有很长的路要走。

电话铃声响起，打断了他的思绪，沈思晏调整了呼吸，声音清朗道："喂，您好。"

"您好什么。"电话那边的女人温和慵懒，"今天晚饭有一点点多了，你来吃饭吗？"

听到声音的那一刻，沈思晏安静了一瞬，而后他眉眼柔和，低低地"嗯"了一声。

"怎么了？"连漪正色起来，"受委屈了？"

"没有。"

"怎么听起来这么委屈？工作被批评了？"

沈思晏本来想说不是，可明明该委屈的是她，他却控制不住地替她委屈起来，掩饰不过去，他又"嗯"一声。

"这么委屈，快过来吧。"连漪声音带笑道，"今天吃好吃的，安慰安慰你。"

车停在连漪楼下的停车库里，不到五分钟，连漪家门铃响了。

连漪还没挂电话，说着："你怎么这么快？"她打开门，还没看见人，他一个"熊抱"将她拥进了怀里，摁住了她的头。

她猛一头撞进一个怀抱，都愣了。

"沈思晏？"

"嗯。"

"受天大的委屈了？"

"没有。"

"嗯？那这是什么意思？"

"想要抱抱你。"

连漪还举着手机，耳边和手机里声音二重奏，她以为他是想向她索取抱抱，无奈地伸出手环过他的腰："抱了。"

"不够。"

连漪无语片刻："我用'502'粘你身上吗？"

沈思晏弯下身，拖住她的腿和腰，一把将她打横抱起，连漪尖叫一声，赶紧环住他的脖颈，怒捶他肩膀道："干吗呢？"

"要这样抱抱。"

沈思晏抱着她走进屋内，脚一踢，带上了门。

从过道走到客厅，他坐到沙发上，将她抱在怀里，像是抱熊娃娃一样。

"沈思晏。"

"嗯。"

"你在撒娇吗？"

他亲亲她额头，闷声道："我在爱你。"

他的直白让她心脏一跳，连漪顿了顿，轻声说："幼稚。"

彼时屋内寂静，空调嗡鸣，浅浅的呼吸交错，绿藤摆在窗边，遮掩住了照映在玻璃上的身影，一室暖意。

第五章 怯缩

　　十月，连漪在燕湖大学的讲座开始了。时间安排在上午，地点是燕湖大学报告厅。

　　这次讲座出乎意料地受欢迎，她还没到，报告厅里已经陆陆续续坐满了人。

　　当连漪在接待老师带领下走进报告厅，她还没说话，报告厅里就先响起了欢呼声，有人高呼着："连漪老师，看我！"

　　颇有点粉丝见面会的味道，连漪向台下挥了挥手："谢谢大家给的排面，回去给你们少布置一项作业。"

　　台下哄笑起来。

　　讲座还没正式开始，接待的老师先带她入座，连漪笑着道："以前都是坐在报告厅下，这还是第一次坐在这个位置。"

　　老师将矿泉水放她手边，和蔼地说："以前是同学，现在是荣誉校友了。"

　　其实就资历而言连漪还是不够格在燕湖大学开讲座的，能站在这个台上的人，最起码也是副教授级别，而她能拿到这次讲座机会，一方面是因为她的考研班的确"盛名在外"，另一方面则是学校邀请她以校友的身份做一场分享会。

　　连漪试了试麦，确认麦音正常后她向接待老师颔首，接待老师下了台，主持人走上台宣布讲座正式开始。

开场流程走完后，连漪开口说："燕湖大学是一所顶尖大学，也是我的母校，今天能够坐在这里和大家分享关于考研的经验，我感到非常荣幸。"

随着她娓娓道来，报告厅里的杂音也渐渐小了下来。连漪从第一排看到最后一排，座无虚席，大家都目不转睛地看着她，她俄而又笑了，一本正经的声音一落，轻松地道："以上都是开场套话，今天我虽然是来做讲座，但不是来做报告，能够和大家互相交流是最好的状态，我们的气氛大可以活泼一些，不用这么严肃地和我大眼瞪小眼。"

氛围一松，大家都放松地笑起来。

连漪也带着笑进入正题："以前有同学问我考研有没有什么经验，怎样才能考上燕湖大学的研究生，这样的问题我都没能回复，不是我高冷，是我不好意思回答。有同学可能会问，为什么不好意思呀？今天我正面向大家回应一下，因为我是保研的，我没有考研的经验啊。"

被"凡尔赛"到，场下又哄笑了起来。

连漪说："但过去没有经验不代表现在没有经验，我从研一开始接触考研英语培训，到今年已经有近五年了，这些年不敢说自己是专家了，只能说略有小成。咱们具体问题具体分析，今天在场的应该大一到大四都有，大家可能都有疑问，英语要有什么样的基础，达到什么样的水平，考研英语才能稳上八十分，针对这个问题，我将今天的分享分为三个部分，第一部分是大一到大二如何打好英语基础，第二部分是大二到大三如何进入高效复习，第三部分是大四冲刺阶段如何巩固和提升……"

她坐在那儿，姿态自信从容，侃侃而谈，偶尔有同学提问，她也是面带笑容地看着对方，不管对方的问题是简单还是犀利，她都能极有条理地一二三四分点将问题分析清楚。

她如众星捧月，是中心，是焦点，只有她的目光略微一定，落在某个位置时，才给予那一个人以殊荣。

坐在前排的每个人都觉得自己是她看得最多的那个人，而真正的那个人，或许只有她知道。

那个人的眼神清澈明晰，眼中只有她一个人，以至于她的目光不由自主地投向他。

他的目光太过热切，她不再一瞥而过，索性直视着他，顺着刚刚的话题道："我看到有些英语基础很好的同学也来听这堂讲座了，我想问问他对英语学习还有没有什么不同的建议。"

下面哗然，都四处环顾找她说的那个人。

"麻烦主持人递一下麦。"她清亮的声音缓缓地落下，"给中间第四排的这位白色衬衫的……学弟。"

话筒被一排一排递过来，落在了沈思晏面前，他猝然被推到大众瞩目的中心，难免不适，但当他和她目光短暂相接，沈思晏浅浅吸一口气，克服被注目的不自然，接过话筒，起身道："感谢……连漪学姐的偏爱。"

听到"偏爱"两个字，大家又一次哄笑起来。

没有受到起哄的影响，他的表达在她的注目下更加流畅自然："关于英语学习，我认为重中之重始终是基础。我要感谢一位老师，她教会我两个关于学习的最重要的方法，一个是要持之以恒，一个是要不甘平庸。"

当他"不甘平庸"四个字说出来时，谁也没有注意到讲台上连漪的瞳孔一缩。

不甘平庸。

这是她曾经的座右铭，不知道从什么时候开始，她再也没有想起过这四个字了。

渐渐安于生活的平凡，甘于接受重复而又枯燥的工作，习惯于两点一线的日子。

不算平庸，却也不再意气风发地不甘平庸。

世界上那么多人，普通才是生活常态。

不知何时起她开始用这样的话语搪塞自己，日复一日年复一年，于是渐渐地自己也信了。

可对上他干净纯粹带着钦慕的目光，连漪蓦地感觉眼底一烫，几乎无法承受，她错开了眼神，眼睫微眨。

她久久没有说话，会场里由嘈杂到安静。

摆在桌上的手指显得苍白无力，她迫切想要抓住些什么，便握住了麦克风，音响发出了"吱"的一声长长的高频噪音，大家捂起了耳朵，而她蹙眉后，回过神来。

她松开手，噪音渐小。

她又松开了眉头，按捺心底的情绪，微笑道："看来它比我更想先发言了。"

下面观众合拍地笑起来。

连漪将目光投在沈思晏身上，回答他："你说得很对，学习需要持之以恒和不甘平庸，持之以恒是过程，不甘平庸是目标，只有持之以恒的毅力和不甘平庸的进取心才是长久学习的法宝。"

她嘴角微微上扬，柔和道："长久地待在舒适圈会使人产生钝感，谢谢你，也为我提了醒。"

沈思晏为她温柔的目光所倾倒，竟没有发现在她温和的话语后隐藏着怎样的情绪。

连漪在讲座开始时便说了，她今天是来交流不是来做报告的，交流便有你来我往，她将自己的经验传授给台下的人，而台下的人也给予了她启发，讲座的效果就已经达到了。

最后的提问环节，一个男生高高举起手，几乎要跳起来了。

他过于醒目，连漪便点了他提问，他拿过话筒，难掩激动地大声问："我想知道老师你有男朋友了吗？"

安静一瞬间后，全场像炸开的油锅一样沸腾了起来。

学生们都哄堂大笑，声浪几乎掀翻屋顶。

沈思晏脸上的笑容却极其微小，他扬着头望着她，有那么0.01秒，他觉得她是在看着他的，可她不一会儿便移开了视线，她清了清嗓子，试图让所有人安静，但无果。

很快，沈思晏听到她温和而又略带无奈的声音道："没有啊。"

他闭上了眼睛。

欢呼如潮起潮落，他却是海浪中间的一块礁石。

仿佛有群蚂蚁细细密密地噬咬着他，痛楚像水面波纹一样泛开，他却抬起手和其他人一样为她轻轻鼓了鼓掌。

她没有错……他什么也不算。

讲座结束，她被蜂拥而上的人群包围，沈思晏往前的脚步定住，他顿在那儿没有再上前。

十几分钟抑或几十分钟后，外围的人渐渐散开，人群开始退场，他如磐石岿然不动，而她也终于在空隙里窥见了他。

连漪和学生说了几句，趁着抬眼的瞬间，她看向沈思晏，眉眼微弯，沈思晏的心脏猛地一跳，她朝着外面扬了下下巴，示意沈思晏先去外面等她。

那一刻好像过去与现在重叠，或许她自己都未曾意识到几年前她也曾向他做过这样一个动作。

在他被人群淹没时，她又给了他一点点偏爱。

连漪回答完一群同学的问题，声音已经开始有些嘶哑了，矿泉水喝了一半，她将剩下的半瓶拿在手里。

负责接待的老师走上前来，和她说："今天的讲座真是特别成功。"

"我没想到大家对考研有这么大的热情。"连漪也说。

老师笑道："其实不只是考研，单就英语学习来说也是受益匪浅。连漪，你有没有想过再深造呢？"

她叹息："读博……我都已经工作好几年了。"

"工作经历的积累正是你的优势啊，其实你可以试试再报我们学校的博士，我们燕湖大学是你的母校，只要你来，我们是敞开怀抱的。"

老师的赞许使她信心略增，和老师又交流了几句，连漪这才走出报告厅。

过道已经空了，沈思晏站在走廊上等她，他靠着栏杆，逆着光，带着些许的寂寞。

连漪正要朝他招手，同行出来的老师问她："连漪，你等一下是回去还是在这里逛逛？"

"您不用照顾我，我和学生再说几句话。"

"好，那我就先走了。"

"您请便。"

连漪走向沈思晏，问他："你怎么了，看起来不太高兴啊？"

沈思晏扬起了笑，说："没有不高兴。"

"刚刚怎么不坐第一排？"

"怕你不高兴。"

"不高兴？我为什么会不高兴？"连漪不解。

我对你的喜欢太明目张胆，我怕你觉得困扰。

这话他没有说，他低头讨好地想去拉连漪的手，在指尖接触的瞬间，连漪往后躲了一下。

沈思晏的手落了空。

若无其事似的，连漪拧开矿泉水喝了一口，抬抬下巴道："边走边说吧。"

他的苦涩和醋意几乎将他淹没，没走几步，在靠近一间无人的小会议室时，他将她拉了进去。

会议室的门被他反手关上，连漪没说出口的话被他含进了唇齿间，他吻住了她。

连漪被他推在墙上，后脑勺意料中的疼痛没有出现，她撞在他的手心里。

他的手指轻抚着她的发根，连漪闭上眼睛揽住他的脖颈开始回应他。

沈思晏环着她的腰，弓着身子将下巴枕在了她肩上。她环住他的后背，问他："怎么了？"

"连漪。"

"嗯？"

"你有一点点爱我吗？"他声音极轻地问。

爱这个字，多么"奢侈"啊。

连漪的心忽地一拧，她张了张嘴，没能发出声音来，好一会儿，她才岔开话题，语气轻松地说："我们在这么严肃圣洁的地方说这么不正经的话题，合适吗？"

她的目光落在窗外桂花树上，谁也不知道这一刻她心里究竟在想什么。

她是防守得密不透风的铁桶，一点儿心思也不露。

沈思晏眼里的光渐渐黯淡，顺着她的玩笑浅浅笑了一声。

听他笑了，连漪拉开他的手，微笑道："好几年没回来了，陪我逛逛燕大，好吗？"

不要听她说什么，要猜她心里在想什么。

可他站在她面前，却也看不透她的心。

如果用温柔伪装自己，她已炉火纯青，而他初出茅庐，只能自甘糊涂。

他闭了闭眼，掩住所有情绪，低声说："好。"

连漪补上了口红，头发低低地束成一束，鬓角挂着两缕微卷的鬓发，成熟又知性。沈思晏穿着白色衬衫搭一件白色T恤，单肩背着背包，手插进黑色工装裤，跟在连漪身后，穿过老旧回廊，到教学楼外。

楼外停着大量的自行车，连漪指着一个位置，有些怀念地回头和沈思晏说："以前我的车就经常停在这里。"

那是一片树荫下，她张开手臂说："这一块最阴凉，我记得有一回有个人把楼下所有自行车的气都放了，唯独这棵树下的车免于遭殃，你猜是为什么。"

"为什么？"沈思晏配合地问。

连漪指指头顶的树冠，道："到了春天，这树上挤满了鸟儿，树下的车全部中了'弹'，那天我走出来，真是车都不想要了。"

她心有余悸的表情让沈思晏总算是笑了。

"你今天骑车了吗？"她问。

沈思晏有些迟疑地摇头："没，我现在在校外住，没什么课就没骑车了。"

连漪倒是很放松："没事，那就走着吧，我也好久没有走一走了。"

"那，等一下。"沈思晏拿出手机给朋友发了条消息，接着和连漪说，"我们先走走吧。"

秋日的阳光明媚，秋高气爽，难得空气清新，是很舒服的时候。

连漪和他讲自己在校园里的故事，乐此不疲地告诉他哪一块地方最安静，最适合晨读，哪一块地方情侣最多，平常最好离得远远的。

她少有这样活泼的时候，沈思晏和她并肩走着，发现她过去走过的每一个地方他都曾走过，只是他曾经行色匆匆，从来没有注意过周围的风景，和她重走一遍，竟觉得风景全然不同了。

远远地，有人骑着自行车过来了，连漪往一边站了站，给那人让开位置，但那个人腿一伸，径直停在了他们面前。

"晏总，车送来了。"他朝沈思晏伸出拳头，沈思晏抬手和他撞了一下。

"朋友？"连漪问沈思晏。

那个男生远远就注意到了连漪，沈思晏还没开口，他就先笑容满面地朝连漪招呼道："你好。"

"你好。"连漪微微地笑。

她一笑，男生的脸就有点儿发红，他指着沈思晏说："我们以前是室友。"

连漪听他口音熟悉，问他："你是哪儿的人呀？"

"我啊，我是深市人。"

连漪向他伸手，说："那咱们也算半个老乡了。"

男生和她握一下，脸更红了："你，你也是深市人啊。对了，我叫陈瞻，高瞻远瞩的瞻。"怕连漪不知道，他又把书包转过来，把书包里的学生证给连漪看。

"瞻前顾后的瞻。"沈思晏伸手把陈瞻的学生证塞回了书包里。

陈瞻被美色迷了眼，这才想起来兄弟，他问沈思晏："中午你什么安排？"

沈思晏看向连漪。

连漪想了想说："去一食堂吃饭吧。"

陈瞻点头："好，那我中午去一食堂找你们，到时候联系，那个……中午见。"

"中午见。"连漪朝他摆摆手。

陈瞻有点儿五迷三道地走了，只留下一辆自行车。

沈思晏骑上车，连漪坐在后座上，手抓住他衣服后摆。

"坐好了吗？"沈思晏问。

连漪："坐好了，走吧，我想去图书馆看看。"

车一动，风就来了，连漪很舒服地轻叹一声。

路上连漪和沈思晏说话，沈思晏只低声回应一两个语气词，过了一会儿，连漪觉出他好像有那么一点情绪低沉。

连漪问他："怎么了？"

沈思晏说："没事。"

"吃醋了？"

"没有。"

连漪伸手摸了摸他的腹部，笑着说："那我怎么听到这里面的醋咕噜咕噜的了？"

自行车一抖，沈思晏松开一只手，反手握住了连漪的手。

连漪捏了他一下，训斥："安全行驶！"

他长腿一踩，把车刹住了。

他声音低沉道："你别撩拨我了。"

"好了好了，我错了，不摸你了，行了吧？"

"不行。"

连漪无奈："那还要怎么样？"

"抱着我。"沈思晏挺直了腰说。

"路上那么多人……"

沈思晏委屈巴巴："你都已经坐上来了，抱不抱不都一样。"

"好好，抱你抱你。"连漪双手环住了他的腰。

沈思晏抿着嘴，嘴角扬了起来。

连漪揶揄他："你醋劲怎么这么大，我和你朋友说几句话你就吃醋了？"

"你还对着他笑。"沈思晏闷闷地说。

连漪无奈："他是你朋友，我总不能板着脸吧。"

沈思晏问："因为他是我朋友你才对他笑的？"

连漪说："不然呢？"

"现在不吃醋了。"沈思晏点头说。

这一段路，连漪哄着他，就像一对真正的情侣一样，快把沈思晏哄得找不着东南西北了。

到中午的时候沈思晏和连漪一起进食堂吃饭，陈瞻早早就到了，给他们占了位置，朝他们高高举起手示意。

"你们吃什么？"陈瞻已经点了饭，问他俩。

连漪说："我吃蒸菜吧，一食堂的桂花糕还有吗？"

陈瞻说："还有的。"

沈思晏温声问连漪："你吃什么菜，我去帮你拿。"

"一荤一素，你看着拿就好。"连漪说。

沈思晏去打饭了，陈瞻也起身和连漪说："我去帮忙。"

连漪颔首，等人都走了，她拿出手机看消息，公司群里收到了上午的消息，都在恭喜她讲座圆满成功。

难得地，宋苒也发了一句"恭喜"。

今天太阳打西边出了？连漪哂笑。

陈瞻和沈思晏一块儿去端菜的路上，陈瞻撞撞沈思晏肩膀，调侃沈思晏："好啊晏总，你一声不吭就有了个那么好看的女朋友，居然藏着掖着，也不告诉兄弟们一声。"

沈思晏顿了顿，怕他在连漪面前胡说，他低声道："不是女朋友，只是朋友。"

"不是那种关系啊？"

沈思晏："还没……"

陈瞻误会了，大为震惊："兄弟你真的，你这定力我是服了，这么一个大美女，你就一点感觉都没有？"

沈思晏："不是……"

陈瞻狐疑道："是不是她不是你的菜？要不这样吧，你把她微信给我，我试试……哎，晏总？晏总？"

陈瞻一直跟着，连漪听到他的称呼，觉得好笑："你为什么叫他晏总呀？"

陈瞻说："他有钱啊，不仅有钱还能拉赞助，我们现在正在做的这个项目，有三百万元的投资都是晏总拉来的。"

连漪看沈思晏，诧异地扬起眉道："看不出来啊沈思晏，人脉这么广啊。"

这三百万元，的确是沈思晏没有依靠家里的势力，自己拉来的。

"你们是在做什么项目啊，是那个灯吗？"

"灯？什么灯？"陈瞻有点茫然。

连漪想了想，说："就是那个人影的灯。"

"哦，影子灯啊，那个是晏总做出来玩的，专利已经卖给一家公司了，好像是琅华吧。"

怪不得她已经有大半个月没有在公司看到沈思晏了。

连漪称赞："不错啊沈思晏，是真的厉害了。"

沈思晏无语片刻，对她道："可以不用长辈的语气说这种话吗？"

小屁孩！

夸他还嫌她语气不好，连漪白了他一眼。

陈瞻抓住了"长辈"这个关键词，立马打蛇随棍上："姐姐，你工作了吗？"

"谁是你姐姐？"沈思晏踢了陈瞻一脚，凶他。

陈瞻被他凶得一愣。

连漪伸手往沈思晏脑袋上一盖："你今天怎么和吃枪药一样，你能叫姐姐，别人怎么不能叫？"

他是什么时候叫的，他平常叫过她"姐姐"吗？他能和别人一样吗？

沈思晏快气死了。

看沈思晏急眼，陈瞻乐呵呵说："晏总，你还是'姐控'啊？"

沈思晏指着连漪说："我和她是……朋友，不是姐弟！"

"哦，那不就得了呗，美女姐姐都不介意，你介意什么？"陈瞻瞪回去。

沈思晏气得饭都顶胃了，他咬牙威胁："你以后代码有bug（程序错误）不要再来找我了，反正只要跑得动，鸽子是用翅膀飞还是用头飞都无所谓，程序都不介意，你介意什么？"

陈瞻："我……"

和美女比起来，还是自己的代码更重要，他瞬间收敛了，起身道："我吃完了，你们玩得开心，我不打扰了。"

沈思晏一偏头，示意陈瞻从旁边麻溜走人。

醋味熏天，连漪简直啼笑皆非。

中午过后，沈思晏把自行车还给了陈瞻，连漪开车准备回公司。

她问沈思晏："你准备去哪儿？"

沈思晏跟着她说："我也去公司。"

"去琅华吗？上车吧。"

车一启动，车载显示屏上的微信就自动登录，各种消息开始不停地跳出来。

连漪看到了连城发来的语音，不知道他又做了什么，一连发了好多条。

她蹙眉，低声说了一句："连城又出什么事了呢？"

"连城？"沈思晏也看过来。

怕连城有急事，连漪先点了语音听。

连城大大咧咧的声音传出来，他说："姐，沈思晏前几天来找我谈心了，你们怎么了？"

连漪看向沈思晏，沈思晏对上她充满疑问的目光，耳朵默默地红了。

他干咳一声，说："前天去找连城吃了个饭。"

连漪又点第二条，沈思晏试图阻拦她："要不你回去再听吧！"

已经点开了，语音里连城换了口气，继续说："姐，你是不是喜欢这种弟弟类型啊，我觉得他和那个林余祐挺像的啊，都是燕湖大学的，还都比你小那么几岁，长得还有那么一点像。姐，你不是还忘不了林余祐吧？"

最后一条语音自动播放了，连城说："姐，你不是把沈思晏当替身了吧，哈哈哈，我开玩笑的啊……"

连漪抬手就把微信关了。

她去看沈思晏，沈思晏没有什么异样，甚至在她看过去时，他还弯着眼睛笑了下。

连漪启动了车，解释了句："连城开玩笑的。"

"噢。"

他按下车窗，将目光投向窗外，在角落里，他紧紧地握拳，喉头发涩，连手臂都不自觉地轻轻颤抖着。

"沈思晏。"

连漪忽然叫他。

沈思晏低声说："怎么了？"

"你不是任何人的替身。"

"嗯……"

安静了一会儿，连漪看着前面红灯了，停下车说："手表给我看一下。"

沈思晏沉默地拉起左手袖子，将手腕伸过去。

连漪却没有看手表，她抓住了他的手腕，纤长的手指不容置疑地握着他的手放在扶手箱中间，拇指轻轻地按压他的无名指关节，是在无声地安抚他。

她的手指纤细又柔软，和他的手比起来，小巧又精致，沈思晏微叹一口气，反手握紧了她的手指，将心里怪异的情绪强压下。

他再一次轻易地为她的温柔屈服了。

到公司后，连漪的妈妈又打来了电话，先顾左右而言他地问她最近过得怎么样，工作忙不忙，东扯西扯好一会儿，又说要和朋友出来旅行，问她京市附近有哪些好玩的地方。连漪不知道她怎么突然想起问她这样的事，问她："手上还有钱吗？"

"有的有的。"她妈想了一下，又唉声叹气道，"你关叔不是要过生日了吗，我想着应该送个什么礼物给他。"

总算说到正题了，连漪平和道："嗯，我等下打钱给你。"

"谢谢女儿，你在京市要照顾好自己啊。"

"好，上班呢，挂了。"

找她要钱比心血来潮找她麻烦要好，挂了电话，连漪用支付宝转了一笔钱给她，得到了一个廉价的笑脸。

谈到送礼物……

连漪握着的笔转了一圈，看到挂在办公室衣架上的包，沈思晏上次送了中秋礼物给她，她也该要回一份礼了。

送什么好呢？

晚上七点沈思晏和她一块儿下班，晚高峰，马路上几乎堵得水泄不通，往常二十分钟的路程能堵成两个钟头。

连漪一看到马路上密密麻麻的车就没了开车的心思，正巧沈思晏带了驾照，便让他做了主驾。

他今天格外沉默，连漪问他："工作上是不是遇到什么事了？"

沈思晏摇了摇头，说："没有，只是过几天要出国一趟。"

"出国？什么时候？"

"后天。"

连漪轻点了下头："签证办下来了吗？"

沈思晏乖乖地说："明天去拿。"

"嗯，要去几天？"

沈思晏安静了很久，连漪以为他没听清，又问了一遍："要去几天？"

"七天左右。"沈思晏说。

"七天啊。"连漪手指撑在窗沿上，侧头若有所思地看了沈思晏一会儿，问，"学校请好假了吗？"

"请好假了，有带队老师的。"

"去比赛吗？"

沈思晏闷闷地说："嗯，去那边集训。"

连漪再次点点头："挺好的。"

她的询问点到为止，对他的私事并不多打听，接着她开了车载音乐，调了一个音乐电台，没有了再开口的意思。

因为堵车，车子一开一停的，窗外的灯光晃得人头晕，她合眼眯了一会儿，没能听到沈思晏在长久的沉默后，那一句小声的"你会来送我吗"。

车一路平稳地驶向她家。

连漪是被惊醒的，沈思晏亲了亲她的眼皮，连漪便醒了。

车已经停到地库里了，连漪睁开眼睛愣了一会儿，有些惺忪地问："到了吗？"

车内灯光黯淡，看不清他的神色。

没有听到回答，靠椅突然向后倒去，她惊呼一声，只来得及拽住沈思晏的衣领，紧接着被他握住手腕，轻轻咬在了耳垂上。

他咬得有些用力，连漪感觉耳垂微微发疼，她推他道："发什么疯了？"

他松开了嘴，埋头在她耳侧，呼吸急促。

车内空间逼仄，他抱着她却不敢用力，他的手肘撑着，是一个环抱的姿势。

"我真想一天二十四小时黏在你身边。"他低声说。

她突然明白了他突如其来的情绪。

情到浓处，沈思晏将她的手腕握向头顶，沙哑的声音再一次微颤着问她："你有一点儿喜欢我吗？"

从问"爱"降级成了"一点儿喜欢"。

车内空间窄小，连呼吸都融在一起，体内的温度炽热。

他没有安全感，一遍又一遍地向她确认，而连漪抬起下巴，吻了吻他的唇缝。

有一点儿喜欢，但远谈不上爱。

他们的关系仅此而已，她不给他虚妄的幻想，因而连喜欢也不会说出口。

最好是彼此清醒，该分开的时候才不会难过。

他是聪明人，有些话不用说得太清楚。

连漪去年分手，最焦虑的不是她，而是她妈。

这些年袁燕不在连漪身边，对这个女儿也知之甚少，甚至很长一段时间，特别是在小儿子出生后，她都快忘了这个跟着前夫的女儿。

她对她是有愧疚的。

当年她再婚没有将女儿带过去，是因为男方介意她有那么大一个孩子。

不过她也是有打算的，没有带女儿走，一方面是因为女儿落了京市户口，另一方面则是因为京市的房子。

房子首付是她和前夫一块儿出的，当然不能便宜了前夫，要是打官司就闹得太难看了，她当时的情况也不适合打官司，索性两人将房子过户到了孩子名下。

因此，她虽然有愧疚，但她觉得自己也是为连漪殚精竭虑过的，这些年过去，不管怎么说她都还是她妈。

这些年连漪妈和现任丈夫感情逐渐稳定，小儿子也大了，她终于想到要回来管管这个大女儿了。

可连漪今年二十六岁，不是那个五六岁任她摆布的小姑娘了。

她想要连漪去南方工作，被连漪一口回绝。

不想去南方工作，那嫁到南方来也是好的嘛。连漪妈还是寻思自己身边那些老姐妹中谁儿子是还没结婚的，工作不错，长得也还不错的。她不厌其烦，一个一个问过去，还真找着一个。

连漪的工作仍是朝九晚六，加班到八九点才下班。

她妈以前几个月不见得会联系她一次，这两个月频频来找她，昨天又说要到京市了，问她有没有时间中午出来吃个饭。

连漪说没有时间，她妈便说来她公司看她。

连漪被她堵得无话可说，只能问："在哪儿吃饭？"

她妈倒很体谅地说："就在你公司附近吧，你定。"

连漪只当她妈心血来潮，便也只打算去吃个饭，走个过场。

她穿得很简单，一件黑色的短袖上衣，一条浅色牛仔裤，因为室内空调冷，她还带了一件牛仔外套。

她订的饭店也就是常去的那家粤菜馆。

中午人流量大，餐馆里坐满了人，连漪照着位置找过去，发现除了她妈和一个阿姨，还有一个陌生男人在场，不知道是不是巧合，只有他身边有一个空位了。

连漪一进门几双眼睛齐刷刷盯着她，打量着她，连漪顿了顿，认出坐在里面的最富态的那一位就是她妈了。

她轻轻颔首，道："不好意思，来晚了。"

"没有没有，是我们来得早了，快来，先坐。"那位阿姨率先招呼她。

接着她妈也问她："工作累吧？"

连漪坐下，将外套穿上，淡淡回答："还好。"

阿姨笑着道："袁燕，你家连漪真是读过书的，这气质就不一样。"

连漪妈自得地说："我女儿和我年轻的时候啊，那是一个模子刻出来的呢！"

"那可不。"见连漪落座，那位阿姨又道，"连漪啊，我和你妈妈是老朋友，你叫我赵姨就好。我向你介绍一下啊，坐你旁边的是我的儿子，叫许年，刚刚从英国回来，是英国大学的教授呢。"

连漪将目光落在坐在自己身侧的这位男士身上，他约莫三十岁，干净利落，举止间跟连漪保持着一种礼貌的社交距离。

许年朝她微笑道："你好，我是许年。"

连漪也点头淡淡笑了一下："连漪。"

"我妈和你妈妈是好朋友，我经常听她们提起你，你以前在英国留过学对吗？"许年温和地问。

连漪："不是留学，只是做过一段时间交换生。"

"哦，这样啊。"许年点点头，继续问她，"你是硕士吧？"

"对。"

"燕湖大学是吗？"

"是的。"

"你现在是在哪里工作呢？"

他问题太多，连漪心里皱眉，不动声色地说："私企。"

"以你的学历去国内任何一所高校应该都不难吧，为什么会在私企工作呢？"说完，他觉得自己这个问题有些冒犯，道，"我没有瞧不起私企的意思，只是单纯有些好奇。"

连漪双手交握，手肘搭在桌上，她很放松地想了想，道："嗯，说好听一点是为了理想，说直白一点是因为工资高。"

倒没想到她会说得这么直白，许年先是讶然，然后真实地笑了起来："你这个理由的确是很实在了。"

服务员将茶水端上来，许年主动起身拎起茶壶给她倒了一杯水。

"谢谢。"连漪仍旧客气道。

他们说话的时候，两位妈妈也在窃窃私语。

见他们不聊了，许年妈妈道："我看你们两个蛮聊得来的嘛，互相加一下联系方式嘛。"

连漪妈也跟着说："你们年轻人在外面多交个朋友多条路，留个电话以后好联系。"

连漪拆餐具的动作慢下来，眉头蹙了起来。

许年看了连漪一眼，也有些无奈："我们加一下微信？"

连漪不动声色地做了一次深呼吸，在对面两位妇女关注的眼神里，她掏出手机对许年道："我扫你。"

她的干脆让许年误会了，他拿出手机来给她扫，又多看了她几眼。

许年妈妈唉声叹气说："我家许年啊，今年二十九岁了，他一心都在搞学术上，这么多年了，也没谈过几个女朋友，眼看就要奔三了，我这心里啊，别提多着急了！"

连漪妈接腔道："我家连漪不也一样，她今年二十六岁了，就一心在工作上。我说啊，女孩子到了年龄还是要结婚生子，要是到了三十岁再生小孩，那都太晚了。"

连漪有点不舒服了。

两位一唱一和，撮合之心溢于言表。

连漪点完添加好友后，发微信给助教——小何，打个电话给我。

小何：连老师，怎么了？

连漪：逃个饭局，你就说有急事找我。

不到两分钟，连漪的手机响了起来，她接通电话，小何在那边扬声道："连漪老师，你现在在哪儿啊？"

"怎么了？"

"是这样的，主管说现在要开个会，你能赶回来吗，挺急的，马上就要开会了！"

"好，我马上回来。"

"可以了吗？"小何小声说。

连漪道："嗯，谢谢。"

她挂了电话，当即起身道："不好意思，公司突然有点急事，我得回去了。对不起，妈，阿姨，今天这顿饭我买单吧。"

"什么事啊，吃顿饭的时间都没有吗？"袁燕不高兴了。

连漪看向她，平静道："是的，现在就要回去，急事。"

她其实不是那么好脾气的人，只是很多时候懒得和人争执。

袁燕今天是踩到她的炸点了。

什么是相亲，委婉点是适龄男女青年以结婚为目的的见面，说直白点就是长辈催婚催育。她觉得她妈这人挺逗的，十几年都没和她打过几个照面，一出现就想管她结不结婚生不生小孩。

她配吗？配对她的人生指手画脚吗？

许年妈也愣了一愣，问她："不吃了再走吗？"

连漪拎起包说：“不吃了。”

袁燕面子上过不去，对她责备道：“你把饭吃了再走嘛。什么公司，中午饭也不让人吃，我说你不如到南边来，到你关叔叔公司来……”

“妈。”连漪站定，平静地说，“我不像你，不靠男人也能过得很好。”

她话音一落，另外三个人都愣住了。

没有看他们是什么表情，她拉开椅子，挽起自己的衣袖便阔步离开。

袁燕的脸像被重重掴了一巴掌，渗血般红了起来，她噌地站了起来，怒不可遏：“你给我站住！”

许年妈拉住连漪妈道：“孩子工作忙，算了，吃饭什么时候都能吃。”

她又看许年，对许年使眼色道：“快去。”

许年拿了手机紧跟着跑出去。

“连漪。”他追上去抓住她肩膀。

连漪不耐烦地回头道：“怎么了？”

“你手机没拿。”许年将手机递给连漪。

连漪胸腔起伏，好一会儿接过手机道：“谢谢。”

“对不起，我没想到我妈今天是安排我们……我刚从国外回来，以为只是普通吃个饭。”

连漪甩了一下头发，平复了心情，她说：“和你没关系，是我情绪不好。”

“我还从来没见过和你一样直接的女孩子。”许年忍不住笑道。

“我这不叫直接，只是不喜欢被安排。”连漪说。

“我也是。”许年抿唇笑了一下，指着旁边的甜品店道，“既然不吃饭，带点甜品回公司吃吧。”

连漪对上他的眼睛，他眼睛里没有刻意套近乎的殷切，似乎只是单纯地向她提个建议，连漪点了点头。

连漪回到公司，小何正吃完饭回来，撞见她，关切地问：“连漪老师，刚刚怎么了？没事了吧？”

“不是什么大事，对了，这是刚买的甜品，你拿去吃吧。”

“好。”小何拿了一个奶油面包。

连漪将整个袋子都挂在了她手上：“都是你的。”

“啊？连漪老师，这家甜品店很贵的，你都不吃吗？”

"不了，给你买的，我点外卖。"

小何疑惑道："连漪老师，你不是去吃饭了吗？"

"没吃。"

"噢。"小何点点头，不多问了。

许年回去的路上忍不住和他妈抱怨不打一声招呼就安排这种事。

他妈理直气壮："要是和你说了，你还能来吃这个饭？"

许年叹气："您叫我来，我敢不来吗？"

"算你识相。哎，今天你袁阿姨的女儿，你觉得怎么样？"

"挺好的，挺有主见的女孩。"许年说。

他妈也点头附和，不过角度和他不一样，他妈说："就是脾气大，事业心也太重了，这种女人野心大，不管家的。"

许年沉默了一会儿，问："有事业心为什么不好？"

"你们男人事业心大当然好啦，但女的是要照顾家庭的，你们都去工作，以后小孩谁带啊，我给你们带啊？你还是要找老实文静的女孩子，太有主见的可不行！"

许年无语了："您又要求对方家庭好，学历高，工作好，又要求性格好，脾气好，还没有事业心，不独立，哪有这种人？"

"哎，好心当作驴肝肺，我可是为你着想呢。许年，我可不许你去找那种外国女人，她们都乱得很的，你就乖乖地，老老实实给我在国内成家立业，不要想着翅膀硬了就可以到处飞了……"

许年按住了额头，将目光投向窗外，视野内，客机从天上飞过，划过长长一道白线。

侧头看到落地窗外飞机拉线划过晴空。

连漪脑子里突然冒出来一句：飞机应当已经快到那边了。

沈思晏是今天凌晨去机场的，十几小时的航程，算一算，飞机没有晚点的话，差不多也该到了。

下班的时候连漪又习惯性地想看沈思晏的消息，忽地反应过来，沈思晏已经走了。

他走之前那几天几乎有一半多的时间是黏在她身边，每天早上比闹钟还准时地叫醒她去上班，下了班就在公司门口等她。

只是一些再普通不过的日常，少了一个人，竟然开始不习惯了。

连漪看了看没有新消息的对话框，往上划了划，忽然发现他们的消息框里，大多数都是沈思晏发的信息。

今天工作好多，头低得脖子好疼，你要多站起来走走。

要去开会了，大概要开三十分钟。

刚刚开完会了，差点听睡着。

最近发现一首歌挺好听的。

要下班了，我马上下来了。

……

连漪忙起来有时候自己都不知道手机在哪儿，有时在电脑上看到消息一瞥就过去了，认真看才发现竟然有那么多消息没有回复。

她的手指落在输入框上，顿了顿，她打下一句"到了吗"发过去。

停了两秒钟，觉得这句话好像有点冷漠，她又撤回，重新打了一句"平安落地了吗"。

在他离开的第十三个小时，连漪打开微信看消息，没有沈思晏的回复。

他们之间有十几个小时的时差，或许飞机延误，还没有落地。

她按捺住心底的不安。

她吃过中饭又午休了会儿，沈思晏回了消息给她，还有一个未接的视频通话。

他说下飞机了，正在去集训地的路上。

现在是下午一点多，他那边应该已经是凌晨一点了。

连漪问他：睡了吗？

沈思晏秒回她一个可怜巴巴的表情，说：时差倒不过来。

连漪笑他：哪有一下飞机就能把时差倒过来的，你以为是飞新加坡啊。

沈思晏睡不着，其实不是因为时差，而是因为航程中一点意外事故。

今晚飞机遇上了气流，猛烈的颠簸持续了半个小时之久，飞机里东西撞成一片，强烈的下坠感和失重感引得尖叫四起，有人紧拉着安全带请求神明保佑，机窗外的夜黑得犹如黑洞，他当时冷汗从后脖颈冒出来，恐惧的不是死亡，而是怕此后就再也没有此后了。

好在剧烈的颠簸渐渐缓和，飞机逐渐平稳，最后顺利降落在机场。

如今落了地，脚下也仍像踩不着地似的。

好一会儿都没看到沈思晏的回复，连漪将视线又放在了电脑上，过了那么五六分钟，手机屏幕一亮，收到了他发过来的一小段视频。

镜头照着他的胸口到领口位置，戴着黑色手表的手腕出现在画面中，他拿出一盒火柴，划亮了一根，连漪眉头微挑，下一秒，他手心摊开，火柴消失，一朵娇艳的玫瑰落在他手心里，像是凭空而来，又被他紧紧攥在手里。

连漪不自觉地笑起来，她的手指轻轻碰了碰屏幕，仿佛能感受到他手心的温度。

连漪回复他：我也变个魔术，你打开行李箱看一下。

临走前一天，沈思晏将行李箱提到了她那边，连漪还给他清点了一遍行李。

沈思晏打开了视频，将手机立在窗边对着室内，他将行李箱放倒在地上，打开，一眼看到了一个深色的袋子。

他拎了拎，袋子还颇重。

"是这个吗？"他问。

连漪看着视频里的青年，眼里带笑地点了一下头。

他拉开袋子拉链，没想到袋子还有一个大开口，口子一开，东西噼里啪啦掉在床上，散落了一床。

有散装的小包茶叶、一个便携的可以充电的热水杯、新毛巾，还有大罐小罐的药、褪黑素、维生素……连防晒霜她都补充到了。

褪黑素上还贴了标签：失眠可使用一片。

他弯起眼睛笑了。

包里的东西还没有倒完，他又倒出了眼罩、眼药水、创可贴，最后还有一个拉链夹层，他拉开拉链，摸出一个红色的福袋一样的小东西，摸起来还是硬的。他拉开袋子上的小绳，将东西倒在手心，定睛一看，忽地愣住，竟是一块纯金的凸面佛像，刻着"平安"两个字。

他的呼吸一下急促了。

如钟杵撞击梵钟，沉默的回响在他心头涤荡，触及灵魂。

佛像装在护身符里，是用来庇佑平安的。

或许只是巧合，又或许他真的在冥冥中被庇护，所以才能平安降落在大洋彼岸。

他从不信玄学，但在这一刻，他开始相信冥冥中真的有一些说不清道不明的东西——当这种东西可预测时被称为概率，不可预测时又被称为命运。

否则如何解释，在他人生每一个跌宕时刻，她都出现在他身边。

连漪只看到视频那边的青年突然停住的动作，像是画面卡顿，她坐正了身子，问："怎么了？"

青年动了，他低下头，自己将红绳系在了脖颈上。

"好看。"她轻声说。

袋子里的东西沾染了她常用的香水味，他轻嗅着，只觉得脚踩到了实地，灵魂安定，连心口都被填满了。

他的手还捂在吊坠上，感受那冰冷的温度逐渐变热。

"一切顺利。"她说。

"好。"

"还有吗？"他难掩期待。

连漪微弯了下唇："早点回来。"

"好。"他又接着说了一遍，"好。"

短暂的沉默后，连漪准备说再见了。

"好爱你啊。"他突然郑重其事地说。

她微怔，嘴向下一抿，没有抿住，上扬着，不可否认的愉悦。

少年的爱或许如镜花水月，但在其郑重其事的那一刻，也应当是真的。

再见到沈思晏，不是在他回国后，而是在视频里。

一个女孩说在集训队遇到一个很帅又很有礼貌的男生，因为在集训队里是有公开比赛的，所以她偷偷录了一小段。

集训队这三个字乍然出现在屏幕里，连漪便多看了几眼，她万万没想到，视频后面穿着白色的T恤队服，和几个男生站在一块儿谈话的竟然真的是沈思晏。

他清俊，身形挺拔，干净的气质轻而易举吸引了所有人的目光。

连漪的视线聚焦在他身上，莫名其妙地高兴。

蓦地，一段短暂的回忆浮现在她脑海里，似乎几年前穿着蓝白校服的少年也曾远远地站在人群里。

那时的他……

远没有现在生动。

记忆里少年手插在兜里，脸上没有任何神情，只是漠然地站在那儿，晨曦从过道穿过，没有落在他身上，他站在阴影里，而对面的人被暴露在阳光下，一个一个朝他弯腰道歉。

他视若无睹，从头至尾地沉默，只在最后说了一句："让开。"

教务处的老师粗着嗓子吼："还不让开？"

混混们垂头耷脑地让出一条道。

沈思晏腿上的伤还没好完全，他步伐缓慢却又笔直地穿过人群，只留下挺拔的背影。

连漪的办公室正对过道，目睹了这一幕。

欺凌事件过去已大半个月，连漪原本连他的名字都快忘了，看到那一幕她又想了起来。

她仔细回想了一下，想起来他的名字，沈思晏。

其实这天是沈思晏给她留下最深印象的一天，而非她初见他的那个晚上。

至于那天晚上，不管她遇上的人是沈思晏还是别人，她都会做出一样的选择，停下脚步，报警，带人去医院。

起初她关注过他，以为他只是内向，不善言辞，后来又从同事口中得知他并非性格脑腆，上课回答问题时条理清晰，态度从容，并不拘谨，只是孤傲。

孤傲，这是他的老师给出的定论，连漪虽没有反驳，但也并不认同。

身处国内最高学府，她身边最不缺的就是孤傲的人。

但她认识的所有人里没有任何孤傲的人是带着这样一种消沉气场的，他们大多目下无尘，自信爆棚，高傲得如同笃定地球没有他们会停止转动似的。

可沈思晏就像角落里的影子，离群索居，独来独往，话也少，从他的眉宇间看不出喜怒，与其说是孤傲，不如说是孤寂。

她在他身上看见了自己中学时的影子，不由地留心了。

至于后来的帮助，有出于她私心的成分。

她私心里也想，要是当年她也遇上一个好老师，或许路会走得更轻松一点。

回忆有了源头，很多事就顺理成章地想了起来。

她回过神，那段十几秒的视频已经循环了一遍又一遍。

文案里藏着小女孩的心思，评论区一片撮合的声音，连漪心里有些怪异，她轻拧了下眉头，把评论下拉了很多，看到一条评论问："ICAI集训队吗？"

ICAI？

沈思晏在参加什么比赛，进了什么集训队，成绩怎么样，这些问题她都没有问过他，她下意识地回避这些，因为这些问题时时刻刻会提醒她，她是一个已经在社会上摸爬滚打好几年的人了，而沈思晏还住在象牙塔里，他们的关系并不是对等的。

她有时会觉得，是不是她过去身份的光环给了他错觉，又或许是她的年龄阅历让他感觉到新奇……每当想起两人之间的年龄差，连漪就会告诫自己，不要相信少年所谓的爱慕，那就像是手里的冰激凌，用手一焐，冰激凌就化了。

就像她自己说的，男欢女爱没有什么。

只是不要越界，不要动感情。

往后几天，她便也习惯了这种闲暇时或者下了班两人聊几句的状态。

下了班路过公司楼下的大商场，看到各类奢侈品柜台林立，连漪四处看了看。

这一栋楼她来来回回走了好几年，闭着眼睛都能说出哪层楼有哪些店，但她时常还是喜欢在这里漫无目的地逛。

走到男士区时连漪一眼看中了模特身上的那身西装，三件套，外套、马甲、裤子，版型也很好。

连漪停下脚步，转个方向走了进去。

销售热情地迎过来："您好，请问是为您先生看西装吗？"

连漪忽略她的指代词，问："橱窗模特身上的西服是今年的新款吗？"

"是的，这一款是我们品牌今年的秋冬系列高定西装，除了我们店，去其他店都要提前预订才配货呢。"

"这一套价格是？"

"原价是一万八千元，庆国庆我们折扣是九点五折，也就是说今天只要一万七千一百元就能带走。"

"尺码全吗？"

"您方便说一下您先生的身材吗？"

连漪想了一下："一米八五左右，七十三公斤。"

"您先生身材很好，模特这一套都能直接带走呢！"销售态度热情。

连漪招架不住她左一句"先生"右一句"先生"，打断道："我刷卡，直接帮我拿货吧。"

大约没想到她这样果断，销售一愣，脸上的笑容大了起来："好的，请您这边休息，稍等一下，马上为您结算。"

在花销上连漪从不拘束自己，她有存款，有投资，有不动产，年少的时候日子过得拮据，一分钱拆成两分用，如今经济独立了，过去尝过的那些苦头，她不会让自己再尝一次。

花钱能买到的开心，不比动感情来得值？

她说服了自己。

又是一晚的直播课程，她深夜拎着袋子回到家，打开冰箱喝一瓶冰水，喉咙十分干燥，还伴有剧烈的疼痛。

直播课比线下课更累是因为几千个同学同时在线，线下课时说累了能让学生自己琢磨琢磨，但直播不行，她得不停地说，每次只要一下课，连漪就一句话都不想说了。

她看到了沈思晏发给她的消息，是一张黑漆漆的窗户图，不知道是哪儿，她疲惫极了，看了一眼，没有回复。

她洗漱完处理了一点工作便上床睡了，十二点多，睡得正沉的时候突然被电话铃声闹醒，她摸过手机迷迷糊糊地问："喂？"

"睡了啊？"

"嗯。"

"我到你家门口了。"

神志缓慢清醒，连漪拿开手机，看了一下名字，沈思晏。

"你什么时候回来的？"

她坐了起来。

"现在啊。"他的声音带笑。

刚刚入睡却要起床，连漪声音中带着自己都没意识到的娇气，哼了一声。

电话那头，沈思晏连呼吸都沉重了起来。

磨蹭了好一会儿，连漪才掀开被子，下床趿拉着鞋往门口走。

她把门打开，门外却没有人，她拉开门左右看了一下，也没有看见沈思晏。

"你在哪儿呢？"

"你到电梯门口来。"

电梯停在她这一楼，连漪走过去按亮电梯键，有些困顿地掩唇打了个哈欠，被泪水模糊的视野里看到电梯门徐徐打开，随即入目的竟是鲜红的玫瑰，而后是沈思晏盛着笑意的眼。

彼时她穿着单薄的睡衣，头发凌乱，而他穿着蓝色的运动服，从机场马不停蹄赶过来，路上已有一天一夜，下巴上都长出了胡茬。

两两相对，竟还出奇和谐。

"怎么……回来这么快？"

沈思晏走出电梯，牵住她的手，欣然道："惊不惊喜？"

"你怎么不回家？"她的瞌睡总算醒了，瞪圆了眼睛。

沈思晏可怜巴巴道："钥匙在行李箱里，拿不到，连漪老师能不能收留我一晚？"他将玫瑰往她眼前递了递。

连漪被他注视着，看到了他眼睛里熠熠的光芒。

被他牵着的手心发烫，烫到她觉得自己太过卑劣。

那些拒绝的话被堵在喉口，她低头接过玫瑰："谢谢。"

鲜艳的玫瑰还带着露水，被风尘仆仆的他捧到她面前。她嘴角弯了一下，又觉得心里发慌，堵得难受。

她一向将自己伪装得刀枪不入，可看到沈思晏那渴望她回应的眼神，她畏缩了。

"还没吃什么吧，去洗澡，我给你煮点吃的。"

走回房子里，连漪将玫瑰花束立在餐桌上。

沈思晏拖着行李箱放在门口，他拉上门，张开了手臂。

连漪绕开他，往厨房走："你想吃清汤面还是鸡蛋面……"

她没有走过来，沈思晏从她身后抱住了她，他小声说："我想你。"

呼吸浅浅地打在她发顶，怀抱炽热如暖炉，她的心跳一顿，眼神慌乱起来，很快她闭了一下眼睛，再睁开眼，掩藏好了所有情绪。

她拉开了他的手臂，轻声说："去洗澡吧。"

他的手臂紧了一下，又缓缓松开。

他拉开衣服嗅了嗅自己，玩笑道："是有点味了。"

沈思晏去浴室了，连漪脑子还有些发蒙，她将电磁炉打开，放锅，烧水。

看了一眼时间，已经是凌晨一点了，窗外黢黑一片，只有零星几家还亮着灯。

水开了，她掀开盖子，将面条下锅。

拿碗，切葱花，放油、盐、生抽，等着面熟。

锅里的水泛起了白，面条也熟了，连漪关火，将面汤舀进碗里，将调料搅匀。

身后传来声音，连漪没回头，道："面好了，清汤的……"

"好香啊。"

他环住了她的腰，将下巴放在她肩膀上。

连漪闻到了他身上本属于她的香味，她手上的动作停了一下，问他："你是不饿吗？"

"饿。"

"饿还抱着？"

沈思晏道："想要抱抱。"

连漪无奈："吃了再抱。"

沈思晏在她唇畔轻啄了一下，松开手说："我来端。"

"你端吧。"连漪让开位置。

沈思晏只系了一块浴巾，发顶的水珠顺着后脖颈流向脊背。连漪从浴室里拿出吹风机，插在餐桌旁边的插座上，站在他旁边。

"先吹头发吗？"沈思晏询问她的意见。

连漪抬抬下巴："你吃你的。"

沈思晏在餐桌旁坐下，连漪将风速调到小档，站在他身后给他轻轻地吹着头发。他的发质很软，摸起来像猫毛似的。

沈思晏埋头吃面，有些水珠滴在桌面上，连漪关了吹风机，先帮他把头发往后抓了抓，沈思晏眯起了眼睛，说："好舒服。"

连漪改抓为摁，给他揉了揉太阳穴和后脑勺。

长途奔波难免头疼，她的温柔安抚了他。

"沈思晏。"她声音平缓地叫他。

"嗯？"沈思晏转头看她。

看向那一捧艳丽夺目的花束，连漪不温不火地轻声说："我和你之间不是恋人，不必要送花。"

沈思晏的心猛地一抽，很快，他低头扯了下嘴角，无所谓的样子说："我不是恋人，那也是情人，情人送花有什么不对？"

连漪说："情人……我要是有一天，腻烦你了呢？"

他的手攥成了拳，置气一般盯着她的眼睛毫不犹豫地说："那我就变成你不腻烦的样子。"

他就像是吹动湖泊翻涌的风，连漪心里像有一池水在不停晃荡，心也跟着犹疑起来。

可她清楚她和沈思晏之间是不可能有结果的，就像她和林余祐，过去的爱意说得有多坚定，结局就有多溃散。

她移开了手，低头收拢了吹风机的线，轻描淡写地道："沈思晏，别为了一个不相干的人，没有了自己。"

一句"不相干的人"将界限划得清清楚楚——疲惫、压力、无措和恐惧，压抑的所有情绪都在这一刻爆发了，沈思晏倏然起身，拉开了椅子，压着嗓子朝她问："那我还要怎样才能让你满意？"

他的眼眶红了。

她别开头，转身说："我累了，我不想和你吵。"

她的转身让沈思晏恐慌起来，他拽住了她的手臂，急切道："对不起，我没有想和你吵架，我只是，我只是……"

他找不到解释心里那种慌乱的说辞。

"好了，休息吧。"连漪拉开了他的手臂。

沈思晏压低了声音哀切道："你说要抱抱我的。"

连漪顿了很久，回过身抱他一下，声音轻缓地道："别这样沈思晏，别这样对我。"

她怕她会心软，一心软，一切就会溃散，当一切走到零点，灰姑娘还是一无所有。

结局不能圆满，她宁愿不做有一场好梦的灰姑娘。

"你不是只想要一个情人吗，我会做一个听话的情人的。"他抱起她，将她放在餐桌上，环着她的腰，吻她的唇。

"沈思晏，别这样……"她试图躲开，忘了身后是玫瑰，被压倒在了花束上。

痛苦与欢愉怎能共存，一室狼藉。

她醒来的时候沈思晏还睡得沉，知道倒时差难受，连漪没有叫醒他。

他睡觉的时候喜欢搂着她，有时候连漪往外躲躲，或者转过身去，可不一会儿沈思晏迷迷糊糊地又跟了过来。

昨天晚上，被子全叠在她身上，她半夜热醒了，想扯些被子给他，刚一起身又被他抱了回去，他亲了亲她的脸，咕哝着说："老婆。"

连漪一怔，当是自己幻听了，好一会儿才又睡着。

一晚上睡得不算好，醒来的时候还觉得惫倦，她睁开一点眼睛，感受到身后的温暖，转过身，看着沈思晏的俊气侧颜。

他睡得毫无防备，环着她，一晚都没有撒手。

连漪从被窝里伸出手指，轻轻地从他的唇滑到鼻尖，再到眉眼，他没有醒。

连漪靠近他，在荷尔蒙冲击下，轻轻地吻了吻他的唇，而后撑起身去看闹钟。

时候不算早了，为了不惊醒他，连漪轻轻地抬开他的手，轻手轻脚地下了床。

她换上衣服走进浴室，嗓子依旧不舒服得紧，连漱口的时候都感觉喉咙肿得难受，连漪倒了一杯水想喝，水刚一入喉就感觉一阵恶心反胃，她放下杯子，趴在水池边干呕了两声。

她打开水龙头，捧着水冲了一把脸。

她的动静惊醒了沈思晏，他甫一醒来就看到床侧又空了。

听到浴室的声响，知道她还没走，沈思晏立即坐起身掀开被子下了床。

浴室的门轻掩着，水流冲打着池壁，哗哗作响，他一推开门，就看到连漪俯身在水池边呕吐着。

大脑"死机"了半分钟，他整个人傻在了那儿。

"这是怎么了？"他声音有些干涩。

连漪听到他推门的声音，向他摆了摆手示意没事，沈思晏只能无措地站在她身后看着她。

连漪又干呕了两声，额角都冒出了冷汗。

"我们去医院吧！"沈思晏走过去，扶住了她的腰。

连漪指指喉咙，又摆摆手。

半晌，她终于缓过来了，只是喉咙吞咽还是难受。

沈思晏给她擦掉眼尾沁出的眼泪，再一次忧心地说："我带你去医院，好吗？"

连漪声音沙哑："不用，我挂了今天下午的号。"

"什……什么号？"

"耳鼻咽喉。"

沈思晏的呼吸滞住，放得极慢，好一会儿，他说："只挂这个号吗？"

连漪攀住他的胳膊，眯着眼睛抬眼问他："怎么了？"

"我是说……"他的手臂放在了她的小腹上，他小声道，"我们要不要再做一个……B超？"

连漪用了五秒钟反应，愣了一下后，她一巴掌拍在了他脑袋上，指了指喉咙，又气又无语："你想什么呢沈思晏？我，喉炎。"

"啊——"沈思晏声音听起来竟有些失落。

"无药可救。"连漪评价他。

沈思晏回过神来，心惊胆战的心和胆回归原位，他抱着她，摸了摸她的肚子，嘟囔道："我刚刚站在那儿，连宝宝叫什么名字都快想好了。"

连漪拍开他的手，哑声道："没点谱，一边去。"

"今天还要上班吗？不先去医院吗？"沈思晏紧跟着她。

连漪洗漱完，摘下发带，简单梳了下头发，又走回卧室换衣服。

沈思晏扒在门上看她，眼睛眨巴眨巴。

连漪脱衣服的手顿住，瞪了他一眼："我换衣服，你出去。"

被无情地拒之门外，沈思晏只好委屈地给她关上了门。

换完衣服连漪便要走了，沈思晏心疼极了，和她说："以后我养你好不好。"

连漪说话喉咙疼，她翻了个白眼。

沈思晏继续跟着她，说："其实我家很有钱的，我也很有钱的，你想要什么我都可以给你的。"

别人说来信口开河的话，他却是真心实意的。

只可惜他碰上的是铁石心肠的连漪，她走到门边，弯腰穿上鞋，嘲笑他："你有钱和我有什么关系？"

"我养你和宝宝啊。"沈思晏摸她的肚子。

"你是不是有病沈思晏，这是喉炎！"连漪扯到了嗓子，忍不住咳嗽了起来。

"你别激动。"沈思晏给她拍背。

连漪烦他："让开。"

沈思晏委屈："我不管，我孩子名字都想好了，就叫沈乐漪，快乐的乐，漪是你的名……"

连漪冷声道："滚。"

不开玩笑了，沈思晏认真说："下午我陪你去看医生，好不好？"

"不用，你去做你的事。"连漪冷漠地将口罩戴上，没能冷漠地走成，她被沈思晏"熊抱"住了。

"我上班要迟到了，你幼不幼稚沈思晏？"

"反正只对你幼稚，你要么今天请假，要么让我陪你去医院。"沈思晏无理取闹。

被他的胡闹逗笑，连漪心情稍微好转，回过头在他唇边亲了一下，难得赏他一个早安吻，她声音沙哑地说："我们'社畜'，天塌下来，都是要赚钱吃饭的，所以，我去忙我的，你去忙你的，晚上回来吃饭。"

因她一句"晚上回来吃饭"轻易满足，最后还是沈思晏妥协，松开了怀抱。

连漪下午去医院做雾化治疗，因为嗓子发炎严重还挂了吊针消炎。

这才两个月，她已经是第二次进医院了，今年之前，她一年可能也不会去一次医院。

上大学的时候她的身体最好，有一年甲流传播严重，她们寝室三个人都"中招"了，偏偏连漪普通感冒都没有。

过了二十五岁后好像抵抗力也没有以前那么好了。不仅有工作上的压力，还有生活上的压力。

连漪捂着雾化器，盯着天花板的一角出神。

如果可以，真想再回到学生时代。

上个月，她投的稿子已经被某著名期刊收录了，不日就会发表，她的履历上又添了一笔。

以她现在的成绩，回去读博是没有大问题的，问题在于连漪不想再回燕湖大学了。

四年的本科和三年的硕士研究生已经让她看到了燕湖大学的高度。

尽管燕湖大学在国内是首屈一指，但放眼世界，比燕湖要好的高校不计其数。

人总要往上走，而不是原地踏步。

如果要读博，她想试一试申请Cambridge或者Oxford（牛津）。

她曾在Cambridge进行过为期半年的交换生活，如果她想申请，和曾经的导师打招呼，也是完全有机会的。

只是，这就意味着她要放弃国内的很多事情。

她的工作、故乡、家人，以及……沈思晏。

她对沈思晏到底是怎样一种感情，她也已说不清楚了，她的防线在他的攻势下有了崩溃的趋势。

她从来是一个理性大于感性的人，可是现在，如果哪一天感性战胜理性，她会做出什么样的选择，她也无法笃定。

心绪复杂，一团乱麻。

结束两个小时的治疗，连漪独自走出医院，她正要打车，一辆黑色的奥迪停在了她前面。

奥迪车窗缓缓落下，一张熟面孔露出来，许年诧异道："连漪？"

连漪也被惊了一下，后退一步才抬手打了一下招呼。

"你怎么在这儿？"许年问她。

连漪指了下喉咙。

"嗓子不舒服，是吗？"

连漪颔首。

"你要去哪儿，方便的话我送你。"

连漪礼貌笑笑，摇头。

坐在驾驶室的男人也道："不用这样客气，上车吧，报个地址，顺不顺路都先送你！"

连漪不喜欢欠人情，她依旧摇头。

"这边不能停车，你先上车。"许年拍板。

旁边车来车往，的确不是谈话的地方，连漪只好拉开车门上了车。

许年坐在副驾驶，开车的另有其人，连漪一上车那人就看着后视镜问许年："许教授，朋友啊？"

"对，朋友。"许年应和了一声，又对连漪说，"这位是我老同学，神经外科的主治医师。"

连漪轻声道："你好。"

那人一听她声音就问："嗓子发炎了？"

"对。"她和许年不过一面之缘，更别说让许年朋友再送她，连漪说，"麻烦你们了，我在前面地铁站下吧。"

"别呀，不麻烦，报个位置吧。"

许年也说："生病才来医院，怎么能去挤地铁呢，京市这么大，能遇上也是缘分。"

别人再三邀请，再拒绝也不好了，连漪说了地址。

许年的老同学开导航，掉头先送她。

连漪问许年："你怎么也会在医院？"

"刚回国，时差倒不过来，失眠好几天了，就来找老同学开点药。"许年叹息说。

说起倒时差连漪便想起了沈思晏。

"倒时差能吃什么药？"连漪问。

许年回答："Fly Right口服液，专门帮助倒时差的，不过效果因人而异吧。"

Fly Right。连漪先记下了名字。

她知道倒时差有多痛苦，如果沈思晏时差还没倒过来的话也能试试。

车停在了连漪家楼下，许年先下车为连漪拉开了车门。

他长居英国，很多动作做来已是习惯了。

连漪下了车，客气道："谢谢。"

"不用客气，上次见面没来得及多了解，以后有机会请你吃饭。"

连漪知道这不过是一句客套话，她笑道："好啊。"

"那see you later（回头见）。"许年张开手臂轻轻抱了她一下。

连漪也曾在英国生活过，对这样的礼仪并不陌生，她客气地回抱了一下，道："下次见。"

"那我们就走了。"许年说。

"一路平安。"连漪道。

目送他们开车离开后，连漪准备回去了，转身之际看到街角不知道谁掉的袋子，汤水洒了一地，一片狼藉，连漪皱皱眉，上了楼。

沈思晏已经出去了，走前还给她收拾了房子。

客厅空置了许久的花瓶里插上了他送来的玫瑰，窗帘束起，抱枕规整地摆在沙发上，昨晚换下的衣服也已经晾晒在阳台上了，卧室被子铺平，空调遥控器摆在床头。

连漪回家难得有这样舒心的时候，她"呀"一声，有些惊喜。

她走进厨房，发现昨晚的碗筷也已经洗了，杯子都放进了消毒柜里，连边边角角的水渍都擦干净了，垃圾篓里的垃圾也带走了。

这是家里多了一个"田螺少年"啊。

冰箱上贴着一张便利贴，写着："宝宝，我回学校了，晚上再过来。"

连漪心说他是越来越蹬鼻子上脸了，可她分明眉眼柔和，嘴角也扬了起来。

沈思晏晚上要来，连漪便做了两个人的饭。

但快八点了连漪也没看到沈思晏的消息，她打了电话过去。

电话很快接通，连漪问："思晏，到哪儿了？"

沈思晏沉默了一会儿，他轻声说："对不起，学校有点儿事情，可能赶不过去了。"

连漪想他刚回国，事多也正常，没多想，"嗯"了一声，说："行，那你忙去吧。"

沈思晏听她声音低哑，显然还没好，忍不住道："今天去医院检查了吗？"

"做了雾化，好多了。"连漪说。

"好。"沈思晏低声道，"你要早点儿休息。"

"嗯，那我挂了。"

"好。"

没想到沈思晏今天来不了，连漪把饭菜热热，自己吃了。

一个人吃饭难免无聊，她刷了刷短视频，意外又刷到那天那个女孩子的后续。

"上次你们要我冲的小哥哥有后续了。"开头的合成音说。

连漪看了下去，后面是一段短暂的视频，能看出来是在机场。

"我冲了。"视频说，"然而，小哥哥说他有女朋友了。"

"他还主动来和我打招呼，我以为春天来了，结果他问我女生喜欢什么包和饰品，现在我们一群人看着他在免税店刷卡。"

"就这样吧，看淡了，兄弟们。"

视频结束，又开始循环播放。

连漪倒没那么自恋地觉得沈思晏是给自己买礼物，或许是给家人带礼物。至于沈思晏说的有女朋友，或许，也只是婉拒别人的说辞。

九点多，连漪收拾衣服准备洗澡，她打开衣柜，兀地被吓一跳，只见早上还整洁空阔的衣柜被塞得满满当当，衣服都被挤得委委屈屈缩成一团。

而衣柜下层摆满了套着防尘袋的手包，全是新的，整整齐齐排了好几排。

这个人……怎么过的海关？

突如其来的惊喜让连漪的心跳都乱了拍子，她望着一柜子礼物，良久失声。

第六章

彷徨

连漪睡前吃了药，睡得半梦半醒的时候听到了外面开门的声音。

她模模糊糊地想着：沈思晏回来了？

过了会儿，客厅的声音到了卧室，床头灯被打开，连漪不舒服地侧了下头，床头灯又被关上了。

一只手摸了摸她额头，见她没有生病，那人放慢了呼吸，俯身亲了一下她的额头。

连漪不舒服地轻哼一声，那人便起身走了。

过了会儿浴室的水声响起，如同催眠的白噪音。

在连漪的意识再次坠入混沌中的时候，被子被掀开了一角，一点冷风灌进来了，很快一具温暖的身体靠近她，给她掖了掖被角，从身后搂住了她。

连漪被弄醒了，她微眯着眼睛转过身，问："思晏？"

"嗯。"他低沉的声音回答。

听到他的声音，连漪放下心，手臂不自觉地环住他的腰藏在他怀里睡着了。

第二天连漪醒了，沈思晏却已经走了。

如果不是床头摆着一杯水，连漪都要以为昨晚是自己的错觉了。

起这么早，有早课吗？

连漪赖了会儿床，转个身发消息问他：什么时候走的？

沈思晏回道：刚刚走。早上不要喝咖啡了，厨房有早餐。

连漪起身去厨房看，有包子和鸡蛋，保温壶还定了时，连漪关了电打开看，是一壶红枣银耳粥。

看到红枣连漪想起这几天生理期应该快来了，她用汤勺搅拌了两下，吹了吹气，尝了一口，甜的，红枣和银耳都很软烂了。

谢谢。连漪发了一个可爱的表情包。

沈思晏还没回，她先收到了另外一条消息，是裘玉发来的。

裘玉的婚期将近，她问连漪二十五号有没有时间过去。连漪看看日期，二十五号是周一，她这个月的月假还没有休，左右也是在家里待着，连漪答应了裘玉二十五号一定到。

裘玉又把日期提前了一天，问她：你二十四号方便过来吗？我们晚上对一遍流程。

既然答应了自然要让人放心，连漪回复：可以。

早餐吃了一半她就饱了，连漪将保温杯里剩下的粥倒进保鲜盒，盖上盖，准备放进冰箱里。冰箱门一拉开，连漪就怔住了。

上层冷藏室被放满了东西，水果、零食、饮料将每一个角落都挤得满满的，最上层还有一个礼物盒。连漪拿下礼物盒，将保鲜盒放进去，关上冰箱门。

盒子系着金色的缎带，连漪解开蝴蝶结，打开盒子，只见盒子里还有一个盒子。

她将盒子拿出来，再打开。

只见里面还是一个盒子。

她将盒子拿出来，再一次打开。

又是一个盒子！

他是不是太闲了？

连漪被激起了胜负欲，哪怕这些盒子拆到最后还是一个盒子，她今天也非要将这些盒子拆一遍。

拆到的第八个盒子已经只有一个很小的锁这么大了。

里面如果是空的，浪费她近十分钟时间，连漪可能会揍沈思晏一顿。

她已经拳头硬了。

最后这一个，终于不是包装得花里胡哨了，只有一个简单的开合盖。连漪将它拿起来的时候，一张纸条也掉了出来，上面写了一段话，连漪扫了一眼，哭笑不得，只觉得他幼稚。

连漪无语片刻，将小盒子的盖子打开，就在一瞬间，她瞪大了眼睛，只见不过一个指节大的盒子里一枚偌大的钻石戒指闪闪发着光。

这样小的一个盒子是怎么装下这样大的一枚戒指的？

连漪深吸了一口气，她没有去试戒指合不合手，而是在短暂停顿后盖上盖子，将盒子放回了之前的盒子里。

她将拆开的盒子一个一个地放回去。

唯一留下的只有那张纸条。

纸条上写着：如果不喜欢礼物，可不可以告诉我，你只是不想拆盒子了？

世上没有后悔药，他却给她后悔的机会，只是拆开的盒子再怎么摆，也回不到最初的样子。

安静沉默许久，她收拾好情绪，向沈思晏发起视频，过了很久沈思晏才接，他那边的背景是一片白墙，连漪浅浅笑着问他："你在哪里呀？"

"在实验室。"沈思晏给她照了一下四周的环境，都是一些机械设备。

连漪顿了顿："哦，冰箱里的东西是你买的吗？"

沈思晏顿了一下："是啊。"

"对了，思晏，还有衣柜里的东西，你是临时放这里的吗？"

沈思晏："是给你的。"

光那些包加起来也有小十万元了，连漪说："我不能要，你拿回去吧。"

"为什么不要，不喜欢吗？"沈思晏不解。

连漪被他的思维逻辑打败了，她道："你一定要给的话，我转钱给你。"

"不要。"这次是沈思晏拒绝了。

连漪加重了语气："沈思晏，我想要的我都能买，小礼物我接受，太贵重的你拿回去。"

沈思晏安静了一会儿，说："对不起，我不是觉得你买不起，我只是希望你能开心。"

他一示弱，连漪就哑了火。

对上他失落的眼神，她没来由地心里发软，轻叹："是我语气不好，收到礼物我很开心，谢谢你。"

她相信命运馈赠的礼物总会以某种方式再还回去，人情也是。

连漪转开了话题，问他："最近这么忙，在忙什么？"

这是连漪第一次问他生活上的事，沈思晏道："啊，有两个比赛，一个是上次出国忙的那个，一个是现在实验室的这个。"

沈思晏问她："你呢？"

"我啊，工作呀。对了，周一我一个朋友要结婚，我周日晚上就会走。"

"是在哪里？不在京市吗？"他敏锐地问。

连漪点头："对，在张市。"

张市和京市相隔不远，他稍微放心，又悄悄问她："能带家属出席吗？"

"嗯？"

"没什么。"沈思晏垂下了眼睛。

连漪哪看不出他那点小心思，她好笑道："沈思晏，家属可以出席，不过你啊，好好在家里学习吧。"

沈思晏眼睛倏地一亮，心里炸开了烟花。

真是小孩啊，给一点点甜头就乐开了花。

连漪按下快捷键，将他傻乐的表情截了图。

她使了坏，也跟着笑起来。

二十四号，连漪提前一天去张市参加裘玉的婚礼彩排。

裘玉的婚礼地点在当地的国际大酒店。连漪到的时候已经是晚上九点多了，她先到酒店寄存了行李，裘玉在微信上和她说了一遍流程，她到了后又带她去和其他的伴娘认识。

除了连漪是裘玉的大学同学，其他姑娘都是裘玉初高中的同学，还有的是小时候的玩伴，光是伴娘团就有近十人，出乎预料地热闹。

婚期将至，裘玉越发容光焕发。

晚上的时候裘玉睡不着，又跑来了连漪房间找她聊天。

连漪一路风尘仆仆，此时正在敷面膜。

裘玉趴在她床上，拉着她的手说："我以前最羡慕的是你，然后是顾梦麟。"

"羡慕我？"连漪失笑。

裘玉道："上学的时候我们寝室就数你最厉害，年年都拿国家奖学金，还有时间做兼职，那个时候我觉得就算你家境没有顾梦麟家那么好，以后也一定过得比顾梦麟好。"

连漪笑："为什么一定得和顾梦麟比呢？"

"我看不得她眼睛长在天上的样子。你还记得吗，当年我们寝室第一次见面，说中午一起吃饭，顾梦麟说'哎呀，我等下要去上马术课，下午还要去喝下午茶，就不和你们一起了'，你不觉得她这个人说话时真的很欠打吗？"

顾梦麟的确是大小姐脾气，连漪笑了："何止，她因为睡不惯宿舍的床还买了超厚的床垫，结果晚上一声惨叫，险些滚下床去。"

裘玉又接道："还有还有，那个洗手间里全是她的瓶瓶罐罐，我就搞不懂，她洗个澡带十几瓶东西进去，是能腌入味吗？"

连漪点头说："还有一回，宿舍停电，梦麟带我们去她家，非让每个人都试一下她的浴缸和彩虹泡泡浴，我记得你当时还问那种五颜六色的东西会不会对身体……"

"哎哎哎，不许说不许说，我们这同仇敌忾呢，你怎么说到我身上来了！"裘玉捶了她一下。

连漪抱着抱枕笑了起来。

想起曾经的糗事，裘玉也忍不住笑，她撞撞连漪肩膀，问她："你现在，有那个生活了吗？"

"什么那个生活？"连漪故意装听不懂逗她。

裘玉"哎呀"一声，推她道："你别给我装，大学时候你们三个'开车'可都'开'老快了！"

婚礼前一天聊这种话题，多刺激。

连漪笑得不能自已："有啊，肯定有啊。"

"林余祐好不好？"

"就那样吧。"

"你不会就是因为这个把他踹了吧？"裘玉拼命拿手肘撞她，八卦之心溢于言表。

连漪假正经道："我是这种人吗？"

裘玉撇嘴："别人我不知道，你们三个，那还真说不好。"

当年宿舍夜聊，话题可谓信马由缰，时而奔放时而含蓄，裘玉从一个懵懂无知的少女变成一个"秒懂"女孩全托201宿舍其他三人的福。

"怎么总问我，你老公呢？"

裘玉脸都红了，赶紧转移话题："你现在有新男友了吗？"

连漪想了想，回答："算是吧。"

"啊！"裘玉怒吼着躺倒在了床上，道，"果然还是单身最好了，不开心就分开。一想到明天就要举行婚礼了，我就好紧张，要不，取消婚礼算了。"

"有病。"连漪用手指戳了戳她额头，"你这叫作婚前焦虑。"

"我真的紧张得手脚都快抽筋了，连漪，要不我们再对一遍流程吧？"

这几天裘玉给她发婚礼流程发了不下十次，刚刚又反反复复和她对了四五遍，连漪抓狂道："你不睡觉我还要睡觉，快点打哪儿来回哪儿去吧，明天可还要早起化妆呢。"

"你再和我聊聊你现在这个男朋友呗，我现在特兴奋，一点都睡不着。"裘玉翻个身，趴在床上看她。

"你兴奋找你老公聊天去，打听我干吗？"连漪回她。

就在这时连漪放在床头的手机亮了，裘玉看到一把捞了过去，嬉笑道："你不跟我说，我就自己看，让我看看是你哪个好哥哥发消息来了。"

连漪跳了起来，去抢她手上的手机，说："什么好哥哥，公司的通知！"

裘玉站起来高举起手念道："'你不让我打电话，可我好想你啊'……哈哈哈哈，连漪，我猜对了吧，是好哥哥吧？"

连漪把她摁倒在床上，挠她痒，裘玉疯狂扭动，按下语音键对着手机话筒狂笑道："哈哈哈哈哈，帅哥，你老婆疯了，在打我，你快来拉走她啊哈哈哈哈哈哈啊……"

连漪变了脸色，一把蓐过手机解锁，她还没来得及撤回消息，那边的消息就回了过来。

裘玉自顾自笑了好一会儿，说："干吗呀，脸色这么紧张。"

手机语音外放了出来，男生低沉又带着笑意的声音说："请你多多包涵，我明天就来带我老婆回家。"

"我老婆"三个字被他咬得格外重。

连漪灵魂从天灵盖出窍，体验了一把社会性死亡。

"哇，他声音好好听。"裘玉爬了起来，扒在连漪肩膀后看她发消息。

连漪打到一半的字又删除了，她关上了手机。

裘玉"唉"一声说："你怎么不回消息啊？"

她刚刚可都看到对方发的一连串消息了。

"你玩笑开大了。"连漪头疼。

"哪里开大了，难道他不是你男朋友吗？"

连漪否认了，她说："不是。"

"啊？他刚刚自己都承认了！"

连漪无力了："不是那种关系。"

裘玉道："那我刚刚也助攻了嘛，他都承认你是他老婆了哎。"

"我和他是不可能的。"连漪说。

"为什么不可能？"裘玉纳闷。

连漪疲惫地说："我准备去英国读博了。"

"真的假的？你什么时候决定的？"

"从去年开始就有这个想法了。"

"他知道吗？"裘玉指指手机。

"还只是一个想法呢，哪是说走就能走的，要准备的东西还多着呢。"

"那你和他，就打算这么着了？"

她看起来很轻松："既然总是要分开，那就没必要在一起，对吗？"

受到她的影响，裘玉刚刚的亢奋一下落了下去，她说："我不知道，我不太懂你们的生活态度，但我觉得时间多宝贵啊，不应该互相耽误……"

不应该互相耽误。

她的话让连漪怔了怔。

见裘玉皱着眉头，连漪道："你看，我的烦恼还多着呢，而你爱情和面包双丰收了，其实，没什么要羡慕我的了。"

这一次裘玉终于豁然地笑了，她道："明天该是你羡慕我了。"

连漪配合她："对呀，所以新娘子快睡觉去吧。"

裘玉看了眼时间："十点半了，得去睡美容觉了，那我走了。"

"拜拜，记得定闹钟。"

"晚安。"

"晚安。"

裘玉走了，闹腾过后的房间一片凌乱，连漪半躺在床上，脚踩着落在地上的枕头，打开和沈思晏的聊天框。

沈思晏发了很多消息给她，连漪一条一条刷下去，心里温暖且酸涩。

她不是铜墙铁壁，怎么能对他的好视若无睹。

她和他之间真的完全没有任何可能吗？

和朋友说三言两语轻而易举，可她不敢问心，更不敢对心发誓。

连漪是五点半醒的，外边有人按门铃，喊了一句："伴娘，衣服放外边了啊。"

她神志回笼，想起今天是裘玉的婚礼了。打开门，一袋子纱质的伴娘服被放在门口，连漪拿进屋试了一下，香槟色的连衣裙略有些大，不过也不妨碍。

洗漱了还没一会儿，门口又有人喊起来："伴娘们化好妆了吗？要去新娘子房间了。"

六点，连漪化好妆到达裘玉房间，裘玉才刚起床，在困顿地洗脸，婚礼工作人员和其他伴娘都陆续走进来了，有的坐有的站。

摄影师在搭三脚架准备录视频，化妆师将裘玉拉过去化妆了，伴娘们便聚集在一起讨论接下来的流程。

裘玉早上穿的是中式的大红秀禾服，待会儿要去娘家和男方家敬茶。妆造一弄就到了七点。

新郎出发得早，打电话问新娘什么时候出发。

化妆师加快了速度做发型。八点钟，专车从酒店送新娘回娘家去。

车开得慢，缓缓穿过市中心商业街，过了桥到了另一边，裘玉家就到了。

伴娘们在这儿就有的忙了，准备茶水，分析待会儿怎么堵门，藏新鞋，吹气球，一时房子里热闹非凡。

有个伴娘是裘玉表妹，这一路便都是她张罗着。连漪是客人，大家和她也都不熟，待她客客气气的，不多麻烦她。

闹哄哄地走完女方家的仪式，一群人又辗转去男方家。

在两边家里都敬完了茶，这才算走完了早上的流程，新娘接着回酒店换婚纱，准备正式仪式。

这一通转得连漪都快晕车了。

从早上五点半一直站到中午十二点半，连漪站得腿软，仪式开始了才挨着凳子。

音乐响起，场内的灯光暗下来，一身洁白婚纱的裘玉从铺着红地毯的尽头出现，她的父亲早早在门口紧张地等候，待她进来，父亲便拉住她的手，牵着她入场。

婚礼司仪说："爸爸将新娘带入场，从此往后就交给我们的新郎了。"

裘玉父亲紧紧抓着女儿的手，和新郎说了几句话，新郎附耳倾听，点头承诺，从他的手上接过新娘的手。

或许是音乐煽情，或许是氛围伤感而又浪漫，许多人红了眼眶。

不知道想到了什么，连漪垂下眼睛，掩过了一瞬的黯然。

婚礼到了互相宣誓环节，看着裘玉哽咽地朗读完宣誓词，连漪跟着人群一起为他们鼓掌。

她是为裘玉欣慰的。

人这辈子能找到一个真心相爱并走入婚姻殿堂的人，多不容易啊。

从今往后的日子，不管风雨裘玉都有了遮蔽的屋檐。

连漪是一个二十多年都不敢停下脚步的人，如今，她有了自己的房子，有了自己的事业，可还是觉得心里空荡荡的，没有归属感。

前不久他们部门又进了新人，以往总是和她针锋相对的宋苒也许久没有冒过头了，连漪听小何说过一嘴，说宋苒好像是有跳槽的意思。

职场上没有谁是不可替代的，宋苒曾经也是公司的一姐，如今却走到了主动跳槽的一步，或许有一天，这个人也会是她连漪。

她不敢赌自己是例外。

肩膀忽地被轻拍了两下，连漪扭头看，正对上一双熟悉的眼睛。

他穿着一件牛仔外套和一条七分裤，仿佛还是个大学生的样子。

连漪一回头，他立马笑出了八颗牙齿，眼睛亮晶晶的："连漪？真的是你？"

那一刻，连漪不知道是茫然多一点还是惊吓多一点。

她舌尖抵了一下齿背，半晌，开口说："林余祐。"

"你怎么会在这儿啊？"林余祐顺手拉过她旁边的椅子坐下问。

连漪道："新娘是我大学室友。"

林余祐问："噢，你是伴娘吗？"

"对。"

"你一个人来的吗？"

"嗯。"

"你……"

连漪打断了他，反问道："你呢，怎么也来了？"

林余祐抓了抓头发，他侧过头，眼睛瞥着斜角处，道："陪一个朋友。"

"哦，挺巧的。"连漪微笑着扬了下唇，眼里没什么笑意。

舞台上主持在大声说着什么，连漪看着舞台，却没有心思听。

林余祐在她耳边说："我们有快一年没见了吧，我看了你上次在燕湖的讲座直播，你还是这么漂亮。"

台下有人开始鼓掌，她也跟着鼓掌，头往一侧偏了偏，和林余祐拉开了距离。

仿佛感觉不到她的排斥，林余祐坐在连漪旁边依然盯着她的侧脸。

他以前常说，她是被天使吻过的，没有美术生会不爱她这张脸。她不是那种温柔的气质，相反是偏清冷的，她的眉骨高，鼻峰高，微微垂眼看人时，便给人一种高高在上的感觉。

林余祐给她画过很多张画像，但每一张他都不满意，没有任何一张画像能还原出她身上那样若即若离的气场，所以，一直到分手他都没能送出一幅她的画。

"姐姐"，他轻轻地叫她，以往只要他这样叫，她就会笑着看向他，开玩笑地叫他"小孩"。

连漪没有将视线从舞台上收回，她淡声道："有什么事吗？"

"姐姐，我好想……"

连漪冷淡地打断他："想借钱吗？你买iPad的那一万八千元打算什么时候还？"

林余祐轻咳了一声，小声说："我们俩之间只有这个能聊了吗？"

"所以你打算什么时候还？"她重复。

这一万八千元是林余祐在分手后找她借的，他当时信誓旦旦过完年一定能还，如今已经快过到下一个年了。

倒不是一万八千元的事，连漪是烦他这种幼稚的小聪明——以为过了很久她就会忘了，而他也能顺理成章地"忘"了还。

他不是没钱，只是手里兜不住钱，有一千元花一千元，有十万元花十万元，从小被骄纵长大的"小孩"，即便二十来岁了也还是"小孩"。

四周都是人，如果不是舞台声效，别人轻易就能听到他们的对话，林余祐咬咬牙，低声说："年底一定还。"

"嗯。"

连漪看他："还有什么事吗？"

林余祐总觉得后脊背发凉，他起身道："那个，我朋友在那边，我先过去了。"

连漪颔首。

最开始被他的天真所吸引，最后厌弃的也是他的"天真"。

她不是十六七岁有情饮水饱的年纪了，所谓的爱在现实的鸡毛蒜皮面前不堪一击。

一捧鲜花从舞台上抛下来，长了眼似的朝她飞过来，她没有伸手，而旁侧的姑娘高兴地一把接住了花。

大家都欢呼着起身鼓起掌来，连漪也起身笑着鼓掌。

宴席开了后，新郎、新娘换了敬酒服，从父母那一桌开始一桌一桌地往下敬酒。

满场宾客尽欢，敬到连漪他们这一桌的时候新郎都喝得有些上头了，满脸红光，扯着嗓子说："你们放心，小玉交给我，我一定对她好！"

其他人大笑着道："我们不听好话，我们只看行动。"

"小玉跟着我，不会吃亏的。"新郎拍着胸脯做保证。

"来来来，先喝了这杯！"有人端着酒杯站起来，连漪也跟着起身。

"干杯！干杯！"围成圈的酒杯碰到一块儿，酒液飞溅。

新郎敬了一杯，新娘又敬了一杯。

过了一会儿，林余祐拿着酒瓶和酒杯走过来，没有多说，连漪又喝了一小杯。

酒气上头，烧得脸发烫。连漪往林余祐走回去的路看，看到他坐下后搂着一个姑娘重重地吻了一口。

胃里的酒忽地一阵翻腾，连漪撑着额头，吞咽了好几下也没有将那阵恶心感赶走，她起身拉开椅子，提前离席了。

办婚宴的大厅有多热闹，大厅外就显得有多安静。

连漪走到大厅的吧台外，靠在栏杆处透了一口气。

吧台的液晶电视正在播放新闻，标题上写着：燕湖大学代表队参加ICAI大赛喜获金牌。

连漪恍惚了一下，待要仔细去看，新闻已经跳转了。

她拿出手机搜新闻，跳出来的第一篇报道就是喜讯——燕湖大学代表队15日代表亚洲初赛夺得ICAI大赛冠军，教练罗威、陈军，队员范逸、沈思晏……

看着沈思晏这个名字，连漪出神了许久。

这不是一个校内的小比赛，而是一场世界性的比赛，沈思晏拿的是世界冠军。可这么多天，他一次也没有提起过，只在那天晚上匆匆地赶回来，眼里是遮掩不住的疲惫，可他只伸出手和她说："我想要抱抱。"

酒精让思维发散，连漪忽地想起了很久以前已经被隐藏在记忆深处的画面。

公安局里，少年满身是伤，脸上还流着血，她听着警察给他家人打过去的电话，每一个人都说赶不到，少年的眼神从充满希冀到失落。

少年有一双好看的眼睛，但情感被藏在一片漠然的眼神后，只有嘴角渗出的血，给那苍白的唇增了一抹艳色。

那时的沈思晏哪有现在半分生动和爱笑。

这么多年，他又是怎么变成现在这样的？

回过神，连漪将报道链接发给了沈思晏，她发信息道：世界冠军，很厉害啊，小朋友。

沈思晏回复：嘘，是惊喜。

连漪：什么惊喜？

沈思晏发了一个傲娇的表情包，道：说了就不是惊喜了。

小屁孩。

连漪笑着回复他：卧室衣柜下面有礼物，你去找找看。

沈思晏：什么礼物？

连漪学着他的话道：秘密，说了就不是秘密了。

连漪原定今天下午走的，几杯白酒下肚顶得胃里发烧，中午的宴席一结束，连漪将房间续了一晚，下午就回房间补觉了。

睡到五点多，她被视频电话叫醒。

连漪困顿地接通视频，没有说话，她将脸压在团成一团的被子上，睡眼惺忪。

"还没醒啊？"沈思晏放缓了声音。

连漪闭着眼睛说："嗯，今天五点多就起了，太困了。"

"今天不回来吗？"

"嗯，车票时间太早了我退了，明天上午回来。"

沈思晏看她困得迷迷糊糊的样子有点心疼又好笑，轻哄着她说："我来接你吧？"

连漪睁开了半只眼睛看着他："你来接我？"

"不是在张市吗，走高速开一个小时车我就过来了。"

连漪问："你有车吗？"

沈思晏笑道："放心，没车怎么来接你，我马上就来。"

"好，那我发定位给你。"

"啊，好！"

连漪将位置发了过去，又笑他："连位置在哪儿都不问清楚就兴冲冲要过来，笨不笨啊你。"

沈思晏又弯着眼睛笑了，笑容阳光、干净又纯粹。

挂了视频，连漪觉得室内有点冷，将空调温度调高了点后抱着被子又睡着了。

睡眠很浅，神经活跃，或许是受白天婚礼的影响，她混混沌沌地做了一场梦，梦里长长的婚纱曳地，连城背着她上车，她已经死去的爸爸带着温和的笑看着她，另一个男人牵过她的手，说要对她好一辈子……

又睡了一个小时，饿了，连漪就醒了。

她摸了一下眼尾，竟莫名有几分潮意。

这是个离奇的梦，梦里的场景已不那么清晰，她只记得她爸爸的那张脸，她很少或者说几乎没有在他脸上看到过那样的笑容。她在黑暗的房间里出神了好一会儿，才拿起手机。

几十分钟前沈思晏发信息说他上高速了，连漪算算他大概还有一段时间才能过来，想着他在高速上不方便回消息，连漪便只回他：知道了，好好开车。

十月底，天气逐渐转凉了，气温从二十多度骤降到十几度，到了夜晚，北风开始呼呼地吹。

酒店的窗户被风刮得如吹口哨一般呜呜作响。

睡不着了，连漪索性加了一件黑色的风衣外套出门了。

睡前卸了妆，醒来后戴了口罩和帽子，出门化妆也省了。

酒店附近有一条商业街，清晨送新娘回娘家时便路过了那条街，那时还早，街面上的路人寥寥无几。

现在入了夜，商业步行街喧嚣起来，挂在商业街上的彩灯都亮了，路口有各个品牌的指示牌。

连漪手插着兜，抬头向上看，看到了在建筑物上方还有一个坐着的巨大小丑雕塑。

北风也没能吹灭热闹，街面上的人摩肩接踵，正是饭点，每家店都宾客满座，连漪走了好一会儿，看到有家不起眼的关东煮小店，她拐了进去。

店铺很小，只有最里面还有一个空位。入门处是自选关东煮区，连漪吃过的没吃过的都拿了一遍，别人端上来都是一小碗，她是一大锅。

不在意别人打量的视线，连漪摘下口罩，将头发松松地扎在脑后，先夹了一颗鱼丸吃。这家关东煮汤汁浓厚，丸子里的馅料丰富，竟比她以往吃过的都好吃。

连漪难得对关东煮来了兴趣，她拿出手机，边吃边搜"关东煮怎么做"。

最靠里的位置光线黯淡，只有手机上的白光照着她晶莹的肌肤。连漪又咬了一口鱼丸，被鱼丸里迸出来的汁水烫到，她吐了吐舌头，用纸巾掩住唇，不停哈气。

就在此刻，手机上跳出一条沈思晏的消息：我下高速了。

下高速了，过来也就不远了。

外边的风刮得门口的门帘都哗哗作响，她不想动。连漪又发了这家关东煮店的定位过去。

连漪走进店内的时候是不为人注意的，她也坐在角落，与周旁的热闹相隔。

她被注意到是因为她摘下口罩后，她身上自己都未曾注意过的那股气质。清冷的、静默的，侧脸的轮廓有着独特的美感。

鬓角垂下的发丝被她绾在耳后，抬起的手腕都是晶莹透白的。

坐在靠门一侧的一个男生踢了踢同伴的脚，对着角落的位置抬抬下巴，一桌男生顺着他指的方向看过去，小声道："美女啊。"

"你们觉得她是做什么的？"

"白领吗？反正不像学生。"

"我猜是英语老师。"

"哈哈哈我也觉得有点那气质……"

当看到她握着手机微笑的时候，这一桌男生又安静了。

她的眼底有她自己都未曾留意的温柔，点点的光在眼底晕开，纤长的睫毛一眨，如翩跹在少年心上的蝴蝶，连漪阵阵。

瞿成心脏狂跳，连着脸上都带了血色的红。

"真的好漂亮。"有人举起手机用手肘挡着偷偷地拍。

"你们敢去要微信吗？"有人怂恿。

"算了吧，长这么好看，肯定有男朋友了。"

"试试啊，试试又不吃亏！"

"哎，瞿成，你去哪儿？"

连漪身侧落下一块阴影，她抬头看，是个穿着球服的少年，头上戴着运动头带，手上戴着手腕，僵硬不自然地站在她旁边。

"你好。"少年说。

连漪有些诧异地点头："你好。"

少年支吾了许久，连他身后很远的朋友都吆喝着凑起了热闹。

憋了好一会儿，少年郑重地问："我能要你的微信吗？"

"微信？"连漪哑然失笑，她打量了一下就清楚是什么情况了，她温和地笑着，"你上大学了吗？"

瞿成飞快地道："我高三，明年就毕业了。"

连漪压住了心底的惊诧，忍住了笑。

见她眼中浮起笑意，瞿成问："你呢？"

连漪还是没忍住笑，她扑哧一声，笑弯了眼："小朋友，我研究生都毕业两年啦。"

没想到她会大这么多，她"小朋友"的称呼仿佛晴天霹雳，瞿成被雷了个外焦里嫩，好一会儿，他又不死心，问连漪："你是哪个大学毕业的？说不定，说不定我明年也能考上。"

连漪看着他，顿了好一会儿，见他眼神执着，很是坚定，她温和地说："燕湖大学。"

瞿成："……"

"对不起，打扰了。"他立马收回手机往回走，走了两步，他又觉得自己这样实在太尿了，他回头道，"还有一年，我……燕湖大学也不是不可能！"

被这位陌生少年突如其来的中二气场冲击到，连漪笑了起来，她认真道："加油。"

被她注视的目光一烫，少年慌张地逃回了原位。

少年铩羽而归，同伴们止不住地揶揄，一桌人嬉笑吵闹了会儿，说着去打球就都走了。

被高中生要微信的事迹简直可以列入人生简历，连漪觉得刚刚的事实在好笑，发微信和沈思晏说：沈思晏，竟然有高中生来找我要微信。

沈思晏：嗯？

沈思晏：不可以。

连漪逗他：什么不可以？

关东煮店的门帘忽地被掀开，大风呼呼刮了进来，连漪循着风声看过去，看到了穿着一身西装的沈思晏，连漪一眼认出来，西装是她买给他的那一身。

西装熨烫得工整笔挺，他的眉头却打成了结，脸上的表情很臭，他气急败坏地掀开门帘走进来，在其他人都将视线放在他身上时，他环顾整个店面，然后步伐坚定地朝连漪走过去。

连漪将手机倒扣在桌面上。

沈思晏朝她走了过来，眼神里简直噌噌冒着火光，他不再和她委婉，伸手咬牙切齿道："手机！"

"怎么啦？"连漪笑着看他。

沈思晏还是很生气，他又重复了一遍："手机。"

他偶尔的小性子比好脾气可难得多了，连漪心情好，乐得哄着他，将手机递给他："好，给你，你要干吗？"

沈思晏打开微信，连漪通讯录"新的朋友"里最上面只有一个Alfred，备注"我是许年"。

"是他吗？"沈思晏恼火地问。

连漪支着下颚看他，嘴角还是笑着的。

"我在你心里是连高中生都不放过的人吗？"她扬眉问。

沈思晏气得咀嚼肌都鼓起来了，他点开Alfred的头像，只见年龄那儿写着"31"，气焰顿时一灭。

"你没加吗？"他低声问。

"我应该加吗？"连漪反问他。

沈思晏瞪圆了眼睛，护食的小狗似的一口否决："不行。"

"笨蛋。"连漪笑骂了一句，玩笑适可而止，她拉过沈思晏的袖口，看他衣服，"衣服合不合身？"

沈思晏不生气了，将手机还给她，说："合身的。"

连漪问他："今天怎么穿这身衣服来了？"

"想穿给你看，好看吗？"沈思晏眼睛亮晶晶的。

连漪哄他："好看，你穿什么都好看。"

沈思晏顿时喜笑颜开。她又拉他的手，将筷子递给他，说："吃关东煮吗？我吃不完了。"

手被她温柔纤细的手指一裹，别说关东煮，就是一碗豆汁儿他也能全喝了。

沈思晏拖过旁边的椅子，将连漪的关东煮端过来，一口一个，不一会儿就将剩下的小半盆吃完了。

连漪则一直支着下颚带着笑意地看他。

"吃饱了吗？"她问。

沈思晏诚实道："五分吧。"

"那走吧，带你再去逛点别的。"

"要开车吗？"

"不用，就在附近逛逛。"

没有女孩能逃得过饰品店。

连漪背得起六七位数的名牌包，也喜欢几十块钱的帆布包，她问沈思晏挂在墙上的帆布包怎么样，沈思晏看每个包都说"好看"。

"这个花纹你不觉得太多了吗？"连漪背着一个包，站在镜子前反问沈思晏，沈思晏拧眉看了会儿，像做什么高深的数学题一样，好一会儿，他说："是有点儿花。"

连漪斜瞥着他："你不用附和我，你怎么觉得？"

"我喜欢这个。"沈思晏指着另一排货架上有只小狗图案的黄色包包说。

连漪顺着他的视线看过去，确认了一遍："那一个？"

"对！"他肯定。

连漪走过去，忍不住吐槽他："沈思晏，你好土啊。"

她说着，手上还是把提着的包放回货架，将沈思晏指的包摘下来。

"土吗？"沈思晏走在她身边，指着包上的玩偶说，"这个小狗不是很好看吗？"

呆头呆脑的小狗眼睛还是活动的眼珠子，一晃就滴溜溜地转，四条腿摸上去软软的，连漪拍拍狗头说："沈思晏，乖一点。"

沈思晏抗议："我哪儿不乖？"

黄色的布偶包和连漪一身黑格格不入，她却也无所谓，买了单，背着四十来块钱的包带着沈思晏逛奢侈品店。

高档的香水专柜里顾客寥寥无几，连漪一走进去便被导购围上了。

"有出新香吗？"连漪问。

在香水店她喜欢在空气中喷一点，给沈思晏闻，导购介绍着香水的前调中调后调，沈思晏闻着每一个都感觉是说不出来的味道，闻多了眼睛里眼泪开始打转，止不住地打喷嚏。

导购还在推荐，按了一下喷嘴道："这一款是今年卖得最好的，是一款女士甜香……"

沈思晏喷嚏打得脸都红了。

连漪用湿纸巾擦了擦手腕，说："走了，不看了。"

"不买吗？"沈思晏双手用纸巾捂着脸，两眼泪汪汪。

连漪脚尖一点，从高脚凳上起身，她道："不买了，带你去看衣服。"

"小姐是不喜欢吗？我们还有经典款的香水……"

连漪将纸巾折叠了一下，递给沈思晏，她笑笑说："他不喜欢，不买了。"

看着装，导购以为付款的是男生，只能懊恼地看着他们离开。

走出了香水店，沈思晏才吸了一口新鲜空气，连漪看着好笑："你香水过敏啊？"

"没有。"沈思晏摇头，他说，"我喜欢你以前的香水味。"

"以前？"连漪笑了，"那是罗意威的男香，品位不错啊沈思晏。"

这是沈思晏的知识盲区，他搭不上话，他想着香水品牌，还有前调中调后调是什么意思……

他知道的第一款香水是她告诉他的，在感情上他是一张白纸，第一个给他上色的人，也是她。

逛完了一条街便返回到酒店，睡了一下午，连漪没有睡意了，但沈思晏是开了很久的车过来的，难免困顿。连漪没有急着回去，既然酒店已经续住了一晚，那不如明天再走。

对沈思晏而言，只要和她待在一块儿，是在酒店还是家里都无所谓。

沈思晏习惯随身带着电脑，连漪便借他的电脑处理一些工作。

她登录自己的邮箱，收件箱里收到的除了学生作业，还有她硕士导师的一封邮件。

导师很直白地问她有没有想法回去读博。

看来是十月初她在燕湖大学和那位老师说的话传到导师耳里了。

在连漪研二的时候，导师就说她学术能力很不错，问她有没有读博的想法，连漪当时只想工作买房，独立生活，婉拒了导师，她当时也没有把话说死，只说是想在社会上磨砺两年再回来读博，导师默许了。

可她选择的工作和导师给的建议毫无关联，甚至是相悖的，导师又是痛心又是惋惜，一直到毕业那天，导师给她的话还是"连漪，你总有一天会回到这个圈子来的"。

在研究生期间，连漪发表的期刊论文甚至可以和一些博士生的水平相当，跟导师做的项目不乏国家级的，所有人都以为她必然前途光明，就连导师也有意给她铺路，可她没有按着任何人的想法走，她去了私企做培训老师。

不是当培训老师不好，只是她本应该有更广大的舞台。

最后导师把原因归结在她的家庭上，恨铁不成钢道："连漪，你总有一天会后悔的！"

连漪当时卖乖地笑道："那就后悔了再说嘛。"

导师对她无可奈何，只点点她说："你以后要是混得不好，不要说是我的学生。"

导师的痛惜溢于言表，要是父母，见她这么"自毁前程"，恐怕恨不得将她扫地出门。

这还是连漪毕业后第一次收到导师的邮件。

她清楚如果她仍然一意孤行或者视而不见，可能这就是导师给她的最后一封邮件了。

对于学生而言，导师是唯一的，可对于桃李满天下的导师而言，再优秀的学生也未尝没有第二个。

两年过去了，导师仍挂念着她。这一份挂念除了为人师的职责，又何尝没有出于长辈的爱护？

她即便是铁石心肠，也不忍心让真正关心她的人一而再地寒心。

她点击了回函，在正文中写下"Dr.Wu, I Want to"。

写到这儿她停住了手。

浴室门一响，沈思晏裹着浴巾走了出来，看到她坐在窗边，他朝她走过去，轻声问："今天有很多工作吗？"

她顿了一下，手腕轻移，关掉邮件界面，她抬头温和地笑笑道："没有工作。"

"休息吗？"

"好。"她关掉了电脑，正准备将电脑收进包里，沈思晏从她身后搂住了她，低声道："就这样吧。"

他的怀抱炽热，胸膛宽阔，一起身，沈思晏就双手揽住了她，将她抱上了床。

吊顶的灯光刺眼，连漪倒在床上，手臂遮挡着眼睛："关灯。"

沈思晏走去将灯关上，灯光暗下，室内一片漆黑，他走到了床侧，向她的轮廓倒下。

他的呼吸刺得她有些痒，连漪用手挡着他的唇偏开头，笑着明知故问："干吗？"

"今天，我算家属吗？"

他还记得她那天用来敷衍打发他的话。

"算。"

"什么家属？"

"弟弟。"

"嗯？"沈思晏低声威胁，环住她的腰，将她往身前一拉，紧贴上去。

"痒，别摸。"连漪扑哧地笑，躲他作怪的手。

"我是什么家属？"他笑着说。

连漪笑得憋红了脸，反问他："你说是什么家属？"

他顿了顿，说："老公。"

在这个地方，说的话都是情话，连漪揽住了他的脖子，满足他："老公。"

她咬着尾音，轻轻地发嗲。

"啊！"

他发了狠，吻着她的脖颈，突然咬下，留下一道痕。

连漪吃痛，瞪圆了眼睛责怪他："你属狗的吗？"

他温热的手指摩挲着她的伤，低哑的声音呢喃说："我属你的。"

一夜疲惫。

后半夜快要入睡的时候突然收到裘玉的消息，她道：连漪，你今天是不是遇到林余祐了？怎么回事，我没有叫他来呀！

燕湖人有自己的圈子，离开京市往外走，可能线一搭起来就发现都是一个学校的老熟人，林余祐的出现倒也不完全意外。

连漪困得不行，回复裘玉：我知道的，没事。

不行，我得去问问。裘玉说。

沈思晏开了一个多小时高速过来，又胡闹了半宿，大概也是困了，在连漪侧着身子强打着精神看手机时，他便环着她的腰，鼻息打在她肩上，已经睡着了。

过了一会儿，裘玉的消息发了过来，她说：我问到了，真无语啊。

连漪：嗯？

裘玉：林余祐是和我一个学妹来的，那个学妹是学服装设计的，家里还蛮有钱的，说林余祐是她男朋友。

这个时候连漪还没想太多，宽慰裘玉说：我和他分手快有一年了，他有女朋友了也正常。

裘玉：对啊，这就是问题所在了，她说她和林余祐在一起快两年了，林余祐还和她求婚了！

连漪顿了半晌，打下了一个问号。

裘玉：如果学妹没有撒谎，那就是林余祐早早就背叛了你！

连漪啼笑皆非了一会儿，忽地手脚发冷，她想起了去年林余祐的种种怪异。

手机换了壁纸，改了密码，偶尔接到电话会跑进洗手间接，每天都泡在游戏里带人打排位，手上戴了一个新皮筋，身上穿的衣服她也没有见过，找她借钱说要给表姐买礼物，连漪问要不要捎上她的一份，林余祐立刻说不用……

最关键的是，林余祐明知道她还没有结婚的打算，也知道她很不喜欢将私事公事混在一起，他仍是突然在公司楼下向她求婚。

当时怕他丢面子，连漪没有当场拒绝，回去却和他发了火，林余祐也一改常态，小半个月都不见人，连漪还自我反省过，觉得自己是伤人心了。

可她不是轻易会改变决定的人，当时已经走到那个地步了，她索性告诉林余祐，既然和她在一起没有什么结果不如分手。

在一起两年，她从来没有说过一次分手，只说过那一次，林余祐答应了，于是两人和平分手。

分手后林余祐和她还保持着联系，但在年初向她借钱后，林余祐就杳无音信了。

连漪点进林余祐朋友圈，显示的是空白页。

她将手机砸在床上，重重地出了一口气。

沈思晏被她的声音惊醒，迷迷糊糊地问她："怎么了？"

连漪掰开沈思晏的手，低声说："热，别抱着。"

她的声音沉闷带着迁怒，沈思晏霎时醒了，他按亮床头的灯，起身去看连漪。连漪用手臂挡着眼睛，身体微微发抖——是被气的。

沈思晏揽着她，让她转过身和他面对面，他问："发生什么了？"

连漪声音含糊说："没什么。"

沈思晏抱住她，额头轻抵住她的额头问："不能和我说吗？"

连漪仍旧说："没什么。"又道，"把灯关了吧。"

沈思晏起身关了灯，黑暗里连漪在不断调整呼吸。

过去的事已经过去了，林余祐已经和她没有关系了。她只是觉得有点好笑，一个去年还对她山盟海誓的人说出口的谎言听起来比真话还真。

她以为看懂了的人，最后却发现她所认识的只是假象。

不知道她情绪为什么低落，沈思晏俯身下来的时候移开了她的手臂，轻轻地叼住了她的唇。

连漪推他，轻哼道："干什么？"

沈思晏将她搂紧在怀里，和她说："不开心就把我当你的泰迪熊。"

泰迪熊是连漪卧室的玩偶，任人搓扁揉圆也不会还手，自从沈思晏入住后，它就被流放到了飘窗。

委屈、气愤的眼泪从眼尾滑落砸在枕头上，连漪顿了一会儿，揽住他的腰将他拉下。

黑暗里，他看不清她的神色只听到她的呼吸。他轻抚着她的头发。

翌日醒来，沈思晏仍在沉睡中，连漪知道他最近还在打比赛，压力很大，每天都泡在实验室里，眼下常见一片青黑。

想到昨晚，她有些于心不忍，轻轻地亲了亲他，正准备下床洗漱，一双手臂从后面搂住了她。沈思晏没有睁眼，他抱着连漪，撒娇说："让我抱一会儿。"

连漪坐回床上，由着沈思晏抱着她。

连漪拿起手机，指节和手机轻碰发出一声脆响，她赫然发现自己右手中指上多了一枚戒指，还是金色的，细细的一圈箍在中指上。

她去看沈思晏的手，发现他中指上也戴着一枚戒指。

想起了那枚已经被她原封不动退回去的钻石戒指，连漪只觉得这人一招不行又换一招，实在太过无赖。

她伸手拍醒了他，将手指伸到他面前，问："怎么回事？"

沈思晏睁开眼睛，努力看清了她手上的戒指，又困倦地合上眼睛，手指交握住她的手指，嘴角带笑道："这用的是金牌提纯出来的黄金，黄金很少，只有四克，是我在实验室用火枪烧出来的。"

连漪一下哽住了："你用金牌烧的？那块世界金牌？"

"嗯，金牌分你一半。"沈思晏又抱了抱她，甚至没觉得哪里不对。

连漪费解："你是不是缺心眼？"

"连漪。"沈思晏睁开眼睛，环住她道，"是因为有你才有了这块金牌，没有你我不会来燕湖，更不会参赛。"

连漪安静了。

沈思晏用中指贴近她的中指，两枚戒指竟吸在了一起，连漪被吸引住了，问他："怎么回事？"

沈思晏得意道："我在里面掺了磁性物质，这两枚戒指是世界上独一无二的。"

沈思晏看着被打磨得光滑的细细的一圈指环，低低地说："我给你的爱也是独一无二的。"

连漪呼吸一滞，感觉心跳都停了。

良久沉默，门铃乍响，连漪倏地松开沈思晏的手臂，穿上鞋道："我去开门。"

沈思晏看见她的背影竟有几分落荒而逃的意味。

连漪拉开房门，一眼看到弓着身子站在门口的林余祐。

他一直是这样，大约是在画室坐久了，只要不注意就会散漫地弓着背。连漪以前经常提醒他，以至于后来林余祐一见连漪就习惯性地挺直背。

林余祐衔着烟不耐烦地站在门口，门一拉开，他就看见了连漪。

他眼神一错，没有和她对视。

"你怎么知道我房间号的？"连漪皱起了眉头。

林余祐拿下烟，低沉道："我们俩谈谈。"

连漪觉得荒诞，她抱起了手臂，盯着他问："我们之间还有什么好谈的？"

"我现在有女朋友了，我不会对你做什么。"林余祐说。

"所以呢？"

面对她冷淡的目光，林余祐脸色白了白，他艰涩道："我和她是去年年初看画展的时候认识的，那个时候因为她是学妹，所以我才多照顾她一点。"

连漪觉得好笑："然后呢，和我有关系吗？"

"她不知道我有女朋友，和你在一起的时候我没和她确定关系！"他的情绪激烈起来。

他激动的情绪让连漪感到荒谬，她道："所以你和我一分手就和她确定了关系，对吗？"

"我们那时已经分手了……"

"打住，林余祐，你不觉得你说话的逻辑很奇妙吗？不过有一点你说得对，我们已经分手了。过去的事情，对与错我都不想再追究，我现在只有两个要求：一、你不要再出现在我面前；二、你借的那一万八千元下个月之前还给我，否则我将采取法律手段拿回这份钱。"

面对她冷淡而又无情的话，林余祐怒不可遏，他一拳砸在了墙上，低吼道："连漪，你不要觉得有理就能声高，你做了什么你自己清楚，我和你已经分手了，你昨晚发消息给我女朋友，说的那些话是什么意思！"

连漪愣了半拍，一时没反应过来，对上林余祐怒气冲冲的眼神，她暂且不管他说的到底是什么有的没的，而是伸出手指点了点他的胸口，道："是我有理声高，还是你心虚，你比我清楚。

"还有，林余祐，你应该也不是今天才认识我，我是什么样的人你很清楚。别说我们现在已经分手，就算我们还在一起，你劈腿、出轨，我绝对不会去骂女方，而是骂你，林余祐，你不仅'渣'，你还脏。"

她纤长的手指毫不留情地戳在他的胸口，将他虚张声势的气焰戳了个洞，胸口的位置像被针扎进去似的疼，他脸色由白转青，惨淡一片。

门口吵闹的声音传进室内，原本以为是客房服务的沈思晏在听到争吵声后走了出来。

他将头发往后一掠，看见了门口的男人，而林余祐也一眼看见了房间里只穿着一条西装裤的男人，男人身上还有暧昧的吻痕。他瞳孔紧缩，嘴唇动了动，却没说出话。

沈思晏看见林余祐时还有些莫名其妙，见林余祐想去握连漪的手的那一刻，沈思晏的眼神冷了下去，他站在连漪身后，将她拥进怀里，冰冷地打量着他，在连漪耳边轻而缓地问："老婆，他是谁啊？"

以往沈思晏要是这样叫她，连漪是要抬手打他的，但今天连漪侧过头，轻轻地安抚地吻了他下巴一下。

沈思晏所有的戾气都在这蜻蜓点水的一吻里消弭殆尽。

这是她第一次在外人面前亲他，他愣住了。

"一个不重要的人。"她的手扣住了沈思晏的手心，温声问他，"怎么衣服也不穿？"

"没来得及。"他小声在她耳边说。

沈思晏的目光和林余祐的短暂相撞。

男人最能读懂男人，他嘴角微勾，哂笑一声，搂着连漪后退了一步，抬手便漫不经心地将门关上了。

林余祐险些被门砸到鼻子。

他听到门内以前只属于他的，连漪温柔缱绻的声音问另一个男人："怎么起这么早？"

男生暧昧低沉的声音说："你昨晚弄疼我了，你看都被你掐紫了……"

他再听不下去，攥着拳头狠狠一闭眼，匆匆离开了。

连漪听到了门外的声音，道："他走了。"

沈思晏脸色顿时一黑，他黑着脸从牙缝里挤出三个字："前男友？"

连漪难得心虚，搂住他的脖颈安抚道："你比他帅。"

沈思晏一把将她抱了起来，撞在门上。

连漪以为他是真生气了，吓得短促地尖叫了一声，搂紧了他的脖子。

沈思晏缓缓靠近她的耳侧，在连漪无端紧张的时候却在她耳边笑了："现在我信我不是他的替身了。"

连漪反应过来，搯住他脖子道："这么多天你别别扭扭的，就是因为这个？"

沈思晏叹了一口气，说："不全是。"

"还有什么，你不如都说了。"连漪捶他。

沈思晏搂住她双腿的手臂掂了掂，他扬着下巴问她："到现在为止，你有一点儿爱我了吗？"

他说的是"爱"，不是"喜欢"。

若他说的是喜欢，连漪能回答他：是的，我是有一点儿喜欢你了。

可他偏偏说的是爱。

连漪沉默了一会儿，摸了摸他的脸，轻声说："别闹了，早点回去了。"

沈思晏盯着她看了一会儿，对上她闪躲的视线，他微微一垂眸，收敛了所有神色。

将衬衫捡起，低头将扣子一粒一粒地扣上。

连漪在洗手台前洗漱，沈思晏靠在门口扣袖扣。连漪洗完脸擦了擦手，见他还在摆弄扣子，她向他走过去，问他："怎么了，袖子不好扣吗？"

"嗯，不好扣。"沈思晏顺势将手递给了她，看着她低头给他扣上扣子，他嘴角微弯。

他们戴着同样戒指的手挨在一起，有一瞬间，沈思晏甚至觉得他们应当快进到三餐四季了。

可惜，只是想想。

给他整理好袖边，连漪轻拍了一下他的腰："外边冷，把外套穿上。"

沈思晏展开外套穿上身，一身西装更显得他肩宽背阔、身形颀长清隽。

连漪对自己的眼光很是满意。

沈思晏来时带的东西很简单，一辆车，一个电脑包。下楼退房的时候，他一只手交握着连漪纤长的手指，一只手轻轻松松拎起连漪的行李箱，连漪则帮他提着电脑包，如一对普通情侣那样退了房。

早上人前的吻和现在磊落的牵手，都给了沈思晏一种错觉，让他觉得，即便一直这样没名没分下去也……无所谓了。

至少，陪在她身边的人是他，牵她手的人是他，给她戴戒指的人是他，他走完那九十九步，只要她开口，最后一步，他也会向她走过去。

只要她开口——

退了房卡，他们坐电梯一块儿下到地下停车场，沈思晏开了车锁，停在中间的保时捷一亮。

连漪不是车迷，乍然看到这款车的时候都惊叹了声："车型真好看。"

沈思晏打开后备厢将箱子放进去。他笑道："喜欢吗？"

连漪拉开车门，倚着车门笑："怎么，能送我啊？"

"你喜欢，这车明天就去过户。"

连漪笑他："是你的车吗，这么豪横？"

沈思晏关上后备厢，说："是不是，过个户不就知道了，不过这车一般，你喜欢的话带你去我家车库选。"

送几十万元的车他说出来像送一双鞋这么简单，连漪从来不过问他的私事，还是忍不住点了点他道："你爸妈知道你这么败家吗？"

沈思晏困惑道："钱赚了是用来花的，不然赚钱干什么呢？"

他这话将连漪说愣了，连漪想了想，道："你说的倒也是。"

要返程了，连漪给裘玉发了条信息，告诉裘玉她回去了。裘玉没有回复，大概是还没有醒。

想起林余祐今天早上的发疯，连漪心里有些猜测，但这些猜测不能明说，她和裘玉道：我和林余祐分手已经快一年了，事已至此，我和他老死不相往来，他现在和谁在一起，我也不在意了。

车驶上了高速，八点多的时候裘玉回复她：你真是佛系。

爱恨嗔痴都是因爱而始，没有爱，哪来的恨嗔痴。

车在高速上飞驰，沈思晏问连漪："在看什么呢？"

"和朋友聊天。"连漪随口道。

沈思晏瞅着她，开玩笑道："男的女的？"

"干吗？吃飞醋啊？"连漪笑他。

沈思晏叹息道："我坐在你旁边你都不和我聊天，我有那么无聊吗？"

"逗。"连漪放下手机，手支在窗沿，侧头看他道，"你想聊什么？"

沈思晏目视前方，想了想，说："嗯……你有没有想去旅游的地方？"

连漪说："我挺想去新西兰玩一次跳伞，不过只敢想想。"

"为什么？"

连漪笑着说："我恐高啊。"

沈思晏点点头说："啊，我也恐高。"

二人对视一眼，笑了。

连漪看着窗外飞速倒退的风景，自言自语道："换一个不恐高的项目……那就潜水吧。"

沈思晏应和："好，我们下个月去潜水。"

"嗯？"连漪回过神，问他，"你比赛比完了？"

"快了。"沈思晏很轻松地笑着。

他身上有最为朝气的自信，鲜活生动，连漪说："我真有点儿羡慕你。"

"羡慕什么？"他又问。

车驶出一大段距离了，但天上的云团依然遥遥地在远方。

连漪收回视线，说："可能现在环境适应了，有点儿无聊了。"

"什么环境？"

"工作，其实算起来我在这家公司待了有四五年，一开始还觉得挺有挑战的，不过到今天，发现可能自己水平只够在这样一个水平线上，工作的成就感还没身上的病来得多……"话说到这儿，连漪觉得说出口的抱怨自己听起来都刺耳，她收了音，笑了笑。

"可是在我眼里，你已经很厉害了。"沈思晏认真道。

"是吗？"连漪不置可否。

当然是真的，放眼国内，在考研英语培训这一块儿，连漪的名字已经是在top（最高）的位置了，只看那一天燕湖大学的讲座就知道，那样大的会场座无虚席，甚至没有一个提前退场的。

她的学识、钻研能力和与生俱来的气度，都是她独一无二、无可替代的理由，只要她站上讲台，这些就是支撑她发光发亮的最佳资本。

沈思晏眼里的连漪，在哪儿都是优秀和卓越的，就像过去她告诉他的——永远向上走，不甘于平庸。

沈思晏顺着她刚刚的话往下想，他问："如果能换一份工作，你会想做什么？"

"读博吧。"这次连漪的回答没有犹豫。

沈思晏却犹豫了，他手指在方向盘上敲了敲，轻声道："完了，压力好大啊。"

"嗯？"连漪看他。

沈思晏想的是他还有一年本科、三年研究生，要猴年马月才能追得上她呢?

　　"我努努力。"沈思晏给自己打气。

　　连漪:"努力什么?"

　　他笑着和她打谜语:"努力,够着月亮。"

　　"什么意思?"连漪没有理解。

　　沈思晏扬起眉,笑着,却没有解释。

第七章

背离

　　身为打工人，涟漪回京市后，第一时间回公司销假，接着上班。

　　一走进公司连漪就觉得公司的氛围和以往不太一样了。以往大家一进门就有说有笑的，今天气氛格外沉闷，各自低头各做各的，安静得隔着几扇门都能听到远处客服部在打电话的声音。

　　"组长好。"有人和她打了声招呼。

　　连漪点点头，凝眉问："今天都怎么了，这么安静？"

　　"还不是……"那人陡然降低了声调，说，"昨天开了个会，说要搞薪酬改革，那个宋姐一不高兴，就……唉！"

　　隔墙有耳，他只好长叹一声。

　　这"唉"得连漪满脑袋雾水，她高高挑起了眉头："难不成打起来了？"

　　那人低声道："反正，你去看看公司发的新文件就知道了。"

　　"好，谢谢。"

　　连漪打了卡，将包放进办公室里，将桌面电脑打开。

　　她昨晚只浏览了一下邮箱，公司群里昨天的消息也只有一句"下午三点会议室开会"。

　　晚上的时候群里发了一份会议记录的压缩包。

　　周一例会一般就是反反复复那几件事，她便也没急着看。

　　连漪在电脑上打开压缩包，在几个文件里一眼看到了那份《关于薪酬体系改革建议的说明》。

前面部分都可以忽略，她直接下拉到内容里，第一部分是说薪酬总量有变化，实施全预算管理，接着又说了各个部门统筹规划和业绩考核标准，在业绩考核里教学部多了一些标准，是关于APP推销和课程推销。

也就是说各位老师不仅要教学，还要推销课。

这项标准应该是在新老师中争议比较大，连漪进公司早，知道公司早期其实也是有这个标准的，只是后来慢慢做大了，为鼓励老师专心教学，才把这一项剔除了。

现在又加回来，无非是市场竞争又激烈了，公司的流量不如以前了。

很多老师进他们公司就是觉得大公司没有小机构那些乱七八糟的事，现在公司上面搞这么一出，下面可不乐意了。

但是宋苒又是怎么回事？还有一直传她要跳槽的消息又是真是假？

连漪按着圆珠笔摁了两下，想了一会儿，她起身推开椅子，拿着保温杯拉开办公室门朝隔壁走去。

她叩了叩门，里面传出一声拖着长音的"请进"。

门一打开，看到是她，坐在办公桌后的短发女人脸色立马变了，冷淡道："有什么事？"

连漪掩上门，笑着问她："怎么，吃枪药了？"

宋苒语气依旧生硬："没您生活愉快。"

"这么不愉快，真要跳槽？"

宋苒面容稍僵，随即又冷笑道："我要跳槽你不高兴？"

"我发现你这人说话真不中听。"连漪扫视了一下办公室，走到饮水机旁接了一杯温水，道，"咱俩是英语组的左右肱骨，你这半边肱骨走了，事都压在我这半边肱骨上，你说我能高兴吗？"

或许是她放松的姿态感染了宋苒，宋苒没那么紧张了，拆她的台说："还自比肱骨，真不要脸。"

从宋苒的说话风格就能看出来他们部门关系还很单纯，没什么钩心斗角的，不然宋苒这张嘴，那真是得招人恨个好几百回了。

连漪转开话题问她："弘学给你开多好的条件啊？"

弘学和他们公司齐头并进多年，算是老对手了。

宋苒"喊"一声："弘学早没落了，去那儿连口汤都喝不上。"

连漪笑："听你这话是真有点什么打算了。"

宋苒反应过来，连漪刚是诈她，她气笑了，指着连漪说："我发现你这人真是城府深沉，笑面虎似的，把所有人都骗得团团转。"

连漪毫不在意她的指控，她握着保温杯淡淡说："是你有偏见。"

宋苒戳穿她："你能说这公司有一个你能交心的人吗？"

"你有吗？"连漪反问她。

宋苒伶牙俐齿："我行得正坐得直，和谁我都敢说心里话。"

你这叫缺心眼。

连漪叹了口气，不准备和她掰扯这个问题，她问："昨天开会，你和老板拍桌子叫板了？"

宋苒一拳打在棉花上，顿了一下，生硬道："教学部业务要增加了，你不知道吗？"

连漪拧眉："昨天开会说的？"

宋苒没好气地说："他要从教学部中抽一批人专门去搞离线课程，直播班被砍，相当于只剩一个底薪了，你看看这个月多少人要走吧。"

"在线和离线不是一直都双线并行的吗？怎么突然要把离线课程单抽出去了？"

"让业绩不好的一批人滚蛋呗。"

连漪说："你是太悲观了。"

宋苒冷嘲道："你别幸灾乐祸，兔死狐悲的日子还多着呢。"

办公室门被叩了两下，门外的声音说："宋老师，主管找你。"

"好，等会儿。"宋苒应了一声。

连漪说："一起共事这么久，还没单独约过你，今天晚上约个饭？"

"吃什么饭，气都气饱了。"宋苒顶了一句，见连漪一脸的"果然如此"，她气不过，刻意为难连漪，"吃饭不如蹦迪，走不走？"

蹦迪没到一两点散不了场，第二天又要上班，连漪算是舍命陪君子了，她对上宋苒挑衅的眼神，盖上保温杯盖子，道："好。"

宋苒就受不了她这不温不火的劲儿，食指叩桌道："你要是不乐意就算了。"

"我都应下了，还要怎样？"连漪无奈，觉得她实在能无理取闹。

宋苒说："你心不诚。"

连漪反唇相讥："你是菩萨吗？见你之前要先焚香才算心诚吗？"

"露出真面目了吧，心里不知道怎么编排人，脸上还笑呵呵的，虚伪！"宋苒再次批判她。

连漪拧紧保温杯盖子："把没素质当直率，你也差不离。"

"我哪儿没素质了？说别人没素质的人恐怕自己才……"

几乎同时，门被拧开，有人探头道："宋老师，主……"

两人话匣子都一起被卡住，站在门外的人将里边的话听进去半截儿，一脸震惊，率先道："对不起，宋老师，连老师，那个，你们先聊。"

聊个什么，再聊得打起来。

连漪冲人招手道："你进来吧，我没事了。"

她转身往外走，身后宋苒别别扭扭地"哎"了一声，扬声道："说好的事，下班一块儿啊。"

那人和连漪擦肩进来，试图缓和气氛，道："宋老师，下班什么事啊？"

"噢，和连老师约好一块儿去参加一场人民艺术演出。"宋苒面不改色。

第一次听到把蹦迪说得这么清新脱俗的，连漪嗤笑一声。

虚伪！

连漪回到办公室，想着宋苒的话，她又将那份文件仔细看了一遍。

不管是薪酬体系改革，还是把离线课程再拆分出去，对连漪而言其实没有太大的影响，工资也还是一样的工资，甚至某种程度上还减轻了她的工作量，只是宋苒用四个字就说明白了看到这份文件的感受——兔死狐悲。

公司这把"改革"之火暂时还没有烧到她们身上，但再过半年，甚至再过一年呢？

谁能保证自己的职业生涯没有低谷期，不会成为那颗弃子呢？

没有人能这样保证。

底下员工对公司的改革颇多訾议，但也不难理解公司的做法，归根结底，是人力冗余，效益不够，明为换岗，实为裁人。

只是这样的改革多少让人有些心冷。

其实在正式条文下来之前，公司里早就有迹象了，这几个月少了许多熟面孔，就像温水煮青蛙，大家私底下闲谈几句以为此事也就过去了。

连漪身为组长却是知道频繁的人事交接背后不是普通离职那么简单。

有些人是被劝退，有些人是自己跳槽，还有些是被"冷藏"不得不另谋出路。

这些人都是在公司工作三五年的老员工了，最后除了一笔经济补偿金，什么都没有了。

辞退了这些老员工，公司拿着这一笔人力资金再去置换更低价的人力资源，如此循环，似乎一本万利。

可一家公司对待老员工的态度都冷漠至此，又何谈长久？

连漪的工资在同行中已是相当可观，似乎只要她不出差错就能四平八稳地一直持续下去，但连漪自己心里清楚，她的课程之所以火爆，除了她自身的原因，离不开公司做幕后推手。

他们无限放大她身上的亮点，譬如学历，譬如颜值，以"网红教师"的噱头将她推上神殿。

实力固然是支撑着她不垮台的重要原因，但也不可否认营销的作用。

公司今日能因为她是燕湖大学的硕士就给她造势，日后如果进来一个博士，公司照样还能推别人上去。

职场上永远只有难以替代，没有不可替代。

昨晚，因为沈思晏的打岔她还没有回复电子邮箱里导师发来的邮件，在一天的慎重思考与权衡后，连漪写下了回信——

Dear Prof. Wu,

On reflection, I want to tell you that I am ready to study for a PhD. My ideal university is Oxford or Cambridge, for which I have made full preparations. Thank you very much for your trust and attention to me. I will continue to work hard with your expectation...

（亲爱的吴教授，经过再三考虑后，我想告诉您，我已经准备好攻读博士学位了。我理想的院校是牛津或者剑桥，我已经为此做好了充分的准备。非常感激您的信任与关注，我仍会依照您的期望继续努力……）

她将回信上的每个字都反反复复读了好几遍才将邮件发送出去。

她郑重其事，是因为她知道这意味着她选择了一条必然艰难的道路，必然要开始新的人生征途。

抬起头是理想，低下头是生活。

从浩瀚的学术理想世界回归现实，仍要面对的是休息一天后堆成山的工作。

她上午忙着做教研，下午上完直播课又开小组会商讨关于公司制度改革的各项事务，开完小组会接着又是部门会议，参加完部门会议又批在线作业，连轴转到下班已经七点半了。

扔在办公室里没有时间看的手机被消息"轰炸"了，未读消息特别多，除了一些群消息，便是家人发的消息。

忙乱忙乱，就是越忙越乱。

第一条便是沈思晏发的，他问：今天什么时候到家呀？配图是一个可可爱爱的猫猫头表情包。

连漪浅笑一下，笑容又渐渐收敛了。

她已下定决心要出国读博，她清楚地知道这个选择唯一会伤害到的人就是沈思晏。

一旦申请成功意味着她就要远赴他国，这不是十天半个月而是三四年，甚至很可能继续留在国外工作，在国外……成家立业。

已知这是一段不公平的、不能回应的感情，与其各自蹉跎，不如就此打住。

她生来理性，深知"智者不入爱河"，有些错误，犯过一次就够了。

"思晏"，她打下这两个字，然后顿了很久才慢慢写道，"今天晚上我和同事聚会，你不用等我，明天晚上你有时间吗？我们好好聊聊。"

"好。"他很快回复她，"早点回来，我等你。"

细小的隐痛密密麻麻地泛开，连漪退出和他的聊天页面，她刻意翻开其他消息试图转移注意力，让自己忽视心里那一点点的痛感。

好在连城还算有好消息，他之前参加了一个比赛拿了第一名，这就发了一块金牌的照片过来耀武扬威，连漪心情稍微回暖，发了红包给他，鼓励他再接再厉。

因为有连城的好消息，大伯母也来问她周末晚上有没有时间去他们家吃饭，庆祝连城拿了冠军。

连漪回复了"好"。

她后知后觉想起来，沈思晏上次也拿了冠军，好像她还没有和他一起吃过一顿庆祝的饭。

她低头看着手上的朴素无华的小戒指，想到这便是沈思晏那块金牌，不自觉地摩挲了一下。

心里像有一条波澜汹涌的河，翻腾着拍打着心岸，只是再汹涌也冲不破山峦的阻隔，她要走向远方，又怎么能够就此驻足。

下班已有段时间，宋苒发来消息问："什么时候走？"

"就来。"连漪收拾了东西，关了电脑、空调，起身下班。

出门时正好碰到宋苒也从办公室出来，她打着电话，朝连漪一抬下巴，当作打招呼。

"晚上九点半之后吧，去早了没什么好玩的。"宋苒和电话那边的人说，"那就这样定了，你们过来了再打电话。"

她挂了电话，和连漪解释："我有两个朋友待会儿过来，四个人好开卡座，你要叫朋友一块儿来吗？"

连漪想到了沈思晏，去玩的话其实也可以叫上他，只是她想想又觉得酒吧不是什么好地方，喝酒泡吧乌烟瘴气的，连她自己平常都很少去，还是不叫他了。

她道："我不叫了，你带你朋友就行。"

"好，那你是现在回去换衣服吗，就穿这个可不行。"

连漪想了想道："下楼去买吧，我没那种衣服。"

宋苒的风格都很open（开放的），喜欢又短又小的上衣。一件抹胸，一条喇叭裤就搭好了，极具20世纪90年代的复古风格。

连漪在服装店里来来回回绕了好几圈，最后看上一条有挂链的小黑裙，除了裙摆短到大腿中央还往上一截，基本就是连漪以往的穿衣风格。

连漪看了看时间，八点半，再过半个小时就九点了，她干脆道："我就买这套吧。"

宋苒拦住她："这身适合你，试试。"

她手上是一条酒红色的小皮裙和一件黑色的低领上衣，非常火辣。

连漪一开始是拒绝的："我不要。"

"试试啊，试试又不会掉块肉，我等你。"宋苒把她又摁回了试衣间。

宋苒眼光毒辣，一眼看出了这身衣服是契合连漪气场的。

连漪掐腰照了照镜子，V领收腰上衣下摆完美地收进酒红色的皮裙里，上身的黑衬得锁骨白皙鲜明，下身的酒红色更显腿白。

宋苒帮她将扎起的头发松开，黑墨一般微卷的长发披散在肩后，宋苒又将她额前的长发抒向耳后。

她像从舞台上走下来的idol（偶像），清冷的气质被酒红色的紧身裙拉入世俗。

不正经但惊艳。

生活需要一点情趣，连漪当时想的是，不穿出门买回去穿给沈思晏看也不错。

最后连漪还是买下了两套。

"你家远吗，不远的话去你家化个妆吧。"宋苒说。

既然是去放松的，当然要美美地出门，连漪颔首："打车过去二十来分钟，收拾得快应该不会花太长时间。"

宋苒爽快道："行，那就去你家。"

打车回去，把宋苒领上楼的那一刻，连漪觉得人与人之间的缘分真是说不清楚。

好几年了，她们的关系已经是公认差得不行，宋苒一直对她鼻子不是鼻子眼不是眼，只要一见面就阴阳怪气的，没想到有一天宋苒竟然也会以朋友的身份被她带到家里来，真是不可思议。

怕沈思晏在家，开门之前她还给宋苒打了预防针："家里可能有人在。"

"你父母吗？"宋苒问。

"不是。"

门一打开，屋里是黑的，连漪眉头微皱了一下又松开，想着沈思晏大概还在学校没有回来。

她打开灯，指指鞋柜道："鞋在这边，随便穿。"

宋苒看到摆在门口的黑框照片愣了一下，问连漪："这是……"

"我爸去世了。"她轻描淡写。

"噢噢。"宋苒双手合掌，客气礼貌地冲照片道，"叔叔好，打扰了。"

她较真的态度让连漪觉得有点好笑，毕竟，她都没有这样认真地拜过他。

"你现在是合租吗？"宋苒问她。

连漪："不是，去年买的房子。"

"哇，这房子不便宜吧，你结婚了吗？"宋苒摘了包，又撑着鞋柜脱鞋。

"没有。"连漪说。

"你父母不在，你又没有结婚，家里还能有谁啊？"宋苒边换鞋边问。

连漪没有回答她，她道："你喝水吗？"

"喝，矿泉水有吗？"

"有。"

宋苒穿上拖鞋，看到了鞋凳旁边的男士拖鞋，她想起了刚刚问的问题连漪还没回答，她反应过来道："你说家里有人，是你男朋友吧？你们同居了？"

因为沈思晏没在，所以对宋苒的猜测连漪没有否认，她递过一瓶矿泉水给宋苒，只道："他偶尔过来，没有同居。"

"我记得你男朋友来过公司吧，是经常来看你的那个？"

"哪个？"连漪自己都不记得了。

宋苒想了想："就是那个头发挺长、像个艺术家一样的，长得也还可以。"

她一描述，连漪就知道她说的是林余祐，她立刻皱眉解释："不是，那已经是过去式了。"

宋苒吃惊："啊，我怎么记得公司里还有人说他都向你求婚了。"

好事不出门，吃瓜传千里，连漪有点儿无奈："去年就分手了，他是求过婚，不过我还没有结婚的打算。"

宋苒啧啧："常言道，不以结婚为目的的谈恋爱都是耍流氓。"

没听过这样的道理，连漪对她的话不置可否。

人都是一聊八卦就刹不住车，宋苒又追问："那你现在这任呢？是哪一行的？"

连漪没有说他还是学生，只轻描淡写地说："他学计算机的。"

"搞IT的？那收入肯定挺不错的啊，中关村的吧，哎，你男朋友身边还有什么单身的优质男性吗？有时间给介绍介绍呗？"宋苒都眼热了。

"我对他身边的人也不了解，以后再说吧。"连漪说。

一天下来，早上化的妆多少都浮粉脱妆了，她们俩先卸妆再化妆，这么一弄少不得二三十分钟过去了。

连漪有点洁癖，用过的卸妆巾她都要丢进垃圾桶，湿了的水池台面也要用纸巾擦干到一尘不染。

宋苒敷着她的面膜，站卫生间门口还吐槽她："你处女座的吧？"

"是啊。"连漪说。

"我知道了，怪不得我一直看你特不顺眼，我是射手座啊，我和处女座那可是不共戴天的关系！"

连漪不信什么星座玄学，觉得这东西特无聊，她擦干手对宋苒说："信这种东西是没事找事。"

"哎，你不信啊，我告诉你，星座是真挺准的，你不信你上网搜搜，你男朋友是什么星座，找人给你俩算一算，保准特准。"

连漪换了两个字："无聊。"

宋苒在卫生间卸妆的时候，连漪为了方便两人化妆，将化妆品都从卧室挪到了客厅，宋苒从卫生间出来的时间，她已经上好底妆开始画眉毛了。

"今天你就不要整那种小清新了。"宋苒用纸巾擦了擦手，从眼影盘里挑出两盘颜色最夸张、亮片最闪的，和连漪说，"这两盘一看你平常就不怎么用，不如今天眼妆就用这几个颜色了。"

连漪不太想用："这两个盘我买来收藏的，盒子我都还没拆开过。"

"眼影买来不用，那买了有什么意义啊？你要是信得过我，我给你化。而且都说了是去酒吧玩，你化那么淡的妆，光一暗连五官都看不清，还玩什么呀。"宋苒拿起了眼影盘子。

连漪化妆喜欢化淡妆，但宋苒不一样，她喜欢下重手，橘色和灰色眼影大面积铺开，眼尾加一抹红，再画两条猫一样的上挑眼线，顿时连漪整个人的气场都变了。

从清冷，变得有那么一点儿魅惑。

宋苒自己画的则是修饰眼形的上挑眼线，大地色眼影将眼眶修饰得深邃，搭上宋苒今天的一身工装辣妹风，走的是酷姐风。

七七八八搞了将近一个小时，没时间再收拾桌子，连漪最后补上口红，拎上小羊皮链条包，换了一双及膝的长靴，在宋苒朋友电话的催促下，匆匆和宋苒出了门。

"叫车吗？"宋苒问。

"开车快，我开车过去。"连漪说。

"那你待会儿回来怎么办？叫代驾？"

"不然呢，我还能酒驾吗？"连漪按了B1层。

下到停车场，入口处的汽车正发出压过减速带的声音，一辆跑车车头从车库门口露出来，宋苒看到了车标，诧异地对连漪道："住你们这儿的土豪挺多啊。"

"什么土豪？"

"你没看见吗？刚刚进地下车库的那辆车，阿斯顿马丁啊！"

连漪对阿斯顿马丁不感兴趣，她找到自己的车，开了车锁，朝眼睛都盯直了的宋苒道："我车在这儿，看这儿，上车。"

宋苒上了车，仍然念念不忘："你怎么对阿斯顿马丁没一点反应？"

"因为没兴趣所以没兴趣。"连漪将钥匙插进钥匙孔，和宋苒说，"把你的安全带系好比什么阿斯顿马丁重要。"

"你这雷克萨斯也不错，我以为你这样的只买旁边那种奔驰。"

"旁边那辆奔驰？"连漪一抬下巴，重复她的话。

"对啊，怎么了，难道不是奔驰？"

连漪说："我的。"

宋苒有点气，酸溜溜道："你怎么不说刚刚的阿斯顿马丁也是你的？"

"真酸啊。"连漪算是看透宋苒了，她笑着，视线放在后视镜上，盯着后视镜倒车出库。

车库灯光晦暗，阿斯顿马丁和雷克萨斯擦肩而过，宋苒挨着窗口看，看见对面驾驶室坐了一个模样年轻、侧颜俊气的男生，她长叹一声。

富二代，有钱还有颜，老天真是偏心。

就是不知道这样的男人，最后又会偏心给什么样的女人。

沈思晏总觉得刚刚好像看见连漪的身影了，但一晃而过没看清，他将车停在车位里的时候，停车场已经没人了。

想来是看错了，连漪说约了同事，大概还没有回来吧。

沈思晏乘电梯上楼，走到门口他就隐隐有种预感，输密码开门，推门，客厅的灯居然都还亮着。

"连漪？"他喊了一声，但没有回应。

沈思晏关上门，一走进去，看到的就是一片狼藉的客厅。

有一瞬间，他以为家里被掳掠了。

茶几上堆满了化妆品和纸巾，接着又看到地上的包，是连漪早上背着的那个。

沈思晏在房子里转了一圈，没看到连漪，他又去厨房看，电饭煲、微波炉、电磁炉都是冷的，说明没有开火。

连漪回来过，但没有在家里做饭，她的包还落在家里，说明是下班以后才回来的，桌面上堆满了散乱的化妆品，说明她是化了妆才出门的，而且走得很急。

如果是和普通同事约会，不至于这么郑重其事，所以，要么是去见很重要的人，要么是去特殊的场合。

沈思晏蹲下身，将用过的纸巾收进垃圾桶，将散落的化妆品一件一件地合拢收起，脚步一动，踢到了东西。

他低头看，看见了两个袋子以及袋子里的衣服。

他将第一个袋子拎起来，里面的衣服赫然是连漪今天穿出门的那身针织连衣裙，他又将第二个袋子里的衣服拿出来，是一条……布料极其稀少、展开还没有他一条手臂长的短裙。

沈思晏比画了一下，觉得这条裙子只够遮住连漪大腿往下一点。

他不冷静了，在袋子里找了找，找到了一张小票，小票上标着有三件衣服，除了小黑裙还有一件V领上衣和酒红色皮裙。

连漪穿着V领上衣和酒红色皮裙，郑重地化了妆在晚上约了人见面。

她说是和同事聚会，和同事聚会有穿成这样的吗？

想到这儿，沈思晏手臂都气得抖了起来，有一口气像被堵在中间，郁闷得他心口不停地反酸。

他想起了那天送连漪到楼下的男人，西装皮鞋一丝不苟，他张开手臂去抱连漪，而连漪也自然而然地回应了他。

他知道那只是一个拥抱，什么都代表不了，可是他还是忍不住地想，那个男人是谁？他和连漪是什么关系？连漪不让他陪她去医院，是因为有人陪了吗？

委屈，想发泄，想怒吼，想问她那个男人是谁，可他什么都做不了。

他怕听到真相。

他知道她不会骗他，而一旦他最怕的可能成真，她给他的这一场镜花水月就会被打得粉碎。

他只是一条卑微乞怜的狗，怎么能渴望月亮奔他而来。

疼痛唤回理智，他的掌心按在修眉刀上，修眉刀扎进了手心里，他抬起手，刀片叮当一声掉落，蜿蜒的血顺着掌纹脉络淌下，在白净的茶几桌面迅速汇集。

他脸上没有表情，只是怔怔地看着手心的血，良久，他才扯出一张纸按在伤口上。

连漪去哪儿了？

不用找，他打开手机，点开自设的小程序，上面一个小绿点在飞快移动。

他坐在沙发上躬着腰盯着屏幕，他的手心还受着伤，他不在乎，一直盯到绿点停止移动。

她在酒吧。

宋苒显然是酒吧常客了，她在这儿轻车熟路，先带连漪寄存包和手机这些贵重物品，随后进场找到卡座位置。

宋苒的那两个朋友提前到了，都是女生，一个是在外贸公司工作的会计，还有一个是传媒大学的学生。

有宋苒暖场，三个人第一回见面也没特别尴尬。

今晚是出来玩的不是来上班的，连漪也很放松，和宋苒的两位朋友边喝酒边聊天。

酒吧开卡座有消费要求，她们一桌女生，点的酒也都是度数低的，高度数的那几瓶只摆在一边凑数，没有开。

开始大家的话题都很正经，在酒吧里聊工作，聊学业，客客气气的。

宋苒下舞池玩了一会儿，回过头见那仨人都八风不动地坐那儿，纯粹是来聊天的，她又跑回来把三人都赶了起来。

DJ声音一开，嘈杂得耳朵都听不见说话声，很快大家就不得不被带动起来了。

她们这一桌都是女孩子，颜值还高，酒吧昏暗的灯光下个个赛西施，先是来了搭讪的，很快又有送酒来的。

宋苒跳累了就下场喝酒，指着几瓶新酒大声问："这都谁送的？"

隔着几个卡座的位置有男人朝她们举起了酒杯，宋苒招来服务生，让服务生又回了两瓶酒过去。

玩归玩闹归闹，酒吧里乌烟瘴气各种各样的人都有，但宋苒说了只是带朋友来玩就不打算和别人拼桌，有人想来"交个朋友"，大部分都被她三言两语挡了回去，挡不回去的就喝酒。

"许年，你看那桌真热闹。"

"这儿哪桌不热闹？"许年反问。

他朋友冲他大声道："不是你说要找热闹吗？这够热闹了吧？"

许年叹笑道："太热闹了，我头都大了。"

"咱俩也别坐着了，走，过去凑热闹。"

有一桌人见宋苒酒量可以，非拉着宋苒玩骰子，看宋苒连输三局连漪就知道不对劲了，她想拉开宋苒，可宋苒暴脾气上来了，非要翻盘，最后连漪和另外两个妹子也被按下了。

连漪旁观了几局，搞明白游戏规则了就开始上手，她运气比宋苒好一点，三盘里能赢一两盘。她喝酒也不猛灌，一口一口地细抿。

美人总有特权，喝酒也赏心悦目，倒没人灌她。

玩了几盘连漪和宋苒说："差不多了吧。"

"早着呢！"宋苒血性都输出来了。

时间逐渐从九点到十点又走向了十一点，适应了噪音冲击后连漪开始觉得有些疲惫了。

身后传来一个声音道："你们这样欺负一群小姑娘不太好吧？"

两个男人走过来，昏暗晃眼的灯光下连漪竟觉得这两个人有几分眼熟，她多打量了几眼。

"哥们，和我玩玩呗。"那男人又说。

"来啊。"和连漪一块儿玩的那桌人道。

那男人又扭头问身边的朋友："你来不来？"

"我不会，不来。"被他搂着肩的男人无奈道。

"行，那你看着吧。"

连漪按了按额头，俯身和宋苒说她想去卫生间。

宋苒这才丢开骰子，说："你们玩，我陪我朋友去洗手间。"

许年被吵得脑仁疼，也起身去了卫生间。

靠近卫生间的位置灯光亮了，声音也没那么嘈杂了。因为是早场，还没什么醉得到处吐的，卫生间还算干净。

许年跟在两个女生身后，默不作声地随着她们一路到卫生间。宋苒难得遇到一路这么太平，她回头看，看到的是加入游戏的那男人的朋友。

男人抬了下手，表示自己没有什么企图。

灯光大亮，宋苒和连漪进了洗手间。

上完洗手间，连漪再洗个手，神志清醒了许多。酒吧里烟缭雾绕，尼古丁刺激着她的神经，兴奋过后感到一点疲惫，她撑在洗手台旁等宋苒出来。

男洗手间走出来好几个人，连漪让开位置。走到她身边的男人说了声"谢谢"。

"你是？"连漪按着额头，眯起了眼睛，"张……不是，许……"

"许年。"

"对，许年。"

她的声音让许年感到耳熟，但化着浓妆的面容陌生，许年不确定道："连漪？"

"巧啊，怎么今天你也在这儿？"连漪说。

"是挺巧的。"许年感到一点震惊和滑稽，"我真是没认出你。"

原本就没打过几个照面，认不出也正常。连漪笑了笑，不太在意。

许年又问她："最近在忙什么？"

这和国人常问饭吃了没差不多，一句客套话。

"还能有什么事，无非上班下班。"她笑。

连漪想起之前她妈介绍许年是英国大学教授，她问许年："听说你在英国工作，是在英国哪所大学任职啊？"

"Durham（杜伦大学），你呢，你之前在哪儿做交换生？"

"Cambridge，算是一年的gap year吧。"连漪说。

"那很不错啊，为什么没有继续申请Cambridge的PhD（博士），有认识的导师的话，套磁都可以省了。"

"研究生那段时间写的论文投稿被拒稿拒到崩溃，压力太大了。"

许年道："上坡路难走，所有人都是这样。"

"最近和导师联系了一下，还是决定回去再读个PhD。"

"燕湖吗？"

"不……Cambridge或者Oxford吧。"

"那国内呢，准备辞职了吗？"

"有打算吧。"

"佩服你的勇气，我硕士是在Oxford，那边我很熟的，你相信的话，有问题可以来找我。"

"谢谢。"

他们短暂交流了几句，宋苒走出来的时候挂在连漪身上，朝许年抬抬下巴道："他谁啊，你们认识？"

"你好，我叫许年，和连漪是朋友。"他向宋苒伸手。

宋苒和他握了一下，笑道："既然是熟人，那一块儿来玩啊。"

许年不好再拒绝，便应下了。

一群人一直玩到将近两点才散场。

抵不住一轮一轮地灌酒，走出酒吧的时候连漪脚步已经开始打飘了，宋苒更过一点，几乎是被半拉半扛出来的。

宋苒另外两个朋友则在十二点的时候就已经回去了。

许年扶着连漪，他朋友则扶着宋苒，走到门口的时候，宋苒指着马路对面，大着舌头道："连漪，你看，阿斯顿马丁！"

连漪头疼。

她没有宋苒醉得厉害，只是走路有点儿飘，她扶着许年的肩膀说："麻烦你帮我们叫两台车吧。"

"叫你朋友来接你们吧，不然打车回去也不安全。"许年说。

"朋友……"连漪从包里翻出手机，"那我叫人来。"

她在手机上点了好几下也没点到通讯录，她晃了晃头，只觉得一片眩晕想找个地方靠着，脚步一抬，脚下就踉跄了几下，许年一把抱住了她。

连漪撑着他的手臂道："不好意思……"

"你要打给谁？"许年给她点开了通讯录。

"打给……"

是啊，打给谁呢。

想来想去只能打给沈思晏，可沈思晏在哪儿，会不会在学校？这么晚了，早就休息了吧？

"对不起，我有点想吐。"连漪话一说完就捂着腹部，对着路边的垃圾桶就呕吐了出来。

许年拿出手帕递给她，连漪没接，许年撑住她，用手帕给她擦了擦嘴和被弄脏的衣领。

宋苒忽地大叫，指着马路对面道："啊，大帅哥！"

当时一切都发生得很快，像是电影里的快镜头，从马路对面走来的人一拳打在了许年脸上。

宋苒尖叫道："你怎么打人？"

连漪留了两分神志，被人箍着肩膀不容反抗地揽进怀里的时候，她仰起头眯着眼睛辨认道："沈思晏？"

"别碰她。"青年低哑的声音带着恨意朝另一个男人说。

许年捂着脸，在酒精麻痹下感觉都有些迟钝了。好一会儿他才反应过来被打了，比他先还手的是他的朋友，也不知道怎么就扭打成了一团，路边行人避退三尺，连漪只来得及抱住沈思晏的腰道："别打了！"

可疯起来的男人哪那么容易被制止住，连漪也不知道自己当时怎么想的，她拉开两个人，抬手一个巴掌扇在了沈思晏脸上。

这一个巴掌将所有人都扇愣了。

手心还在发麻，连带着脑子都是嗡嗡作响的，连漪回过头怒视着他，问："你疯了吗，沈思晏！"

沈思晏的脸被她扇得转向了一边，舌头抵了抵被扇的位置，他转过头，蒙着水光的眼睛一眨不眨地看着她。

连漪和他对视着，看到了他眼睛里的伤心。

而她的眼睛里有无措和慌张，还有强撑的镇定。

不容抗拒，沈思晏弯腰一把将连漪扛在了肩膀上，她的裙子极短，即便是在盛怒之下他还不忘给她掩着下摆。

连漪胆战心惊，胃部一阵不适，许年反应过来了，追上来试图拦他，宋苒醉得七荤八素还能尖着嗓子喊："你谁啊，你想干什么？"

连漪的理智终于被这一通闹剧闹醒了，她捶了捶沈思晏的肩膀，但无济于事，她被强硬地扔进了车里。

那辆车正是宋苒叫嚷了大半天的阿斯顿马丁。

"连漪！"宋苒拍着车门大叫。

连漪按住翻涌的胃部，对焦急的宋苒道："没事，他是我……男朋友。"

"男朋友"三个字她脱口而出，沈思晏在昏暗的灯光中怔怔地看着远方。

"真的没事吗？"许年问她。

"我没事。"连漪看向他的脸，带着歉意道，"对不起，你去医院看看，医药费我报销。"

许年算是搞明白怎么一回事了，他无奈道："没事。"

"宋苒她……"

许年扶住宋苒说："我送她回去吧。"

"麻烦你送她到家后打个电话给我。"

"好。"

一直等到他们聊完，在一片沉默中，沈思晏打着方向盘驶离了酒吧一条街。

车一动，她就有些悔意了，可一想到他刚刚不分青红皂白就挥拳打人的样子，连漪一阵愤怒夹杂着后怕。

窗外的风呼呼地刮进车内，凌晨空无一人的大街上只有跑车轰鸣的马达声，连漪拉住扶手，眩晕感开始在她脑袋里作祟。

车速在不断加快，眩晕像万花筒一样扑面而来，铺天盖地，密不透风，她觉得胃里一阵翻腾连忙捂住嘴，终于，在眼睁睁看到油表显示车速飙到将近每小时八十千米的时候，连漪瞳孔紧缩，微颤的声音高声道："沈思晏，你想干什么？"

这是限速每小时六十千米的城市大道，不是限速每小时一百二十千米的高速公路！

"我要吐了……"她挤出这几个字。

车速缓缓降下，最后恢复了平稳。

连漪看到了熟悉的建筑物，车停在了她家楼下。

她干呕几声，好险没有吐在车上。

一时之间，没有人说话。

连漪闭着眼睛低头捂着唇定神了好一会儿才睁开眼，她转头看沈思晏，他的视线落在前方，紧咬着口腔里的软肉，下颌线紧绷着，竟显出几分决绝的凛冽，而她动手打在他侧脸上的指印即便在黑暗中也鲜明、突兀。

后悔、愤怒、后怕、难以置信……各种各样的情绪在她脑海里交织。

她想问他疼不疼，手指抬起，又徐徐落下。

心脏和胃一起抽痛，她的冷汗噌噌冒了出来，想要道歉的话挤在唇齿间，又被她咬着牙尽数吞下。他们的关系紧急刹车，她用了很长的时间整理混乱的思绪，然后抽丝剥茧，后知后觉出一些什么。

她问他："你怎么知道我在哪儿的？"

他看着她没有回答。

"我问你，你怎么知道我在哪儿的？"她提高了音量，近乎尖锐。

没有人知道她此时理智冷静的表情下，脑子里像是有一台彩屏的老旧电视机在吱吱作响，头疼欲裂。

"沈思晏。"连漪甚至不知道自己应该用什么样的语气说出来才显得足够镇定，她看着车外用尽量平静的声音宣布，"我们到此为止吧。"

"你喝多了。"沈思晏声音低沉沙哑带着戾气，像是来自另一个人。

他将车熄火，拉开安全带，要去开车门。

连漪提高声调，声音尖锐地说："我很清醒，沈思晏！"

片刻沉默。

"什么意思，连漪？"沈思晏不怒反笑了，他血气翻涌，火上眉梢，汹涌的火几乎掀翻车顶，他厉声质问她，"连漪，你当我是什么？你呼之即来，挥之即去的一条狗吗？"

狗？滑天下之大稽！

"你觉得呢？"她对抗的情绪被激起来，激烈而又愤怒道，"狗？沈思晏，你要是狗，那我是什么？你真敢说出口，你到底是要作践你自己，还是在作践我！"

"没有以后了。"她一字一句地告诉他，"我们没有以后了！"

"没有以后"这四个字像从弓里射出来的箭，正中靶心。

"对不起……"他眼角沁出泪水，却紧咬着后槽牙，额角的青筋像被绷紧的弦。

"对不起。"他去拉她的手。

她抬手甩开了他的手，尖锐刻薄地说："沈思晏，我不是开玩笑，我对这种无聊的感情游戏累了！"

他们对视着，一滴眼泪从他眼角跌了下来。

"你累什么？"他指着胸口，恨不得将里面的那颗心挖出来给她看看，"爱你的人是我，把这颗心掏出来给你看的人是我，你累什么？"

"沈思晏，我今年已经二十六岁了，再过几年就要奔三了……"

"所以呢？！"

连漪紧闭了一下眼睛，再睁开眼睛，眼里什么情绪都没有了，她用冷淡的口吻说着伤人的话，她道："我要的是一段成熟的感情，而不是我们现在这样。"

"成熟的感情？和谁，和那个男人吗？"沈思晏愤怒地指着窗外。

窗外空无一人，可他们都知道他说的是谁。

连漪听到了心碎的声音，她看着他，一字一句说："是，至少他比你成熟，不会随随便便挥拳打人，更不会……"

更不会跟踪她，她刹住了后半句的猜测。

"你是因为他对不对？"他的眼眶充血，眼泪止不住地从眼里滴落，嘴唇颤抖着说，"你因为他，不要我了对不对？"

"沈思晏，没有别人，只是我们到了该结束的时候。"

她最后落下一句："别忘了游戏规则！"

她解开安全带，用力地推开了车门，下车，关门。

门被使劲甩上，震得车里一抖。

沈思晏掌心的伤口像被火灼烧，疼得他手指抽动，他死死盯住她的背影，在心里说，只要她回一下头，他就立刻认输，服软。

可她头也不回，就这样决绝地走了，他呼吸颤动，只觉得喉头一阵猛烈地发腥，像心头的血倒流了上来，几乎要呕出一口血。

上楼的时候，连漪脚崴了一下，她强忍着晕眩一步一步地走进了楼里，一直到电梯来她走进去的时候，才泄了一身气力，靠在电梯壁上。

她喘息着，只觉得天旋地转。

打开房门，踢开鞋子，她发现杂乱的客厅已经被收拾干净，买来的衣服也不见了。她站在阳台往下看，那辆车依然停在楼下，连漪不知道车里的沈思晏在做什么、是什么表情，她也不想知道。

激烈的情绪波动后是席卷全身的无力，她靠着栏杆，缓缓坐在了地面上。

头痛，心口痛，像是病了。

或许她不该沾酒，每一次碰到酒，最后后悔的都是她。

阳台上还挂着他刚洗完的衬衫，滴滴答答地落水珠，连漪想起了沈思晏的眼泪，心口像被一双大手攥住，痛到喘不过气，她垂头看着地面上的光晕，大口大口地喘息着，头晕目眩。

他们本应该好聚好散，不该散得这样狼狈。

是命运从不听人安排。

许久，她扔在门口包里的手机振动起来，连漪许久没有动，直到电话挂断再打，挂断再打，嘈杂与振动的嗡鸣持续到第三次，让这片刻的安宁也不得好过，她扶着墙从地上站起来忍着脚上的尖锐刺痛去捡起了包。

不是沈思晏，是许年打过来的，说不出那一刻她心里有没有一瞬的失落。

连漪终于接通了电话，许年长松了一口气："总算接了。"

"有——"她一开口，发现声音哑得发不出声，她咳了几声，清了清声音道，"有什么事吗？"

"你的朋友已经送到家了……你，没事吧？"

连漪捋了一下凌乱的额发，说："我没事，也到家了。"

"那就好，你男朋友还在吗？没吵了吧？"

连漪走到窗边，看到楼下的车依然还在那儿停着，她尽量平静地道："在的，今天真是对不起。"

许年顿了顿，摇头说："我没什么事，你不用替他道歉，到家了就好。"

"嗯，今天麻烦你了。"

许年道："客气了，再见。"

连漪挂了电话，就在这时楼下的车灯也亮起，她还握着手机，怔怔地看着车离开了。

高层的冷风吹得连眼睫毛似乎都要结霜了，连漪一垂眼，忽觉冰凉的水渍落在了脸上。

下雨了。

瓢泼的雨打在车窗上，电闪雷鸣，跑车如一道闪电，轰鸣着刺破长夜，穿过空旷的大街，最后停在了一片漆黑的交叉路口。

他从手上摘下那一枚金环戒指，按下车窗一抛，将它扔出了窗外。

发动引擎，车灯大亮，他带着愤怒驶离了路口。

五分钟后，从一条车道，车又驶了回来，他下了车，在狂风暴雨中大步跨过马路，走到刚才的地方，寻觅了一圈，将那一枚金环又拾起，走回了车上。

"所以你和她分开了？"陈瞻问。

"和你有什么关系吗？"沈思晏情绪不高，态度消沉。

陈瞻将橘子上的白色经络一条一条地撕下来，他道："你这一分手连实验室都不去，能没关系吗？"

没有反驳他用的"分手"两个字。

"我会回去的。"沈思晏说。

"你还是好好养病吧，实验室毕竟还有我们三个，我是没想到你烧得这么严重，要知道我就不来打扰你了。"

"实验室那边，我尽快回去。"沈思晏又说了一遍。

"我真没催你的意思啊……"陈瞻视线落在他手上，"哟"一声道，"你那个烧的戒指呢，也扔了？"

沈思晏手指蜷了蜷，恼怒道："关你什么事？"

"成，不关我的事，有钱人嘛，都是这样任性的。"

"你要是来看戏的，可以走了。"

"我是来慰问的。"陈瞻指着被他吃了好几个橘子的水果篮说，"我礼都在这儿呢，怎么着也得留下来吃个饭吧？"

这里是西山别墅区，京市最大的富人区之一。

陈瞻在屋前屋后的小花园溜达了一圈，再走回来时阿姨就开饭了。

沈思晏病得脸色苍白，连脖颈上的青筋都鲜明起来。

陈瞻吃得香，连盛了两碗饭，见沈思晏没吃两口就抱着手臂合眼休息了，他问保姆阿姨："阿姨，他都这样了，不去医院能行吗？"

"他不喜欢医院。"保姆阿姨又加了一句，"不用担心，我们有家庭医生的。"

懂了，是他没见过世面。

不愧是西山别墅区的有钱人啊，有钱真好。不过有钱，也会被甩，可见感情里有钱也没用。

沈思晏这一病病了大半个月，精气神像被病魔一并带走，时常坐在书桌前打开电脑，半晌没有敲下一个代码。

有时候不受控制地去看消息，一看到跳出来的微信框就急不可耐地点进去。

可屡屡失望。

沈思晏去看她的朋友圈，只能通过她的朋友圈判断她还没有把他删掉。

他想过先低头，可是，他低头又有什么用呢？

就像开始时那样，她早就告诉过他，她随时会喊停。

她厌倦了轻松就能脱身，而他像小丑，费尽心思也只能逗她一笑，她不会为他驻足，这场表演看腻了她就走了。

舞台上只留他一个小丑唱独角戏。

窗外起了风，将他软趴趴的头发吹乱，他摘下眼镜揉了一下眼睛，胳膊搭在桌面上，他趴在手臂上。

头晕，发热，难受。

想哭。

哭不出。

连漪捏了捏睛明穴，长时间地盯着电脑屏幕，眼睛泛起了酸，眨眼就掉眼泪，文书反反复复修改仍不满意，她顿感说不出的疲惫。

她趴在桌上短暂休息，将目光投向阳台外。

阳台上还挂着那件白衬衫，不知出于什么心理，她一直没有收起它。

偶尔刮起大风，衬衫在风中被吹起又落下，簌簌作响。

连漪用食指划过手机屏幕，点进微信一直往下划。

狂轰滥炸的消息将他掩在了最下面，他们的聊天记录停在了那一句他回复她的"早点回来，我等你"。

时间是半个月前，他们分开的那一天。

他的东西还在她这儿，他没有回来拿过。

连漪手指顿了很久，随后落下敲下一句：你的东西什么时候拿走?

他没有回复。

一直到晚上，沈思晏才回复了四个字：我不要了。

连漪关上了手机。

他不要了，她却不能不还。

呆坐了好一会儿，连漪起身找来空置的行李箱，将他的衣服、送的礼物一一整理好，等她走的那天，东西就会给他寄过去。

她不是优柔寡断的人，东西还给他意味着他们所有关系都结束了。

收到那条消息，沈思晏只觉得荒诞好笑至极，半个月，他最后就等来了一句划清界限的话。

多少次了，他不断小心求证她有没有一点点爱他，可无论论证多少次，结果都是空。

代码没有后续，程序停止运转，一切走到终点，发现结果是没有结果。

他是自己犯贱，把一颗心给她却被她摔个稀巴烂。

心肺接近窒息地灼烧发疼，他不可遏制地咳嗽了起来，越咳越烈，咳到眼泪溢满眼眶，他紧攥着领口的衣服，几乎呼吸不到氧气。

红绳系着的戒指从他敞开的领口掉出来，细细的一个圈坠在胸前，轻得仿佛没有重量。

连漪去英国这件事只有家人和寥寥无几的好友知道。

她原本的计划是明年开始准备PhD，导师回信问她，既然已经做好准备了，为什么不从现在开始？

她研究生期间发表过数篇论文，担任过国家级课题主持人，在职期间发表过SSCI（社会科学引文索引）和A&HCI（艺术与人文引文索引），还有三位教授的推荐信，她的履历已经足够耀眼，只要她去试，完全是有可能的。

连漪在导师的劝说下心动了。

只是理想纵使高远，总躲不过现实的苟且。导师的话让她心动，但她也要考虑现实的因素。

她仔细盘算了一下，她有存款，还有老房子每个月一万五千元的租金作为固定收入来源，辞掉工作尽管会拮据一点，但日常生活开支还是没问题的，而且出国后有经费支持，即便在读博期间没有任何收入，她手里的钱支撑她读完博还是绰绰有余的。

至于家人，尽管他们对她读博的想法有些意外，但不会左右她自己的选择。

连漪没有拖延症，从小到大她最引以为傲的就是她的自制力和执行力。

有了既定的目标，她便一刻也不停地谋划起来。

十一月，她向公司提交了辞呈，在一个月的离职交接期内，她撰写介绍信联系导师，准备套磁。

她大约是真的幸运，又或者是她曾经在Cambridge学习的经历给她提了亮，她的简历在众多申请者中脱颖而出。

她的第一封信是投给学院院长的，院长很快回复了她，表达了对她的欣赏和能力的肯定，但是由于在研究方向上的分歧，院长没有接受她的申请，不过出乎意料地主动将她推给了另一位导师。

这一次没有意外了，第二位导师看了她的自荐信和对研究方向的规划，以邮件来往的形式与她讨论了许多关于研究的内容，然后告诉她：你将研究计划给我看一看吧！

这也意味着她的申请到了第二步，递交研究计划了。

十二月初，她开始闭关，因为从来没有停止过学习，所以下笔输出的时候她在知识上没有感觉到卡壳，相反，她的想法与灵感就像奔涌的河流一样倾泻而出，她写了详细的研究计划，提交网申。

不到半个月，她首先收到了来自Cambridge的面试通知。

朋友惊诧于她申博之路的顺利，只有连漪自己清楚，从来就没有什么轻而易举的成功，为这一天的到来她已准备了两年，两年里，即便是在最迷茫的时候她也没有停止过学习，她用持之以恒的努力才换来今天水到渠成的成功。

过去一个月里发生的所有不开心的事情都被这一封面试邀请信一扫而空。收到通知她立刻准备材料，买机票，一个人带着一个行李箱，飞往了英国。

十二月，伦敦大雪。

和苏格兰相比，伦敦的雪季太短了，有时候甚至只有三五天。雪天本是稀罕的，可连漪似乎和雪有缘，伦敦的两场大雪都被她遇上了。

她做交换生那年遇到了英国十五年来最大的雪，厚厚的雪层积压在屋顶上、道路旁，长久没有清扫的积雪甚至及腰深，在路上每走一步都异常艰难。

那个时候她想什么来着？

孤身一人，异国他乡，看不到来路，也不知道前途，被重重的压力逼迫着埋头一刻不停地往前跑的日子里，她数次想过再也不要来了。

可如今兜兜转转她又回到了这里。

京市到伦敦十一个小时，再从伦敦转车往Cambridgeshire（剑桥郡），这段路程她并不陌生。

三年前，她也是走同样的路程，抵达Cambridge。

不同的是三年前的她坐在车上是惴惴不安的，如今她已没有了初来的新奇感，只有日夜兼程的疲惫和一点点的怀念。

提着行李从火车站打车到宾馆附近，寒冷使她失去以往的形象管理——大厚羽绒服、长裤、帽子、围巾、口罩，捂得严严实实，尽管如此，彻骨的寒风一吹，她还是冷得直发抖。

十二月，这不算一个来英国的好时机，即便没有下雪也是阴雨连绵的。

出租车将她送至宾馆附近时，天空又纷纷扬扬下起了鹅毛般的大雪，雪落在她睫毛上、脸上，微微的冷意刺得皮肤起鸡皮疙瘩。

下大雪游人都少了，胳膊下夹着牌子的导游还在噼里啪啦地向来往的路人推销Private Tours（单人旅行）和Shared Tours（多人旅行），路边停满了被大雪覆盖的自行车，有人用手臂扫落雪，骑上自行车走了。

连漪拖着行李箱走过街道，行李箱滚轮与地面摩擦发出难听的咕噜声，她将脸藏在厚重的围巾里，只露出一双眼睛。

街道两侧是充满欧式风味的尖顶建筑与圆顶角楼，庄重的建筑风格下有复古风的小店、藏在小巷道里的日料店、摆着黑色货架的零食店、摆放整齐的明信片店、用塑料筐装书的二手书店，这些一点一点充实出整个剑桥。

积雪下是枯黄的树叶，她踩着一路的嘎吱声走进宾馆。

服务生热情地为她办理入住手续，她的面试安排在明天上午，连漪先在酒店放了行李。下午这一段时间是空闲的，连漪睡不着，索性循着记忆里的蛛丝马迹，找到了过去她常去的咖啡店。

角形的木质大门掩着，从玻璃彩色花窗里能一窥里边的热闹。

连漪推门而入，入目是木质的吧台、高脚转椅、老旧的地毯，熟悉感扑面而来，她一时竟有些不知今夕何夕。

她有一个常坐的位置，靠近玻璃窗，窗外是一块绿茵地，她向那儿看去，发现那个位置已经坐了人。

她选了一个角落落座。

吧台的服务生都换了，连漪环顾一圈，没能再找到一个熟面孔。

一个金发碧眼的服务生朝她走来，带着笑容问她要点些什么。

不用看菜单，她随口便说得出过去常吃的那些下午茶："Skinny latte, bagel and salami, thank you（脱脂拿铁，百吉饼和萨拉米，谢谢）."

服务生飞快记下她的报单："OK...Are you from Korea（好的……您是韩国人吗）？"

"No, I'm Chinese（不，我是中国人）."

"中国人？"他用不流利的中文说。

连漪肯定："中国人。"

他继续用蹩脚的中文问："旅游吗？"

"不，面试。"

"Hmmm, what is it（什么意思）？"

"Interview（面试）."

"Professor（教授吗）？"他诧异，以为她是来面试教授。

"No, PhD（不，博士）."她微笑。

"Wow, you don't look your age（哇，你看起来很年轻）."

他在夸连漪看起来很年轻，在欧美人眼里亚洲人总是格外显小，连漪没解释自己年龄本来也不大，她客气地笑笑。

服务生小哥去为她下单后，连漪打开手机联网。

她出国的事情，宋苒也知道。

宋苒比她还提前半个月离职，在朋友介绍下去了一家投行做海外市场，一步跳出了圈。

和连漪离职后每天宅在家里深居简出不同，宋苒给自己放了半个月的假，每天吃喝玩乐，偶尔无聊了就来骚扰连漪，蹭吃蹭喝，还聊她的八卦。

她和沈思晏分手的事，宋苒也知道了。

宋苒发消息问她：你就这么走了，也没有和他说？

连漪倒是希望宋苒那天喝断片了，但她没有，第二天宋苒提起晚上的事情心有戚戚焉，非让连漪把晚上的事交代一遍，虽然连漪觉得她对那台阿斯顿马丁的难忘程度显然更高。

宋苒知道连漪和沈思晏分开了，在后来几个月的相处里，也知道他们与其说是因为不信任产生的矛盾，不如说是连漪一开始就没有将他规划进未来的蓝图里。

一段不对等的关系就像是摇摇欲坠的摩天大楼，只需要再压一层东西，就会倒塌。

那一层东西，就是他们彼此的不确定、不信任。

连漪看向窗外，纷纷扬扬的雪花贴在玻璃窗上，四周都是陌生人。

"Madam, here you are（女士，请）。"小哥将餐盘放在她桌前，指了指她桌边的糖，"You'll find the sugar just over there（糖在您手边）。"

"Thank you（谢谢）。"她轻声说。

这里是剑桥，不是京市。

这里没有沈思晏，没有那个一见到她就笑的男孩，也没有那些剪不断理还乱的关系。

过去的一切都已过去，她说过，在她把东西全部还给他的那一刻，他们就彻彻底底地结束了。

说了又怎样？她回复宋苒，他想要的东西我给不了他，不如干脆利落一点。

宋苒评价她：你真是无情。

她无情吗？

连漪将方糖放进咖啡杯，轻轻搅拌黑褐色的咖啡，咖啡的浓香与氤氲的水汽飘至她眉眼，她垂着眼眸，将所有心绪搅进这一杯咖啡。

轻抿杯沿，苦涩在舌尖泛开，而后才是淡淡的甜。

她视线穿过窗，向外远远看去。

雪还没有停。

沈思晏知道连漪不在国内，不是任何人告诉他的，只是有一天他打开定位，定位消失在地图上，不断跳出提醒"Error（错误）"。

那天他正从教学楼出来，京市已入冬，寒风凛冽，他手插着兜，站在教学楼下看着手机，清除缓存，调试程序，不管怎样摆弄程序，依然只有一个提醒。

"Error"。

他找了一个地方用电脑查看后台程序，程序没有错误，运行之后只有一个结果提醒，"Out of Scope"——超出范围。

地图覆盖范围是整个中国，超出范围，除非她已经出国了。

他动了动冻得发僵的手指，拿起手机，点开连漪的微信，朋友圈里只有一条横线了。

他不死心，又发消息给她，消息旋转良久，出现了一个感叹号。

她把他删了。

他茫然地坐在那儿，长椅空寂，路上空无一人，风吹过，枯枝上连树叶也没有落。

他想起来的另一个人是连城，他没有问连城连漪去哪儿了，而是问连城连漪现在过得怎么样。

连城还不知道他们已经分开的事，大大咧咧地回复：放心吧，我姐在那边有朋友，过得挺好的。

好一会儿，他琢磨过味来，问沈思晏：沈哥，我姐去英国的事没和你说啊？

她要去多久？沈思晏问。

读博少说也要三四年吧。

连城试探着问他：你和我姐，怎么了？

许久，沈思晏写下一句：我找不到她了。

连城不知道前因后果，光看沈思晏这一句话他已经猜个七七八八了。

他姐……也不是那种人吧?

他努力给他姐找理由,他说:可能走得太急了,没来得及和你说,到那边之后又太忙了还没看消息,毕竟是剑桥那种世界名校难度肯定特高,说不定我姐正闭关考试呢。

他不知道读博是个什么流程,便胡乱一通猜测。

沈思晏回复:谢谢,我再联系她。

连城实在是尽力给他姐找补了,原本他想发消息问她姐和沈思晏是怎么了,想了想又没问,毕竟是他姐的私事。他是知道他姐性格的,最不喜欢别人打听她,就连林余祐的事,如果不是过年的时候他妈提了一句小林,恐怕大家都不知道那个时候他们就已经分手很久了。

怕惹他姐心情不好,他就不去触这个霉头了。

只是沈思晏看起来有点可怜。

是不是真心喜欢一个人旁人是看得出的,沈思晏的喜欢连城都看得见,他姐在哪儿沈思晏的目光就跟在哪儿,一眨不眨,看见她时的眼睛里都有光。

不只女人有直觉,男人也有直觉。

连城直觉她姐是闷骚的,和"打直球"的在一块儿就是最好的,不然俩人一块儿闷,得多无聊。

面试只有一天,但连漪面试完,没有要回去的打算。

许年不久回到英国,联系上连漪。他请连漪吃了一顿便饭,知道连漪有在英国暂住的打算后,又给连漪介绍了一份工作,是做文献翻译供文给国内的文献平台。

许年工作的大学距离剑桥有段距离,他们不常见面,偶有聊天,发现虽然欣赏对方的能力,但对彼此的性格并不来电,因为他们太相似了,相似到一眼就知道对方不好驾驭。

许年以为她和男友没有分手,偶尔和她见面约饭,开玩笑道:"你要报备一下吗?我真怕你男朋友又从哪儿冒出来给我一拳。"

连漪怔了一下,浅淡笑笑道:"不会了……"

一月一过,二月便是春节,连漪原定是要回国过年的,但一点意外打破了她的计划。

倒不是她发生了意外,而是许年。

许年体检查出来食道癌，黄豆大小的肿瘤就在他食管上，虽然从病理情况来看肿瘤还在早期，是动手术摘除的最佳时间段，可毕竟不是个小病，许年食不下咽好几天才勉强接受现实。

他不知道和谁说，不敢告诉家人怕父母着急，也不敢告诉朋友怕朋友走漏风声，和同事说了，也只能得到一句"上帝保佑你"，至于其他国外的朋友，除非是关系密切，否则也没有告诉的必要，想来想去，他能说的人竟然只有一个和他同在英国的连漪了。

他内心有诸多的举棋不定，向她询问意见看看到底要不要将这件事告诉家里人。

成年人比起得病，其实更担心的是自己病了以后家人怎么办，自己身上的担子又怎么办。他无妻无子，唯一担心的就是父母了。

他打电话过来时语调已尽力平稳，连漪还是听出了他声音里的不安与忐忑。

"你自己呢，有什么想法吗？"她问他。

她理性、沉静、不情绪化、不感情用事，这是她的优点，也是许年能和她说这件事的原因，许年就怕告诉了对方还要反过去安慰对方。

因为连漪的反问，许年迟疑了会儿，还是将自己家庭的状况告诉了连漪。

他担心父母是有原因的，他父亲做过心脏手术，常年心绞痛，坐不了十几个小时的飞机，他母亲则有高血压和冠心病，他平常在家里对他们可谓是百依百顺的，况且家里就他一个儿子，要是知道他得了这个病，不知道得急成什么样。但要是不说，瞒着，他这个病可是要做手术的，一旦在手术台上出了点什么事，那得后悔一辈子……

如果连漪再小一点，可能会告诉许年："毕竟是这么大的事，还是得告诉父母。"可她也快要踏入三十岁这道坎了，她完全懂许年的感受，因为如果是她病了，她也会和许年同样犹豫。

"我仅说我的看法，我不替你做决定。"她想了许久，如此开口，然后道，"如果是我，大概是不会告诉他们的，告诉他们，反而让他们一起提心吊胆、担惊受怕，没必要。况且即便告诉了他们，也没有任何用处，病还是病，手术台还是要上，手术风险也不会降低。倒不如手术之后，一切良好，再慢慢地和他们说。"

"当然。"她话锋一转，"你要是想告诉父母肯定也是有理由的，就像你说的，万一发生点什么意外……算了，不说这种话了。"

许年沉默地听她说了一番理由，良久，他道："你说的有道理，我的想法和你是一样的，只是我拿不准我这样的决定会不会同样伤害他们，如今看来，你我都是一样的想法，既然这都是人之常情，那也不能算我这个做儿子的自私了……"

他轻叹，长出一口气。

癌症病人是什么样，连漪是见过的，她父亲病到晚期的时候，已经是瘦骨嶙峋，在化疗阶段更是开始自言自语，行为异常，很是骇人。

有时候想想，人这辈子挺没意思的，再高的成就，再显赫的身份，一死，就成了土，成了空气，成了宇宙里最渺小的一粒尘埃。

既然如此，人为什么还要活着，并且还要积极努力地活着呢？

她自问自答。

因为人这辈子真的太短了，也就活那么几十年，享福也好受苦也好，也就那么几十年，可死是死得永永远远，不活得好一点，活得精彩一点，怎么对得起在宇宙飘荡亿万年才得到的一趟人间游幸运门票呢？

俗话说，来都来了。

来都来了，不如活得好一点，活得满足理想一点。

要是中道没了呢，那也只能自认倒霉，要说有多倒霉呢，也不见得，无非是又回到最初始最本真的状态——宇宙间的一粒尘埃。

在她的"心灵毒鸡汤"灌溉下，许年的紧张消弭了许多，脸上这才开始有了一点笑。

因为许年的事，连漪没有回国过年。大年三十的前一天，许年上手术台，连漪在手术室外等着，中途许年的前女友还来过一趟，那是个性格风风火火的意大利姑娘，噼里啪啦地用意大利语说了一大堆，连漪耐着性子让她用英语再说一遍，她便又噼里啪啦地用英语重述一遍，总结一下就是问"里面的人会不会死"。

这还是在手术室门口呢，连漪无语片刻，回答："他当然不会死。"

得到答复，意大利女孩释然地说了一句"上帝保佑他"，便安安心心地走了。

对方的"没心没肺"让连漪叹为观止，属实想不到许年喜欢的竟然是这种类型。

上帝会不会保佑许年连漪不知道，连漪身为朋友帮不到其他忙，只能告诉他：你安安心心上手术台，手术台外的事我给你照看着。

许年的手机交给了她，他的父母打来电话连漪没接，隔了好一会儿，她才以许年的口吻发消息回复他们：我在外面出差，不方便接电话，待会儿联系你们。

连漪的手机也一晚未停，祝福信息收到微信卡顿，伯父伯母还有她妈都打了电话来关心她，连漪一一回复了，又说宿舍今天网络太差不好接视频，以此将他们搪塞过去。

值得一提的是，挂了伯父伯母的电话不久，连城又单独打了一个电话给她，听声音还是一个人躲在房间里给她打的。

连漪以为他是来要大红包的，发了几个红包给他，连城收钱速度快嘴上也没歇着，先赶紧谢谢姐，又问她："姐，你现在在哪儿啊？"

"英国啊。"

"啧，你这不废话吗，我是说你在英国哪儿呢？"

连漪正在伦敦的一家医院，她反问连城："你说呢？"

"你肯定没在宿舍。"

"哦？"连漪语气不变，平静道，"你怎么知道的？"

连城支支吾吾了一会儿，想到了一个理由，立即说："你要是在宿舍肯定会接视频，你和谁在一块儿呢？"

这句"你和谁在一块儿"还带上了点兴师问罪的意味，连漪被他逗笑了，问他："我在不在宿舍和你有关系吗？"

"你是我姐，我是你弟，我必须关心你啊。"他理直气壮。

连漪："有事说事，没事挂了。"

"哎哎哎！姐你别这样啊，你就告诉我呗，满足一下我的好奇心，不然我这一晚上都得寻思你去哪儿了，这吃不好睡不着，年都过得抑郁了，你说我明年不得倒大霉……"

连城这张嘴就是能贫，一分的事他能嘚啵嘚啵成十分。

见他说着说着开始咒上自己了，连漪扬声道："你打住！"

"你说说呗，我保证不告诉我爸妈，就满足一下我的好奇心，但必须得是实话！"

连漪拿他没办法，最后只好捏着鼻梁道："我在医院。"

"医……什么？医院？"

连漪听成了"什么医院"，她道："The Wellington Hospital（惠灵顿医院），听得懂吗？"

不学无术的连城老老实实道："听不懂。"

连漪叹气："我没事，就一个朋友病了我看着他呢，你也别和你爸妈瞎说啊。"

"你得是真没事啊，不许骗我啊。"

"我要有事还能和你打电话吗？"

"也是……不过今天待医院也怪晦气的，姐，你记得吃饺子啊。"

"好，不说了，挂了。"

"嗯，姐拜拜。"

挂了电话，连城立马找到最近的通话录音分享给微信好友——沈思晏。

他是听不懂，可是有人听得懂啊。

他们聊天记录的上一段，是沈思晏说：连漪不在剑桥，你知道她去哪儿了吗？

连城回复：哥，你到英国了啊，等着，我马上给你问问。

这一问就问出来一段通话录音，沈思晏说了声"谢谢"，转了一笔钱给连城，说是新年红包。

连城没有收这个钱，他说：不用谢我，有你这么喜欢我姐我就挺高兴的，这个红包先存着，等你当了名正言顺的姐夫我再收。

从剑桥到伦敦，车程是一个小时。

晚上十一点多，手术终于结束，许年被从手术室推出来，又一刻不停地被推进了ICU（重症加强护理病房）监护，护士说要观察二十四小时才能推回病房。

听意思手术还是成功的，连漪放下心，她在ICU门口又坐了会儿，订了个酒店，见医护人员都离开了，她也准备去休息了。

走到门口，一片寂静中，手机视频声音震耳欲聋地响了起来，连漪吓了一跳，从包里翻出手机就按到了接通键，视频亮了，从那边露出两张挤在一块儿的脸，满是惊喜。

连漪慢了一拍，和视频里的两双眼睛对了个正着，她举起手机，心里直呼救命："叔叔阿姨好。"

"这是谁啊？"视频里的男人说。

女人道："连漪，是连漪啊，袁燕的女儿，也在英国的！"她的欢天喜地简直难以抑制，道，"连漪啊，我家许年的手机怎么在你那儿啊？"

"许年他有点事，那个阿姨，我等下叫他回电话给你，我先挂了啊。"

"别啊别啊，连漪，你和许年在一块儿啊？哎哟，你看这，哎，怎么也不和我们说一声，哎呀呀，叔叔阿姨都是很开明的人，你们在一起过年可以告诉我们的嘛！"

这误会可大了。

连漪哭笑不得："阿姨你误会了，许年就是手机在我这儿……"

"对啊，他手机怎么会在你那儿的嘛，他刚刚还说在外面出差呢！"

搬起石头砸自己的脚可能就是这么个意思，连漪脸都被冷风吹木了，沉默半天，在二老目光如炬的逼视下，她硬着头皮圆谎："对，我和许年在一块儿，过年嘛，人多热闹，他刚出门忘带手机了，我给他送手机去，对不起叔叔阿姨，我先挂了。"

"哎哎哎！"没等许年妈再多问两句，连漪赶紧挂了视频。

她站的地方是医院门口，唯恐再多说两句就会露馅。

没想到自己撒谎都这么信手拈来了，可见形势逼人强。

挂了电话，她心跳还是怦怦的，摸着胸口长叹一口气，呼出的热气在寒风中成了雾，她看着眼前的雾，心想：说了一个谎就要用一百个谎再去圆，撒谎的事她还真不能干。

踏出医院门，她在除夕夜踩着新积的雪去找她的落脚地。

医院的大理石柱后，站出一个男人，他轻呵着气不发一言。

"Sir, I can't find the name you said（先生，我找不到你说的名字）。"护士站的护士起身对他说。

他看着她离开的背影，喃喃道："谢谢，我可能不用了。"

"Sorry, what did you say（抱歉，您在说什么）?"护士不解。

"Thank you, I found her, but it's unnecessary."

谢谢，我找到她了，但是，不用了。

……

除夕夜，沈思晏二十二岁的生日。

从京市到英国十一个小时，从剑桥到伦敦一个小时。

伦敦大本钟在零点整敲响了新年钟声，他目送她走入良夜。

伦敦也已新年了。

新年快乐，连漪。

沈思晏生日不快乐。

飞往英国的十一个小时前，他还在家里参加一场令人煎熬的家族聚会。

大年三十，又称除夕。

按照惯例，他的生日和家族聚会是一起的。

所有人脸上都挂着得体的笑容，真情假意地说着贺喜的话。

每年的这一天他都不会很开心。

他一向只一个人待在角落，家里人都习惯了，有人客气地拿着红酒走过来敬他一杯，以往沈思晏都只沾沾唇意思一下，可今天他连喝了三杯。

很快脸上就泛起了酡红。

枯燥，烦闷。

他不喜欢亲戚，不喜欢聚会，不喜欢热闹。

下午六点，他什么也没带，只是像平常一样走出房子，所以也没有引起任何注意。

他只带了一本护照、一张签证，孑然一身，用一个小时到达机场，买最近的航班，三十分钟登机，不到两个小时，他只身一人登上了飞往英国的飞机。

英国比中国晚八个小时，也就是说，他到达英国的那一天，仍然是除夕。

英国时间21：31，他抵达英国机场；22：38，他抵达剑桥；23：42，在连城的"通风报信"下，他从剑桥又返回到伦敦的医院。

说不紧张是假的，听到连城发来的录音，听到她在医院，沈思晏生怕是她病了，所以他一刻不停先冲去护士站查连漪的名字。

好在，她什么事也没有。

看到她身影的那一刻，甚至不需要看到正脸，他就笃定了是她。

差一点儿他就要飞奔上去了，她猝然响起的手机铃声制止了一切。

激烈的心跳，滚烫的热血逐渐恢复平缓。

他收回脚步，远远站在角落。

隔着从门口到护士站近百米的距离，他不知道她在和谁说话，也不知道她说了什么，他紧靠着石柱，那一刻想的竟然是不能被她看见。

冲动的多巴胺下降，理性回笼，他知道他的出现不会让她觉得惊喜。

就像那天晚上，即便喝醉了酒，她问的第一句话仍是条理清晰的"你跟踪我"。

他无数次从梦中惊醒，就像是车门重响，一切在"砰"的一声后关上结束。

"至少比你成熟——"

"我们的关系到此为止——"

整夜整夜，她冷淡到近乎冰冷的话一次又一次在他耳边回响，让他不得好眠。

直到说话声音渐小，沈思晏连听到她说了几次"挂了"，他才敢慢慢地从石柱后露出一点眼睛。

新年钟声响起。

时针分针一刻不停。

他的生日愿望又一次落空。

但这一次，是因为他临阵退缩了。

他知道，她是云间鹤、雪中梅，不会为一株俯首的草回头。

越喜欢，越自卑。

他低到了尘埃里，也不会在她心上开出一朵花。

只追着她的脚步往前走，会永远比她慢半步。

他不追逐她了。

站在她身后的青年说："我要让她抬头看看我。"

第八章

难忘

　　许年的病情在手术后逐渐稳定，与此同时，他病了的事在家人一个接一个的视频电话下终于瞒不过去。

　　可又不能说真话，以他现在的身体状况，如果父母执意要来英国，他是完全顾不过来的——撒了一个谎就要用一百个谎来圆，许年和连漪只能再合谋一出剧本，将食道癌说成简单的食物中毒。

　　许年动完手术，声音嘶哑吞咽困难，过了两天才能逐渐说得出一点话来。

　　接通了视频电话，许年父母一见儿子躺在病床上的样子，当时就吓一跳，许年和连漪按照定好的剧本一唱一和，说许年食物中毒，上吐下泻，这也把许年妈担心坏了，直说她要来英国照顾许年的饮食。

　　许年爸倒没有这么紧张，甚至幸灾乐祸："让这小子吃东西不看生产日期，就该长长记性。"

　　许年苦笑道："这回长记性了。"

　　关于连漪的事，他也和父母解释了，他们之间只是普通朋友不是他们想的那种关系，不过他父母"嗯嗯哦哦"完，还是叮嘱连漪回国后记得去他们家吃饭，又说带连漪认认亲戚，显然没把许年的解释当一回事。

　　连漪叹气。

　　清者自清，只能让时间证明他俩清清白白了。

　　连漪在医院里陪了他两天，眼见他气色越来越好，还有心情逗弄小护士。

　　护士里有一个长得很可爱的，一双碧蓝色的大眼睛水汪汪的，睫毛卷翘，带了点婴儿肥和小雀斑的脸上总是刻意一本正经。许年喜欢逗她，见面第一眼就问她今年上高中没有。

小护士气鼓鼓说："I'm twenty-seven（我二十七岁）."

许年惊讶了，指着连漪说，你竟然比她还大，她才二十六岁。

小护士气急，给他的胳膊重重地扎了一针。

许年痛得龇牙咧嘴了一会儿，又笑了。

当真是损友。

连漪无意当他撩妹的工具人，见许年已经生龙活虎，还有小护士的照顾，她便回剑桥了。

十月，连漪正式入住宿舍，成为剑桥在读博士中的一员。

在旁人眼里文科博士应当是很轻松的，没有实验室点卯，也不用跑数据做工程，每天就是看看书，写写paper（论文），和导师开一些meeting（会议），睡到自然醒，在自习室和图书馆待待，到了博三随便安排一两个月写写毕业论文就毕业了。

但实际上，因为她选择的语言方向是关于整个欧洲的语言体系与国际关系，除了第一个小学期是待在学院上课，之后就开始成为空中飞人，为了做调研报告来回在几个国家中飞。

原本以为自己有了那么多年的积累，再读博应当轻松一点了，但她还是远远低估了学业的难度，且他们专业是要求有两门二外的，除了英语，连漪又辅修了一门意大利语和一门法语，后来跟随导师去塞尔维亚和捷克做社会调研，连漪又学了一些塞尔维亚语和捷克语。

光是学新的语言，她就吃了不少苦头。

他们不是理工生，没有实验室，他们的每一篇文章、每一篇调查都来自实地勘察，在常年的奔波里水土不服，饮食不适应，连漪的体质不仅没有变好，反而越来越容易病了。

有一年她回英国，许年知道她回去的消息很高兴，特地来机场迎接她，可一直到连漪站到他面前，许年都没有认出她。

她剪短了头发，以往的裙子几乎没有再穿过了，每天都是宽大的T恤和耐磨的工装裤，但是精神倒是越来越好了。

她叫了许年的名字，许年呆滞了许久才认出她，震惊道："天啊，你经历了什么？"

从一个温暖的国家回到阴雨连绵的英国，第二天连漪就生起病来了，发烧咳嗽，原本催促她写文章的导师都良心不安，让她先回去休息两个星期。

几乎每次从一个国家到另一个国家，她都会生一场病。

伯父伯母知道她的身体状况后，开始不停地给她邮寄中药，甚至好几次因为中药被海关查扣了，连漪又被通知到海关去核实领取。

每天吃各种各样的中成药，宿舍里常年飘荡着一股中药的苦涩香，她整个人都快被熏入味了，身体倒也逐渐被调理过来没有那么容易病了。

每天睁开眼睛看文献，闭上眼睛思考自己投的文章什么时候有回应。

被拒是家常便饭，大修是中彩票，小修更是三年都没遇到过几次。

没有四处飞的时候，她在学校的日常是每天早上开会，中午整理资料，下午读文献，有退稿就修稿改稿，没有退稿就准备下次和导师见面的时候商议新的研究命题。

博二的时候，连漪为了配合导师的研究，作为一名Research Associate（研究助理）加入了导师所在的欧洲语言研究机构。

博一的师弟师妹都用仰慕的眼光看着她，而连漪深觉自己只是从一个循环跳到了另一个循环里。

她的本硕都是翻译方向，博士虽然已转到语言学的研究，但老本没有忘。

有一次参加学术会议的时候无意间听人说联合国翻译在收新人，连漪当时正在做国际关系与语言这一块儿，在和导师商议后她投递了实习申请。

结果就是那样巧合，面试的时候一位考官是Cambridge的，一位考官认识她的导师，另一位考官则是在学术会议上与她打过照面的博士。

面试气氛非常融洽，面试快要结束的时候考官直接问她下周开始上班的话会不会有困难，连漪回答随时都可以上班，见几位考官笑了起来，她知道稳了。

为了赚一些外快，在做研究、写paper、发期刊的时间外，她一边兼顾联合国的翻译工作，一边在以前朋友的介绍下做一些跨国公司的翻译工作。

她把一份时间掰成两份用，飞速地进步和成长着。

她最大的机遇也是来自联合国翻译的工作，给她这份机遇的人正是面试她的三个考官其中之一。

接受邀请，签署保密协议，遵循详细到甚至有些苛刻的规定，半个月后连漪参加了一场她都意想不到的重量级的中英国际会谈。

现场的安保也是国家级别的，每走进一扇门就要进行一次安检，最后在指引下落座。

整个会议持续三个小时之久，其间不能走动，不能上洗手间，不能交谈，现场肃穆，而连漪看着过去那些只出现在《新闻联播》上的大人物，感觉到了一阵紧张与激动。

最后，种种情绪都凝聚成十万分的专心与严肃。

这场会议同样有媒体的出席，翻译作为角落最默默无闻的人本是最不受关注的，但在连漪做口译时，有一个镜头在她脸上停留了五秒之久。

这五秒的镜头在国内社交媒体上引起了一阵热烈讨论。

两年前突然销声匿迹的教考研英语的老师一跃成了联合国翻译，许多人，尤其是听过她课的学生，简直沸腾了。

由此，她的学习经历开始不断被挖掘。

燕湖大学本硕，剑桥博士在读。

原来她当年突然辞去国内所有工作，是去国外再深造了。

有人将注意力放在她的颜值上，有人关注她的经历，还有人却是乐此不疲地扒她的八卦。

"她真的超牛，不仅她自己牛，她前男友们也很牛。你们知道国内最近有个很红的青年画家吗，最年轻的中国美术家协会成员，开全国巡回画展的那位，是她前男友，还有一位，那位更牛，据传是国内某行业巨头的太子爷，学历也很高，前不久去了美国读芯片博士。"

"你真是张口就来。"有人嘲讽爆料博主，"我记得她有场讲座，你们去网上找找，女神亲口说的没有男朋友，懂？"

因为这一个热搜，连漪的微信都被各种信息刷爆了，无论熟不熟的，都发来一句"哇，我在热搜上看到你了""天啊，你居然去读博了""这个消息是真的吗"……

而身处舆论中心的连漪，却被导师摁头收心写毕业论文去了。

关于网络上的任何八卦，她都没有回应。

自从三年前分开后，连漪和她的所谓"前男友"们再没有过联系。

他们本就没有什么重叠的交际圈，分开后也理所当然地成了不同世界的人。

只是，连漪没想到她与"前男友"之一的"某行业巨头太子爷"的见面会来得那么巧。

在她毕业回国后参加的第一个研究项目里，她和他成了同事。

"讲真的，我现在还是很火大。"

宋苒怒气冲冲地说。

连漪的声音从话筒里传出来，她问："这是又怎么了？"

"就刚刚那个迈巴赫的事，我还是想骂人！开迈巴赫了不起吗？那个司机眼睛长在天上的样子我现在想起就还想给他一拳。"

三个小时前连漪从港市转机飞京市，接到宋苒的电话，她惊魂未定地说她追尾了，连漪问是什么情况，宋苒说，等红灯的时候距离太近了，直接碰上了前车的保险杠，倒不是撞得有多严重，主要前车是迈巴赫，她吓一跳。

当时对方司机一下车就朝宋苒一顿嚷嚷，宋苒本来是理亏的，被他骂得火也上来了，和他对骂了两句后说等交警来，这事该怎么处理就怎么处理。

连漪问她："所以你那个事故最后怎么处理的？"

"没处理，他直接就走了。"她气恼地说。

连漪笑："没有找你赔偿，那不是挺好的吗？"

"没有找我赔偿的是坐迈巴赫后面的老板，不是他的司机，就司机那素质，我都想把唾沫啐他脸上！"

"你的车呢？你的车有事吗？"

"没大事，就前面就掉了点漆。"宋苒郁闷地说。

她还是越想越气，和连漪道："你说他是不是有病？前车都走了，灯还那么长，就他在那儿磨磨蹭蹭，半天不一挪。行，撞上了是我不对，该赔赔，哦，他那一副眼睛长天上的样子，仿佛不要我赔是他给了我多大恩赐似的，我就无语了，哈，我是赔不起吗？什么人！"

连漪过了廊桥，一路到了航站楼，宋苒还在不爽地抱怨。

"我出来了，你在哪儿？"连漪不得不先打断她的抱怨。

宋苒高举起了手："这儿，我看到你了！"

连漪挂了电话，朝她走过去，接着她问她："那迈巴赫的事，就这么算了？"

"谁知道呢。"见到连漪人了，宋苒终于觉得她这一路的抱怨不太好了，她道，"算了，不聊这倒霉事了……咱们上次见面还是半年前吧，你头发长了好多，上次你回国我见你剪成那样的短发，还以为你在那边受什么刺激了。"

连漪摸摸头发,道:"那段时间在德国做语言调研,长头发麻烦又不显干练,我就自己剪了。"

"自己剪的?你太狠了。"宋苒啧啧两声,又道,"我以为你会在那边定居,怎么毕业又回来了?"

连漪笑着说:"为了回来报效祖国啊。"

"开玩笑。"宋苒"喊"一声,不信她,"说真的,你怎么没留在那边?你之前的新闻我也看到了,你都能在联合国做翻译了,还回来干什么?"

"那只是一份实习工作,正好撞上了机会而已。"连漪解释。

"机会机会,我怎么就没这机会?"宋苒叹气,又问她,"那你这次回来是想干什么?"

"有一个国内人工智能的项目找上我了。"

"人工智能?那不和你的专业八竿子打不着吗,他们不找搞理工的,找学语言的博士干什么,难道你们这专业还学C语言?"

连漪笑着摇头:"别说,接到任务的时候我和你一样摸不着头脑,不过,我又去深入了解了一下,其实像我们人类有语言,有数理逻辑、身体动觉一样,人工智能也是包含这些方面的,所以不只是涉及计算机专业,人工智能也涉及语言学、数学、生物学等很多领域。像语言学,现在有一种专门的学科就叫作人工智能语言学,和认知语言学有很大程度是交接的,我回来也会做认知语言学方面的工作。不过,这又是一个全新的挑战,我博士论文的方向是社会语言学。"连漪有点儿无奈地说。

"好家伙,我一句话都听不懂了。"宋苒目瞪口呆。

"就这么个意思,懂不懂不重要。"

"不行不行,这话题聊得太高大上了,说点接地气的,你现在是去哪里?"宋苒问。

"去伯父伯母家,你都来接我了,不如也和我一块儿回去吃个饭?"

宋苒说:"你去你亲戚家,我去不太好吧?"

"没事,我是蹭你车呢,况且我伯母烧的菜很好吃的,不亏待你。"

"那我就恭敬不如从命了?"

"走吧。"连漪将宋苒拖走了。

中国最大的人工智能研究院的会议室里,正在滚动着现场出席会议的各位专家的信息，其中有两条是这样的——

连漪（研究员）
本科：燕湖大学 英语
硕士：燕湖大学 英语翻译
博士：剑桥大学 翻译、社会语言学
沈思晏（研究员）
本科：燕湖大学 计算机
硕士：斯坦福大学 Design Group总成设计
博士（在读）：麻省理工学院 微电子与光电子

三年前，原本准备保研的沈思晏放弃了保研，由导师推荐，他以优异成绩进入斯坦福大学读了Master（硕士），两年后，他被MIT（麻省理工）招揽，选择了微电子与光电子专业读博。

微电子与光电子属于一门新兴研究领域，在国内这一领域的科研人才很少，因而哪怕沈思晏还只是在读博士，仍被郑重地邀请回来参加这一项目。

沈思晏一回国，先去了燕湖大学看自己的老师——那位在他迷茫时期给他指点迷津的老教授。

仅用了三年，他做到了很多人一辈子都没有做到过的事情，教授再看到他感慨万千。

下了课，沈思晏陪教授从教学楼下去，教授背着手说："你是我见过最有天赋的学生，如今也证明了我当年没有看走眼。"

沈思晏客气说："我才刚刚踏进科研这一扇门，未知的困难还有很多很多，实在谈不上天赋。"

"天赋肯定不是简单模式，有天赋的人恰恰面对的都是未知的困难，不然岂不是浪费了这份天赋？从你本科带队一路切西瓜一样'切'进人工智能大赛获得特等奖，我就知道你小子不是池中物，我们一个偌大的燕湖也装不下你了。当年，你来和我说你要保研的时候，我是又高兴又遗憾，高兴是高兴在你有在这方面继续深造的打算，遗憾是遗憾在你没有把目标定得更高一点，说到底，还是不自信。"老教授点点他。

沈思晏沉默地听教授说，偶尔笑笑附和他。

老教授又负着手道："好在大四那年你突然开了窍，把眼睛往上看了，这么多年过去了，我还一直没问过你，你当年是怎么突然又想明白的？"

沈思晏沉默了一会儿，说："我没想那么多，只是想站得更高一点。"

"嗯，有这个目标，那就是对的，每个从我们燕湖大学走出去的学子，如果都能有和你一样的想法，那又多了多少人才啊。"

他说完，没有得到沈思晏的回应，老教授回头问沈思晏："你现在感受到肩膀上的压力了吗？"

沈思晏迟疑了一会儿，说："有一点了。"

"有一点儿？那这个觉悟还不够高，你已经站在这个位置了，咱们中国上面的这块天已经要顶到你们这届青年身上了，你怎么能说还只有点儿压力呢？"

没想到惹老师生气了，沈思晏飞快说："古人道，成家立业，我还想先解决个人问题。"

"那古人还说'匈奴未灭，何以家为'，我和你师母可是到三十六岁才结婚的。"

"那我不行，我最多……二十六岁。"

老教授被他毫无理想的想法气笑了，道："你想成家，那赶紧成去啊，你要是怕姑娘跑了，你就赶紧拉着她往民政局去啊。"

沈思晏小声说："我倒是想。"

老教授痛心疾首："你把你的精力专心放在搞科研上，男男女女情情爱爱那多是过眼浮云，只有你的成就、你给这个社会带来的进步，那才是刻在人类文明史上的。"

"人类文明史太长了，我的一生就那么短，比起科研……我喜欢她的时间更长。"

"胸无大志。"老教授给他下了定论。

"她是我的大志。"

"我说一句你顶一句，你是故意气我？"

"没有。"沈思晏委屈。

"那你跟我仔细说说，你那个心上人到底是个什么人？"

"我还不能说。"

"这又是为什么？"

"以后有机会我好好和您说。"

"哟，怎么着，她搞核导弹的啊？"

沈思晏点点头，在教授讶然的眼神里，他指了指心口，开玩笑道："在这里搞导弹的。"

老教授长叹一口气，道："你师母做了饭，你上我家吃饭去吗？"

"不了。"

"真不去啊？你师母做的饭很好吃的，虽然是粗茶淡饭，但我吃她这一手菜，吃了一辈子都觉得好吃。"

凡尔赛暴击。

"不了，我下午有个会，谢谢您。"

"你不去，那我可得回去陪我的心上人了。"

在沈思晏难掩羡慕的眼神里，老教授跨上自行车，笑着骑车回去了。

连漪下午便赶去了研究所，准备入职。

入职会议在研究所会议大厅，连漪到的时候，大厅里已经坐了不少人，她找到自己的名字所在的位置坐下。

名字都是按照英文首字母排的。

连漪坐下后和身边的未来同事先打了个招呼，做了个简单的自我介绍。

她的同事里大多是三四十岁的中年人，难得见到有她这么年轻的，都问她年龄，连漪说了年龄后又引来他们的长吁短叹："二十九岁就博士毕业了，未来可期啊，想我博士毕业硬生生又拖了两年，五年才毕业，毕业的时候我都三十三岁了。"

"那你还算是年轻的，我三十六岁才考博，四十岁那年才毕业。"

"哎，小连，你有对象了吗？"人与人之间的话题最后又回到了最简单最质朴的问题上。

贸然被人问起个人问题，连漪有点尴尬，但又不好不回答，只好道："还没有。"

"那可要抓紧了，再过几年，生小孩都不容易了！"

连漪："……"

"你有小孩了吗？"有人又问。

连漪刚入座就感觉坐立不安，简直想逃了。

她心里叹气，面上仍微笑道："没有，我没有想要小孩的打算。"

"丁克啊？现在丁克也挺好的。"

"不是丁克。"她就是纯粹不想聊这个话题，连漪道，"你们就当我是……没有那种世俗的欲望吧。"

"是吗？"她身后传来一个男声，这样反问她。

连漪回头望去，对上了一双熟悉而又有些陌生的眼睛。

"咱们今天的大人物，小沈总来了。"

有人笑着说。

连漪左眼皮不受控制地跳起来，她坐在位置上，扬着下颚望着他。

三年未见，连漪几乎快认不出他了。

沈思晏的目光和她稍一相接，不等她回神，他淡淡地抬眼看向了其他人。

有人起身说："我介绍一下，这是沈思晏，MIT的博士生，做芯片研究，也是咱们人工智能项目的投资人之一。"

"小沈总，久仰大名！"有研究员向沈思晏伸手。

沈思晏微微俯身和他握了一下，道："才疏学浅，不值一提。"

"太过谦了，二十六岁的MIT博士，真是长江后浪推前浪。"

他与沈思晏边说边走，不一会儿就走到前面去了。

自始至终，沈思晏没有再多看连漪一眼。

连漪眉头微展，倒是浅浅地笑了。

如果沈思晏向她打招呼和旁人无异，连漪心里倒可能真有点不是滋味，他冷淡、反常，说明他心里有鬼，他不敢看她。

连漪反倒觉得好笑。

"为什么叫他小沈总呀？"她问身边的同事。

同事讶异道："你不知道他吗？哦，也对，你是学语言的，不知道他也正常。他父亲是沈煜明，灯饰界的巨头，也被称为国内最会投资的投资家，这个小沈总啊子承父业，在投资上特别厉害，你猜猜他投这个项目投了多少钱？"

"多少？"

"三千万元！"

人工智能的总研发费用肯定不止几千万元。但这三千万元夸张就夸张在它属于沈思晏的个人投资，而非集体抑或企业投资。

不比影视投资，人工智能可不是拍电视、电影这种上半年投入进去，下半年就能回本甚至获取高回报的资本游戏，好一点的，一两年能见着点水花，运气差一点，拖个五六年出不来成果都是正常的。

这三千万元很可能连个响都听不着，还不如放银行存个三五年定期回报大。

不过风险大，回报也大，一旦出了成果，人工智能这类高新技术，别说回本十倍，百倍都有可能。

连漪听着身边人难抑的羡慕之词，她笑了笑。

作为投资方之一，沈思晏当然有特殊优待，连座位都在第一排。

从连漪的角度看过去，她只看得见他的后脑勺。

他的头发不再是过去随意、软趴趴的样子了，而是整洁有型，他正侧头和身边的人说话，时而颔首以表同意。

研究院的院长来了，会议室里热闹起来。

院长一路亲切地同各位研究员问候，走到连漪身边时，他停住了脚步，说："我知道你，很年轻的语言学博士。"

连漪起身道："申院长，您好。"

"你好，我们现在NLP（自然语言处理）技术太过于依靠机器学习，希望语言学博士的加入会给我们找到一些新的突破口。"

"承蒙您厚爱。"

简短地交谈了两句，院长继续往前走。

当他走到前排的时候，前排的人也都起身了。

在很多人都叫他院长的时候，沈思晏叫他："申教授。"

在国内，研究员很大部分是有高校教学任务的，哪怕申院长也是如此，他是本科教授也是博士生导师，在燕湖大学执教，教的是计算机必修课"算法与数据结构"。

"沈思晏，我记得你，你是少有几个在我的课上拿满分的。"他握住沈思晏的手，将他拉近，用力地拍了拍他的肩膀，"从蹒跚学步到攀登高山，中国人工智能还有很长的路要走，我们有一天退下了，这座山就是你们的了。"

"您身体健朗，一定还能推动中国技术向前走几十年，和您相比，我的路还有很长很长。"

"好小子。"申院长笑着松开他的手，走上了台。

这个会议开了两个小时之久，从介绍项目再到所有人做自我介绍、团队分工、小组名单、小组目标、研究目标，再到预期成果，事无巨细地在会议上做了介绍。

会议过后，负责人又带各位研究员去参观了研究院各个部门。

和摆满高精度仪器的实验室相比，连漪他们的工作室则充满文科气息。

两面墙是书柜，一张弧形的桌上摆了三台电脑，其他又各自有三张独立的办公桌，窗台上摆了绿植，角落立着一台小型的测试仪，此外还有白板架、可擦笔、投影仪和幕布。

不过这边属于工作室而非办公室，他们的办公室另有一处地方。

那儿是普通办公室，只有书桌和电脑，但地方很宽敞，摆了四十台电脑。

为方便一些导师带研究生做实验，他们的办公室都是留有富余的。

他们小组共有十五人，连漪是里面年纪最小的，他们小组里年龄最大的是一位五六十岁的老前辈，是研究计算语言学的，其他还有负责软件编程、负责信息整合的，等等。

每个部门都有一个负责人，这个负责人直接统筹每个部门的大部分工作。入职会议结束后，负责人又在工作室带大家开了一个会，将每个人的任务和任务时间都落实下去，至此，他们这个项目才算是正常启动了。

连漪拿着一份《国家人工智能研发战略计划》和《新一代人工智能发展规划》回到办公室，她仔细翻阅了一遍文件，在文件第一页就看到"到2030年，人工智能理论、技术与应用总体达到世界领先水平，成为世界主要人工智能创新中心"。

真正站在研究所里，脚踏实地地参与进这件事里，是很激奋人心的。

办公室外有了一些喧哗声，有人去看，说："有领导过来视察了。"

负责人立刻走出去迎接，连漪合上文件也站起身。

一群人走进了办公室，为首的领导说："你们做你们的事，不用管我们。"

连漪看到了跟在院长身侧、落后于院长半步的沈思晏。

院长似乎格外喜欢他，会议结束后一直将他带在身边，不时与他侧耳低语。

他西装笔挺，沉稳地站在那儿。

连漪几乎看不出他过去的影子了。

那个习惯于待在人群角落的青年如今已走到了人群中心，有一瞬间，连漪竟觉得他有些遥远了。

她的目光直接地落在他身上，没有避讳的意思，沈思晏垂着眼睛，手指轻收，他按了一下指关节。

连漪听到了一声小小的脆响。

沈思晏的目光扫视办公室，在她身上微微一停，又淡漠地收回了视线。

连漪眉头轻挑，她看着他，却也没有要主动过去和他交谈的意思。

领导说了几句话便要走，沈思晏转身的时候目光瞥过连漪，只见她拉开椅子坐回了位置上，重新翻开了那份文件，他脚步一滞，脸上神色更冷了。

连漪快要下班的时候接到了宋苒的电话，她说了一句："喂。"

宋苒在那边已经快要哭出来了，她说："连漪，我在交管所。"

"怎么了？"

"就早上那台车，那个司机又找了交管所说我肇事逃逸，那个傻子现在拉着我不准我走！"

他们部门原本是要一块儿去聚个餐的，因为宋苒这一通电话，连漪下了班只好先往交管所赶去。

只见在大厅里，宋苒抱着手臂坐在那儿，一脸的"不管你说什么，听进去半个字算我输"。

另一个男人则在那一边拉着交警，一边指着宋苒，一边唾沫横飞。

"宋苒。"连漪叫了一声。

宋苒肉眼可见地松了一口气，她刚要起身又被那男人一把拽住了手，那男的嚷嚷道："今天这事咱们私了就算了，我也不要多，五千块钱。"

交警也不耐烦了，道："你到底报不报案，你们扯明白了再来这儿。"

"她要是同意私了，就私了了，不同意，那就报案，报她肇事逃逸！"

"你报啊！那么大个监控在路上呢，我逃没逃逸大伙都看得出的，你真是不要脸！"

连漪走过来，抓住了宋苒的手，将她护在身后，她看了那男人一眼，又看向交警，问："交警同志，我们能报案吗？"

"你们报什么案？"

"追尾，我方责任。"连漪说。

"对啊，早报案啊，这事很容易了的。"交警立马掏出了一张单子。

宋苒立马"唉唉"起来。

"怎么了？"连漪问她。

宋苒扭怩了一下，问交警："我这个，要扣分的吗？"

"没有违章只追尾，那只罚款，至于损失，你们自己去协商。"交警公事公办道，"行车记录仪呢，看一下。"

那男人见她们真的要报案，立马道："两千块，两千块可以了吧？"他苦口婆心，"小姑娘，你肯定没出过事故，你要知道，这个保险就是赔也不可能全赔，你还是要赔偿，报案到时候赔得更多！"

他语气一软下来，宋苒也有点迟疑了。

连漪道："车是你的吗？"

"我老板的。"那男人说。

"那为什么要你来处理？"

男人理直气壮："我大老板那么忙，哪有时间来处理这种小事故？"

"你打你老板电话，要他本人过来。"

"我是司机，这交通事故就是我来处理的！"

见那男人朝连漪吼，宋苒气得要命："算了连漪，我赔钱给他算了。"

"这事不能这么算了。"连漪拉住宋苒，问交警，"请问能根据他的车牌查一下车主的电话吗？问一下车主是不是委托司机来处理事故。"

交警问："为什么要问？"

"今天早上追尾的时候，我朋友是主张找交警鉴定事故责任的，是对方老板说不追究责任了，现在对方司机出尔反尔，我怀疑他在敲诈。"她说。

那司机明显紧张起来了，一会儿说就几千块钱的事，一会儿说算了算了。

交警也觉得他不对劲，和连漪道："好，我给你们查一下。"

"我自己打！"那司机道，他还恶狠狠地说，"你们给我等着！"

他到角落去打电话了，连漪听着，隐约听他说了几句什么"追尾方报警了要求主动赔偿"，"我现在在交管所，对方要见您"……

他含含糊糊支支吾吾，连漪拉着宋苒重新坐下，宋苒小声问她："既然不扣分，要不就这么算了吧，反正都是要赔偿……"

"这不是赔不赔偿的问题，你等着看吧。"连漪说。

二十来分钟后，一辆车停在了交管所门口，一个男人从车上下来，宋苒嘀咕说："我怎么看他有点眼熟？"

坐在她身侧的连漪没忍住，低骂了一声。

"老板，我也是被突然通知过来的，说对方报案了……"

男人稍一颔首，走进了所里，看见连漪，他一怔。

"你朋友？"

"你还没回去吗？"

他俩异口同声。

另外两人蒙了。

"刚在路上，还没回去。"他说。

她也道："对，是我朋友撞了你的车。"

宋苒脑袋发蒙："你们认识啊？"

连漪顿了一顿，说："沈思晏。"

她看着他，却不是说给他的。

宋苒瞪大了眼睛，道："阿……阿斯顿马丁？"

"嗯？"连漪和沈思晏同时带着疑问地看着她。

宋苒讪讪道："没事没事，你们……叙叙旧？"

"不用了，已经见过了。"连漪看向沈思晏，道，"这起事故，你司机说要私了，赔偿五千块，是你的意思吗？"

"不是。"他否认。

"好，那我们就按常规程序，走保险。"

"不用了，我这边车险会报销。"他说。

"好，那剩下的事你和你司机自己去商量，我和我朋友先走了。"

她拉着宋苒去交了五十块罚款，然后头也不回地走了。

扯皮了一下午的事，连漪一来几十分钟唰唰解决完了，宋苒上了车，由衷地说："你太酷了。"

连漪坐在副驾驶，抱着手臂，没什么表情地看着前方。

"你那个前男友，你们什么时候见过了？"宋苒觑着她的脸色问。

连漪淡淡地说："研究院，他也在里面。"

"真是冤家路窄……"宋苒说，"你当年不辞而别，他对你没有怨言吗？"

"你觉得呢？"

"我看他刚刚对你的态度好像还挺好的。"宋苒说。

连漪想到沈思晏下午刻意冷淡的态度，她拉了拉嘴角，脸上却没什么笑意。

司机自从沈思晏来了后便一直唯唯诺诺不说话了，见两个女人都走了，他心里松了一口气，问沈思晏："老板，你们是熟人啊？真是大水冲了龙王庙，你看，要不是那小姑娘自己报案，其实也没这回事了。"

他试图倒打一耙。

"你知道她是谁吗？"沈思晏笑着问他。

司机卖笑："您说刚刚那个姑娘啊，那不是您朋友吗？"

沈思晏轻声道："我都不敢得罪的人，你把她得罪了。"

司机的事交给管家处理，被追尾的车送去了4S店。

沈思晏开车路过清辉潭，一如既往地，在那儿附近停了一会儿。

下午回家，连漪推开门，竟觉得自己的房子又熟悉又陌生。

每年连漪基本会回来两次，一次是清明，一次是春节。

回来的时间都不会太长，清明两天给她爸扫个墓，春节回来一周和家人团聚。她大部分时间都在大伯家，仔细算算，这两年她待在自己家的时间还不足一个月。

买了还不到一年的房子空置了三年，年年定时缴纳房贷，却久久不住，房子里连灰尘都带着金钱的味道。

但有自己的房子就有自己的归处，即便十来年不回来，也不会觉得一切陌生。

她出国后留了一份钥匙在大伯家，大伯母有时间就会来给她的房子通通风，除除螨，不过久无人住，家里只是看起来干净，角落里随手一抹都是一手的灰。

连漪不喜欢找保洁，她自己的东西有自己的一套收纳逻辑，有的按大小，有的按颜色，还有的讲究的是错落的艺术，如果别人弄乱了她的东西，她会有点抓狂。

回国后她将自己的东西都邮寄了回来，她刚落地就先去了大伯家，接着是去开会入职，又和宋苒去了一趟大伯家拿行李，直到天黑了才回到自己家中，还要收拾房子。

她邮寄回来的东西都已经到了，堆满了快递中心。宋苒送她回来，见着她那么多的快递都惊呆了，两人借了个推车，跑了三四趟才将所有东西全部运回家里。

从客厅到门口都堆满了包裹，快要无从下脚了，宋苒看不过眼，一见到包裹就手痒想拆，扬声问连漪："我能拆吗？"

"你拆吧。"连漪还在卧室整理行李箱。

"我太好奇你这些都是什么东西了。"宋苒在房子里转了一圈，没找着剪刀，从厨房里拿了一把水果刀出来，高举利器，气势骇人。

连漪忍不住道："你悠着点，别把里面的东西给我划了。"

"放心，我小心得很。"

宋苒抱着一个大箱子，拿着刀就往上划拉了几刀，扒开一看，只见里面全是专业书。

她有点失望，又开了几个箱子，有的甚至是一箱A4纸，没发现什么有意思的东西，她有点意兴阑珊了。

"连漪，你读博期间就没找点什么有意思的事做？就每天看书？"

"你觉得什么有意思？"连漪反问她。

"比如……我觉得谈个外国男朋友就很有意思。"

刀划过胶带，发出刺啦刺啦的声音。

弄好了行李，连漪也拿了一把小刀出来拆快递，她道："饶了我吧，我一年十二个月有八个月在其他国家做田野调查，哪有时间谈什么男朋友。"

"那你日子过得不无聊吗？"

"感情只是无趣生活的调味剂。"连漪朝着她那堆着小山似的书抬抬下巴，说，"你觉得我能无聊吗？"

"果然读了博士，这思想境界就是不一样……哎，这是什么，照片啊？"

宋苒打开了一个箱子，见最上面的是一个相框，她兴奋不已，总算看到点有意思的东西了。

"别——"

连漪话没有说完，宋苒已经将相框翻过来了。

那是一张少年大笑着几乎笑出相框的照片，画面模糊，青春气息扑面而来。

"连漪，这是谁啊？"宋苒双手抓着相框朝向连漪。

连漪道："没谁！"

"没谁？"宋苒不信，她又翻过去看了看，看到了少年脸上的眼镜。

"沈思晏对不对？"宋苒笃定，"一定是沈思晏！"

"不是。"连漪一把抢过了相框矢口否认。

"我今天可看到沈思晏戴了眼镜，照片上的人也戴了眼镜，而且明明很像啊！"

"你看错了。"

"那你再给我看看！"

宋苒几乎要扑过来了，连漪躲无可躲，最后只能认输："好了好了，是他，这有什么好看的？"

"那要问你啊。"宋苒将抢过的相框摆在桌上，说，"你要是不喜欢他，还留着他的照片干什么？"

"不是留着，只是忘了扔。"连漪仍旧反驳。

宋苒怎么可能信她，她努努嘴。

死鸭子嘴硬。

"我可还记得几年前的事呢。"宋苒说，"你们都分开那么久了，说不定他已经有女朋友了呢。"

连漪将照片塞到茶几下，道："有就有呗，和我有什么关系？"

"你嘴也太硬了，至于吗，都这么多年了，喜欢就是喜欢，不喜欢就是不喜欢，你这要喜欢不喜欢的，你自己不纠结吗？"

连漪深吸了一口气，平静地说："感情的问题不是那么简单的。"

"能有多复杂？能比考上剑桥博士还难？"

"我现在不想去想这些事情。"她再一次逃避。

可宋苒不是沈思晏，不会因为患得患失而只问得点到即止，她说："你就是嘴硬，你要是不在乎了，这张照片就算被我放你面前你也只会无动于衷，可是你慌了，你怕被我看见，你慌什么呢，连漪？"

沈思晏西装笔挺的模样在连漪眼前浮现，她想到了几年前，那个穿着西装问她"我好不好看"的青年。

如今，他俩也不过是擦肩而过的陌生人罢了。

"过去的都过去了。"她低声说。

"你敢说你心里没有一点喜欢了吗？"

今天下午看到青年成为人群的中心，微微勾起唇浅笑的侧脸在她眼前一闪而过，想起同事对他那些或艳羡、或钦佩的话语……再回想起他曾经不顾一切拥抱她的样子，和现在面对她刻意漠然的神情，连漪垂下了眼睛。

她用小刀划开封住纸箱的胶带。

小刀太钝了，划也划不开，她恼火起来，用力一划，"刺啦"，径直划到了虎口上。

有点痛，她低头看，只看到一道白痕。

"怎么啦？"

"没事。"她放下手，掀开纸盒，里面是一箱衣服，她手心压在衣服上，鲜红的血沁入洁白的纱裙，宋苒惊叫一声："你流血了！"

连漪扯了几张纸压在伤口上，迟钝的痛感逐渐清晰，她"嘶"了一声。

"有医药箱吗？"

"三年了，有也过期了。"连漪平淡地说。

"那你这怎么办？最少要消个毒吧，还得止血呢，你用卫生纸压着有用吗？"

"楼下有家药房，我去买药。"连漪起身。

宋苒也立刻起身："我陪你去。"

"不用。"连漪虎口处还攥着纸巾，鲜红的血沁透纸巾，她说，"太闷了，我想下去透透气。"

宋苒定定看了她一会儿，没从她脸上看出什么，她说："好吧，你去吧，剩下的快递我帮你拆了。"

楼下的小药房并不远，黑沉沉的天压在头顶上像要下雨了一样。

连漪看着天，心想，应当……还不会下雨吧。

停在路旁的车一排排地挡住路，连漪绕开，走到马路的另一边去。

她穿的是一件白色T恤和一条简单的休闲裤，头发扎成马尾，皮肤白皙清透，像一个刚毕业的大学生，模样在夜幕下依然夺目。

连漪慢吞吞地踱步走进小药房，坐在收银处的医生抬头看见她，站起身道："你好，要买什么？"

连漪举起受伤的左手说："可以处理一下吗？"

"呀，怎么弄的？"

"小刀划到了。"连漪说。

"你来这边，我先给你消个毒。"

碘伏消毒不疼，只是血有点难止住。

给她处理伤口时，医生多看了她几眼，笑道："好像有很久都没看到过你了，我还以为你搬家了。"

连漪轻抿着唇摇头："没有，出国了几年。"

"难怪。"医生给她一圈一圈地包上纱布，说，"你男朋友前段时间倒是还经常来，有时候在楼下一站就站很久。"

"我……男朋友？"

"对啊，以前经常来我们药房，长得斯文又俊气。"医生最后给她缠上一圈纱布，道，"好了，这两天就先不要碰水了。"

"谢谢，麻烦再帮我拿一些常备药吧。"

"要什么类型的？"

"家里常备的，能拿的都要。"连漪说。

医生便感冒药、发炎药、眼膏七七八八地都给她拿了，又附赠了一个医药箱给她。

"这个呢，要吗？"医生从旁边的货架上拿下两个小盒。

连漪一时失语。

"是你男朋友以前买的那种。"医生又着重强调。

尴尬，连漪低下头，胡乱说："随便。"

医生给她扫了码，将东西都装进医药箱里："好，一起是两百七十八元。"

"谢谢。"

医生笑道："欢迎下次光临。"

连漪走出药房的时候外面已经下起了小雨。

小雨无声，细细密密地斜飘着。

连漪在门口站了一会儿，发现小雨一时半会儿不会停，从马路这边过去也没有多远，不如走回去。

白色的帆布鞋踩进雨里，她站在雨幕下，不急也不缓地等红灯过去。

身后车门的声音一响，红绿灯也正好跳转了，她等着两侧的车都停下，拎着医药箱走上斑马线。

头顶蓦地一暗，她惊了一下侧过头，先看到一道明晰的下颌线，然后是绷直的唇线、高挺的鼻梁……

"手怎么了？"淡漠的声音问。

"划到了。"走过了斑马线，连漪回身，马尾在空中甩过一道弧度，她扬着下巴看他，"你怎么在这儿？"

他沉默了一瞬，回答她："路过。"

她嘴角浅浅一弯，没有拆穿他。

"到了，谢谢。"她客气道。

她站上台阶，里面便是电梯了。

沈思晏站在比她低一级的台阶上，他抬起脚步站上和她同样高度的台阶，没有说话。

"有什么事吗？"连漪看着他。

伞垂在一侧挡住了两人的身影，黯淡的光影里，沈思晏俯身向她靠近，连漪嫣红的唇微张，瞳孔紧缩。

他停在距离她不足十厘米远的地方，轻轻嗅了一下，说："换香水了。"

"没有。"连漪道，"没有用香水了。"

"会用回去吗？"他注视着她的眼睛，轻轻地问她。

"用回去……也不是以前的味道了。"

"你不用，怎么知道？"

他们的呼吸短暂交错，连漪别开头："很晚了，不要再路过了，早点回去吧。"她说。

像是听到好笑的话，沈思晏低低地笑了起来，问她："你不会以为我是来看你的吧？"

连漪脸上的神色一僵，冷淡了下去："没有以为，你路过也好，碰巧也好，都无所谓，随便你。"

她转身便走。

"连漪。"沈思晏提高声调叫住了她，

连漪脚步一顿。

她以为他会说什么挽留的话，他却只是温和道："头发湿了，回去要吹干。"

她没回头，继续往前走了。

一直走到电梯口，她摁下电梯键，微微侧头往外看，沈思晏已经走下楼梯了，黑伞消失在雨幕里。

电梯门开了，又合上。

连漪回到家，宋苒已经拆了大部分包裹，正在收拾纸盒子。

"怎么去这么久？"宋苒问她。

连漪说："外面下雨了。"

"下雨？怎么不打电话给我，我给你去送伞啊。"

"没事，小雨。"连漪将医药箱放鞋柜上，她打开边柜，拿了一把伞出来，和宋苒说，"你待会儿记得拿把伞。"

她这一句话提醒了宋苒，宋苒猛地起身："坏了！"

连漪吓一跳："怎么了？"

"我被子还晾着，忘收了！"她急忙道，"不行，我得先回去了。"

她急匆匆往门口走，连漪给她让开位置，好笑道："你慢点走，雨下好一会儿了，现在回去也已经晚了。"

"我得回去烘干。"宋苒单脚跟跄着换了鞋，又和连漪道，"记得明天晚上，我有个朋友聚会你陪我一块儿去，我去你那儿接你，然后一块儿过去。"

"好，包拿上，慢点走，开车小心。"连漪不放心她这火急火燎的性子，叮嘱了她几句。

"放心。"

宋苒摆手走了。

大门合上，房子里又恢复了冷清。

连漪弯腰将挡在路中间的箱子推到一边，一滴水掉入她脖颈，冰了她一下，她摸了摸湿润的发尾，想起沈思晏叮嘱的那一句"记得吹干"。

她将箱子都推到一边，走进浴室解开发绳，插上电吹风，呼呼的风声盖过了屋子外的雨声却更显得寂寥。

她站在这个房子里，不由自主地就会想起他，仅仅是短短一个月，他入侵了她关于这个房子的所有记忆。

温暖的、欢愉的、静谧的……

每一个角落都有他的身影，她想起偶尔周末他们会一起看一部电影，沈思晏喜欢抱着她，每次影片还没过半，他就趴在她肩膀上睡了。

休息日什么都不用想，手机关机，偶尔做做甜点，沈思晏跟着她亦步亦趋地学，更多时候是抱在一起睡觉，像两只互相取暖的猫，团着，拥着，紧挨着，头抵着胸口，从烦闷的世界逃脱，从彼此身上汲取热量。

头发吹干了，温热地贴着脖颈。

回头看灯光大亮，满室杂乱，却寂静得只有窗外沙沙的雨声。

她第一次觉得，一个人有点孤独了。

偌大的房子没有一丁点声音，唯一的管家轻手轻脚的，生怕打扰到沈思晏。

他的人生很多时候都是孤独的。

最快乐的时光都和她在一起，尽管很短，但真的很温暖。

她喜欢下厨，喜欢调料的辛香；她很爱干净，每一处地方都要收拾得整整齐齐；她工作的时候心无旁骛，即便是他向她索吻，她也只会无意识地回应他，注意力仍在工作上。

他喜欢她身上的香水味，喜欢她做的饭，喜欢她在深夜不自觉地拥抱他，又在第二天抱怨是他抱得太紧了。

她成熟，温柔，很多时候是她分了一个肩膀给他，留了一盏灯给他，打开一扇门给他。

他爱她，却也并不只是因为她的成熟温柔。

她也会有另一面，有时候也会过于吹毛求疵，生起气来故意无理取闹，因为得不到喜欢的就生闷气……

她的每一面他都接纳。

一如他几年前所说的，他爱她，没有任何理由，即便激情退去，只留下满地狼藉，他仍然爱她。

可她的清醒与薄情是利刃，一刀一刀地将他的爱意剜得流血。

他是有血有肉的人，怎么可能不痛？

想起她冷淡的眉眼，他有时候……真有点恨她的心狠。

第二天，便是正式开始研究院打卡的第一天。

连漪没有化妆，也没有背她那些名牌包，她拿了一副眼镜、一沓资料、一个笔记本和一支笔，用一个帆布包装上东西，随意地将头发扎成马尾，踩进帆布鞋里便出门了。

她在穿着上越来越返璞归真，她的博士导师说：一个人在心灵上的寄托越多，在物欲上的需求就会越少。

她大抵是如此了。

开车到达研究院，门口有武警值守，她戴上研究员的胸卡，刷卡入门，一路通行无阻。

同事里已经有人先来了，见到她打招呼道："早上好。"

如今的同事和以前的同事有很大的不同，最大的不同是大家好像多多少少都有点社交恐惧，尤其是在对彼此都还不那么熟悉的时候，说一句"早上好"已经是用完了所有社交词汇。

但是当开始进入项目讨论合作的时候，又会发现个个都能言善道且逻辑清晰。

大家好像都怀着一种日子长了总会互相熟悉，所以没必要急于认识的态度，佛系共事着。

他们今天的工作是去了解人工智能语言，对比市面上已经成形的人工智能形成初步的研究方案。

在和其他人讨论研究方案的同时，连漪还有一项工作是阐述英语的语言学理论，建构整个体系。

这不是一项简单的工作，万事开头难，连漪最少也要用几天的时间来理出一个最基础的目录。

她埋头于工作，几乎两耳不闻窗外事，因而，她也不知道沈思晏的现状。

她和沈思晏分属于不同的部门，除非工作有交接，否则是很难碰面的。

唯一一个很难不碰面的地方，就是食堂。

午餐是统一安排的，到点了大家便都要去吃饭。

同事们心照不宣地各自行动。

连漪一个人去打了饭，找了一个位置落座。

过了不久院长来了，身后跟着几位研究员，连漪一眼看见了穿着一身休闲装的沈思晏。

一位女研究员走在他身侧，抬着头和他说话，脸上挂着得体的笑。

连漪低头吃了一口饭，忽然觉得饭菜寡淡无味，好在她打得不算多，一两分钟后她便起身走了。

沈思晏注意到连漪的离开，他脚步一顿。

"你在看什么？"

女研究员顺着他的视线看过去，没看见有什么特别的。

"蝴蝶惊走了。"他声音很轻。

"什么蝴蝶，这里有蝴蝶吗？"女研究员蹙眉，又继续道，"我觉得我之前做的那组数据还是不够准确，下午再调试一次，精准度可能会好一点。"

"你决定了就可以。"他语气依然平淡。

连漪的心情说不上来地郁闷，心里像有什么被堵着发闷。

一直到许年打来越洋电话，连漪的心情才渐渐有了变化。

他是来和她宣布，或者说炫耀好消息的。

他和卡琳娜决定订婚了。

卡琳娜便是当年照顾他的女护士，她二十八岁那年放弃了当时的工作，追求成为一名医生的理想，考上了伦敦一所医科大学的研究生，或许是被她这样的精神打动，又或许是早已互生暧昧，许年从那之后开始猛烈追求她，一直追了一年才将人追到手。

相识一年，追求一年，恋爱一年，在女方三十岁这年，他向女方求婚了。

结果自然皆大欢喜。

这当然是好消息，只不过——

连漪取笑他："你不是说不到四十岁是不会走入婚姻的坟墓的吗？"

"是的，但是……"他突然沉默。

"但是什么？"

"连漪，我母亲不能接受卡琳娜，我不知道该怎样说服她。"

连漪诧异道："既然你们已经走到订婚这一步了，你当然必须得实话实说了。"

许年扯了扯领带，难掩躁郁："我试探过她的态度，她是绝对不会接受一个外国媳妇的。"

"那你呢？你怎么选择？"连漪问。

"我母亲生了我陪了我前半辈子，卡琳娜则要陪我后半辈子，我怎么能够在她们两个之间做选择？"

连漪扶着额头，有点头大了："你们订婚的事已经商量好了吗？"

"是的，卡琳娜的家人已经选好了地方，甚至邀请好宾客了。"

连漪："那你父母呢？你没有和你父母说过吗？"

"我说过我感情上的事，但我父母不知道她是外国人，我一直想和他们沟通，只是收效甚微，他们现在知道我有订婚的打算了，因为还没有见过卡琳娜，所以他们有些微词，认为我应该将她带回国内让他们见一次。"

连漪叹了口气："你父母的这个要求并不算过分。"

"我知道，我也知道他们不会接受卡琳娜，如果我按照他们的要求去做，就必须放弃卡琳娜，如果我想和卡琳娜订婚，我又必须将他们带过来。卡琳娜家是很传统的家庭，她父母必须要见过我的父母，才能举行这个订婚仪式。"

连漪说："既然你都还没有解决好你的父母，你怎么能向卡琳娜求婚呢？"

又是一阵沉默，许年艰难地说："卡琳娜怀孕了。"

"天啊。"连漪现在不只是头大了，她拔高了声音问，"你呢，现在打算怎么负责？"

许年也有些激动起来，他低声快速道："我是正在负责，所以我必须向卡琳娜求婚，不然她是会打掉这个孩子的。"

站在朋友立场，即便有一千句想责备他的话，也没办法在这个时候说出口，她只能问他："那你现在呢，有什么主意了吗？"

"我还在想……"

"你不如实话实说，卡琳娜已经怀孕，你的父母即便不同意，也只能接受这个事实了。"连漪说。

"他们是会接受事实，但他们也决不会来英国，他们不来英国，那卡琳娜的父母就不可能同意我们订婚，不订婚，卡琳娜一定会打掉孩子。"

逻辑闭环了。

连漪开始揉太阳穴："你是一个三十几岁的成年人了，许年，你怎么能在家人和女方之间哪方都解决不了？"

他嗓子沙哑："我是男人不是超人，现实就是这样一个dilemma（窘境），哪怕是超人也没办法处理完美。"

"我也尽量帮你想想办法。"连漪太阳穴都痛起来了，"先这样吧，我还要上班，晚上再想想看。"

"嗯。"许年苦笑，"今天本来是想和你报喜的。"

"你的这个消息，只有惊没有喜，挂了。"

许年的这一通电话彻底坏掉了连漪的心情。

一个下午她都在不由自主地想许年和卡琳娜的事，但无果。

下班的时候，宋苒特意到研究院外等着连漪，看着连漪开车出来，她道："呀，我都忘了你有车了，早知道我不如先过去了。"

"我不知道地方，你开在前面带路吧，对了，你那是个什么聚会啊？"连漪问她。

"有个朋友搞了个私人酒庄，我去捧个场，你知道的，我酒量不行，不带上你可不行。"

连漪算是听懂她的潜台词了："你这是带我去给你挡酒啊？"

"没有，不可能喝那么多，我就是想你刚回国，让你放松放松。"她说得冠冕堂皇。

连漪可不听她忽悠："先说好，我明天要上班，酒我就不喝了只陪你去。"

"也行，比我一个人去要好。"宋苒笑。

她们一前一后开去了酒庄。

另一边，新上岗的司机给老板拉开车门，礼貌道："小沈总，那边说已经在酒庄等您了，我们是现在过去吗？"

"嗯。"

他淡淡应下。

私人酒庄在京市郊区一个比较偏僻的地方，开车约莫一个小时才能到达。

偌大的酒庄，巴洛克风的装潢，巍峨的建筑显示出其价值不菲。

门口的工作人员先看了宋苒的邀请函——邀请函也与时俱进，还是小程序电子扫码，确认了身份，才放行让她们进去。

她们之后又陆陆续续有车赶到。

连漪原本以为是私家酒窖小型的朋友聚会，没想到这种场地宽阔、人来人往的大场面，她问宋苒："这里对衣服都没有要求吗？"

宋苒确信："只是朋友聚会，大家都随意的。"

服务生将她们带入会场。

一走到门口，信誓旦旦的宋苒就傻眼了。

所有人都是穿的西装、礼服。

宋苒倒还好，上身一字领香槟色丝绸上衣，下身浅灰色A字裙，不过是平底鞋，显得不够正式；连漪T恤加牛仔裤，素面朝天，不像来参加聚会，像来吃个饭就走，还属于是吃夜宵的那种。

宋苒有点头皮发麻了，她将连漪拉到一边，低头开始翻手机，不停找补："我怎么记得是和我说衣着随意就好的？"

还没等她翻出聊天记录仔细看，打招呼的人就已经来了。

"堂姐！"

一个穿着明黄色晚礼服的女生明媚地笑着朝着宋苒奔了过来。

宋苒恨不得找个地洞钻进去，她无地自容，拉着堂妹道："你怎么不早说还要穿礼服，你看我和我朋友，这样就来了，多丢人。"

"没事儿，本来就没规定，是我妈要请她那些朋友也来，还非要我穿这个，弄得我现在超级郁闷。你放心，陈嘉果他们肯定都穿得和你一样呢，待会儿我们自己去找个小房间玩，不和他们一块儿。"苏忱和她小声说。

"那就好，我都快尴尬死了。"宋苒松了一口气，直起腰，她看向连漪，抬手指着苏忱和她介绍道，"这是我堂妹，今天是她们家酒会，你放心，我们等下自己开个房间玩，就不在这边了。"

她又指着连漪和苏忱道："这是连漪，我朋友。"

"我知道你。"苏忱朝连漪灿烂地笑着，"你就是那个联合国女翻译，有幸见到真人了，你好漂亮啊！"

"不算什么联合国女翻译，网上言过其实。"连漪礼貌摇头，面对一身华服的苏忱也只是浅淡地笑着，没什么紧张和尴尬。

"我们加个微信吧。"苏忱主动说。

"好啊。"

"我手机在楼上。"苏忱扭头和宋苒说，"堂姐，你等下把这个姐姐的微信推给我，我回去加她。"

宋苒笑着说："我看你是想给你那个代购号拉点人吧。"

"代购赚点零花钱嘛，每年只能等年底股份分红，日子也是过得很苦的嘛。"苏忱嬉笑着。

她是不食人间烟火的富家女，因而天真烂漫。

又来人了，苏忱看了眼门外，眼睛忽地亮了起来，她道："你们随意玩，我接待完宾客就来找你们。"

"我下午还没吃什么，有点儿饿了。"宋苒看向自助区说，"咱们先去那边吃点东西吧。"

"好。"连漪没意见。

因为是酒会，吃的并不多，大多是些水果和甜品，宋苒抱着一盆樱桃和连漪坐到了角落。

"随便吃，不用在这儿客气，这个酒庄是我姑姑的，刚刚那个就是我姑姑的女儿，本来是她请几个圈子的朋友过来玩的。"宋苒吐了一粒樱桃核放纸巾上，继续道，"但是我姑姑也请了她的朋友来，所以就有那么多穿西装的。你放心，不只咱俩穿这样，其他人进来肯定也蒙了。"

宋苒话刚说完，只见门口真又走进来一个，这个更夸张，上身穿着精神小伙的棒球外套，下面一条大裤衩，还趿拉着拖鞋，一站到门口，脸上是肉眼可见地蒙。

苏忱立马迎了上去，和人说了几句，又指了指宋苒她们这儿，那人点了点头，还是一脸蒙地朝着宋苒她们走过来了。

"陈嘉果果！"宋苒高抬起了手。

那"精神小伙"走过来，和她击了下掌，道："宋苒苒！"

"这位是……"陈嘉果看向连漪。

宋苒道："我朋友连漪，研究院的女博士。"

"你好。"陈嘉果手塞在兜里，只见衣服向前一鼓，约莫是他在衣服兜里面伸手，他道，"我是陈嘉果，玩摄影的无业游民。"

宋苒侧头和连漪说："他拆二代，在家啃老本呢。"

"我是摄影师，尊重尊重。"陈嘉果拍桌子。

他们这三个穿得格格不入的人，就这么格格不入地坐在宴会厅边聊天。

因为他们三个实在穿得显眼，气场又自成一团，其他人看到了他们，脸上有一种想过来打招呼、又不知道这三个人到底是什么情况的复杂神情。

一直到一个穿着修身晚礼服裙的女人从楼上走下来，她在人群里说说笑笑了一儿，然后朝着宋苒走了过来。

宋苒打招呼："姑。"

女人对他们三个的"另类"没有任何表态，她脸上笑着道："苏忱那丫头呢，她把你们叫过来，就不管你们了？"

"她刚刚跑出去了，接人去了吧。"陈嘉果依然是那个动作，手在兜里动了动，衣服鼓起来指了指门口。

可能是陈嘉果实在穿得辣眼睛，女人道："陈嘉果，你上姨那儿拿几套西装去。"

"我不行，我穿那个浑身不舒服，比螃蟹捆绳里还难受。"

"二十四五岁了还这么不着调。"她笑着骂了一句，

"苏忱不也和我一样吗。"陈嘉果耸肩，门口一抹明黄色走进来，他道，"哟，说曹操曹操到，宋姨，你看，又一个没穿西装的。"

连漪怔住，几乎失语。

宋苒舌头在上颚卷了一下："什么情况……"

"沈思晏怎么来了？"她脱口而出。

"谁啊？"陈嘉果问宋苒。

宋苒："就那个，没穿西装的。"

"小忱儿拉着他呢，不是吧不是吧，不是真的吧？"陈嘉果自言自语。

宋苒挽住了连漪的手，趴她耳边小声道："肯定有误会，我待会儿去问问。"

沈思晏身上还是白天那套，兜帽黑色卫衣，浅灰色运动裤，高帮运动鞋。

他身边的女人中午一个，现在又一个。

连漪手插进了兜里，说："今天要是没什么事，我就走了。"

"别啊。"宋苒说，"你俩有什么误会，今天敞开了说，这我小姑的酒会，我的地盘，有我给你撑腰呢。"

连漪心里越发发胀，面上表情反而越来越平静："不用了。"

宋苒就快捶胸顿足了："我敢保证苏忱和他绝对没什么，就我堂妹那性格，她要是有对象了恨不得拿个喇叭上天安门喊去，我能不知道？"

连漪笑了一声："我真不在乎是他们什么关系。"

"呵！呵！"宋苒也气笑了，"你这嘴真是比蚌还硬，你说句软话，就承认你还喜欢他，有那么难吗？"语速太快，岔气了，她换了口气，"男人也是要靠哄的，你当年不仅甩了他一巴掌，还把人也甩了，这么多年，他还能……呃，他过来了。"

"别……"这一声是连漪说的。

她后退一步，转身就要走，宋苒一把拽住了她。

"那个，那个……"宋苒抬起手挥半天，愣是没想出应该怎么称呼他。

"什么那个那个？"苏忱睁圆眼睛疑惑地问宋苒。

"就，沈思晏。"宋苒硬生生把连漪从她身后拽到了身前，她道，"连漪在这儿呢，你们打个招呼？"

连漪和沈思晏对上视线，两人同时别开眼睛，一个看左，一个看右。

苏忱纳闷："你们都认识啊？"

宋苒快急死她个没眼力见儿的了，她道："苏忱，你怎么回事啊，你手往哪儿搭呢？"

"我表哥，我穿开裆裤他都见过，我怎么不能搭了？"不仅搭着，苏忱两手一箍吊住了沈思晏的胳膊。

沈思晏半边手臂一沉。

陈嘉果怒吼一声："苏忱，你穿开裆裤的样子我都没见过呢！"

苏忱妈妈刚和朋友说几句就听到这边的吵吵声，她走了过来："你们这大呼小叫的在这儿干吗呢？"

"姑姑，他是苏忱表哥啊？"宋苒指着沈思晏说。

"苏忱姑姑的儿子，你比他还大几岁，按苏忱的叫法，你也算他堂姐，怎么了？"

宋苒傻眼了。

想起自己刚刚的样子，宋苒嘴角抽动，她默默站到了连漪身后去。

她一退，连漪就成了那个突出的人，苏忱妈妈笑着和连漪说："好像之前没有见过你，是忱忱的新朋友吗？"

"是堂姐的朋友。"苏忱接话道，"她还是联合国的女翻译呢，我之前还给你看过热搜的，那个长得特别漂亮的。"

"呀，你本人比照片更年轻，照片看起来很成熟知性，现在看倒像个大学生。"

人靠衣装，连漪穿衣风格一变，生生从三十岁的职业女性变成二十岁的小姑娘。

她微微笑道："您好。"

一看着长得漂亮、学历还高的人，这长辈就忍不住了，苏忱妈妈拉过沈思晏，道："这是我外甥，别看他不爱说话，他也是常青藤博士，今年二十五岁了，他妈妈是我老公的姐姐，是做服装设计的，也是很好相处的。"

"扑哧——"

宋苒再没忍住。

连漪尴尬得头皮发麻，她抬头，盯着沈思晏，用眼神示意他先开口。

可沈思晏仿佛不仅瞎了聋了，还哑巴了，他视线重新落在连漪脸上，分明看到了她的示意，他嘴角勾了一下，就是不说话。

宋苒看不过去了，解围道："哈哈，姑姑，他们都是熟人，都认识的，您不用介绍了。"

　　"这样啊，果然本地圈子就是很小，转来转去，都是熟人。"她笑着摇了摇头，"既然都认识，我就不介绍了，你们自己玩吧。"

　　听语气，好像还有点遗憾。

　　姑姑被人叫走了。

　　长辈走了，另两个人也掉头就走。

　　"那个沈思晏……"

　　"那个连漪……"

　　宋苒看着两个头也不回的人，着急道："你俩要这样走了，以后可都别后悔！"

　　沈思晏和连漪的脚步又同时顿住了。

第九章
圆满

　　都说物以类聚，人以群分，宋苒一直不明白连漪这种谨慎沉稳的性格，怎么会和比她还小几岁的沈思晏在一起过。

　　她现在知道原因了，这两人在某些细节上可以说是极其相似了。

　　明明眼角余光里都是对方，因为没有人先开口说话，所以宁可憋死也不互相说一句软话。

　　宋苒刚才狠话都替他俩放出去了，只见他俩都出奇一致地停下脚步了，却是神色自若地各自找了一个地方坐下，非常同步地跷腿，如出一辙地神色淡漠，面无表情。

　　苏忱搞不明白他们之间发生了什么，低声问宋苒："他们两个这是怎么了？"

　　"没事，这边我在，你去忙你的。"宋苒安抚她。

　　苏忱点点头："噢，外面快布置好了，我们等一下就去外面聚吧。"

　　"好，你先去吧，陈嘉果，你别傻站着，你也去帮忙。"宋苒先将苏忱和陈嘉果打发走。

　　只留下她和两个冷战的人，她看看这个又看看那个，只觉得人生没有这样难理解过，明明都是成年人了，为什么处理问题还是小孩那一套，互相冷暴力。

　　其实，她多少也能猜到一点——因为心里还有对方，所以互相都希望对方能低一次头，但是，感情的事本就是一团糨糊，外人越掺和就越乱。

她无计可施，只能将这两人先分开。

沈思晏是被舅妈特意叫来参加酒会的，不一会儿就被叫走，让他去楼上换了一身正式的西装。

两个"斗气鸡"总算分开，趁着沈思晏还没下来，宋苒将连漪拉去了室外。

酒庄中心是一座大喷泉，到了夜晚挂上彩灯，打开喷泉，美轮美奂。

苏忱请的朋友陆陆续续都来了。她的朋友多，各行各业的都有，而且看得出关系都很好，大家穿得很随意，和互相认识的人攀谈着，室外的小聚会也办得有声有色。

有酒会就有音乐，室内放的都是钢琴曲、小提琴曲，室外苏忱直接叫人搬来了音响和点歌机，让大家自己唱。

陈嘉果是第一个开唱的，他点了一首《死了都要爱》，唱得声嘶力竭。

里外像两个世界，一个世界里个个光鲜亮丽，聊的都是证券、股票、投资，另一个世界里个个随意放松，聊的都是八卦、体育、私生活。

室内室外隔着一层玻璃，互不干扰。

只是可怜苏忱，一条明黄色的裙子穿在身上，明明是主角却像只繁忙的小蜜蜂，里里外外飞来飞去。

远离喷泉边的热闹，连漪和宋苒坐在室外的秋千上，听着草丛里的虫鸣和四周嘈杂的说话声，低声闲聊着。

宋苒脚尖轻点地面，停住了秋千，她和连漪说："其实刚认识你的时候，我觉得你还挺温柔的。"

"是吗？"连漪轻轻荡着秋千。

宋苒一踢，也跟着荡起来，"后来觉得你这人实在太装了，明明不喜欢的事，也要若无其事地答应，什么事都是轻描淡写的，不会发火，不生脾气，就感觉你这个人，其实什么都不在乎，像个假人一样。"

"就因为这个，你看我不顺眼，整天阴阳怪气的？"

"当然，最主要的原因还是咱俩是竞争对手，我先天就看你不顺眼。"

连漪说："我们属于良性竞争，你就是输不起，还从别人身上找理由，有病。"

"我当然有病，我要是没病哪能现在和你一块儿坐这儿荡秋千。"

连漪笑了。

"我觉得我应该知道你是什么型的人格了。"宋苒说。

"嗯？"

宋苒深吸了一口新鲜空气，又慢慢呼出，她缓缓道："其实我本科是学应用心理学的，成绩还不错，只是研究生读了英语教学。"

连漪敷衍："嗯，跨专业考研也是很厉害了。"

"我的重点不是跨专业考，我是想说，以我的专业知识和经验判断，我觉得你真的有点完美型人格。"

"原因呢？"

"我先问你一个问题，假如说有一件事情，无论做什么样的选择都会伤害到一个人，你最后会做选择吗？"

连漪想起了许年的事，她顿了顿，说："你没有具体情境，我没法回答。"

"好，那第二个问题，当你在犹豫的时候，你是不是特别害怕做出一个错误的选择？"

"你的问题让我想起我有个朋友遇上的麻烦……人不都这样吗？"连漪说。

"下一个，你会做的事情都是你认为绝对正确的，对不对？"

"废话。"

宋苒不在意她的回应，她继续道："在感情上，你在不停地追求完美，但又不相信有人会是完美的。你渴望被爱，但是又不相信有人会一直爱你，因为你觉得对方爱的只会是你完美的一面，当你不完美的一面暴露出来，你就开始不自信，开始自我怀疑，并且逃避，继续循环去追求你的完美，又接着陷入下一段自我怀疑……是不是？"

连漪这一次沉默了。

"被我戳中痛点了吧。"宋苒笑了起来，"你说你们这种完美型人格得活得多累啊，不仅你们累，爱你们的人也累，你们轻而易举就能否定别人对你们的爱，就因为觉得自己还不够完美所以别人对你的喜欢也是有时限的，你自我怀疑，反而否定别人。

"而且你知道我为什么特别讨厌你们处女座吗？"

"因为你有臭毛病。"连漪冷淡地说。

宋苒不在意她被戳中痛点后的跳脚，她道："你太理性了，把所有事情都权衡得清清楚楚，爱情在你看来是最不值得一提的，只要爱情和你的生活、事业、责任任何一样相冲突，你第一个会放弃的就是爱情。

"可是你的事业、责任都是有期限的，爱情却能永远成为你生活里的一部分。你的生活里如果连爱都没有，那就像没有充电器的手机，电量再高也总有耗尽的一天。"

连漪说："生活里其他事情也可以充电啊，事业给我的成就感，一部电影给我美的享受，旅游看到的风景，哪一样不能充电？"

宋苒伸出一根手指坚定地摆了摆："但这些都不是爱。"

"你在国外好好的，为什么要回国？难道是因为国内有更大的发展空间吗？是因为你爱这个国家，爱你的家人，所以你才回国的，对不对？不是因为权衡利弊才做出的选择对不对？"

连漪一时没有想出理由来反驳她的诡辩。

"你为什么就不肯承认你心里的爱呢？非要摆出很冷漠的样子，明明爱又不是丢脸的事。"

宋苒都说得口干舌燥了，见连漪仍一脸无动于衷，她简直挫败了："算了，我叫不醒一个装睡的人，总有一天你自己会不得不醒的。"

她从秋千上跃下，问连漪："你喝不喝酒？"

"喝。"

成年人的世界，酒是狂欢，酒是愁。

喝酒伤身，不喝酒伤心。

葡萄酒涩而清苦，回味倒算甘甜。

苏忱特地给她们拿了两瓶好酒，都是几十年的珍藏，一开塞便是浓浓的橡木气息。

宋苒边给她倒酒边说："今晚咱俩谁别走了，就在这儿睡一觉了。"

天上的月牙儿小得只有一点点光，喷泉倒是热闹，水中波光粼粼，不知道谁的红酒杯掉进了水池里，杯口浮在水面上，酒液将一池的水都染成了浅红。

彩灯下的透明玻璃内是衣香鬓影，玻璃外是狂欢与寂寥。

酒过三巡，苏忱明黄色的身影穿过宾客，到了宋莉身边，她咋咋呼呼道："妈，苒苒姐和她朋友喝醉了，我叫人把她们送楼上房间里去了啊。"

宋莉道："你看着安排吧。"

苏忱转身正要走，被摁住了肩膀。

"她们人在哪儿？"沈思晏低声问她。

苏忱指着玻璃窗外："喏，那儿呢。"

室外的藤椅玻璃桌上，喝醉了的人都在那儿趴着，沈思晏一眼看见了把头埋进臂弯里的连漪。

这还是他第一次见她醉到倒在桌上。

"哥，你去哪儿啊？"苏忱看着提步往外走的沈思晏问。

连漪其实没有喝醉，她只喝了不到一瓶红酒的量，离醉还远着呢。

只是有点困了，眼皮子打架，见宋苒找个地趴着了，她便也顺便在旁边趴了一会儿。

趴了还没多久，她感觉肩膀被轻轻拍了一下，但她不想动，所以没有回应。蓦地，一只手在她脖颈后轻轻地捏了捏，连漪第一反应是遇到色狼了，她猛地抬起了头，对上了一张熟悉的面孔，因为起得太猛，眼前又迅速黑了几秒钟。

"发酒疯呢？"他的声音在她耳里独有辨识度。

吓一跳，连漪的心差点从嗓子眼跳出来，她盯着他，一时没能说出话。

"我抱你，还是背你。"沈思晏声音清亮，显然没喝什么酒。

"不说话？"

他揽住她的膝弯，就着她坐着的姿势直接将她抱了起来。身体骤然腾空，后背一时失去依靠，他们的唇在咫尺之间擦过，连漪惊惶地揽住了他的脖颈。

她的慌乱被他感觉到，他的声音又低沉温和下来："抱紧了，不会掉。"

她太久没有听过他这样的声音了，有一瞬间，连漪竟有些鼻腔发堵。她闭上了眼睛，或许是真的有些微醺，又或许理智都在让她借酒装疯一回，她放纵自己靠在了他的胸口。

他的心跳沉稳有力，在她耳侧，一声一声地响着。

他抱着她，不在意周围的目光，穿过热闹的人群，走过寂静的楼梯，步伐稳健地一直走到房间，服务生用房卡给他们刷开房门，将房卡插进卡槽里。

沈思晏低沉的声音说了一句："谢谢。"

房门合上，他走进卧室，俯身将她放在床上。

她却没有松手，顺着倒下去的动作，揽他脖颈的手也将他带下，他猝不及防地双手撑在了她的耳侧，目光对视，是个极尽暧昧的姿势。

她微眯着眼睛，眼尾狭长，眼神迷离，醉醺醺地看着他，像勾人心魂的狐狸。

他目光下垂，落在她带着暗红酒渍的唇上。

连漪听见了一点的吞咽声，目光瞥见了他的喉结上下滚动。

彼此呼吸间都带着酒气，她的目光从他的眼睛落到唇上，然后又看向他的眼睛。

谁都没有动。

不知道僵持了多久，一直到连漪手臂真的酸了，她的手不自觉地松开了一点。

"一直抱着，不累吗？"他先开口，语气平和。

连漪一时不知道是不是装醉被他发现了，她僵硬了一瞬，支撑不住了，顺势松开手。

她的眼睛里带上了水光，就那样抬着眼睛看着他，像受了莫大的委屈。

沈思晏目光冷静地和她对视着，理智却又一步一步地败退，终于，他伸出了手，轻轻地、缓缓地盖在了她眼睛上。

他能感觉到她的睫毛在他手心下眨动，他低下头，却是在自己手背上轻吻了一下。

他起身，给她拉上了被子。

就在他要走的时候，连漪环住了他的腰，侧耳贴在他心口。

她仍看着他，目光盈盈，不发一言。

一时沉默。

沈思晏手指从她的发根轻抚到发尾，带着爱意的温柔爱抚令她忍不住战栗。

他翻身将她压倒在身下，俊气的脸靠近她，连漪闭上了眼睛，沈思晏却是错开了她，在她耳侧咬着牙，发狠道："连漪，最后一次，不要让我再看到你喝醉了。"

他的手指带着怒气重重地抹过她沾着酒液的唇，起身，阔步离开了房间。

房门一声轻响，连漪眼神恢复清明，她看着天花板，耳边回响起的却是他沉默时的心跳声。

快而重。

清晨酒会散去，空气里飘浮着尘埃粒子。

连漪睁开眼睛，从她的角度正好能看到楼下的花园，喷泉的雕塑洁白，草木葱郁，远处是看不到边界的葡萄藤。

小花园被收拾干净，看不出昨天的丁点热闹。花匠在修剪花枝，剪刀的咔嚓声是这个清晨唤醒她的声音。

风一吹过，树木沙沙作响，落花满天飘在空中。

偶尔换一个环境生活，似乎也别有一番趣味。

不过可能是认床，连漪昨晚睡得不算好，做了一晚上的梦，早上睁开眼睛时却又什么都想不起来了。

她翻过身，从床头摸到手机，时间还早，不过五点多。

从郊区酒庄去研究院，要比从家过去远，但时间也绰绰有余了。

一晚上没有洗澡，没有换衣服，连漪觉得不太舒服。

她本是想先回一趟家的，从卧室走出来，却发现卧室外的桌上已经摆上了早餐，一个袋子摆在单人沙发上，那个品牌是连漪过去经常穿的。她拿起袋子，看见了一条白色的长袖伞裙，正好能搭配白色帆布鞋。

这只有可能是沈思晏送来的，因为只有他最清楚她这种衣服和鞋子必须同色系的强迫症。

她在浴室洗了澡，换了一身衣服，早餐只吃一片面包和一杯麦片牛奶。

快要出门的时候她接到宋苒的电话。

宋苒问她："你起床了吗？"

连漪将包的拉链拉上，她说："正准备走。"

"好，起来就行，我就怕你睡过头了。"宋苒说，"我今天有个早会还没准备，我已经在路上了。"

"没事，你先走。"连漪弯腰系上鞋带，问宋苒，"对了，那个早餐是谁送的？"

"还能有谁啊，沈思晏一大早就起来了，还跑了会儿步，又去给你送衣服和早餐，哎，你真是身在福中不知福啊。"宋苒拖长了调子懒洋洋地说。

"他……走了吗？"

"我怎么知道呢，反正我走的时候他还没走。"宋苒说，"怎么，你找他啊？"

"没有。"连漪打开了门，说，"我也要走了，先挂了。"

她把门往里一拉，一眼看见了靠在她房门对面、抱着手臂的男人，她的目光和他刹那没掩藏好的诡异的眼神有了交集，连漪嘴唇动了动，那一句若无其事的"早上好"却怎么也说不出来。

他垂下了眉眼,气压太低,连漪甚至不知道他又怎么了。

她想了想,还是道:"早餐和衣服,谢谢。"

沈思晏一晚未眠,想起她酒后的失态心里像扎了一根刺。

他不在的那三年,她喝醉了又是谁在她身边?

他不敢想。

他想问她,可在她门口站了一个小时,看到她若无其事的表情又觉得无力。他深吸了一口气又吐出来,紧闭了下眼睛,转身就走。

她跟在他身后,跟着他的脚步走过长长的走廊,一扇窗,一道影,明暗交错。

直到一通电话打断这漫长的沉默。

是许年的电话。

现在是六点半,英国的晚上十一点半。

许年还没这么晚打过电话给她,连漪站住了脚步,她低头接通电话。

"喂。"

她前面的脚步一顿。

"卡琳娜……"

"你怎么了?"

"Don't do it(不要这样做)…"

"许年?"

那边的电话应当是被谁拿走了,一个陌生男人的声音气急败坏道:"He's drunk, please take him away(他喝醉了,请把他带走)。"

"Sorry, I'm not in England, maybe you should call(抱歉,我不在英国,你应该打电话给)…"

连漪本想说卡琳娜,可她想起卡琳娜已经怀孕了,显然不能去照顾他。

"He has a wallet, please take him to the hotel(他有钱包,请带他去酒店)。"

那边的男人道:"You should talk to him(你应该和他说)。"

连漪抓了一下头发:"许年,你不要发疯,自己去酒店,行不行?"

被她一骂,许年可能清醒一点了,迷迷瞪瞪道:"连漪,怎么是你啊?"

连漪抬起头,发现沈思晏已经走得没影了。

"被你害死了，你快点自己去酒店，我要上班了。"

"对不起啊……"许年趴在桌上捶着桌子哭了起来，"对不起啊。"

他哭着，连漪也觉得难受起来，一大早的好心情落到谷底，她勉强好脾气地劝说他自己去酒店后挂断了电话。

从酒庄到研究院，沈思晏的车开在前面，连漪跟在他后面，一前一后开进了研究院。

连漪没急着下车，她抱着手臂，直到看到沈思晏下车。

他腰背挺直，和她赌气似的头也不回地走了。

她示弱过了。

只是小狗长大了，有自己的想法了，不上当了。

他想要她再主动去挽回他是不可能的，她这辈子都没挽留过谁，也没有人教过她去挽留。

连漪打开车门，砰一声甩上车门，跟在沈思晏身后进了研究院。

刷卡入门的闸机昨天坏了，要刷好几次才能刷得过，连漪站到了沈思晏身后，闸机"嘀嘀"几声后终于开了，他沉默地侧过身，意思却是让她先过去。

连漪的心微微软了一下，说："谢谢。"

他又看了她一眼，却没有回她"不客气"。

从早忙到晚，下班后她开车回家，沈思晏已经先走了。

晚上七点多，许年终于醒酒了，打电话过来道歉，又和她解释原因。

卡琳娜孕期情绪不稳定，一生气就说要打掉孩子，和他吵了一架，许年压力太大了，面对卡琳娜失控的情绪，最后只能自己跑出去冷静，在外边一杯接一杯就喝多了。

"许年，要不这样吧。"连漪想了很久，最后只想到这样一个办法了。

"你有办法了吗？"

连漪没有踌躇，她和许年干脆道："我把你父母先带去英国，然后剩下的事情你自己去处理，行不行？"

许年不解："你怎么带他们过来？"

"我有我的办法，你负责配合就行。"

没有别的办法了，不管怎么做，许年都只能应下："好。"

"许年，你应该多为卡琳娜着想，她孕期心情不稳定是很正常的，她有多喜欢小朋友你也知道的，说打掉孩子是假，即便你和她分开，她一个人也会把孩子抚养大，可孩子是你们两个人的事，不应该让压力都在她身上。

"你不要想让卡琳娜为了和你在一起而低头，结婚是两个家庭的事，你没办法在中间做好那个黏合剂，卡琳娜未来也只会过得很痛苦。如果你的父母过去了，你都没办法说服他们，我说得难听点，许年，那你可能真的不适合和卡琳娜在一起，你放过她，也放过你自己。"

许年又有点想抽烟了，但因为卡琳娜，他已经戒烟了。他摩挲着笔，低声和连漪说："谢谢，我和卡琳娜的订婚仪式，你来吗？"

"看情况吧，不过你们的结婚仪式我肯定会去，替我向卡琳娜问好。"

"好。"

晚上宋苒来她家蹭饭，连漪将这件事和宋苒说了，宋苒的第一反应是问她："你干吗要挺身而出，你给他出主意不就行了？"

"我妈和他妈是朋友，我在英国那些年和许年也走得比较近，他父母本来就以为我们俩在一起了，所以除了我能做这个没其他人了。"

"也是，找其他人他父母怎么说也还要深入了解一下，谎就圆不下去了。不过，你真想好扛这个'雷'了？"

连漪耸肩："不说两肋插刀，只是顺便帮忙，我又没什么损失。"

"你就是太理性了，我站在感性角度，觉得这事风险挺大的，你倒是觉得无所谓。"

宋苒还是觉得不妥。

连漪叹气。

她哪知道三年前说的一个谎，三年后，还得她圆。

宋苒跟着也叹了口气，不过这回是替她叹气："你朋友孩子都有了，你呢，还准备和沈思晏冷战呢？"

连漪执拗："不是我单方面冷战，也不是非他不可。"

宋苒简直不能理解她的固执："他是沈思晏哎，投资圈里高不可攀的太子爷，他的身价是多少你知道吗？"宋苒举起十根手指头，和她说，"这个数，可以一辈子都不用努力了。"

连漪冷淡道："我不缺钱。"

"行，你不缺钱，可他一博士，长得好，家世好，生活习惯也没的说，最关键的，等了你三年还喜欢你，这样一个人，莫非你还能再找出第二个来？"

宋苒的话还是让她心里塌陷了一角。

"不是三年……"连漪看向了窗外，她轻声说，"九年。"

"九年？"宋苒掰着手指头往前数，"九年……那时候，沈思晏才十七岁吧。"

连漪眉眼逐渐松开，轻笑了一下："十七岁，高二，高高瘦瘦的，不爱说话，乖顺得像小狗一样。"

宋苒戚戚然："十七岁，那是把你当初恋啊。"

连漪轻而缓地道："二十二岁，大四，就坐在这个地方，他说喜欢是没有理由的，我那时候看到他就觉得像看到朝升的太阳，生机勃勃，充满活力……只不过我属于冷月，他的光照错了地方，月亮再亮也没有温度。"

"那是月亮之外的人感觉不到温度，可是月亮里的人呢？白天的月亮高达一百多度，连漪，你的心里呢？"

她抿住了唇。

宋苒笑她："你大可以骗别人，你干吗要骗你自己。几年前，他把你当白月光，高高地捧在手心上，现在他可也是别人的白月光了，身边狂蜂浪蝶只多不少，比你主动的人也比比皆是，他即便是变成了冷月，也多得是人高高捧着他。连漪，现在不珍惜，以后可就没以后了。"

沉默片刻，连漪淡淡地笑了下，她说："我从来不觉得谁在我的生命里无可替代，就连父母都是如此。他便是变成月亮我也不会去摘他，我要他自始至终朝我而来。"

她脸上带着浅浅的笑容，自信且明媚，眼睛里有着骄傲的光。

她绝不会做候选的一方，她只做独一无二，如果要委曲求全才能得来一份爱，她宁可不要。

她爱的人对她的爱，只能比她多，不能比她少，她不彷徨也不寻找，爱她就朝她而来，住到她心里来。

否则，她宁可错过，也不要成为过错。

或许从来没听过这样嚣张的话，宋苒惊呆了，她啧啧道："喜欢你，他也算倒霉。"

"喜欢我是他的幸运，被我喜欢是他的荣幸。"

凭什么女孩的喜欢就一定要低微相从，否则就是不识好歹？

无论十八岁还是三十岁，女生都要是怒放的鲜花，男人若想采撷，也必要碰得满手刺，用真心来换。

她才不要做任何人万花丛中的一点红，要做就做只此一株的鲜红玫瑰。

订婚宴迫在眉睫，双方家长却还迟迟没有见面，女方家长已经颇有微词，许年别无选择，思来想去，只能配合连漪的办法。

只要父母来了英国，见到了卡琳娜，以他对父母的了解，他们是很可能会松口的。

老一辈执拗但是好面子，关上门来训他一顿免不了，但至少，不会让卡琳娜和肚子里的孩子受伤害。

他组织了一晚的措辞，想了很多父母可能有的回应，又和连漪商量了一遍。

最后定下的方案是这样：两方家长都是认识的，连漪必须先和她妈通个气以免露馅，打好配合后，许年再打电话和父母说订婚的事。只要没有问题，周末立刻安排他父母来京市，连漪将他的订婚请柬给二老，并送二老到英国，到达后，一切事情就交由许年安排了。

计划定下，一步一步地实施就容易了。

为争取她妈的配合，连漪将事情的来龙去脉都说了一遍。

听了整个事情的乌龙经过，她妈先是叹气，直说："我们两家本来都在商量什么时候给你们办酒了，结果你和许年竟然真就什么事都没有，这都算什么事啊？"

不过她妈显然比许年妈想得开，接着又说："许年倒是有福气，找的外国媳妇多漂亮啊，以后生的小孩也是混血，多好啊。"

说着说着，还把自己说羡慕了，又问连漪在国外交男朋友没有，她要是交外国男朋友，她一点意见都没有。

博士期间连漪忙成狗，哪有时间谈恋爱？

她妈说："你怎么和小林分手了之后，就没动静了呢？"

她的话让连漪一怔。

她想起她和沈思晏在一起的时间，竟然连一点的名头都没给过他，更别说和家里人提起他。

关逸然都并不清楚他，唯一知道他的只有连城。

谈起自己的私事，连漪第一次没有打断她妈，而是说："我的事，往后再说吧⋯⋯"

虽说计划已经订下了，但连漪和许年不想说得太过直白。

许年打电话给父母，是这样说的。

他开门见山，第一句就说："爸妈，我要订婚了。"

他父母大吃一惊，甚至以为他在开玩笑，道："开什么玩笑，你和谁啊？"

许年含糊："就……你们应该知道。"

他父母恍然大悟："噢！噢！哎呀哎呀，我三年前就知道你们俩有点事，但这也还是太快了吧，怎么直接就要订婚了？"

"她要毕业了，想毕业前在学校礼堂就把订婚仪式办了。"

在这儿他说的是实话，只不过这个"她"指的是卡琳娜。

他父母误会道："啊，这么着急啊，那她妈妈知道吗？"

许年认真说："她家人都在英国这边，所以我想，还是请你们也到这边来，我们坐下来见个面，好好谈谈。"

"什么，都到英国了？她家长没意见，我们更没意见了！你们安排的是什么时候啊？"

"这周末吧，连漪现在在国内，会给你们去送请柬，带你们来英国。"

"哎，她都回国了，你怎么不回来呀？"

"我在这边有点事，脱不开身……"

就这样的语言陷阱，把二老彻底绕进去了。

连漪和她妈说了怎么配合，她妈接到许年妈打来的电话，不承认也不否认，三两句话就是"太好了太好了，恭喜啊恭喜啊"，只字不提连漪。

许年父母沉浸在莫大的喜悦里，连连道："同喜啊同喜啊。"

虽说所有的巧合背后都有处心积虑的痕迹，但这样的说辞至少不算完全骗了他们，等他们知道真相，发现所谓的误会后至少不会太难受。

在计划下，他们的安排一路都顺利得不得了。

许年将请柬发给连漪用的是英文的请柬，名字是许年和卡琳娜的英文名，这倒真不算骗了二老，只能算是善意的谎言。

在连漪绞尽脑汁和许年应对他的父母的时候，她却不知自己后院即将起火——

这把火，是宋苒给她点的。

连漪和许年的谋划的另一个知情人便是宋苒，宋苒以吃瓜和满足好奇心为由，将他们的计划挖了个彻底，之后，她又通过堂妹要到了沈思晏的联系方式。

她是想推波助澜，但没想坏连漪辛辛苦苦谋划的事，因而在周六早晨，知道连漪已经出门后，宋苒才用新手机号发了消息给沈思晏，只有一句话：连漪十一点飞伦敦。

沈思晏的消息立马回给了她，只有一个问号。

宋苒直接放了"猛料"：她要出国订婚，信不信由你。

沈思晏质疑她：你是谁？

我是谁不重要，你要是不信那就别后悔。这句话发完，宋苒立马换了手机卡。

周六的航班飞英国，周五晚上许年的父母就来到了京市，连漪接到他们后，还专程带他们去商场买了几套新衣服，都是她付的钱。这两天产生的所有费用，包括机票，都由许年报销。

周六早上，她早早起床，和许年父母吃过早饭后，她就带两位老人去了机场。

许年妈待她就像对待亲女儿，越看她就越喜欢她，候机的时候挽着她的手凑近了说话，脸上的笑压都压不住，许年爸话少，时不时地插一句话，也还是满场欢喜。

两位老人喜笑颜开，连漪却是毕生的演技都用上了，脸都快笑僵了，不过实际上她还是频频走神，注意力都在和许年联系的消息上。

许年比她还紧张，从计划到行李物品都一点一点和她复核，以确认两位老人能安全地抵达英国。

机场，飞机的轰鸣声巨大，而在另一边，西山别墅区却是静谧得落针可闻。

管家从早上开始就觉得少爷今天有点怪怪的，一直在走神，频频看手机，尽管和往常一样在浏览新闻，可停留在新闻页面已经有近半个小时没有动过了。

他忍不住出声打断他的走神："今天是有什么特别的事吗？"

沈思晏回过神，意识到眼前这则新闻他看过了，已无心再看这些无关紧要的东西，他关掉了电子屏幕。

"几点了？"他问老管家。

如果没有走神，他在电子设备上就能看见时间。

面对他的询问，管家仍是很有素养地抬手看了一眼手表，回答他："现在是九点四十五分零六秒。"

沈思晏将手上的东西扔在了一边，他大马金刀地坐着，胳膊撑在腿上，俯身，手指不停转着挂在胸口的戒指。

对他的一举一动都了如指掌的管家说："您今天又有心事了。"

沈思晏的动作一顿，良久，他做下决定："安排车，去机场。"

提前一个小时值机，过安检。

老人出门多坐高铁，很少坐飞机，拿登机牌办托运这些事便都是连漪在跑。

一路风平浪静，一直到快要登机的时候，连漪突然接到了电话，她本以为是许年找她，定睛一看，竟然是沈思晏打来的。

她诧异于他怎么会突然联系她，接听了电话后，沈思晏第一句就是："你在哪儿？"

"我在……"她习惯性地要回答，忽然想到还要解释原因，连漪将后半句话隐去，她问沈思晏，"有什么事情吗？"

他的声音放得很轻，带着不易察觉的轻颤，问她："连漪，你从来就没等过我吗？"

她蹙眉："你在说什么？"

沉默片刻，他一字一句地问："你告诉我，你现在在哪儿。"

连漪将听筒拿远了一点，他的盘问让她有点恼怒了："你有什么事情，电话里就可以说。"

她一发火，他又放软了声音，低声喑哑道："我在找你，你在哪儿？"

面对他这样的语气，连漪的火也有点灭了，不得不说："我在机场，有点事，你有什么事找我，等我回来再说，好吗？"

"连漪，谁的电话呀？"许年妈问。

"是不是要登机了？"许年爸紧跟着问。

连漪一脑门官司，压低声和沈思晏说："我这边有事，待会儿发信息给你，可以吗？"

他笑了，笑得心口发疼，他诘问她："你要订婚了，连说也不准备和我说一声吗？"

"谁和你说的？"连漪愣住了。

"所以，订婚是真的还是假的？"他质问的声音从话筒传出，使得许年父母都看向了她。

"我……"话卡在喉咙口，对上两位老人疑问的目光，连漪的唇动了动，许久，她才当着老人的面，带着笑容挤出来一句，"你说呢？"

她的视线和老人怀疑的目光相撞，为了使自己的说法更令人信服，她还试图用轻松的语气道："怎么，你也有时间来吗？"

那边是长久长久的沉默。

看着两位老人松开眉头的神情，她却没有觉得哪怕有一点点的轻松。

听着沈思晏沉重的呼吸声，连漪心里像被剜了一刀，知道了什么叫自作孽不可活，她的嘴张合了一下，再说不出其他话，她哑声道："对不起，要登机了，有什么事，等我回国再说。"

"老师……"

不知道有多久没有被人叫过这个称呼了，乍然再次听到，她竟然觉得从后背到尾椎骨一片发麻。

"姐姐……"他又这样叫她，放弃了所有尊严，在她面前抛开了一切，颤抖的声音带着呢喃的爱意和卑微的祈求，在她耳边说，"对不起，你能不能，别不要我了？我很努力地在成长，你能不能，回头看看我……"

"对不起，对不起……"

连漪的泪腺彻底失控，生怕听他再多说一句，一切谋划都成了空，她不得不挂断了电话，眼泪也掉了出来。

"连漪，怎么了？刚刚那是谁啊？哎，这孩子怎么哭了……"

"我没事。"她明明在哭，却摆出一张笑着的脸说，"我是……高兴。"

"你这丫头，怎么高兴还哭了，快擦擦眼泪。"

上了飞机，手机开飞行模式，只能联网，打不了电话，发不了短信。

十五个小时，从京市直飞伦敦。

她的眼泪没有停过。

许年父母不停地问她："孩子你怎么了？是不是坐飞机不舒服啊？"

连漪说："不用管我，我坐飞机就流眼泪，睡一会儿就好了。"

"那你快睡吧，休息一会儿啊。"

连漪侧过头去，眼泪却横过鼻梁，从另一侧的脸颊流下。

女人不能心软，一心软就遭殃。

可她终究不是铁石心肠，她的心在他的哀哀乞怜下疼得一塌糊涂。

英国时间晚上七点，飞机抵达伦敦的机场，许年早早在机场等待，一看到父母的身影平安出现在出口，他的心终于落下。

"儿子！"

许年妈激动地拉着行李箱一路小跑奔过去，许年爸也加快了脚步，只有连漪走在最后看着他们一家人团聚。

许年揽住了父亲和母亲的肩膀，难掩激动："你们没事，一路平安就好，一路平安就好。"

许年爸说："我和你妈的身体还硬朗着呢，坐个飞机能有什么事？不过这一路，辛苦连漪了，对了，你们两个也打声招呼啊。"

许年看向连漪，他们目光相对，他一时哽咽，诸多的话都说不出，他对她只说得出一句真诚得难以表达他复杂情绪的"谢谢"。

他父母说："一家人，不说谢，都回家了。"

连漪向许年颔首然后又摇了摇头，这个颔首的意思是，任务都完成了，摇头是说，她就不和他们一起了。

许年和爸妈道："她还有事要忙，就不和我们一起走了，你们好好睡一晚，有些事，我明天和你们慢慢说。"

"连漪不和我们回去，那她去哪儿啊？"许年妈还回头张望着。

"没事的，我给她安排了酒店，你们奔波了一天，先回我那儿休息。"许年将父母哄走。

连漪看着他们一家三口离开的背影，终于松了一口气。

许年的麻烦事解决了，接下来该解决的，是她自己的麻烦事了。

她一开机，手机上就是几十个未接电话，很是惊人。

连漪将电话回拨给沈思晏，却收到提示："您拨打的电话已关机……"

她查询了最快回国的一班飞机，唯一一趟直飞的也是明天下午了。

她站在那儿发了一会儿呆，脑袋空空的，还没回过神似的。

可现在不管怎样都回不去，再多误会也只能等回国再解释了。

她先去了酒店。

许年给她在机场附近的酒店预订了房间，凭booking（预约）信息就能入住。

她到达酒店时已经又过去了半个小时，她再次打了沈思晏的电话，依旧提示她"电话已关机"。

她后知后觉地想到，国内现在是凌晨一两点，他应该都睡了。

睡了关机也正常。

她按照自己往常的流程，洗个澡，换身衣服，将手机充上电，躺上床后却怎么也睡不着。

翻来覆去好一会儿，她最后用枕头捂住了脑袋。

耳朵里还是他那一句——"能不能，别不要我了"。

伦敦的十二点半，机场依旧热闹，双层大巴来来往往，房间外的过道时有走路抑或行李箱轮滚动的声音。

连漪好几次在浅眠中又毫无缘由地被惊醒，眼皮子打架，大脑却好像独立清醒。

灯都是关的，可机场大灯照着，房间还是亮的，她合着眼睛，眼前不是黑的而是红的，难以入睡。

睡不着，她索性起床。

拉开窗帘，房间的落地窗外就是机场，每分钟都有飞机降落、起飞。

质量尚好的隔音玻璃将机场巨大的噪音隔在外面，但难免还有一些细小的声音传进来，嗡嗡作响。

失眠最难挨，她走进浴室，将浴缸水龙头打开，听着哗哗的水流逐渐灌满整个浴缸。

关水，脱衣，跨进浴缸里，人往下滑，浴缸里的水飞快溢出，稀里哗啦落在浴室里，她将口、鼻、眼睛都泡进了水里。

这是她自己治疗失眠的方法。

每个睡不着的夜晚，她都像这样泡进水里，身体被温热的水包裹，紧绷的肌肉得到缓解，毛孔在放松，被剥夺氧气的大脑活跃度降低，只有意识清醒，等到略有些窒息的时候，她仰起头露出水面，大口呼吸氧气。

这样循环，一直到水变冷。

手机铃声响起，连漪猝然睁开眼睛，转头看向浴室外，手机正在卧室床头柜上充电。

她从浴缸里起身，水从身上流下，她用浴巾包裹身体，赤脚走进房间里。

响铃时间太长，自动挂断手机铃声一停，又再次响起。

她看到了电话上的名字，"沈思晏"，她的心猛地一提又一落，她拔了充电线，接通了电话。

沉默一秒，她先温和地说："思晏。"

电话那边，沈思晏在剧烈地喘息着，显然是在路上，他问她："你现在在哪里？"

声音顿了顿。

"你不知道吗？"她声音低哑中还带着一点浅笑。

她在笑他过去不成熟的事。

沈思晏却呼吸一滞，紧张惊慌起来："我没有，对不起，我再也不会……"

"我在伦敦希思罗机场的酒店。"她打断了他的道歉，看了一眼窗外，一架飞机正在着陆，她轻声说，"我猜你还想问在哪个房间，是312号。"

"不要挂电话。"他急促道。

连漪听到他跑动的声音，听到机场火车开来的声音，听到他身边嘈杂的英语说话声。

她的脑海里能想象到他的路程，下飞机，到地下火车站，然后坐车到酒店……

她就这么一直听着沈思晏的呼吸声。

她的沉默，昭示她的许可与耐心。

一点半，酒店房门被叩响，连漪挂断电话，打开了门。

他站在门外，呼吸急促，裹挟着奔跑溢出的热气，整个人都像一团热烈的火。

连漪的目光落在他脸上，他整宿奔波，下巴长出了浅浅的青茬。

她看着他，眼里有意外的惊喜又有些许心疼。她抿着唇，浅浅一弯，朝他笑了。

炽热的怀抱猛烈地拥住了她，连漪也伸出手臂环住了他的腰。

明明知道火焰烫人，她还是伸手接住了火。

无声的拥抱，依然沉默。

直到电梯响了一声，连漪笑着说："外面这么多人，我还没穿衣服呢。"

她的浴袍只遮住胸口往下，沈思晏太过激动，一时连她穿的什么都没看清楚，被她一提醒，他马上就着拥抱姿势，将她抱进房间内，反手推上了门。

他们短暂分开，彼此对视。

连漪看着他疲惫的眼睛，踮脚在他唇上落下一吻。

正要往后退，沈思晏没有再给她撤退的机会，他将她紧拉在怀里，摁着她的头，低头吻住她，从温和到凶狠。

再度分开，她喘着气。

她用手肘抵开了他，唇上还带着红肿，她真怕了他的乖戾野蛮。

"不要了。"她说。

"不许不要。"他强势，恶狠狠地看着她。

他的凶恶在连漪面前毫无威慑力。

小狗即便长成了狼犬，在她眼里也还是小狗。

"乖，去洗澡。"她拍拍他的腰。

他仍环着她，鼻尖抵着她的鼻尖，他说："和我一起。"

空气升温，逐渐滚烫。

在他不容拒绝的眼神里，她笑着说："好。"

……

连漪困顿得不行，被他紧箍进怀里，连一点反抗的力气都没有。

"你说爱我是真的吗？"他又问她。

"是真的。"她的声音里是困倦的鼻音。

"我也好爱你。"他又将她搂紧了一些。

连漪勉强睁开眼睛，看到了他发红的眼尾、带着泪光的湿润的眼睛。

她好气又好笑，掐了一下他的脸，低声说："沈思晏，你是我见过的第一个越哭越狠的人。"

沈思晏说："你是第一个把我弄哭的人，也是唯一一个。"

连漪心尖为之一颤，她伸头吻了吻他的眼睛。

气氛太过温馨，她困得睁不开眼睛。

沈思晏又低声和她说："明天和我去一趟那儿好不好？"

疲倦覆上她的眼睛，她听不清他在说什么，思维混乱，她胡乱地点点头，然后缩进他怀里睡着了。

"对不起。"他低低地为今天的暴行道歉，又吻了吻她温热的头发，和她一起合眼而眠。

一夜无梦。

第二天连漪再睁开眼睛已是日上三竿。

沈思晏依然在她身侧，她一睁开眼睛就对上了他的目光。

她发现他已经换好了衣服。

"嗯，你什么时候醒的？"她睡眼惺忪地问。

"九点。"他说。

连漪捂着嘴打了个哈欠，继续懒洋洋地问："现在几点？"

"一点了。"他声音带着笑意。

连漪哈欠打不下去了，她睁开湿润的眼睛，还是说："好困。"

他将她搂进怀里，哄着她："那再睡一会儿。"

想起这些天的事，她忍不住笑了，时间像被压缩过了，明明隔了三年，可这个怀抱依然熟悉。

"我坐下午的航班回国。"她问沈思晏，"你买机票了吗？"

沈思晏撩开她的额发，说："不用急，什么时候走都可以。"

连漪转了个身，闷声说："飞机难道还会等你吗？"

"嗯，私人飞机。"

连漪一下惊醒，瞪圆了眼睛："你昨天坐私人飞机来的？"

"办手续用了一点时间，好在还不算太晚。"

连漪摊开四肢躺在床上，喃喃道："真是疯了……"

沈思晏低下头，亲了亲她的额头。

连漪用手心推开他作怪的唇，问他："你昨天为什么会知道我来英国的事？"

"有人发消息告诉我。"他声音一下委屈了起来，"还说你要出国订婚了。"

连漪轻拍他的脸："你是笨蛋吗？别人说什么你信什么！"

不说还好，一说到这儿，沈思晏的心火就又上来了，他抓住了她的手，把她压在身下，"恶声"质问她："那你为什么要说是的，还问我要不要参加？嗯？"

"我那是在……演戏，谁知道你会正好撞枪口上。"

"演戏？演什么戏？"沈思晏追问。

他步步紧逼，连漪只好将事情的因果又和他说了一遍："所以就是这么一回事了。"

沈思晏的关注点却是："你和他相亲过？而且还是在我们在一起的时候？"

"不算相亲，我饭都没吃就走了。"连漪给自己辩驳。

沈思晏："你在英国还给他当陪护，照顾他？"

"我那是出于朋友之谊，也没有照顾他，只是陪他动了个手术。"

"你都没有陪过我。"他再次可怜巴巴起来。

"好好……这种事也要比，以后陪你。"

沈思晏不依不饶："你在英国三年都和他保持联系，却从来没有发过一条消息给我。"

"连漪。"他的口吻转向正经，他正色问她，"在英国三年，你有想过我吗？"

对上他深暗的眸色，连漪深吸了一口气，然后慢慢吐出来。

她伸出手指，从他的眼睛摸到鼻子再摸到嘴唇。

这一次她直面内心，轻声说："想过，第一天就想你，忙的时候不想你，一空下来就想你，逛街的时候会想你，看见别的情侣会想你，有时候觉得你可爱，有时候又觉得你太幼稚，但认真想想，成熟的男人那么多，会撒娇的沈思晏却只有一个……被我弄丢了，怪可惜的。"

她的情话让他发颤。

他抱着她，抱紧她，用低哑磁性的声音告诉她："我也想你，特别特别想你，在斯坦福的时候想你，在麻省的时候想你，很忙的时候想你，不忙的时候也想你，每天都在想你，想要你爱我，又怕你推开我，每天都在自我折磨，我快疯了……"

他又快要落泪了。

连漪转过身看他。

"认识你的时候不知道你这么爱哭。"连漪亲了亲他的唇，说，"要是知道，应该再多给你一点甜。"

"你说的是情话还是真话？"沈思晏看着她的眼睛问她。

"什么情话真话？"

"情话是你只在床上说得好听的话，我以前就是这样被你骗的，真话是……下了床也是真的。"他的眼睛看着她。

他控诉的口吻仿佛她是什么"渣女"，连漪自我反省了一下，然后道："是情话。"

"也是真话。"

他健硕的臂膀将连漪在怀里抱紧了，紧绷的肌肉无声地诉说着他的激动。

小狗还是那个小狗。

不过一点甜头骗不到他了，他要她真的爱他。

"我饿了，我们起床吃东西吧。"连漪动了动肩膀撞撞他。

沈思晏说："有吃的，换身衣服，我们去飞机上吃。"

他一说起飞机连漪就想起了自己的机票，心疼道："啊，我还要把机票退一下，好贵的。"

沈思晏在连漪身后，下巴磕在她头顶看她拿过手机，伸出手扒拉着退票，因为手续费还不住地心疼。

这种温馨而平凡的时刻，让他笑了起来。

"我给你准备了礼物。"

"什么礼物？"

"上了飞机你就知道了。"

他的呼吸打在她耳侧，浅浅的，痒痒的，连漪的脑袋在他下巴上蹭了蹭。

起床时已不早了，饿得肚子叫的连漪在出发前还是拉着沈思晏在酒店吃了甜品和牛排，接着乘坐专车抵达私人机场。

沈思晏一直牵着连漪的手，下车的时候，感觉到她反握他的力道逐渐增强，他侧头问她："紧张吗？"

多对一的地勤为他们服务，专程送他们上飞机，连漪看着远超她想象的私人飞机，道："不是紧张，只是觉得有点……不可思议。"

机舱宽大，空乘一路陪着他们直到抵达目的地。

空乘是个棕发灰眼的外国男人，眼眸深邃，英式发音流畅动听，连漪多盯着他看了两眼，没有注意到沈思晏皱起的眉头。

"女士，这边是休息区，我们的座椅可以进行一百八十度的旋转方便您调整舒适的角度，这是您的折叠餐桌，待会儿我将为您和您先生布餐，您可以先看看菜单。"

"谢谢。"

连漪接过菜单，惊讶地发现菜单上竟然还印刷着她和沈思晏的名字。

看来这一趟是早有预谋，而不是一时兴起。

沈思晏在和试飞员以及机长交流，在美国生活几年，他已习惯于说美式英语。

连漪听着他谈话的内容，又皱起了眉头。

确认好目的地与航线后沈思晏走了回来，连漪问他："我们是要去葡萄牙，不是回国吗？"

"先去葡萄牙，然后再回国。"

连漪不解："为什么要去葡萄牙？"

"到了你就知道了。"他笑着坐在了她旁边。

既来之则安之，上了他的飞机也下不去了。

飞机缓缓升空，空乘在向他们介绍飞机上的安全措施，连漪面带微笑看着他，忽然一只手伸到她眼前，遮住了她的眼睛。

"干吗？"

"不许看。"他在她耳边小声地凶道。

醋味快从飞机上溢出去了。

连漪往一旁侧头，看向沈思晏，无奈道："这是他的工作，我不看他看哪儿？你幼不幼稚？"

沈思晏起身换了个位置，他将连漪前排座椅转过来，和连漪面对面坐着，挡住了她的视线。

空少听不懂中文，更不知道因为他而产生的争风吃醋，他仍面带微笑地看着他们。

连漪将菜单递给沈思晏，问他："你吃什么？"

"French fries（炸薯条）和cookies（曲奇饼）。"他随口点了两样。

连漪叹气："是chips and biscuits（薯条和饼干）。"

"有区别吗？"沈思晏困惑。

"你觉得呢？"

连漪抱起了手臂。

沈思晏看向菜单，改口道："好，chips and biscuits。"

"你以后不要和别人说我教过你英语。"连漪道。

沈思晏抬头："为什么？"

"世界上只有两种英语，一种是English（英语），另一种是mistakes（错误）。"

沈思晏翻过菜单，递给空乘，他道："你这是傲慢与偏见。"

连漪冷哼一声，不置可否。

从几个单词里，空乘大概猜到了他们在争执什么，他笑着替他们岔开话题："先生与夫人，你们需要香槟吗？"

"不，只要果汁。"沈思晏看向连漪，对她道，"不许喝酒了。"

"为什么，你也太霸道了。"

"以前，我归老师管，现在，老师归我管。"他手肘撑在桌上，俯身看向连漪，"我现在是男朋友了。"

连漪也俯身靠近他，和他对视道："就算是老公，也管不到我喝什么。"

她转头看向空乘，道："请给我一杯……"

沈思晏盯着她。

她改口道："果汁……也可以。"

在几千米的高空，他们共进下午茶，窗外是晴朗的白日，高空下是山河田野。吃过了东西就休息，两张商务软椅放平，沈思晏拥着她，让她再短暂睡一会儿。

葡萄牙的Skydive Algarve，被誉为跳伞天堂。

落地的那一刻连漪的心态有一瞬间是崩的，她恐高是一字不假，恐高到在飞机上透过玻璃窗往下看，都要紧紧拉着沈思晏的手。

看着"Skydive"几个字母，连漪耍赖蹲在地上不走了，她低声质问他："你为什么不告诉我是要来跳伞？"

"是你说你最想做的一件事是跳伞的。时间难得，既然出来了，就把心愿完成了。"沈思晏俯身和她说。

看着天上的直升机和高空上小点一样的人，连漪仍旧崩溃，她拼命摇头："我还说要去潜水呢，怎么不去潜水？"

"潜水以后也可以去，但那个要花时间学，以后休假了再一起去。"

连漪指着天上说："难道这个就不用学了吗？"

"这个有教练，而且我保证一定安全。"

"不开玩笑，我真的腿软。"连漪哭丧着脸。

"你不起来，我动手了。"沈思晏说。

连漪仍旧蹲着，紧紧抱着膝盖摇头，沈思晏走到她身后，蹲下身，双手环过她的膝盖，不由分说，以她蹲着的姿势把她整个人抱了起来，直接端走了。

连漪崩溃道："你这是强买强卖！！"

"你先了解了解，看看别人是怎么跳的，要是真的不想跳，我们就在海边走一走，然后就回国。"

"真的？"

"真的。"

"那你先放我下来。"

"不许耍赖。"

"不耍赖，真的。"

脚终于踩到了地，连漪狠揪了一下沈思晏的腰，把他揪得龇牙咧嘴。

"我说了不耍赖就不会耍赖，走就走。"她阔步向前走去。

沈思晏从后走上来，牵住了她的手。

"别丢下我嘛。"他轻声说。

连漪绷着脸，好一会儿，还是难掩紧张地紧握着他的手。

他们到的时候是下午四点多，正是游客多的时候。

连漪先听了一下关于跳伞的教学过程，像她这种新手都是要带一个教练的，连漪立马找到了理由，她扭头和沈思晏说："这个要教练的哎。"

"当然啊。"

连漪对他的醋坛子属性了如指掌，她问他："你不介意吗？"

"介意，所以我带你跳。"沈思晏亮出手里的证给她看，"跳伞执照，D级，双人跳，放心了吗？"

连漪惊呆了："你不是说你也恐高的吗？什么时候考的证？"

沈思晏说："研一的时候，我第一次跳伞，站在飞机门口，看着下面几千米高空，脑袋一片蒙，跳下去后发现比我想象的要好，甚至还没有高空蹦极来得恐怖。"

连漪看他的眼神里就写着：你就编吧，你说的话我一个字都不信。

跳伞没有蹦极恐怖？一个几千米一个才几百米，哪个更恐怖谁都知道好吗！

"你试一次，就一次，好不好？"

他环住她，轻声和她撒娇。

"我真的不行，我坐飞机都恐高，更别说跳伞了。"

"你信任我吗？"他问她。

连漪："你这是道德绑架。"

"所以还是不信任，对吗？"他露出了受伤的表情。

连漪："跳……跳，行了吧，服了你了。"

沈思晏得逞，立刻笑了起来。

他给连漪讲解跳伞的注意事项、要做哪些动作，跳伞基地的教练又安排他们先去看了一次别人跳伞。

连漪很惜命，哪怕所有人都和她说是很安全的，她还是要仔细确认高度、速度、什么时候放伞，考虑着陆的时候万一掉进海里怎么办。

沈思晏告诉她："我在你身后就一定会让你平安落地。"

在看着好几个人跳伞成功后，连漪终于被劝动了，她和沈思晏换上跳伞服，坐直升机飞上三千米高空。连漪躺在沈思晏怀里，听着飞机外螺旋桨飞速转动的声音，想象着此时的离地距离，她自暴自弃道："沈思晏，我要是摔死了，做鬼都不会放过你的！"

沈思晏闷声笑，胸膛震得连漪都在发颤："生同衾，死同穴，倒也值了。"

跳伞前说这种话，连漪怒斥他："神经病啊！"

沈思晏无辜："是你先说的。"

七八分钟后，直升机到达目标高度了，负责的工作人员打开了舱门，向他们比了个手势，示意就在这儿跳了。

跳伞设备将连漪和沈思晏牢牢地绑在一起，她腿软得站不起，几乎是被他抱着站在了舱口。螺旋桨在快速转动，声音嘈杂到她已经听不见沈思晏在她耳边说什么了。风声呼啸，她觉得自己脸色一定是惨白的，比纸还白。

快要坠出舱口的那一刻，她哀号："我真的很怕，沈思晏！"

"我在你身后，你信任我吗？"他再一次问，带着郑重的语气。

连漪已经感受到沈思晏说的他第一次跳伞的感觉了，坐在舱口，脑袋发蒙，她不能回答，只喊他的名字："沈思晏……"

"双手抓住。"沈思晏在她耳边喊。

连漪紧紧抓住了身上的肩带。

"享受它，连漪，享受整个宇宙给你做后盾的这一刻。"他亲吻她的脸侧，腿一迈，带她跃下了飞机。

呼啸的风扑面而来，刹那间心脏被紧攥住，在仿佛无止境的下坠里心跳疯狂加速。

不知道下落了多久，降落伞被打开，他们又被重重地拉回天上。

接着，缓缓下降。

她恍惚明白了为什么沈思晏一定要她来跳伞。

她的恐惧本应该越来越大，可跃出机舱的那一刻，她将她的整个后背交给了他，开始闭着眼睛不去想任何事情——只要将后背交给他。

他控制着方向，让降落伞带着他们飘向沙滩上，远处的夕阳照耀在他们身上，沈思晏说："连漪，看光。"

太阳远远地落在海里，光不再是刺眼的，而是温暖的，风也是暖的，她急促跃动的心，也开始渐渐地暖了起来。

风声呼啸，为了和她说话，他的声音必须很大，他说："我从出生第十个月开始就没有见过父母，是保姆把我带大的，但她对我并不好，总和我说我是没人要的野孩子。一直到我四岁那年，我从楼梯间滚下去，哑了，不会说话了，从那之后，我的世界越来越封闭，没有朋友，没有家人，我的世界小到只有我一个人。

"后来，我渐渐地能开口说话了，但是我从没和任何人说过当年的真相。你知道吗，我唯一一个真真正正当朋友的人，是保姆的儿子，也是他把我从楼梯上推下去的，可是我没有和任何人说过，我恨他恨得要命，却连反抗都不敢，只敢痛恨自己，再也不相信任何人。"

他们的降落伞逐渐靠近陆地，沈思晏岔开话说："准备好降落了。"

连漪点头。

降落伞带着他们俯冲向沙滩，脚挨到地的那一刻又被降落伞带着，往前滑了一米，连漪脚下一软，险些跪倒在地，被沈思晏紧紧抱住了。

"爽吗？"他问她。

"爽！"连漪回应他。

沈思晏解开他们身上绑着的带子，替她解开她身上的束缚。

身体得到自由，连漪转过身回去看他，问他："然后呢？"

"什么然后？"

"你说你再也不相信任何人了！"

"那是……"沈思晏伸手在自己胸口比了一下，"我还只有这么一点大的时候。"

"那你后来呢？"

沈思晏身上还背着降落伞、降落包，各种设备还束缚在他身上，他对连漪说："你知道吗？我的人生其实是不需要努力的。"

"我知道，你父母很有钱。"连漪看着他。

沈思晏笑了一下："我一出生，就站在这个高度，从来都是俯视别人，被别人羡慕、嫉妒，甚至痛恨，直到……遇到了你。"

连漪站在他身前，向他踮脚，抬着下巴和他说："遇到我之后，被我俯视了，很不爽是不是？"

"不，是很爽，你在我心里埋下了一颗种子，让一颗荒芜的心长出了一棵树，你让我看到了另一个世界，超越物欲极度膨胀的平庸、获得精神自由的世界。"

他虔诚地看着她："我对你的喜欢，不是因为你的外貌、你的身体、你外在的任何其他方面，而是因为你有一个强大的让曾经懦弱的我羡慕的内心世界，我觉得你很美，是因为你的独立、你的自信、你的成熟与温柔，乃至于你温柔背后的锋芒都在熠熠发光。"

他的剖白心迹让连漪触动，许久，她却笑着摇头了，直到这一刻她才发现宋莘那天说她是"完美主义者"究竟有多准确。

她将心里那些隐晦的、连自己过去都不承认的情绪掀开，掰开揉碎告诉他："你有没有想过你爱错了，我的温柔只是假象，其实我自私、冷漠、傲慢、虚荣，所谓不甘平庸也不过是为了用世俗的名利填补自己曾经被踩进泥里的自尊心，所有你以为的优点都只是伪装，我只爱我自己，包括和你在一起也只是为了让自己快乐，所以我从来不考虑你的感受，这样一个自私冷漠的我，你还喜欢吗？"

沉默。

海浪声击打着沙滩，像她汹涌的内心。

完美主义者苛求别人，更苛求自己。

你固然爱我，可你会爱全部的我吗？你会爱我的自私、我的冷漠、我的虚荣、我的傲慢吗？你知道我的全部缺点，还会爱我吗？

沈思晏低下了头，他问她："你呢，你知道我的懦弱，知道我的愚蠢，知道我的不思进取后，你还会爱我吗？"

他的反问让连漪一时愣住，她想了很久，很艰难地说："我不喜欢懦弱的人，不喜欢愚蠢的人，更不喜欢不思进取的人，可是想到是你的话，又好像不是那么难以接受了，这算爱你吗？"

沈思晏哽咽了，他拥抱住她，说："算。"

剖析自我，正视内心，对自尊心强的人而言，并不是一件容易的事。

她每句话都说得很缓慢。

"我不喜欢说爱，因为我不知道爱到底应该算是什么样一个概念，我能说出口的爱只是为了让你高兴，我不知道应该用一种什么样的感情回应你才算爱你，可既然你都说这就算爱，那我对你这一点点的特殊但能保证唯一的爱，你能接受吗？"

"接受，我接受你爱自己超过爱任何人。"

他俯身吻住她，将她所有彷徨、不确定都盖章落定。

只要我是唯一，你给的爱能有多少都无所谓。

我更接受你爱你自己超过爱我，因为我也爱你。

分开唇，他问她："我以前说过很多次想一直一直和你在一起，都没有得到你的回应，如果我今天再说一次，你会回应我吗？"

连漪想了想，回答他："谈恋爱太麻烦了，重新认识一个人也太麻烦了，你还算不错，符合我一切想象，只要你永远不后悔，我就一直和你在一起。"

沈思晏笑了，他伸手指了指天上，连漪仰头看去，霎时惊呆了。

一架喷气飞机在天上写下了一句——"YOU & ME（和我一起吧）"。

沈思晏认真地问她："连漪，你愿意吗？"

连漪震惊而又哭笑不得："喂，我们昨天才正式在一起哎。"

"可是我喜欢你，已经几千个日夜了。"

他没有开任何玩笑，他等待这一天已经太久太久了。

连漪看着他满心满眼装着她的样子，哭笑不得后却又莫名感动。

她曾经也被求婚过，那时她落荒而逃，想象不到和另外一个人一直生活在一起会是什么感受。

现在她知道，那种感受应当是柔软，是温暖，像掉进糖水罐子，又陷进棉花糖里，心里软乎乎的，从此身后的风雨都有了一个怀抱做遮挡。

踟蹰了一会儿，连漪紧攥成拳头的手缓缓打开，她问："是不是该给点什么？"

他从身上拿出戒指盒子，单膝跪地，他将戒指套进她手指，轻声说："我和教授打赌，最晚二十六岁就要结婚，今天完成第一步了。"

她揶揄地笑着，竖起手指说："你知道我是什么样的人，戴上这个，你就再也不怕我跑了？"

"怕，这个没有法律保护，结婚证才有。"他带着笑，低声说，"我能不能先拿证，再上岗啊？"

先拿证，后上岗啊……

连漪问他："不后悔？"

"绝不后悔。"

他笑着和她十指相扣，眼睛里盛着她，盛着对未来生活的所有向往。

番外一

日常

"连漪，昨天做什么去了啊，困成这样？"

同事拍了一下她的肩膀。

连漪眼角沁出了泪水，困顿地支着下颚打了一个哈欠："昨天……没怎么睡好。"

两天，从中国到英国又到葡萄牙然后又回国上班……

还顺便被求了个婚，真是不可思议。

"失眠啊，压力太大了吧，其实不用那么着急的，我们这个项目时间还长着呢。"

"压力还好，可能昨天睡晚了吧。"

连漪勉强打起精神，继续写文章。

他们这个小组里年轻人不多，实习研究员只有两个，大多是助理研究员和副研究员，由一位正高级研究员带队，都是三四十岁往上的中年人。

一起工作了几天，大家也稍微熟络了一点，不那么生疏了。

同事看到了她手上的戒指，讶异道："哎，你要结婚了吗？"

连漪目光落在左手中指的戒指上，不自觉地柔和下来："还没有，结婚的事还在商量。"

"人生大事，是要好好商量，你未婚夫是做什么的？"

连漪顿了一顿："他也是做研究的。"

"也是研究院的吗？"

听到她们在聊天，另一个同事插了一句，问："你们俩申报助理研究员了吗？"

话题一下岔开了。

"助理研究员？"连漪侧头问，"这个在国内是怎么申报的呀？"

"前几天下发了一个专门的文件，我待会儿发给你们。"

连漪刚回国，对国内研究员职称的事情还没来得及多做了解，听到同事热情地解释，她感激道："谢谢你。"

"不用谢，我本硕也是燕湖大学的，2012届的。"

"巧了。"另一个同事接话道，"我硕士是在燕湖上的，那我们这算是一家呀！"

连漪抱拳："师兄师姐好。"

"要吃饭了，一块儿去吗？"男生提议。

"我……"连漪不好意思地道，"我约了人了。"

"没事，一块儿吃啊，哪个部门的，要等人吗？"

"智研中心，我去找他，你们先去吃吧。"

"那好吧。"

他们两个部门隔了几层楼，连漪下楼的时候，顺便就能去找他。

她将文件保存，清理了一下桌面，同事们相继走了，她用保温杯泡了一点枸杞，准备带去食堂喝。

泡好茶，连漪一回头，发现沈思晏已经站在门口等她了。

他背着手侧着头，就这么带着笑地看着她。

连漪拧上杯盖，也侧了侧头，好笑地问他："看什么呢？"

"看我的老婆。"沈思晏说。

连漪故意道："谁是你老婆？"

"你。"他向她伸出手，"杯子给我。"

连漪将保温杯递给他。

沈思晏又伸出另一只手道："手也给我。"

"上班呢，严禁谈恋爱啊。"连漪说。

他抬起手表给她看时间："现在是午休时间，可以谈个恋爱吗，连漪老师？"

连漪看了下，大家都走了，过道上也没什么人了，她将手放进沈思晏手心，说："只能牵一会儿。"

"为什么？"他委屈巴巴。

"影响不好。"

"我是你男朋友，牵手是天经地义。"

他紧紧扣住她的手心，不由分说地将她拉走。

连漪头疼："咱们低调一点好不好？"

她可不想工作之余还成为别人茶余饭后八卦的谈资。

"为什么要低调？就得高调，让觊觎你的人越少越好。"

他还用上了"觊觎"这种词，连漪好笑地说："哪有觊觎我的人？"

"我刚刚看到有人和你搭讪。"

连漪对他吃醋的技能简直叹为观止："拜托，人家孩子都好几岁了好不好？"

沈思晏沉默了。

他一沉默，连漪反倒觉得不适应，她撞撞他："怎么了？"

"没有，我只是想到，要是早一点，沈乐漪也应该有几岁了。"

连漪一脸蒙："沈乐一是谁？"

"我们的孩子。"沈思晏说，"你不记得了吗，我说我已经想好了孩子的名字，就叫沈乐漪。"

连漪问他："为什么叫乐一，不叫乐二？"

"沈是我的姓，乐是快乐，漪是你的名，你都忘了？！"

"谁还会记得这个啊，你没事的时候都在瞎琢磨些什么啊沈思晏，好好工作、天天向上才是正途，知不知道？"

沈思晏垂头丧气，乖巧听训："老师教训的是。"

连漪屈膝撞了他一下："不许叫老师！"

"老婆教训的是。"

走到食堂门口，连漪终于挣开了沈思晏的手，她快步朝着他前面走去，沈思晏走在她身后，跟着她走入食堂。

"沈总。"有人抬手和他打招呼。

他笑着，微微颔首。

连漪从消毒柜里拿了两个餐盘，递了一个给他。

沈思晏接过餐盘，从旁抽了两双筷子，递了一双筷子给她，他问："今天吃什么？"

他们食堂有国家的经费补贴，物美价廉，十多个窗口，涵盖十种菜系和多种小吃。

"我想吃糖醋里脊和葱椒鱼。"她朝着鲁菜窗口走去。

沈思晏又跟在她身后问："今天晚上吃什么？"

"今天晚上……"连漪说，"我想想。"

打菜阿姨问："吃什么？"

"糖醋里脊，葱椒鱼。"

"蔬菜要吗？"

"要一份豆莛，银耳汤。"

连漪打好了菜，和沈思晏说："我先去找位置了。"

沈思晏点了海参和大虾，跟着往连漪的位置走。

他一走过来，周边的人都看着他们俩。

连漪忽略旁边的视线，低眉捧着汤吹了吹，先喝了一口汤。

沈思晏将她的保温杯盖拧松，放在一边。

两人开始淡定自若地吃饭。

"今天的海参好吃，虾一般。"沈思晏说着夹了一筷子海参递进她碗里。

连漪也问他："你吃里脊吗？"

"我想吃鱼。"

"我不吃鱼头，你吃鱼头吗？"连漪又问。

"好。"沈思晏用筷子夹断鱼头，夹进自己碗里。

原本又蒙又震惊的群众，被他俩旁若无人的来往搞得更蒙了，心里寻思着：难道是他们大惊小怪了？

"小沈总。"有人路过，打了声招呼。

沈思晏抬起头，礼貌地点点头。

那人看了连漪几眼，想问，又不知道该怎么问。

沈思晏道："我未婚妻。"

"噢！噢！"那人赶忙道，"你们慢慢吃，我不打扰了。"

连漪踢了沈思晏一下。

"低调。"她瞪着眼睛做口型。

沈思晏朝那人侧了一下头努嘴，意思是，不是我不想低调，不能让人误会啊。

连漪气死了，不理他了。

她吃完了饭，拧开保温杯喝了一口水。

等她将杯子放在桌上，沈思晏又拿过了她的杯子，顺着她喝过的杯沿又喝了一口。

他眼睛看着连漪，带着笑，分明是故意的。

连漪抱着手臂绷着脸，过了会儿，又侧头笑了。

"晚上吃什么？"沈思晏又问一遍。

"晚上……"连漪将他俩吃剩的残羹倒在一块儿，不紧不慢地说，"去我大伯家吃。"

"那我呢？"沈思晏委屈起来。

"当然一起啊，不然呢？"

"见家长？"

连漪依旧不徐不疾地反问："不然呢？"

沈思晏手在胸口按了一下，抑住激动，他接过连漪的餐盘，拿着两个餐盘起身道："我去倒餐盘。"

连漪看着他的背影。

那一刻好像周边人怎么看都无所谓了。

她看着他，觉得可爱，觉得幸福，觉得想笑，她便笑了。

沈思晏将餐盘放去回收处，用纸巾擦了擦手，回来找连漪，连漪坐在椅子上，她将保温杯递给沈思晏，然后又将手递给他。

沈思晏一怔，牵住了她的手。

连漪张开手指与他十指相扣，起身，两人并肩往食堂外走去。

"我想换一辆车了，沈总，你有没有推荐？"连漪问他。

沈思晏说："有，我比较推荐沈总的车。"

"沈总的是什么车？"

"是沈夫人要什么车有什么车。"

连漪掐了下他手心，说："真油腻。"

"人一加总，很难不油腻了，连总，你说呢？"

"好油啊。"

"那什么不'油'，老婆、宝宝、亲爱的……"

"打住，刚吃完，不想吐。"

沈思晏皱起了眉头："那还有什么呢……"

他冥思苦想，突然道："我想到了。"

"什么？"

"孩儿他妈。"

连漪："……"

沈思晏笑着拿起她的手亲了一下，说："不行，还是叫沈夫人好，我是你的，遗产也是你的。"

从食堂到办公室，谈一个十五分钟的恋爱，沈思晏将她送回办公室，然后摆摆手，这才下楼。

办公室其他人都惊呆了。

"你和小沈总在谈恋爱啊？"有人震惊地问。

连漪就知道逃不过被八卦的命运。

她吸一口气，微笑而又坦然地说："准确地说是未婚夫。"

她一坦然，其他八卦的人反而不好意思了："啊，啊，挺好的挺好的，你们结婚的时候可要记得给大家发喜糖。"

"一定。"她笑笑，坐回了工位。

下午下班的时候，连漪先乘电梯到智研中心，这边属于核心技术部门，另设有安检和打卡点，连漪刚出电梯就看到沈思晏和同事走了出来。

他身上还穿着实验室的白大褂，脸上戴着无框眼镜，微拧着眉头，神色严肃。

看起来……高冷禁欲。

可他一抬起头，看见站在玻璃门外的连漪，眼睛一弯，严肃劲儿就绷不住了，他笑了起来，合上记录本，和同事道："今天就先这样吧，关于数据核准的问题，明天再开个会讨论。"

"好。"

他将记录本挂在墙上，脱了研究服放进衣柜，又走进办公室，拎起公文包，朝着连漪快步走了过来。

"久等了。"他低头吻了一下连漪的侧脸，牵住连漪的手。

连漪微微笑着，慢慢道："不久，刚刚好。"

晚饭要去连漪大伯家，这决定来得突然，沈思晏甚至还没来得及好好准备上门礼。

江湖救急，他父母也给了建议，说第一次上门要带茶叶和酒，其他的再看看长辈的喜好。

下午的时候沈思晏就嘱咐司机回去拿一箱好酒，带一套茶具和茶叶，但这只是最简单的礼。

他与连漪又去买了一些东西，还给连城和连沁买了礼物。

路上，连漪忽然问他下次去拜访他父母应该准备些什么，这还真把沈思晏难住了。

他沉思许久，说："我觉得……你只要人到了他们面前，就可以了。"

连漪摇头，对他道："那不行，来而不往非礼也，你好好想想。"

沈思晏想了一路，也没想出令连漪满意的回答。

从商场又走回了停车场，司机拉开车门。

连漪对司机笑了一下，道："谢谢。"

司机笑："分内事。"

沈思晏在连漪身后上车，也朝司机微一颔首，说："谢谢。"

"您客气。"司机有点受宠若惊。

连漪与司机说了地址，司机开了定位，便一路开车往连漪大伯家。

下了班，一路上沈思晏的工作电话就没有停过，连漪听了听，说的都是一些商业上的事情，股票、天使投资，一轮一轮的，听着连漪又有点犯困了。

不知道是没睡好还是春困，她从早上一直困到下午。

在沈思晏与助理打电话的时候，连漪便一直在掩着嘴打哈欠。

忽然，沈思晏伸过手臂，揽住了她的肩膀。

连漪看向他。

"睡会儿。"他温声说。

不敌倦意，连漪靠在他肩膀上眯上了眼睛。

电话那边不知道助理问了什么，沈思晏淡淡道："没什么，你继续说刚刚的事。"

连漪从靠着肩膀，到蜷缩下去，躺在了他腿上。

"距离目的地还有二点五千米。"

导航在提示。

薄毯盖在她身上，一只手在她耳边撩拨着她的头发，摩挲她的耳垂，时而手掌又抚过她的下颚，轻捏她的后脖颈。

半响，连漪睡不着了，半睁开眼睛握住了他使坏的手，轻叹道："别闹。"

"明天换台大车。"和助理说话的间隙他突然又说了这么一句话。

辨认出是和她说话，连漪轻"嗯"了一声。

下班高峰加上放学高峰，一路堵堵停停，开了近一个小时才到，进了小区里，大伯家打来电话问到哪儿了。

"已经到楼下了，马上上来了。"连漪说。

楼上的窗子被推开，探出了几个脑袋，有人喊："姐姐！"

连漪抬头，看到大伯母和大伯都站在窗口，连沁正扒在窗户上朝她挥手，她笑了起来，也朝他们摆了摆手。

这边是典型的老式学区房，是20世纪早几批的房屋建设，后来换了物业，又七七八八地改建了些，加了绿化，装了电梯，后排还建了新楼。

楼下的绿化也有些年头了，晚春时节绿意盎然，长长的街道看不到尽头。

平凡的市井气息。

沈思晏提了礼上门，因为东西多，司机也提了几瓶酒、几提营养品和他们一块儿上楼。

走进电梯，沈思晏紧握着连漪的手，神色难免还是有些紧张。

"放心，我大伯和大伯母都很好说话，我还有一个堂妹和堂弟，堂妹连沁性格跳脱，堂弟你认识的，就是连城。"

"你们家的名字都很好听，连漪，连城，连沁。"

"听说是算卦的说，我们家女孩命里缺水，男孩缺土，才有了这几个名字。"

沈思晏想了想，说："沈字也是水字旁。"

因着这一点巧合，两人对视一眼，笑起来。

电梯到了，"叮"一声响，沈思晏握着连漪的手又紧了紧，连漪握了握他的手。

大伯一家人已经在门口等着了，见着他们一出电梯，一下子热闹了起来。

连漪先叫："大伯，大伯母。"

沈思晏立刻跟着她，弯着眼睛笑着朝两位老人喊道："大伯，大伯母好。"

见人前紧张，见到人后他反倒是落落大方起来。

大伯母在他脸上看了好几眼，乐开了花："长得可真俊！"

接着看到他们手上的礼，又连声道："哎呀哎呀，太客气了，小沈，人来了就行，怎么还带这么多东西？"

都是客套话，沈思晏说："伯母，都是小礼。"

"这位是？"大伯问他们身后的司机。

司机道："老先生您好，我是沈先生的司机，只送礼上来不久留。"

大伯说："那也一块儿吃了饭再走啊。"

"谢谢先生，但我今天也回家吃饭。"

司机笑着，将礼给他们放进屋里，退出去了。

"真是太客气了，带这么多礼来！"大伯母看着堆到地上的东西，都有点手足无措了。

"小沈，快进来坐。"大伯母招呼他。

连沁刚刚还对着连漪热情似火，这第一次见沈思晏还有点不好意思，站在一边贴着墙看着他们。

连城是最淡定的一个，他大马金刀坐在沙发上，打完游戏收了手机，起身朝沈思晏一挥手道："沈哥。"

大伯母招呼沈思晏："快来快来，这边坐。"

客厅茶几上摆满了干果零食，还特地垫上了白色的蕾丝罩布，郑重且温馨。

连漪刻意落后两步，走在连沁身边，连沁立刻抱上连漪的手臂，小声而又兴奋地说："姐姐，姐夫好帅啊。"

连漪拍了一下她的脑袋，说："过去打个招呼。"

"我不敢，他看起来有点高冷。"

连漪看了沈思晏一眼，正对上沈思晏在大伯母热情下一边应对，一边又向她投来求救信号的目光，她忍不住笑。

傻乎乎的，哪儿高冷了。

她替沈思晏解围道："伯妈，你在煮什么呀？好香啊。"

"哎呀，我的菜！"大伯母一拍腿，赶忙往厨房去了。

大伯母去厨房了，那便只有大伯落座了，他打量了沈思晏一下，先问："小沈，你家住哪儿？"

"现在是在小汤山。"

"小汤山……是西山那片吗？"

"是的。"

"你是做什么的？"

"我还在读博，目前和连漪在研究院上班，平常也会做点投资。"

"噢？"聊到投资大伯来兴趣了。

他们先简单热场，聊了一会儿。

连城给他泡了杯茶放桌上，道："沈哥，有点烫。"

"谢谢。"沈思晏接过茶杯，轻抿一口，放在茶几上。

连沁也给连漪端了一杯茶来，对着沈思晏，小声喊了一句："姐夫好。"

"这是连沁，我堂妹。"连漪给他介绍。

沈思晏跟着连漪说："堂妹好。"

连沁平常是个小炮仗，一遇上不认识的人就哑了火，她笑了起来，不好意思地跑开了。

大伯一向寡言少语，面对侄女婿，倒还是和颜悦色地同他聊了许多，不仅问了些他的工作、家境、父母情况，还同他聊了很多其他话题。

见他举止得体，谈吐条理清晰，大伯心里还是满意的。

只有一点，他比连漪小几岁。

沈思晏说年龄的时候大伯看了连漪几眼。

连漪揣摩不准大伯在想什么，大伯母张罗着一家人去吃饭的时候，她便站在大伯身后，笑着问大伯："大伯，开一瓶酒吗？"

大伯说："开一瓶吧。"

连漪将酒从酒盒里拿出来，将酒递给大伯，问大伯："大伯，这酒怎么样？"

"好酒。"

"然后呢？"连漪追问。

大伯反应过来，她这哪是问酒，分明问的是送酒的人，大伯难得地笑了。

他肯定道："这回的眼光好了。"

大伯说话一向是往中庸靠的，难得能夸人一句，得到家人的认可，连漪便笑起来了。

餐桌上，大伯母问沈思晏："小沈，你和我们家连漪认识多久了呀？"

沈思晏还没开口，负责盛饭的连城就接话道："他们三年前就在一起了。"

"三年了？"大伯母很是吃惊，"你们在一起这么久了，怎么才上家里来呀？"

"当然是因为我姐在英国上学，没时间回来呗。"连城又接话，他心直口快地说，"不过沈哥经常去英国找我姐，你放心，他们感情好着呢。"

连漪正和大伯从客厅走过来，闻言道："连城，说什么呢？"

"说沈哥去英国找你……"

沈思晏扬声道："别……"

霎时一静。

对上家里人茫然的眼神，连漪慢了两拍才反应过来，她刚刚听到了一点但听得不准确，她顿了一下，说："对，他经常去英国找我。"

"异国恋能坚持三年，好厉害啊。"连沁说。

连城感觉出点不对，拍了她一下，说："你个小丫头懂什么？"

"比你一个头脑简单四肢发达的青蛙懂得多！"

见丈夫眉头一皱，大伯母先不轻不重地斥了一句："连沁，别没大没小。"

他们说话的间隙，连漪落座在沈思晏旁边，她用疑惑的目光看了他一眼，沈思晏低声对她说："对不起。"

连漪没有回答，只是放在桌下的手握了握沈思晏的手以让他心安。

"今天得喝点酒，能喝吗？"她悄声问沈思晏。

沈思晏不是三年前那个半杯啤酒就能灌倒的少年了，他朝连漪点点头，也让她安心。

老一辈喝酒认准茅台，什么红酒、香槟都不感兴趣。

沈思晏带的便是一箱茅台。

酒盖一开，酒香味儿扑鼻，除了连沁喝果汁外，其他人都倒了一小杯酒。

沈思晏第一杯就是和大伯大伯母先喝的。

一小杯茅台下肚，大伯神色自然，沈思晏的耳根却迅速红了起来。

她问他："有事吗？"

"没事。"

桌面下，他握了握她的手。

既然是见家长，少不了要被问到结婚的事。

大伯母直接问他们有没有准备了。

连漪和沈思晏对视一眼，她说："我们暂定是八月底拿证，九月完婚。"

"这两个月份有什么说法？"大伯问。

大伯母也道："对，这种日子要好好选，有个好彩头。"

沈思晏解释说："八月领证是因为连漪生日在八月，我们准备在她生日前一天领证，婚礼在九月是因为九月……是我和她初遇和重逢的一个月。"

"好浪漫啊。"连沁捧脸。

连城却有点不是滋味。

从小到大都是他姐保护他，终于他到了能保护他姐的年龄，他姐却要被另一个男人抢走了……

哪怕他还在其中助攻了，也还是很不爽。

如今他也二十五岁了，工作也有几年了，不是那个喜怒形于色的毛头小子了，他给自己倒了一杯酒，一口闷了。

"连城。"沈思晏叫他。

连城倒上酒，没什么话说，和他碰一下杯，又一口闷了。

大伯母道："哎呀呀，连城，你少喝一点。"

一顿饭下来，三个男人就将半瓶茅台干完了。

大伯母见他们都脸色发红了，赶紧劝住了他们："以后也有机会，小酌怡情，不要再喝了。"

沈思晏其实意识还是清醒的，只是起身的时候跟跄了一下。

大伯母立刻道："连漪，你和小沈今天就在家里住吧，家里有客房，你和连沁一起睡就好。"

沈思晏呆住了。

连漪也正犯难，闻言迟疑了一下。

连沁惊呆了："啊？我姐不应该和……"

话到一半，她突然反应过来，大概知道她妈妈的意思了，没好意思说，她改口道："好。"

沈思晏目光投向连漪，碍于家里人都在，他没敢有什么动作。

连沁都知道家里的意思了，连漪怎么会不知道，她想了一下，也说："那就在家里睡吧。"

她看向沈思晏："你觉得呢？"

沈思晏："我没意见。"

说着没意见，可他看向她幽幽的眼神可一点都不像没意见。

饭后收拾了餐桌，连城跑腿扔了个垃圾。

一家人又在客厅坐了会儿，聊了会儿天，可能是喝了点酒的原因，大家的谈兴都很高，从股票市场谈到国际新闻又聊到大伯以前的事，和真正的一家人一样聊着，融到了一块儿。

连沁临近高三，回房看书去了，大伯母和连漪便看了会儿电视，吃了吃水果。

连漪觉得今天的西梅不错，挑了一个小的喂到沈思晏嘴边，沈思晏张嘴叼住，咬进嘴里。

"好不好吃？"她轻声问。

沈思晏眼眸含笑，朝她点头。

她吃完了果肉正找垃圾桶吐核的时候，一只手很自然地伸到了她面前，连漪看了一圈，见大家注意力都没放在他们身上，便悄悄地吐了一个核放在沈思晏手里，他弯腰替她将果核扔进了垃圾桶。

过了会儿，沈思晏准备吐核的时候，一只白净的手也伸到了他唇边。

他一怔，扭头看连漪。

连漪有点别扭地说："怎么了？"

他笑着摇摇头，抓住她的手牵下，自己弯腰吐进小垃圾桶里，然后拉起她的手轻轻地在她虎口吻了一下。

他明白她那一点别扭的小心思，即便是这种沉默的举动也有回应的感觉，已经比过去好太多太多了。

连漪被他亲的那一下惹得有点羞赧了，明明在自己家里很平常的动作，在大伯家却很不好意思。

只见大家都眼观鼻鼻观心，盯着电视机，好像都被电视里青春偶像剧的剧情吸引了似的。

连漪觉得有点好笑，她盯着沈思晏微微泛红的脸，有点想亲他又不好意思，便和家人一块儿盯着电视机，在无人注意的角落，抓着他的手玩弄着他修长、骨节分明的手。

他们并肩靠着在温馨的环境里彼此依偎，电视声音嘈杂，大家时不时聊一两句，温暖惬意。

大伯家以往都睡得早，今天破例，到了十点半才准备休息。

沈思晏是客人，大伯母张罗着安排："小沈，你先洗澡，就穿连城的衣服吧，我看你俩身高差不多，想来衣服也都能穿。"

心里正郁结的连城："啊？"

大伯母对连城道："还不快去找衣服。"

连城撑着腿叹口气，起身说："行，我去找衣服。"

他的衣服多是宽松休闲的运动品牌，睡觉都是穿T恤和运动裤。

他给沈思晏拿了一条新的运动短裤和一件没穿过的白色上衣。

"谢谢。"沈思晏接过衣服。他穿得起高定，对连城简单的衣服也安之若素。

"我教你怎么开水。"

连漪撞了沈思晏的后腰一下，冠冕堂皇地带着他进了浴室。

一晚上连亲亲都不敢，他掩上门，揽住了连漪的腰。

连漪回过身，踮脚吻了吻他的唇，沈思晏又来追她，很快轻吻变成了湿吻。

良久，没听到浴室有声音的大伯母在门外问了一句："小沈，还有什么缺的吗？"

两人这才依依不舍地分开。

"谢谢伯母，没有什么缺的了。"沈思晏调整气息，扬声回应。

"晚上别关紧门。"连漪在他耳边小声说。

沈思晏紧了紧她的腰，脸上这才浮起笑意。

"这边是热水，这边是冷水，这个是沐浴露，这个是洗发水，你先洗，我等下再来洗。"最后一句她又放低了声音。

沈思晏的手在她后腰轻抚了一下，虽然依依不舍，但也只能目送她走出去了。

"怎么样，会用了吧？"大伯母问连漪。

连漪走出浴室，镇定自若地说："嗯，没什么问题。"

十几分钟后，沈思晏穿着连城的运动装走出来了。

他来时穿的是西装显得成熟挺拔，这一换成运动服，立刻又回到了二十一二岁时的样子，大伯母直夸他好看、精神，把连城都给夸郁闷了，沈思晏有点不好意思，他找连漪的视线，见她笑着轻轻点头，他也回应地眨了一下眼。

十一点半，大家都洗了澡回房了。

连漪和连沁却还没有睡。

台灯开着，连漪在给连沁看英语卷子，她不用看答案，短文和各个选项扫一眼就知道连沁哪些题目错了。

连沁听着姐姐给她讲题目，强打着精神，打着打着就打不住了，眼一合险些栽在地上，好在连漪胳膊一抬挡住了她。

"姐，我好困啊。"连沁索性趴倒在了她胳膊上。

看她真的困得不行了，连漪将试卷合了起来，轻叹了口气，说："睡去吧。"

"好。"连沁起身揉着眼睛摇摇晃晃地往床边走，她问连漪，"姐，你睡里边还是睡外边啊？"

"我……"连漪向门外看了一眼，"我就不在这儿睡了。"

"嗯？"连沁睁开眯缝的眼，过了两秒，她反应了过来，点头说，"哦哦，没事，姐，你过去睡吧。"

"那我走了，你晚上睡觉别把空调温度开太低。"

"嗯，我知道的，晚安姐姐。"连沁缩进了被子里。

"晚安。"连漪给她关上了台灯。

连沁一沾枕头一秒入睡，连漪轻手轻脚走出去，给她合上了门。

她蹑手蹑脚地贴着墙往客房走，走了没两步，忽然踹到了什么东西，丁零当啷响起来，主卧大伯母的声音响起："谁啊？"

连漪尴尬万分，正要出声，连城卧室的门突然拉开了，连城站在门口高声说："妈，我，起来喝水。"

大伯母压着嗓子喊："你动静小点，你姐他们休息呢。"

连城："噢。"

他看向连漪，连漪尴尬地蹲下身将地上的花瓶扶起。

一看留着门的客房，连城哪会不知道他姐想去哪儿，他挠了挠头，又抓了抓耳朵，和连漪面面相觑了一会儿，他小声说："我什么都没看到。"

他退回房间，关上了门。

连漪长松一口气，悄悄地走到客房门口，推开了门。

门后，一个人早早地等着她了，她一进门就搂住了她的腰，将头埋在她脖颈处深吸了一口。

"干吗？"连漪神经一松，推他。

"刚刚紧张死我了，我都差点出声了。"沈思晏小声说。

一家六口人，四个是合谋。

连漪好笑地抱了抱他。

"有酒味。"

"嗯。"沈思晏低低地说，"大伯和连城酒量都好厉害。"

连漪仰头看着他："对了，我今天听连城说你去英国找过我，怎么回事，嗯？"

"就是……找过你。"

"找过我怎么不来见我？"她问他。

沈思晏沉默了一瞬，将她的鬓发给她别在耳后，说："我怕你不想见我。"

他的回答出乎她的意料，让她又自我反省了一下："我在你心里这么薄情的吗？"

他没有隐藏自己的真实感受："有时候很深情，比如现在，有时候又很绝情，比如说走就走的时候。"

"以后不会了。"她看着他的眼睛，给他承诺，"以后有什么话一定当面说清楚，不要患得患失，我是第一次，嗯……做人未婚妻，做得不好的地方我们要多沟通。"

她的轻声细语让他的心软得一塌糊涂，哪还说得出她的不好？

"我也是第一次做未婚夫，以后也是第一次做丈夫，我会做好，做得特别特别好。"

连漪环住他，笑起来："沈思晏。"

"嗯？"

"你这么乖，到底是Siri还是小狗狗？"

"小狗狗是什么？"

"边牧？杜宾？金毛？"

"不是哈士奇吗？"

"不是，哈士奇没有你聪明。"

"阿拉斯加？"

"也不错。"

"我们以后养条狗吧，阿拉斯加，工作的时候就晚上牵着它去散步，休假的时候就带它去欧洲拉雪橇。"

"听起来会是只有故事的阿拉斯加。"

"我们也有故事。"他碰碰她鼻尖。

"小狗狗。"

"叫我吗？"沈思晏问。

"以前就想这么叫你了。"她眼睛笑弯了，像月牙儿，"想这么叫你，又怕你觉得不开心。"

"汪。"他躬身在她耳侧说，"是这样吗？"

他说话的呼吸打在她颈间耳侧，痒痒的，她耸肩侧着头笑了起来。

时候不早了，客房都能听到客厅的时钟在嗒嗒嗒地走动着。

"过来睡觉了。"连漪小声说。

她掀开被子，先上了床，沈思晏紧接着挨着她上了床。

客房的床不大，本是一张单人床，他们俩睡在一起更是只能紧挨着。

这一次连漪没有背对着他，而是两人面对面地看着彼此。

月光从窗口偷跑进来，照在有情人脸上，镀上一层微薄的光。

连漪看着沈思晏深褐色的眼眸、挺直的鼻子、薄唇，他们相对望着，不自觉地笑着，气息交缠。

沈思晏浅浅在她唇上落下一吻，轻声说："晚安吻。"

"晚安。"连漪抱着他，埋进了他胸口。

她身体轻得像一只蝴蝶，沈思晏搂着她，和她一同缓缓合上了眼睛。

梦里或许是带着酒味的，也可能是西梅味的，更或许是彼此身上浅淡的温热，带着恋人之间不可言说的浅薄的甜香……

番外二　婚礼

六月份的时候，连漪才正式与沈思晏的父母见面。

与她以往见过的严肃刻板的企业家大相径庭，有着国内灯饰界巨头与国内杰出投资家名号的沈思晏父亲沈煜明，从外形来看，只是一个体形富态、脸上总是笑呵呵的中年男人。

而沈思晏的母亲，身为走在时尚前沿的独立设计师，今年已有五十岁出头，但依旧身形曼妙，容貌姣好。

沈思晏的相貌似乎还是更随妈妈一些。

她的这些观察都来自与沈思晏父母的第一次见面，在西山别墅区。

沈思晏的母亲苏良媛女士，这天特地穿了一身宝蓝色端庄雅正的旗袍，沈煜明也正儿八经地穿了一身中山装似的西服，将滚圆的肚子收进衣服里。

车还没进院前，远远看着人影，连漪就感受到了那一天沈思晏上门时的紧张。

她曾对着数千人的课堂讲过课，也曾落落大方地做过讲座，还曾在联合国会议做过翻译，但是，上门见未婚夫的父母，这是第一次。

或许对于即将面见未来儿媳妇的家长们而言，紧张也是同样的。

连漪今天穿了一身藕白色的连衣裙，头发盘在脑后，戴着珍珠耳饰，干净温柔。

她下车，与沈思晏挽着手走入别墅大门。

一见到连漪，苏良媛的目光就远远地落在了她身上，打量了她许久。

第一句话，苏良媛女士说的是："自从三年前思晏说他有喜欢的人开始，我身为母亲就感到一阵欢喜，后来听他说了他和你的故事，我更是一直在想应该是个什么样的姑娘让他这样长情，现在见到你本人，才算是得见真容了。"

她淡淡笑着，是以轻松揶揄的口吻说的。

连漪都被打趣得脸上都有些燥热，她看了一眼眉眼含笑的沈思晏，松开挽着他的胳膊，向沈思晏妈妈礼貌道："阿姨好。"

苏良媛拉过她的手，温和地笑着说："既然你们已经决定要结婚了，你不如改口叫妈吧。"

连漪抿了抿唇，那个字却是没好意思叫出来。

看出了她的心思，沈思晏张开手臂搂在她们两个的肩膀上，他的手轻轻拍了拍妈妈的肩膀，说："刚见面话还没说上两句呢，怎么就说到要改口了。"

"也是。"苏良媛倒不是很在乎称谓，她对连漪道，"你不必要紧张，我们家是最没规矩的，大家都随性，自自在在就好。"

沈煜明快步走来，看见了沈思晏环着苏良媛的手臂，他无情地拿开沈思晏的手，沉声道："不要碰我老婆。"

苏良媛瞪了他一眼，扭头对连漪说："看到没有，我们家的男人都是这样的，醋坛子成精了，哪有一点正经人家的样子？"

想起沈思晏和他父亲如出一辙的醋坛子属性，连漪笑了起来。

沈思晏放在苏良媛女士肩膀上的手臂被挪开，他看着振振有词的父亲，一瞬很是无语，然后他将两只手臂都环在了连漪身上。

身上忽地坠上了一个重物，连步子都迈不开了，连漪忍了忍，没忍住，回头瞪了沈思晏一眼，示意他规矩一点。

另一侧，沈煜明的手臂也顺势环在了苏良媛女士胳膊上，几十斤的肉横空而降，苏良媛女士眉头皱了起来，轻斥道："爪子拿开。"

两个女人达成统一战线。

连漪笑了，得意扬扬地对沈思晏说："听到没有，爪子拿开。"

被嫌弃了，沈思晏松开手，看着两个女人手挽着手一同进了门。

父子俩在门外四目相对。

良久，沈煜明拍了拍沈思晏的肩膀，说："儿媳长得不错，和你妈一样好看。"

说完，他跨进了门里。

沈思晏诧异了。

他爸的审美标准几十年如一日，对外貌的评价只有"算有你妈一半好看"和"还没你妈一半好看"。

这还是他第一次听到他爸说"和你妈一样好看"，可见他对连漪的认可。

苏良媛与连漪是有相似之处的，都说真正的美人在骨不在皮，她们的骨相都是极好的，带着个人特点，都是令人过目难忘的相貌。

连漪和沈思晏妈妈走进入户回廊，到了会客室，短短一段距离，在苏良媛温婉的声音的陪伴下连漪紧张感大消，对沈思晏妈妈的好感更是直升。

会客厅布置得雍容华贵，保姆端上现切的果盘、茶饮，随后管家带着一众人离开会客室，留下他们四人谈话。

苏良媛女士健谈，几乎不会冷场，有说有笑地就将沈家过往的事情都告诉了连漪。

她说她和沈煜明不经常在家，三人分居两地。

她常年往返于沿海地区和法国，沈思晏爸爸则是住在沿海多，京市这边常年是只有沈思晏一个人在家的，所以连漪想来玩，不用拘束，随时都能来玩。

说完了家庭情况，关于婆媳关系，苏良媛和连漪说："别人家都喜欢说嫁到谁家去嫁到谁家去，我是不喜欢这种说法的，你不是嫁到了我们家，而是在这里多了一个家，我和其他喜欢操心的婆婆也不一样，我不显老态就是因为我不操闲心，所以你们两个关起门来过日子，我是不会干预你们任何生活的。"

除了婆媳关系，她又给连漪打了一针预防针："不过我这人的观念一向是这样的，两个人组成一个家庭，日子过得好就一起过，过不好就散了，所以希望你和思晏的感情能和和睦睦的，不管有什么问题，都说出来解决，实在不能解决，那分开也好过成为一对怨偶。"

沈思晏听着听着，感觉这话不太对劲，他无奈道："妈！"

连漪却赞同她所说的："您说的就是我的想法，我和您的观点是一样的。"

夫妻过日子怎么可能没有矛盾呢？

沈姓父子对视一眼，觉得后脊背一阵发凉。

苏良媛和连漪在对待感情的许多观念上不谋而合，一见如故，越聊越热烈。

这次见面，除了看人，更是要商议关于婚礼的事情。

苏良媛这次回国，是专程来见连漪的，月底她会回一趟法国处理工作，七月之后就会一直在国内直到两家完全商量好亲事。

婚礼筹办从六月初就开始了，而沈思晏博士尚未毕业，导师催促他做研究报告，他工作、学业、婚事三头跑，坐飞机最多的一次是一个星期飞了十一趟。

连漪有时候看他困得眼下青黑都忍不住心疼，试着和他说："我们先领证，等到你毕业之后再补婚礼好不好？"

沈思晏却是怎么也不答应。

他抱着她，告诉她："你只管选你喜欢的婚纱，我的事情九月前一定都处理好。"

自己的事情即便忙得再脚不点地，他也始终将她放在第一位。

连漪每次选婚纱，沈思晏便是再忙，也是一定会抽出一整天的时间来陪她的。

他的付出连漪看在眼里，紧紧封闭的心门从打开一道缝隙，到逐渐裂开，彻底土崩瓦解。

有一次试婚纱试了整整五个小时，沈思晏在从婚纱店回程的途中，坐在车上就睡着了。

到家了，司机问连漪要不要叫醒沈总，连漪轻轻摇了摇头。

她抱着他，一直到几个小时后，沈思晏突然惊醒，条件反射地去抓连漪的手，连漪主动牵住他的手，亲了亲他的眼尾说："乖，我在。"

他呼吸未定，眼里还带着茫然的惊惶。

她明白他的惊惶，明白他的没有安全感，因为这样的感受她都曾体会过。

他的失神让她心里微微抽痛，她抱着他，贴着他的额头，注视着他的眼睛说："沈思晏，我就在这里，在你面前，哪儿都不去了。"

他紧抓着她的手，用力到她感觉到有些许疼，可心里的暖意快要溢出来了。

连漪从来没有认真想过自己结婚会是什么样子，直到遇到了沈思晏。

他像一团炽热的火，不管不顾地撞进她怀里，她原以为是烫手的山芋，仔细观察才发现那是一颗滚烫、赤忱的心。

他就这样猝不及防地出现在她的世界里，然后一点一点地占据了她的整颗心。

她开始贪心，想要一场完美的婚礼。

为了实现一场完美的婚礼，两家人看了从国内到国外的几十家婚庆公司，才最终定下一家，而婚纱，更是选了近百条才定下一条满意的。

他给她的婚礼，奢华，盛大，高朋满座，势要昭告所有人：他们结婚了。

他们的婚礼在一座价值不菲的私人小岛上举办。

那天，沈思晏的额发被一丝不苟地梳起。

婚前这几个月的奔波与劳累，让沈思晏身上的青涩逐渐被磨平，呈现出一种成熟温和的气度。

他面部锋利的线条少了尖锐，多了成熟硬朗的弧度，眉眼间更是温柔。

或许他自己都未曾察觉到，但他每一天的变化连漪都看在眼里，看着他一点点变得越来越沉稳。

上午，在藏婚鞋的房间里，他观察了一下环境，然后迅速从吊顶的气球里找到了那只被藏起来的鞋。

所有人都惊叹于他的观察力，却没看到新娘偷偷为他提示的小动作。

他与她弯着眼睛，心照不宣地笑。

洁白的婚纱垂在地上，落在软绒绒的毛毯上，她细眉红唇，抬眸间蕴含着温柔的情意，像水，像雾。

他拿着鞋，单膝跪在她身前，托起她洁白的脚背落下一吻，将银白色带细闪的高跟鞋给她穿上。

她皮肤白皙，透亮，钻石镶嵌的王冠戴在头顶，如圣洁的女王。

女王承载着一个王国的荣耀，本不该低头。

她却低头，吻了她的骑士。

从房间到水晶打造的仪式宴会厅，琳琅满目的珠宝都成了这间大厅里无关紧要的装饰。

在婚礼乐曲里，她的家人将她送至他的面前。

他背向她，一直到司仪提示他转身。

明明试婚纱和彩排时已看过许多次她穿婚纱的样子，可在正式婚礼上，当他回身看到她那美得不可方物的样子时，仍是忍不住落泪了。

他真是太容易哭了。

与她有关的一切都使他落泪。

他清楚她自以为的不完美，可她在他眼里，已是臻于完美。

她从不幸福的童年与少女时代走过来，没有成为一个怨天尤人的人，反而在黑暗里成了一束光，成长为一个独立、成熟、光芒万丈的女性，她是她自己的珍宝，如今她将自己的手交到了他的手上，将自己的幸福托付给了他。

　　他怎能不落泪？

　　十七岁，他拉住她从黑暗里伸出的手，跟随着她的脚步，一步一步走到今天。二十五岁，在盛大的水晶厅里他牵起了她白皙纤细的手，为她的无名指戴上了一枚专属于他的戒指。

　　这一天是他们相识的第九年的九月九号。

　　也代表着，长长久久。

　　他看向她，不自觉地眼神柔软，眼眶发红，她为他穿上婚纱的这一刻，世界上所有的幸福与浪漫都朝他蜂拥而来。

　　但还不止。

　　她提着洁白的裙摆缓步向他走来，在司仪的流程里，他们应当还有长长一段告白，可他哽咽不能语，许许多多的话汇聚打结，什么草稿都丢去了爪哇国，他带着泪光的眼眸注视她，想要说出口的话堵成一团，成了无法说出声的哽咽沉默，而她温柔笑着，主动踮脚吻住了他。

　　连漪闭着眼睛，她知道台下有数百人、数百双眼睛在看着他们，他们应当要按彩排的仪式走，但她第一次不去想旁边的人会有什么样的想法，她抵着他的鼻尖，轻轻地吻他，嘴唇分开，再轻轻地贴上，像确认彼此的存在，确认这一场盛大的婚礼绝非出自梦境抑或幻想。

　　她嫁给了一个她真心所爱的、也如飞蛾扑火般爱着她的男人。

　　她见过他的青涩、稚嫩，也目睹他的成熟与蜕变，他的成长轨迹里烙下的是她的烙印。

　　他是专属于她的独一无二的沈思晏。

　　他撬开她的唇齿，在众目睽睽下，深吻她。

　　他曾说过，只要她点头，一百步的最后一步他也会走完。

　　可她不仅点了头，还向他走来，踮起脚，给他以沉默回响。

　　感情里哪有公平不公平，相爱的两个人付出与回报，皆是如人饮水的甜蜜。

　　他与她，在这一天走进了婚姻的殿堂。

　　从今往后，便是沈先生与沈夫人。

巴哈马的Ocean Island（大洋岛），在大海环绕的岛屿间有狭长的私人机场飞机跑道，水碧绿带蓝，如同祖母绿的颜色。

天上白鸥环绕，茂密的棕榈树长满路的两侧，地势低洼的绿林里积水形成的小湖泊，便成了多种鸟类的栖息地。

大海与陆地相连的多个码头旁，私人游艇拉起白浪，曳出漂亮的长尾。

别墅立于山脊上，往下一侧是高尔夫球场，另一侧便是广阔无垠的海。

他们蜜月的第一个月便是在这座岛上。

婚礼仪式结束后用了三天时间才陆陆续续送走所有宾客，关闭了观览通道，只留下部分工作人员，整座小岛成了他们两个的专属世界。

不用管任何事情，私人管家管理别墅事务，潜水教练、冲浪教练……岛上都有，在这座小岛上他们开始为期半个月的休闲生活。

每天相拥睡到太阳东升，没有人会催他们，只有当热烈的日光射入落地窗，从深咖色的窗帘里钻出头跳在两人脸上，那刺眼的光芒才能将他们唤醒。

伸手挡在额头上，连漪睁开眼睛，入目先看到的是沈思晏的侧颜，他的手臂搭在她腰上，还在熟睡。

室内一片安静，静到甚至能听到远处的海浪声与海鸥的啼鸣，侧耳细听还能听到房间里有新风系统换气的声音。

睡不着了。

连漪侧过身，面对着沈思晏，他闭着眼睛，呼吸均匀，对她全然不设防。

她揽住了沈思晏的脖颈，手指落下在他肩上，青年的脖颈露在她面前，喉结突出明显，她轻轻吻了一下，沈思晏醒了。

他的手在她后腰握了一下，将她揽进怀里。

连漪在他颈侧咬了一下，沈思晏"嘶"了一声，扬起头，带着鼻音的声音发蒙地问："睡醒了？"

"嗯。"

沈思晏依然发困，他亲了亲她额头，说："再睡一会儿。"

连漪眯起眼睛，伸出手在他眼皮上点了点："晚上不睡，白天不醒，你属猫头鹰的吗？"

白天陪她专心度假，有时间宁愿抱着她午睡也不处理工作，而到了晚上，连漪都已经睡了，沈思晏还抱着电脑在客厅处理公务，一直到很晚才上床。

沈思晏轻哼一声，又用唇贴贴她额头。

见他无动于衷准备颓废到底，连漪准备挠他痒。

沈思晏睫毛微动，他睁开眼睛，也睡不着了，翻身而起抓住了她使坏的两只手。

"干吗？"她仰头笑着看着他。

他低下头在她颈侧吻了一下，又顺着她的耳侧密密麻麻地往上吻。

连漪闷闷地笑了起来："我要起床了，你自己看着办吧。"

她在他侧脸上亲了一下，僵持两秒钟，沈思晏倒在一侧，抱着被子滚成一团。

"说了白天把事情处理完，晚上好好休息，你偏不听。"连漪推开沈思晏，下了床，绾起头发用夹子固定住。

沈思晏趴在被子上侧着头看着她："白天有比工作更重要的事情。"

"让我看着你睡觉吗？"连漪无情拆穿他。

他看着她走进衣帽间，解开睡衣扣子，露出白皙的背，换上了一件挂脖的无袖背心和一条宽松的直筒裤。

她继续无视他炽热的目光，走进了洗手间。

连漪起床了，床上的热量很快消失变得冰冷起来，失去了睡觉的乐趣，沈思晏也跟着起了床。

他走进洗手间，连漪正在刷牙，从镜子里看着他，含糊道："干吗？"

"洗漱啊。"他理直气壮。

连漪无奈："你就不能等我刷完了再进来。"

他站在她身后环住她的腰，说："你刷，我不又打扰你。"

他实在太黏人了。

连漪已经吐掉白沫，接了半杯水漱了漱口，接着贴牙贴，沈思晏问她："这是干什么的？"

"美白的。"

"我也要。"沈思晏说。

"等一下。"

连漪挤出洗面奶打成沫，揉搓在脸上。

沈思晏说："洗面奶？我也要。"

连漪转身将手上的泡沫擦在他脸上，沈思晏又侧过脸，示意另一边也要。

"胡子长出来了。"连漪说。

沈思晏低着头问她："老婆给我刮胡子吗？"

"幼稚鬼。"

连漪笑着用手指在他脸上轻轻打转，给他涂了一脸泡沫后才转回身洗自己的。

她洗漱完给沈思晏让开位置。

沈思晏将脸上的泡沫冲干净，拿过摆在连漪旁边的电动牙刷，挤上牙膏放进嘴里。

连漪笑着看着他。

刷干净牙，他拿过连漪用的牙贴，问她："这个怎么用的？"

"撕开，贴牙齿上，就这样。"

她撕下一片递给他。

趁着沈思晏笨拙地学着她贴牙贴的时候，连漪从旁边架子上拿下剃须泡沫挤在手心，泡沫浓稠像奶油一样，带着清新的柠檬味。

"给你刮胡子，刮伤了我不负责的。"

沈思晏笑着朝她俯身，说："随你处置。"

她将泡沫抹在他短短的胡子上，然后拿起剃须刀换上新刀片，从他的鬓角下往下剃，她不太敢用力，轻轻地从一侧往下刮。沈思晏环住她的腰，抬起头，将下巴伸向她，白色的泡沫沾了她一手，连漪忍不住笑。

"你好像圣诞老人啊。"

"圣诞老人有圣诞老婆婆吗？"他凑近来蹭她。

"你别动。"连漪掰正他的下巴，威胁道，"小心拉你一口子，破相变丑了我可不要了。"

"唔。"他立刻偃旗息鼓。

总算把胡子给他刮干净了，连漪将剃须刀冲洗干净，沈思晏还没洗脸，惦记着她刚刚说的话，在她身边小声道："我变丑了你就不要我了吗？"

本是开一个玩笑，没想到他居然认真在思考。

连漪侧头看他。

"那如果我有一天变老了，不好看了，你会不要我吗？"沈思晏问。

"我要是不要你，早把你踢得远远的了。"她揪住他胸前的扣子，问他，"你呢？有一天我先老了，有比我更漂亮的人出现在你面前，你会怎么选择，小沈总？"

他凝视着她。

连漪又问："你会跟她走吗，嗯？"

沈思晏轻声说："你独一无二，无可替代。"

得到满意的答案，连漪踮脚亲了亲他的唇："我独一份的爱放在你这里，好好收好，不要总是质疑它，知道吗？"

他嘴角扬起来，亲亲她粉粉的唇，正欲深吻，连漪躲开了，含糊道："牙贴还没摘呢。"

沈思晏："香香的。"

无药可救了。

和他对视着，连漪摘下了牙贴，漱口，沈思晏也默契地和她一起摘下牙贴，然后相拥，对视着，笑着深吻。

连漪从来不认为自己会变成每天都只想要亲亲的"亲亲怪"，直到遇到了沈思晏，不知不觉在潜移默化中被他直白的表达方式感染。

果敢地拥抱，赤忱地接吻，坦白地说爱。

她曾以为所谓爱得是要天崩地裂的承诺、你来我往的拉扯、肝肠寸断的虐恋情深，但是沈思晏告诉她爱并非如此，爱也可以只是一种习惯，一种平凡而普通的日常，不一定只有海誓山盟能证明，爱也是记得你爱喝的咖啡是拿铁，要加两块糖。

连漪弯着眼睛问他："今天有安排吗？"

"一起去潜水啊。"

潜水是一项很专业的活动，对于新手而言，是一定要先接受潜水教练的培训才能下水的。

他们上午学习理论知识，中午进行下水前的热身和拉伸，下午才开始在平静海域的潜水实践。

在跟着潜水教练做完培训后，他们开始逐渐适应潜水，而连漪也习惯了潜水的时候被沈思晏拉着手往下潜，一直到几米下的海底，看着海洋生物从他们身边游过。

他们成了广阔海洋世界里渺小的身影，海洋深邃，仰头看海面，浅蓝色的水光澄澈，像被封进透明果冻里。

海下的世界迷离诡谲，打个转，开始往上游，靠近水面的时候，她游向他，摘下了他的潜水镜和呼吸器。

他顺从地张开嘴，吐出呼吸器。

连漪吐掉呼吸器，摘下潜水镜，她努力想睁开眼睛，但眼睛不适应海水，勉力还是能看见他，她揽住他的脖颈，将口中的氧气渡给他。

他轻咬着她的唇，原本缺氧的恐惧被减弱。

连漪退开身，脚下轻蹬，带着他浮出水面。

光芒大亮，炽热的阳光拥抱着海洋。

她看着他额发贴在脸上、呼吸微喘、唇色发红的样子，忍不住笑了起来。

一直到日暮将至，潮水涌起，他们游向陆地，牵着手，在细软的沙滩上留下一串串足印。

潜水、海钓、晒日光浴、打高尔夫球，品尝从世界各地运来的美食，签收快要堆满一整个房间的国际快递。

刚开始觉得这样的日子很有意思，但每天都做同样的事，难免有点儿无聊了。

沈思晏却很享受这种与世无争的生活，她的世界只剩下他一个人的感觉。

白天在户外活动，晚上便一起打电游。

电游是沈思晏的主场了，不管什么游戏他都三两下就能上手，玩操作简单的《拳皇》，连漪更是一次都没能赢过他。

她输得火气上来了，盘着腿非要赢他一次。

沈思晏道："放弃吧，你手速太慢了，不可能赢的。"

"不可能，我已经知道该怎么玩了。"

连漪选了一个高大魁梧的男人形象并强迫沈思晏选了看起来最瘦小的角色。

几分钟后，"K.O."又出现在了屏幕上，肌肉男躺平了。

连漪瞪着沈思晏，眼里怒火燃烧。

沈思晏摸摸鼻子，无辜道："这个游戏太简单了，放水会很明显。"

连漪咬牙切齿："谁要你放水，再来一次。"

这一次，沈思晏终于找到放水的技巧了，不停打空，连漪趁势反击，拳打脚踢将他的人物揍趴下了。

"看到没有，看到没有！"连漪高兴道，"我赢了！"

她一转头，对上了沈思晏带笑的眼睛。

"看到没有。"她扬着下巴笑着，对他说，"放水的笨蛋。"

睡前看一部电影，今天的电影是随机选的，叫《初恋50次》。

患有记忆丧失症的女主角一次又一次忘掉追求她的男生，于是他们一次又一次地相识，终于男主打动了女主，他们在一起了。但在一起只是短暂的，他们每天都要重识一次，每天接吻，每一次女主角都认为那是自己的初吻。后来逐渐转向温馨美好的故事再次被打破，一次，女主偶然得知了男主为了她想要放弃理想，女主选择了和他分手。

电影看到这里，连漪的眼眶开始泛红，忍不住流眼泪。

"沈思晏，如果有一天我突然醒来，问你你是谁，你会怎么办？"

沈思晏将她揽进怀里，仔细想了想，说："那一天，或许你九十岁，我八十五岁，我会说……"他顿了一下，道，"连漪老师，你还记得京海一中的沈思晏吗？"

他的话让她猝然想起他们重逢的那一天，少年用满怀期待的眼神看着她，说："我叫沈思晏。"

那天，她不知道，命运在他们之间已牵了红线。

彼时的她是一个被疲惫的工作和枯燥的生活挤压的打工人，而他是一个朝气蓬勃的大学生，她失去对生活保持的好奇心，不在意他是谁，也不在乎过去和未来发生什么。

直到他一点一点渗入她的生活，将一种生机注入她的生活。

她用手指戳戳他："都说人越老越会记得以前的事情，九十岁的时候，我说不定会回答你：呀，沈思晏，你怎么变得这么老了？"

"你说我老了你也会爱我的。"

"那我就说，嗯，沈思晏，是我最喜欢的学生。"

"真的？"

"真的。"

她往下滑，枕在他大腿上，叫他的名字："沈思晏。"

"嗯？"

连漪看着窗外漂浮的云，说："日子过得好颓废啊。"

"有吗？"他顺着她的视线看向窗外。

灯火通明，看得见远处海与天的交接。

"嗯。"连漪转了个身道，"在这里待十天就会觉得有点无聊了。"

"无聊吗？"沈思晏皱眉。

连漪撑起身，说："我们回国吧。"

沈思晏看着她，顿了一下："婚假还有一个月呢。"

"没说要回去上班，我是说，我们回国旅游吧，就从……长市开始。"

"新西兰不去了？"

他们原定在岛上住半个月，然后下个月去新西兰旅行的。

"不去了。"连漪伸了个懒腰，然后揽住沈思晏的脖颈说，"来日方长，我们先把国内的大好山川走一遍，然后再出去旅行，好不好？"

音乐声响起，电影走到了尾声。

沈思晏关上了电影与投影仪，温声和她说："好。"

"时间不早了，要睡觉了。"他说。

"今天不处理公务了？"

"今天……给你讲睡前故事。"

窗外是海浪击打岩石，房间里的自动窗帘徐徐拉上，身影交叠，柔和、旖旎。

番外三

尾声

沈思晏再见到连漪是在地铁上，那是一个和往常没有任何不同的下午。

人潮拥挤，他从燕湖站上车，走进三号线四号车厢，靠里站定。

车快速启动，在急速的风声里，一顶帽子掉落在他脚边。

直到抬起头，看见那张和记忆里一模一样的脸。

不，还是有不一样的。

她的头发比以前短了，记忆里总是带着温和的目光此时正冷冷地看着。

沈思晏的手不自觉地战栗起来，他控制住，弯腰捡起了帽子，递还给她。

出声的第一个字干涩卡顿，顿了一下，他才带着难以抑制的微微发抖的声音说："是你的帽子吗？"

"请问"两个字因为喉咙的干涩，竟没能发出声来。

好在她没有多在意，只是从他手上接过了帽子。

他以为再见面一定有很多话能说，可真正和她对视上那一眼的时候，他像被定住，心口像有骇浪在翻腾，而嘴却成了闭壳的蚌。

一股若有若无的香味始终在他鼻端环绕，像有一双手推着他向她靠近，那一刻，他相信了命运。

如果说他们重逢是因为命运，那后来所有事情，都是他人生必然要经历的劫。

他无法自拔地被她吸引，自顾自地坠入爱河。

而爱河本身奔流不息，真正坠入爱河的人，只有他一个人。

中秋夜的晚上改变了一切。

她教会了他爱，却吝于分一丝丝的爱给他。

人总是在得到一些东西后得寸进尺，越要越多，他不满足于当下的关系，不断不断地想要靠近她，想要拥有她、掌握她，甚至……控制她。

他本来就不是一个多么健康的人，他孤僻、封闭、偏激，是被幼时玩伴斥为疯子的疯子，是被同学排斥的异类，只是在遇见她之后，学会了收敛那些另类，学着做一个正常的人，去交流，去理解，去感知……去爱。

越想掌控，越会失去。

她从来不是能被人掌控的人，恰恰相反，她轻而易举就能掌控他的所有，轻而易举就能影响到他的全部情绪。

她不会随时接他的电话，不会秒回他的信息，不会和他煲几个小时的电话粥，就像他自己选择的那样，她仅仅将他当成一种无聊时的消遣。

而他一点一点地放低自己的底线，一点一点地在她面前卑微下去。

他知道，没有人能代替她的位置，而他，随时都能被取代。

这段关系从开始就是不公平的，主动权从来掌握在她手中，患得患失的只有他，他明知这种不公平，却又甘之如饴。

至少在某一刻，他是拥有她的。

他病态，不受控制，甘心拔了獠牙做一条蜷缩的狗，只是毕竟是凶犬，总是嗅嗅她身上是不是有别的狗的味道，想知道她去了哪儿，想知道她什么时候回来，想知道她会不会来找他，哪怕清楚他根本无法左右她。

他们的关系从来不公平，但也正是因为不公平才勉强维持住的平衡，就像垂在悬崖的绳，悬崖下的人要用尽全力才能攥紧这根绳，而悬崖上的人随时都能放手。

除非悬崖上的人坚定，可沈思晏知道，她并不坚定。

在悬崖下的人开始想要打破这样一种不公平的平衡，想要挣扎的时候，悬崖上的人就累了，就放手了。

分手的那一天，他起初以为是因为她有了别的选择，后来他想明白只是因为她并不爱他，再后来，他才知道，在她心里第一位是爱自己。

她放弃他，不是因为别人，只是因为她爱自己。

想成为她的壁垒的他，最后却成了她的包袱、她的拖累、被扔掉的行李、被放逐的狗。

他该恨她，可他爱她。

他努力往上走，一刻不敢停，生怕一不小心又看到她远远地抛下他走得远远的。他不想再跟在她身后摇尾乞怜了，他想要她回头来发现他的好。

他还是输了。

却也赢了。

他输在还爱她，赢在她心里还有他。

她不是滥情的人，他该是知道的，他们有着一样的情感洁癖，是他的自作聪明捉弄了他让他们的过去一塌糊涂。

他再赌一次，赌上完全的信任，赌这一次长长久久，再不分离。

"沈教授，下班了啊？"

穿着研究服的研究员朝男人打招呼。

男人面容英俊，一副无框眼镜戴在高挺的鼻梁上，脸上神情紧绷着，身边还跟着拿着笔记本亦步亦趋的学生，他侧头和学生交代事情。

面对同事的招呼声，他抬起头，神色温和了些，微微颔首说："对，去接乐乐放学。"

"乐乐四岁了吧？"

"是，上中班了。"

"你和连教授是真的快啊，我这八字都还没一撇，眼看着你们小孩都上中班了。"同事感慨。

沈思晏抬手看了眼时间，加快了语速道："时间不多了，就不多说了，我得走了。"

"哎，不耽误您了。"

沈思晏和紧跟在身边的学生道："你提的问题我晚点回邮件给你。"

学生立刻停下脚步："好，沈教授再见。"

目送男人离开，学生显而易见地长长地松了一口气。

"跟着沈教授压力大吧？"旁边的人揶揄。

学生摸了摸鼻子，不好意思地说："沈教授今年才三十岁，专业上却已经是难望其项背了，确实是压力大。"

那人看着沈思晏的背影，同样戚戚然："专业上成就斐然，家庭也幸福，哎，这人比人啊，真是比不得。"

四点二十五分，路上堵得水泄不通，路口交警的哨声没有停过，沈思晏的车缓缓穿过路口，开进大学内，抵达幼儿园附近。

门口聚集着许多家长，在高温灼烧下汗流浃背，拿着广告纸扇着风还伸长了脖子往幼儿园里看。

这儿是燕湖大学的附属幼儿园，园区就在燕湖大学内，就读的多是教职工子女或者研究员子弟，沈乐漪便在这儿上学。

两侧的老楼带着历史斑驳的痕迹，梧桐树高大，遮蔽着街道，一直蔓延到空旷的幼儿园门口。

沈思晏熟门熟路地走到中（1）班门口，隔着玻璃门，他看到正拿着书端正坐着的沈乐漪，脸上浮起了笑容。

幼儿园门口负责接送的老师朝着教室里的小乐漪招手道："乐乐，你爸爸来接你了。"

沈乐漪兴奋地回头看了一眼沈思晏，还是井井有条地将书签夹进书里，把手里的书合上，放回书架，又将椅子推到桌子下，背上书包，然后才飞快地朝门口跑来。

"爸爸！"

小乐漪长了酷似爸爸的脸型和鼻子，眉眼却是和妈妈一个模子刻出来的缩小版。

沈思晏蹲下身，张开宽阔的手臂，一把接住了沈乐漪，起身高高地抱起她。

他温和道："乐乐，和老师说再见。"

沈乐漪转过身，热情地朝老师摆手说："柳柳老师再见。"

"乐乐再见，乐乐爸爸再见。"老师笑着朝他们摆手。

沈思晏道："老师辛苦。"

高大的男人抱着小团子似的小姑娘，两人有着相似的鼻子和唇形，小姑娘的眼睛和轮廓像妈妈，大眼睛，双眼皮，洋娃娃似的引人注目。

沈乐漪转过身抱住沈思晏，用又细又软的声音说："爸爸，我今天睡午觉的时候好想你和妈妈啊。"

沈思晏声音带笑说："那你今天午觉睡好了吗？"

"只睡了一会儿就睡不着了。"沈乐漪用清脆而又郑重其事的声音和语气说，"今天我想跟你还有妈妈一起睡觉。"

沈思晏假装严肃道："你都四岁了，还要和爸爸妈妈一起睡觉吗？"

"不可以吗？"沈乐漪皱着眉头，想了想，说，"那我就只和妈妈睡吧。"

"那爸爸呢？"

"爸爸可以睡书房呀。"

沈思晏一时哑口无言。

"不好吗？"孩子童言无忌，眼睛里写着单纯。

沈思晏摇头："不可以，爸爸妈妈陪你一起睡。"

"我最喜欢爸爸了！"沈乐漪欢呼一声，立马抱住爸爸的脖子，亲了一口爸爸的脸。

连漪在人工智能研究所工作两年后，完成了自己的基本任务，接着被调入了中欧社科研究所，工作不算忙，偶尔会出差，潜心做研究，日子过得惬意而又有成就感。

沈思晏博士毕业后，依然留在人工智能研究所，现在已经升到副主任的位置了，同时在高校挂职，手底下还带了几个研究生。

按理来说，他的工作是比连漪还要忙的，但所有事情他都处理得井井有条，甚至如果家庭和工作有冲突，他第一个照顾的还是家庭。

别人都说女人有了小孩后家里就是一地鸡毛，但有他做后盾，即便有了小孩，连漪的生活也没有因此被打乱。

沈乐漪的出现并不是负担，而是礼物，给家里增添了数不清的欢声笑语与温馨甜蜜，更成为一道绳索将几个家庭牢牢地绑在一起。

她继承了父母的聪明才智，还只有几个月的时候她就知道不能用单一的哭声来表达需求，就连保姆也感到惊讶。

在父母恩爱的感情滋润下长大，沈乐漪有着比父母更外向的性格，成长为一个热情的小太阳。

从幼儿园接到孩子后，沈思晏便开车去连漪工作的研究所。社科研究所不大只有一栋楼，门口岗亭的保安已经对他的车眼熟了，一看到他的车便招呼道："沈教授，来了啊。"

连漪从楼上走下来，她的时间好像静止在二十九岁那年，模样状态都没有变，唯一变的是脸上的笑容更多了，眼形变圆了，如果说以前的气质是清冷，现在就是更随和了。

但随和不是失去了棱角，这样的随和里是带着一点随性的，她没有家长里短的烦恼，没有丈夫孩子家庭琐事的拖累，反倒是过去着着稚嫩和一点潜藏锋芒的沈思晏在成长的打磨里变得更柔软温和了。

　　有一次幼儿园做亲子活动，要小朋友介绍介绍自己的父母，沈乐漪站上台，一本正经地说："我有一个任性的妈妈和一个嘴硬的爸爸，妈妈因为工作总是出国，说走就走，每次都把我和爸爸留下，而爸爸只会和妈妈说'一切你都放心'，却在妈妈离开后的每天都说一百遍'她什么时候回来'……"

　　她小大人一样的语气逗得在场的人都哈哈大笑，更让原本大家心中严厉的沈教授"英名不保"。

　　连漪还没站定，一个小炮弹就朝她飞奔了过来，连漪弯腰伸手一掂就抱起女儿，扑面而来的就是女儿的好几个亲亲。

　　"妈妈！爸爸说我今天可以和你们一起睡觉觉！"

　　"今天怎么要和我们睡了呀？"连漪问她，眼神却带着些疑问看向沈思晏。

　　沈思晏无奈地笑。

　　沈乐漪皱着鼻子说："因为我在学校好想好想爸爸妈妈。"

　　低头对上乐乐圆溜溜的眼睛，连漪心里都化成了一汪水，她亲了亲宝贝女儿的脸颊，说："好，今天和爸爸妈妈一起睡。"

　　"老婆。"

　　沈思晏笑着看着她。

　　"辛苦了。"连漪温柔道。

　　沈思晏侧了侧头，指了指自己的脸。

　　沈乐漪立刻大声道："爸爸羞羞，这么大了，还要妈妈亲亲！"

　　"是啊，爸爸这么大了，怎么还要亲亲呢？"连漪狡黠地笑着附和女儿的话。

　　沈思晏立刻露出受伤的表情。

　　他委屈的表情让连漪心软，她踮脚亲了一下他的脸颊。

　　沈乐漪捂着眼睛道："羞羞脸！"

　　"乐乐，爸爸妈妈亲亲是因为爱，就像爱你一样，妈妈也爱爸爸，所以妈妈亲爸爸不羞羞脸。"连漪这段话仍是看着沈思晏说的。

婚后第五年，她已能坦然说出"爱"字。

一个家庭伤害过她，另一个家庭永远地治愈了她。

人生漫长，一个人孤独地走过荆棘，而后是三个人的家与遍野的鲜花。